MIA PER SEMPRE

IL MIO TORMENTATORE: LIBRO 4

ANNA ZAIRES

♠ MOZAIKA PUBLICATIONS ♠

Pubblicato da Mozaika Publications, stampato da Mozaika LLC.
www.mozaikallc.com

Copertina di Najla Qamber Designs
www.najlaqamberdesigns.com

ISBN-13: 978-1-63142-471-7
Print ISBN: 978-1-63142-472-4

PARTE I

enderson

"CHE COSA STAI FACENDO?"

La voce ansiosa di Bonnie mi fa sobbalzare dalla pianificazione, e alzo lo sguardo, spingendo la cartella che stavo studiando in una pila di file sulla scrivania, mentre mi preparo a rispondere con una bugia plausibile.

Solo che la donna con cui sono sposato da ventun anni non mi sta guardando.

Sta fissando il computer dietro di me, dove la fotografia di una splendida sposa dai capelli castani che sorride al suo bellissimo sposo occupa la maggior parte dello schermo.

Fanculo. Credevo di aver chiuso quella scheda. I miei muscoli del collo si contraggono per la tensione, con la bile che torna a bruciarmi la gola, quando vedo che mia moglie inizia a tremare.

"Perché hai la sua foto?" La sua voce diventa acuta, mentre gli occhi si spostano su di me, accusandomi. "Perché hai l'immagine di quel mostro sul tuo schermo?"

"Bonnie... non è come pensi." Mi alzo, ma lei sta già indietreggiando, scuotendo la testa, con i lunghi orecchini che svolazzano intorno al viso magro.

"Me l'hai promesso. Mi hai detto che saremmo stati al sicuro."

"E lo saremo" la rassicuro, ma è troppo tardi.

È già andata via.

È tornata al rifugio del suo letto, alle pillole, agli insensati reality show.

Dove io e i nostri figli non potremmo mai raggiungerla.

Sprofondando nella sedia, giro la testa da un lato all'altro, rilasciando la peggior tensione angosciosa, mentre tiro di nuovo fuori la cartella. Il nome all'interno mi fissa, con ogni lettera che mi deride, alimentando gli amari fuochi della rabbia.

Peter Sokolov.

Sono l'ultima persona rimasta sulla sua lista. L'unica che non ha ancora ucciso per quello che è successo in quel villaggio di merda nel Dagestan. Un errore, un ordine emesso con noncuranza, e questo è il risultato. Per anni ha dato la caccia a me e alla mia famiglia, torturando i nostri amici e le persone amate nel tentativo di raggiungermi, agitando i sogni dei miei figli, distruggendo le nostre vite in ogni modo.

E ora, grazie all'influenza del suo amico Esguerra sul nostro governo, gli è stato concesso di vagare liberamente. Di sposare la sua bella dottoressa dai capelli castani e di vivere negli Stati Uniti come se tutto fosse stato perdonato e dimenticato.

Come se la sua promessa di non uccidermi fosse qualcosa a cui dovrei credere.

Il mio sguardo si sofferma sul resto dei nomi nella cartella.

Julian Esguerra.

Lucas Kent.

Yan e Ilya Ivanov.

Anton Rezov.

Alleati di Sokolov—mostri, tutti quanti.

Devono pagare per quello che hanno fatto.

Come Sokolov, devono essere neutralizzati.

Allora e solo allora saremo davvero al sicuro.

Sara

MI SVEGLIO CON LA SORPRENDENTE CONSTATAZIONE CHE sono sposata.

Sposata con Peter Garin, ovvero Sokolov.

L'uomo che ha ucciso George Cobakis, il mio primo marito, dopo essersi introdotto in casa mia e avermi torturata.

Il mio stalker

Il mio rapitore.

L'amore della mia vita.

La mia mente torna a ieri notte e il calore si diffonde in tutto il corpo, con un mix di imbarazzo ed eccitazione. Mi ha punita ieri. Mi ha punita per avergli quasi dato buca sull'altare.

Mi ha presa brutalmente, costringendomi ad ammetterlo.

Facendomi confessare di amare lui—*tutto* di lui, comprese le parti oscure.

Che ho bisogno di quell'oscurità... che ho bisogno che sia diretta verso di me, in modo da poter superare la vergogna e il senso di colpa per essermi innamorata di un mostro.

Aprendo gli occhi, fisso il candido soffitto bianco. Siamo ancora nel mio piccolo appartamento, ma immagino che ci trasferiremo presto. E poi cosa? Bambini? Passeggiate nel parco e cene con i miei genitori?

Davvero inizierò a costruire una vita con l'uomo che ha minacciato di uccidere tutti al nostro matrimonio, se non mi fossi presentata?

Sicuramente sta preparando la colazione, perché sento profumi deliziosi, che arrivano dalla cucina. È qualcosa di dolce e salato, e il mio stomaco borbotta, mentre mi siedo, sussultando per il dolore nei muscoli posteriori della coscia.

Se dobbiamo scopare spesso in posizioni esotiche, tanto vale iniziare a seguire lezioni di yoga.

Scuotendo la testa per quel pensiero ridicolo, vado a farmi una doccia e mi lavo i denti, e quando esco, indossando una vestaglia, sento la voce profonda e leggermente accentata di Peter che mi chiama.

O, più precisamente, che mi chiama la sua "ptichka."

"Sono qui" dico, entrando in cucina—solo per

ritrovarmi travolta da braccia incredibilmente forti e baciata così appassionatamente da perdere il fiato.

"Sì" mormora mio marito, quando finalmente mi rimette in piedi. "Sei qui, e non andrai da nessuna parte." Le sue grandi mani si posano possessivamente sulla mia vita, con gli occhi grigi che scintillano come argento sul viso ricoperto da barba incolta. Pur indossando una maglietta e dei jeans, non deve essersi ancora rasato, perché quella barba ispida sembra deliziosamente ruvida e graffiante, e mi chiedo come sarebbe, se la sfregassi sulla mia pelle.

Impulsivamente, sollevo la mano sulla sua mascella cesellata. È ruvida come immaginavo, e sorrido, mentre chiude gli occhi e strofina la faccia sul mio palmo, come un grosso gatto che segna il proprio territorio.

"È domenica" gli dico, abbassando la mano, quando apre gli occhi. "Quindi sì, non andrò da nessuna parte. Che cosa c'è per colazione?"

Sorride e fa un passo indietro, liberandomi. "Pancake alla ricotta. Hai fame?"

"Potrei sicuramente mangiare" ammetto, e osservo i suoi occhi metallici brillare dal piacere.

Mi siedo, mentre afferra i piatti per entrambi e li dispone sul tavolo. Anche se è tornato solo martedì scorso, è già completamente a suo agio nella mia minuscola cucina, con i movimenti fluidi e sicuri come se vivesse qui da mesi.

Guardandolo, provo ancora l'inquietante sensazione

che un pericoloso predatore abbia invaso il mio piccolo appartamento. Parzialmente, è dovuto alla sua stazza—mi supera di almeno una testa, con le spalle incredibilmente larghe e il corpo da soldato delle truppe scelte scolpito da muscoli duri. Ma c'è anche qualcosa in *lui*, qualcosa di più dei tatuaggi che gli decorano il braccio sinistro o della debole cicatrice che gli spacca in due il sopracciglio.

È qualcosa di intrinseco, una specie di spietatezza che scorgo anche quando sorride.

"Come ti senti, ptichka?" chiede, raggiungendomi al tavolo, e guardo il mio piatto, consapevole del perché è preoccupato.

"Bene." Non voglio pensare a ieri, a come la visita dell'Agente Ryson mi abbia fatta letteralmente star male. Ero già in ansia per il matrimonio, ma è stato solo quando l'agente dell'FBI mi ha sbattuto in faccia i crimini di Peter che il contenuto del mio stomaco si è rivoltato—e che ho quasi dato buca a Peter.

"Nessun effetto indesiderato dopo la scorsa notte?" chiarisce, e alzo lo sguardo, con il viso che si scalda, quando mi rendo conto che si sta riferendo alla nostra vita sessuale.

"No." La mia voce è strozzata. "Sto bene."

"Perfetto" mormora, con occhi caldi e oscuri, e nascondo il rossore raggiungendo un pancake alla ricotta.

"Ecco, amore mio." Con abilità, allunga due pancake e spinge una bottiglia di sciroppo d'acero verso di me. "Vuoi altro? Forse un po' di frutta?"

"Certo" rispondo, e lo vedo dirigersi verso il frigo per estrarre e lavare alcuni mirtilli.

Il mio assassino addomesticato. È così che sarà sempre la nostra vita insieme?

"Che cosa vuoi fare oggi?" chiedo, quando torna al tavolo, e fa spallucce, con le labbra scolpite curvate in un sorriso.

"Dipende da te, ptichka. Stavo pensando che potremmo uscire, goderci la bella giornata."

"Quindi... una passeggiata nel parco? Davvero?"

Si acciglia. "Perché no?"

"Nessun problema. Sono pronta." Mi concentro sui pancake per non iniziare a ridacchiare istericamente.

Non capirebbe.

MANGIAMO IN FRETTA—HO FAME, E I PANCAKE ALLA ricotta (*sirniki*, li chiama) sono deliziosi—e poi ci dirigiamo verso il parco. Peter sta guidando, e quando siamo a metà strada, noto un SUV nero che ci segue.

"È di nuovo Danny?" chiedo, guardando dietro.

Da quando Peter è tornato, i Federali ci hanno lasciato in pace, e lui è troppo tranquillo perché l'uomo che ci sta seguendo non sia la guardia del corpo/autista che ha ingaggiato.

Con mia sorpresa, scuote la testa. "Danny è libero oggi. Al suo posto ci sono un paio di altri ragazzi della squadra."

Ah. Mi giro sul sedile per studiare il SUV. I

finestrini sono scuri, quindi non riesco a vedere. Accigliata, guardo Peter. "Pensi che abbiamo ancora bisogno di tutta quella sicurezza?"

Si stringe nelle spalle. "Spero di no. Ma meglio prevenire che curare."

"E questa macchina?" Mi guardo intorno nella lussuosa berlina Mercedes che ha acquistato la scorsa settimana. "È un po' più sicura in qualche modo?" Passo le nocche sul finestrino. "Sembra davvero spesso."

La sua espressione non cambia. "Sì. Il vetro è antiproiettile."

"Oh. Wow."

Mi guarda storto, con un debole sorriso che appare sulle sue labbra. "Non preoccuparti, ptichka. Non ho motivo di pensare che ci spareranno. Questa è solo una precauzione, tutto qui."

"Giusto." Solo una precauzione—come le armi che aveva nella giacca al nostro matrimonio. O la guardia del corpo/autista che viene a prendermi, quando Peter non può. Perché le normali coppie di periferia hanno sempre guardie del corpo e auto antiproiettile.

"Parlami delle case che hai trovato" dico, mettendo da parte il disagio generato dal pensiero di tutte quelle misure di sicurezza. Data la sua precedente professione e il tipo di nemici che si è fatto, la paranoia di Peter ha perfettamente senso, e non ho intenzione di obiettare su qualunque precauzione ritenga necessaria.

Come ha detto, meglio prevenire che curare.

"Ti mostrerò le inserzioni tra un secondo" mi

comunica, e mi rendo conto che siamo già a destinazione.

Parcheggia abilmente la macchina e scende per aprirmi la portiera. Metto la mia mano nella sua, lasciandomi aiutare, e non sono minimamente sorpresa, quando sfrutta l'opportunità di tirarmi a sé per un bacio.

Le sue labbra sono morbide e delicate mentre sfiorano le mie, con l'alito che sa di sciroppo d'acero. Non c'è urgenza in questo bacio, niente oscurità—solo tenerezza e desiderio. Eppure, quando alza la testa, il mio cuore sta battendo come se mi avesse rapita, con la pelle calda e formicolante, dove il suo palmo mi stringe la guancia.

"Ti amo" mormora, guardandomi, e io gli sorrido, con il disagio rimpiazzato da una sensazione leggera e vivace.

"Ti amo anch'io." Le parole sembrano ancora più facili oggi—perché sono vere. Amo Peter.

Lo amo, anche se mi terrorizza ancora.

Sorride e mi guida verso una panchina. "Qui." Mi mette giù a sedere e tira fuori il suo telefono, toccando lo schermo alcune volte prima di passarmelo. "Questi sono gli annunci che ho trovato" mi informa, osservandomi con un caldo sguardo argentato. "Fammi sapere quali case ti piacciono e possiamo andare a vederle."

Sfoglio le immagini, mentre la sensazione di positività si intensifica.

È questa la vera felicità?

"Camminiamo e parliamo" gli dico, quando ho finito di guardare le foto, e lui è d'accordo, stringendo la mia mano in una salda presa, mentre girovaghiamo per il parco e discutiamo dei pro e dei contro delle diverse abitazioni.

"Non pensi che una casa con quattro camere sia troppo piccola?" chiede, guardandomi con un sorriso interrogativo, e scuoto la testa.

"Perché dovrei pensarlo?"

"Beh..." Si ferma e mi guarda. "Hai riflettuto su quanti figli ti piacerebbe avere?"

Il mio stomaco si contrae. Eccola—la discussione che abbiamo evitato da Cipro, da quando Peter ha ammesso che stava cercando di mettermi incinta e mi sono schiantata con l'auto nel tentativo di scappare. Mi aspettavo che l'argomento sarebbe tornato a galla prima o poi—non abbiamo usato il preservativo da quando è tornato e ha rivelato apertamente ai miei genitori che avrebbe voluto che iniziassimo presto una famiglia. Tuttavia, il cuore mi batte forte nel petto, e il palmo è sudato nella mano di Peter, mentre cerco di immaginare come sarebbe avere un figlio con lui.

Con il killer spietato che mi ama ossessivamente.

Con un respiro, raccolgo il coraggio. Peter non è più un criminale, non è più un fuggitivo, e io sono sua moglie, non la sua prigioniera. Ha rinunciato alla sua vendetta per poter avere questo—una vita vera insieme.

Passeggiate nel parco, bambini e tutto il resto.

"Ne ho immaginati tre" rispondo fermamente,

sostenendo il suo sguardo. "Ma penso che potrei anche essere felice con uno. E tu?"

Un tenero sorriso sboccia sul suo viso cupamente bello. "Sicuramente, almeno due—supponendo che tutto vada bene con il primo." Appoggia il grande palmo sul mio stomaco. "Credi che ci sia una possibilità...?"

Rido, allontanandomi. "Ma stai scherzando? È troppo presto per dirlo. Sei tornato meno di una settimana fa. Se sapessi di essere incinta, sarebbe problematico."

"Molto" concorda, prendendomi la mano e stringendola in modo possessivo. Riprendiamo a camminare e mi lancia un'occhiata di traverso. "Suppongo che ti stia bene."

"Avere un bambino adesso, vuoi dire?"

Annuisce e faccio un respiro profondo, guardando un gruppo di adolescenti sullo skateboard. "Credo di sì. Mi piacerebbe aspettare ancora un po', ma so che questo significa molto per te."

Non risponde, e quando lo guardo, noto che la sua espressione si è rabbuiata, con la mascella serrata, mentre fissa dritto davanti a sé. La sensazione di positività svanisce, quando mi rendo conto di avergli inavvertitamente ricordato la tragedia del suo passato.

"Scusa." Sollevo le nostre mani giunte per premere il suo pugno contro il mio petto. "Non volevo ricordarti la tua famiglia."

Il suo sguardo incontra il mio, e parte della sofferenza in esso recede. "Va tutto bene, ptichka." La sua voce è rauca, mentre solleva le nostre mani unite più in alto per darmi un tenero bacio sulle nocche. "Non devi sempre stare attenta a quello che dici. Pasha e Tamila vivranno sempre nei miei ricordi, ma tu sei la mia famiglia ora."

Il mio cuore si stringe in una palla dolorante. Ha ragione. Sono *io* la sua famiglia—ed è mio. Dato che il matrimonio è avvenuto così velocemente, non ho avuto la possibilità di pensarci davvero, di articolare quella realtà nella mia mente.

Siamo sposati.

Sposati davvero.

Non riesco più a pensare a George come marito, perché Peter detiene questo titolo adesso— proprio come lui non riesce a pensare a Tamila come moglie.

"E hai ragione" continua, mentre metabolizzo quella realizzazione. "La famiglia è importante per me. Voglio che abbiamo un figlio, e lo voglio presto. Comunque..." Esita, poi aggiunge: "Se vuoi aspettare, non forzerò il problema."

Mi fermo e lo guardo a bocca aperta. "Davvero? Perché no?"

Un sorriso lampeggia sul suo viso. "Vuoi che lo faccia?"

"No! È solo che..." Scuoto la testa, liberando la mano dalla sua presa. "Non capisco. Pensavo che ne facesse parte, sai, il matrimonio e tutto il resto. Hai forzato il matrimonio, quindi..."

Ogni traccia di umorismo abbandona il suo sguardo. "Sei quasi morta, amore mio. A Cipro, quando pensavi che ti avrei costretta a fare un figlio, hai cercato di fuggire e sei quasi morta."

Mi mordo il labbro. "Era diverso. *Noi* eravamo diversi."

"Sì. Ma il parto in generale può essere pericoloso. Nonostante tutti i progressi della medicina di oggi, una donna rischia la propria salute, se non la propria vita. E se ti succedesse qualcosa, perché ho insistito io..." Si blocca, con la mascella serrata, mentre distoglie lo sguardo.

Lo fisso, con il cuore che mi batte forte nel petto. Le probabilità che possa succedermi qualcosa di grave durante il parto sono molto basse, e il mio primo istinto di medico è quello di dirglielo, per rassicurarlo. Ma all'ultimo secondo, ci ripenso.

"Quindi, aspetteresti?" chiedo con attenzione, invece.

Si volta di nuovo verso di me, con lo sguardo cupo. "Vuoi aspettare, amore mio?"

Ora sono io a distogliere lo sguardo. Lo voglio? Fino a quel momento, avevo pensato che il ritorno di Peter e il matrimonio affrettato significassero che un bambino era imminente nel nostro futuro. Mi ero rassegnata al pensiero, l'ho persino accolto in un certo senso.

Se non altro, i miei genitori potrebbero avere i nipoti che desiderano—un aspetto positivo che non avevo considerato fino alla cena dell'altra sera.

"Sara?" insiste, e alzo lo sguardo per incontrare il suo.

Eccola qui.

La mia possibilità di rimandare.

Di fare la cosa giusta, la cosa intelligente.

Di avere un figlio solo quando sarò sicura di poterlo fare, che Peter possa vivere questo tipo di vita.

Tutto quello che dovrei fare è dire di sì, sfruttare la possibilità di scelta che mi ha dato, ma la mia bocca si rifiuta di formare la parola. Invece, mentre sostengo il suo sguardo, scorgendo la tensione in esso, mi sento di dire: "No."

"No?"

"No, non voglio aspettare" chiarisco, mettendo a tacere la voce razionale che urla nella mia mente, mentre vedo un sorriso luminoso e gioioso che gli curva le labbra.

Forse questa è la decisione sbagliata, ma in questo momento, non sembra così. Peter aveva ragione, quando ha detto che la vita è breve. *È* breve e incerta, piena di insidie. L'ho sempre vissuta con cautela, pianificando il futuro partendo dal presupposto che ce ne sarebbe stata una sola, ma se c'è una cosa che ho imparato negli ultimi due anni, è che non ci sono garanzie.

C'è solo l'oggi, il momento presente.

Solo noi, insieme e innamorati.

TRASCORRIAMO UN'ALTRA ORA NEL PARCO, POI FACCIAMO la spesa insieme, facendo scorta di cibo per la settimana. Peter acquista abbastanza roba da sfamare dieci persone e, quando gli chiedo spiegazioni, mi informa che intende invitare i miei genitori a cena questo venerdì—e prepararmi il pranzo da portare al lavoro ogni giorno.

Quando torniamo a casa, lui scompare in cucina e io vado al mio computer per occuparmi delle congratulazioni e delle carte regalo inviate via e-mail—una scelta popolare per la maggior parte degli invitati al nostro matrimonio, dato che nessuno ha avuto il tempo di acquistare un regalo vero e proprio. Stampo tutte le carte regalo, le divido in categorie, applico i codici ai rivenditori specifici, e invio e-mail di ringraziamento. L'intera procedura richiede meno di quaranta minuti—un altro vantaggio del nostro matrimonio semplice e veloce.

Con George, avevamo passato due fine settimana di seguito a prepararlo.

Sto per spegnere il computer, quando noto un'altra e-mail nella mia casella di posta—questa da parte di un mittente sconosciuto, ma con l'oggetto "Congratulazioni."

La apro, aspettandomi un'altra carta regalo, ma all'interno c'è solo un breve messaggio.

Congratulazioni per il bellissimo matrimonio. Se hai bisogno di contattarci, puoi utilizzare questo indirizzo.

Con i migliori auguri,

Yan

Sbatto le palpebre, fissando l'e-mail. Non ho idea di come l'ex compagno di squadra di Peter abbia ottenuto il mio indirizzo, o perché abbia deciso di scrivermi, ma lo aggiungo ai miei contatti, per ogni evenienza.

Dopo aver finito con i regali, seguo i deliziosi odori in cucina, dove mio marito sta preparando il pranzo.

Forse è troppo presto per dirlo, ma mi sento ottimista.

Questa cosa del matrimonio funzionerà.

Noi due faremo in modo che sia così.

eter

MENTRE PRANZIAMO, TOCCO A MALAPENA IL MIO CIBO, con tutta l'attenzione rivolta a Sara, che mi parla dei regali di nozze e della strana e-mail di Yan. I suoi occhi color nocciola sembrano quasi verdi, mentre gesticola animatamente con la forchetta, con la pelle pallida nella luce del sole che filtra dalla finestra della cucina. In un casual prendisole blu, con i capelli castani ondulati sulle spalle esili, è il mio intero sogno che prende vita, e il mio petto si stringe al ricordo di com'era stato senza di lei per tutti quei mesi.

Non la lascerò mai più andare.

È mia, finché morte non ci separi.

"Perché pensi che abbia deciso di darmi le sue informazioni? Pensi che voglia solo restare in contatto?" chiede, infilando un pezzo di cetriolo nella sua insalata in stile russo, e mi sforzo di concentrarmi sulla conversazione, invece che su quanto mi piacerebbe farla sdraiare sul tavolo e banchettare su di lei piuttosto che sul cibo che ho preparato.

"Non ne ho idea" rispondo, ed è vero. Dopo la mia partenza, Yan Ivanov ha rilevato la nostra attività di assassini, quindi non credo che mi vorrebbe indietro. Nei mesi precedenti c'è stata tensione tra noi, e sospetto che se non mi fossi fatto da parte volontariamente come caposquadra, avrebbe fatto del proprio meglio per prendere il mio posto.

Ma non pensa che la vita civile faccia per me; l'ha affermato al nostro matrimonio. Quindi, forse si aspetta che io torni e tenga d'occhio la situazione per ogni evenienza.

Con Yan, non si sa mai.

"Beh, spero che vengano a trovarci" dice Sara. "I ragazzi, voglio dire. Non ho avuto la possibilità di parlare con loro al matrimonio, e mi dispiace."

Sollevo le sopracciglia. "Davvero? È *quello* che ti fa stare male?"

Abbassa lo sguardo sulla sua insalatiera. "E l'averti quasi mollato sull'altare, ovviamente."

I bordi metallici del manico della forchetta mi tagliano il palmo, e mi rendo conto che sto stringendo troppo la posata. Non sono più arrabbiato con la mia ptichka, anche se alcune delle ferite persistono ancora. Capisco quanto sia stato difficile per lei ammettere di amarmi, abbracciarmi pienamente dopo tutto quello che ho fatto. Aveva bisogno che non le lasciassi altra scelta, e l'ho fatto, minacciando i suoi amici per costringerla a presentarsi al nostro matrimonio.

No, la fonte della mia rabbia non è Sara, ma l'uomo che ha cercato di manipolarla per farle evitare il nostro matrimonio.

L'Agente Ryson.

Il fatto che abbia avuto il coraggio di presentarsi in quel modo mi riempie di una furia violenta. Io lascio in pace Henderson, loro lasciano in pace me e Sara—era questo il patto. Niente più sorveglianza dell'FBI, niente molestie, solo un colpo di spugna per poter condurre una vita pacifica.

Ha minacciato anche Sara. L'ha accusata di aver cospirato con me per uccidere suo marito. Non ho idea di cosa le abbia detto esattamente, ma dev'essere stato qualcosa di brutto per farla reagire in quel modo.

In qualsiasi altra circostanza, starebbe già marcendo con i vermi, ma ora devo essere un cittadino rispettoso della legge. Non posso andare in giro ad uccidere agenti dell'FBI—non senza rinunciare alla vita per cui ho combattuto, la vita civile di cui mia moglie ha bisogno. Per quanto possa essere allettante, Ryson vivrà—almeno per ora. Poi, quando sarà passato abbastanza tempo, potrebbe ritrovarsi coinvolto in uno sfortunato incidente o alle prese con un rapinatore eccessivamente aggressivo, come il patrigno della paziente di Sara... ma ci penserò un altro giorno.

Oggi lei è tutta per me e ho intenzione di godermela.

"Non ti preoccupare, amore mio" dico, quando la mia nuova moglie continua a mangiare tranquillamente, evitando il mio sguardo. "È finita. Fa parte del passato—così come qualsiasi altro errore abbiamo commesso. Concentriamoci solo sul presente e sul futuro... viviamo le nostre vite senza guardare sempre indietro."

Alza lo sguardo, con occhi incerti. "Pensi davvero che possiamo?"

"Sì" rispondo fermamente, e allungandomi, porto la sua mano alle mie labbra per un tenero bacio.

Dopo aver pranzato, andiamo a vedere gli annunci che le ho mostrato, e Sara si innamora di una casa—una vittoriana con cinque camere da letto costruita negli anni ottanta, ma completamente rinnovata l'anno scorso. Ha un grande cortile—per il cane e per i bambini, mi dice allegramente—e un magnifico camino nel soggiorno. Non mi fa impazzire che sia così adiacente ai vicini e che il cortile sia completamente aperto, ma credo che se piantassimo degli alberi e mettessimo un recinto, godremmo di una privacy sufficiente.

In ogni caso, è meglio che vivere nell'attuale appartamento in affitto di Sara.

Prima di andare, ho inserito un'offerta in contanti superiore al prezzo di mercato e l'agente immobiliare ci telefona pochi minuti dopo per informarci che l'offerta è stata accettata.

"Ecco fatto" dico a mia moglie quando riaggancio. "L'atto di acquisto si farà la prossima settimana."

Sgrana gli occhi. "Davvero? È così facile?"

"Perché no?"

Ride. "Oh, non lo so. Suppongo perché la maggior parte delle persone non acquista case con la stessa facilità con cui acquista le scarpe."

Sorrido e allungo la mano per prendere la sua. "La maggior parte delle persone non sono noi."

"No" concorda lei ironicamente, guardandomi. "Non lo sono."

Torniamo a casa e preparo la cena—capesante alla griglia con purè di patate dolci e broccoli al vapore. Mentre mangiamo, Sara menziona il trasloco, e le comunico che mi occuperò io di tutto, proprio come ho fatto con gli accordi del matrimonio.

"Tutto quello che dovrai fare è presentarti nella nuova casa" le dico, versandole un bicchiere di Pinot Grigio. Poi, ricordando il suo inspiegabile turbamento per la vendita della Toyota, aggiungo: "A meno che non ci sia qualcosa che vuoi che decidiamo insieme. Forse vuoi scegliere nuovi mobili o decorazioni?"

Sorride mestamente. "No, penso che vada bene così. Non sono eccessivamente pignola sulle cose di casa. Se vuoi occupartene tu, per me va bene."

"Alla nostra nuova casa, allora." Sollevo il mio bicchiere di vino e lo avvicino lentamente al suo. "E ad una nuova vita."

"Alla nostra nuova vita" fa eco dolcemente, e mentre sorseggia il suo bicchiere, non posso fare a meno di ricordare il momento in cui ha cercato di drogare il mio vino, all'inizio della nostra relazione. Era così ribelle allora, così sicura di odiarmi.

Lo è ancora? In qualche minima parte?

Rattristandomi, metto giù il vino e mi alzo. Camminando intorno al tavolo, la tiro in piedi.

"Che cosa stai—" inizia a dire, ma la sto già baciando, assaporando il vino sulle sue labbra.

Le sue labbra carnose e morbide che mi hanno fatto distrarre tutto il giorno.

Ho fatto del mio meglio per comportarmi da buon marito, per fare tutte le cose normali con lei, invece di incatenarla al mio letto e fotterla tutto il giorno come richiede il mio istinto. Sono stato calmo e paziente, lasciandola riprendere dalla scorsa notte, ma non posso continuare a comportarmi da persona civilizzata.

Ho bisogno di lei.

Proprio qui.

Proprio adesso.

Mi avvolge le braccia attorno al collo, con il corpo snello che si piega contro di me inarcandosi, mentre la chino sul mio braccio, incapace di assorbire abbastanza sapore, odore, sensazione della sua delicata lingua che accarezza la mia. È fottutamente deliziosa, e il mio uccello si indurisce, con il cuore che mi batte forte nella cassa toracica, mentre sparecchio i piatti dal tavolo con un colpo del braccio, incurante del pasticcio che sto creando.

Avremo comunque bisogno di un nuovo servizio da tavola.

Ansima, mentre la distendo sul tavolo e le alzo la gonna del prendisole, scoprendo cosce pallide e un grazioso perizoma blu bordato di pizzo. Incapace di controllarmi, strappo il pezzo di seta e seppellisco la testa tra le sue cosce, con la lingua che si infila affamata tra le pieghe, le labbra che si chiudono intorno al clitoride con una succhiata dura e golosa, mentre le tengo le gambe sulle mie spalle.

"Peter... Oh Dio, Peter..." I suoi fianchi si sollevano dal tavolo, con le mani che mi stringono forte i capelli, e sento che il fallo mi esploderà nei jeans per il suo sapore, il profumo caldo e femminile e la sensazione della sua pelle setosa sotto la mia lingua. Adoro tutto ciò, dal modo in cui le sue piccole unghie affilate mi graffiano la testa e le cosce toniche mi stringono le orecchie, ai versi ansimanti che le sfuggono dalla gola e al modo in cui la figa scivolosa freme e si contrae sotto la mia lingua.

Questo è il paradiso, il fottuto paradiso, e non posso credere di esserne stato senza—senza di lei—per nove dolorosi mesi.

Continuando a banchettare con il suo clitoride, infilo un dito dentro e sento le sue pareti interne stringersi attorno all'intrusione, mentre i fianchi si sollevano, supplicandomi di avere di più.

"Ci sei quasi... solo un po' di più" ringhio tra le sue pieghe, accarezzandola dall'interno, e, mentre trovo il tessuto spugnoso che indica il punto G, tutto il suo corpo si inarca e lei viene con un urlo profondo, stringendo spasmodicamente le mani tra i miei capelli, mentre la sua figa pulsa attorno al mio dito.

Ormai, il membro sta minacciando di esplodermi dentro i jeans, così ritiro il dito e la rigiro sullo stomaco. Poi, la trascino verso di me, finché non è piegata sul tavolo, con il vestito stretto attorno alla vita, mostrando i globi bianchi e sodi del sedere e una figa luccicante con la sua umidità e la mia saliva. Incapace di aspettare un altro secondo, sbottono i jeans e li spingo giù insieme ai miei slip, liberando l'uccello dolorante.

"Pronta?" dico con voce rauca, chinandomi su di lei, mentre mi sistemo sul suo ingresso, e il suo respiro si fa sentire acutamente, mentre spingo dentro senza aspettare una risposta.

All'interno, è vellutata, liscia e scivolosa, con la tenera carne che mi stringe forte, avvolgendomi così perfettamente che le mie palle si appoggiano contro il mio corpo e un basso gemito mi sfugge dalla gola, mentre le mie dita affondano nei suoi fianchi.

Questa è fottuta pazzia, una follia totale. Dopo la conversazione della scorsa notte, abbiamo fatto sesso altre due volte prima di addormentarci, e non dovrei sentirmi così, così disperatamente affamato di lei da essere sul punto di perdere il controllo. Ma sono così desideroso. Sono famelico per tutto ciò che riguarda Sara. Il bisogno di avere i suoi artigli sulle mie ossa, la cupa lussuria che mi attraversa. Sento il fuoco nelle vene, che mi brucia dall'interno.

È la mia dipendenza e non ne ho mai abbastanza.

Liberandole i fianchi, allungo la mano e le afferro i gomiti, tirandoli per farle inarcare la schiena, prima che sbatta contro di lei più forte, sentendo i suoi muscoli interni stringersi attorno a me, mentre inizio a fotterla sul serio.

Grida ad ogni spinta punitiva, con la parte superiore del corpo sollevata dal tavolo per la mia presa sui gomiti, e sento l'orgasmo ribollire dentro di me, col piacere che cresce come un maremoto. Gemendo, piego la testa all'indietro, martellandole dentro più forte, e le sue grida si intensificano, con la figa che si stringe attorno a me, mentre tutto il suo corpo si irrigidisce. Sento che i suoi spasmi iniziano, e poi sono lì, con l'uccello che si contorce per il rilascio, mentre la sua carne bagnata pulsa intorno a me, mungendomi, stringendomi finché non rimane più niente.

Fino a quando non crollo sopra di lei, spingendola sul tavolo, mentre respiro forte, inalando l'inebriante odore di sesso e il suo sudore.

La mia Sara. Mia moglie.

La mia ossessione.

Potremmo trascorrere insieme un'eternità, e non sarebbe ancora abbastanza.

4

enderson

SONO SDRAIATO NEL LETTO, FISSANDO IL SOFFITTO. PER la seconda notte, non riesco a dormire, con i pensieri oscuri che mi attraversano la mente, mentre il collo continua a bloccarsi.

Il piano che sto formulando è estremo, mostruoso addirittura, ma non vedo altre soluzioni. Non posso colpire direttamente Sokolov—lui e la sua sposa sono troppo ben sorvegliati. Se provassi e fallissi, sarebbero guai.

Inoltre, Sokolov non è l'unico che voglio eliminare.

I suoi alleati sono altrettanto pericolosi... per me, per la mia famiglia e per il mondo in generale.

Questo è davvero l'unico modo.

Lui e gli altri devono pagare.

5

Sara

Mi sveglio con il bip della sveglia. Disattivandola, mi giro sulla schiena e mi stiracchio, sentendomi dolorante e soddisfatta. Dopo aver ripulito la cucina e aver fatto la doccia, Peter mi ha presa ancora una volta prima che ci addormentassimo, e poi ancora durante la notte.

Qualcuno dovrebbe imbottigliare il desiderio sessuale dell'uomo e venderlo come droga. Farebbe una fortuna.

Sorridendo a quel pensiero, scendo dal letto e corro sotto la doccia. Sento già l'odore della prelibatezza che Peter sta preparando in cucina, e il mio stomaco è più che pronto per iniziare la giornata.

"Buongiorno, ptichka" mi saluta, quando entro in

cucina dopo aver fatto una doccia veloce ed essermi vestita per il lavoro. Sul tavolo ci sono due piatti con pane tostato, uova e avocado, e sul ripiano c'è un sacchetto per il pranzo—presumo da portare al lavoro con me.

"Ciao." Il mio battito cardiaco accelera, quando lo guardo. Oggi è senza maglietta, con i jeans scuri sui fianchi e i tatuaggi sul braccio che brillano alla luce del mattino. Il suo corpo è un'opera d'arte, con muscoli perfettamente definiti e spalle larghe che si assottigliano fino ad una vita stretta. Persino le cicatrici sul torso emanano una sorta di bellezza violenta e pericolosa—proprio come l'uomo stesso.

"Hai tempo per mangiare?" chiede, e annuisco, combattendo l'impulso di leccarmi le labbra, mentre i suoi addominali si flettono davanti a me.

Forse Peter non è l'unico con una libido folle.

La condizione potrebbe essere contagiosa.

"Ho quindici minuti" dico con voce rauca, sforzandomi di camminare verso il tavolo anziché verso di lui. Se gli dessi un bacio del buongiorno, finiremmo di nuovo a letto.

"Bene. Ti accompagnerò al lavoro stamattina" mi informa, raggiungendomi al tavolo. Raccogliendo il suo pane tostato, lo morde e io faccio lo stesso con il mio, gustando il sapore aspro del lime combinato con il saporito uovo fritto e il pane di segale croccante.

"È una settimana impegnativa per te?" chiede, quando ho quasi finito il mio toast, e annuisco, pulendomi le labbra con un tovagliolo.

"Sì, in realtà. Molto impegnativa. Wendy e Bill—sai, i miei superiori—sono appena partiti per le vacanze, quindi vedrò alcune delle loro pazienti oltre alle mie. Oh, e visiterò una delle mie pazienti domani pomeriggio, quindi probabilmente tornerò a casa tardi. Inoltre, ho alcuni turni in clinica nella seconda metà della settimana."

"Capisco." L'espressione di Peter è neutra, ma percepisco un sottile oscuramento del suo stato d'animo. Non è contento di questo, e non posso biasimarlo.

Anch'io preferirei passare del tempo con lui piuttosto che andare al lavoro.

"Sarai a casa per cena stasera?" chiede, e sorrido, felice di potergli dare delle buone notizie su questo fronte.

"Dovrei esserci. Se non ci sono emergenze."

"Giusto." Si alza in piedi. "Lasciami prendere una maglietta e ti accompagnerò in ufficio."

"Grazie—e grazie per la deliziosa colazione" grido, ma è già andato in camera.

eter

L'ufficio di Sara è a pochi passi dal suo appartamento, quindi il viaggio dura solo pochi minuti. Troppo presto, mi avvicino al bordo del marciapiede e le consegno il suo pranzo, sentendo per tutto il tempo che preferirei spezzarmi il braccio, piuttosto che lasciarla scendere dalla macchina.

Detesto il fatto che non la vedrò per tutto il giorno, che non potrò toccarla o parlarle fino a sera. È ancora più difficile della scorsa settimana, perché abbiamo passato questa domenica insieme—e ora so com'è il paradiso.

È quello che abbiamo avuto in Giappone, ma senza l'amara animosità—senza che Sara sia risentita per averla strappata dalla carriera e da tutti coloro che ama.

Devo far appello a tutta la mia forza per rimanere seduto e calmo, mentre mi bacia la guancia e sussurra: "Ti amo. A presto" prima di saltare fuori dalla macchina.

Guardo la sua figura snella scomparire nel suo palazzo degli uffici, e poi mando un messaggio alla squadra, dando loro le istruzioni per sorvegliarla.

Se non posso stare con lei, almeno saprò dove si trova e cosa sta facendo.

Almeno, sarò certo che sia al sicuro.

Trascorro la mattinata trasferendo i fondi per la stipula dell'atto di acquisto previsto per questo giovedì e organizzando il trasloco imminente. Ho intenzione di trasferirci nella nuova casa entro la prossima settimana, il che significa che c'è molto lavoro da sbrigare. Anche se il posto è stato appena rinnovato e non richiederà aggiornamenti importanti, devo installare adeguate misure di sicurezza.

Periferia o meno, la nostra abitazione sarà una fortezza e nessuno—tantomeno l'Agente Ryson— riuscirà a rintracciare di nuovo Sara a casa.

È metà pomeriggio e sto lavando le verdure per cena, quando il mio telefono vibra sul ripiano. Premendo sullo schermo con un dito semi-asciutto, leggo il messaggio di mia moglie.

Mi dispiace. Ho appena ricevuto una chiamata dalla clinica. Sono completamente sopraffatti e mi implorano di andare stasera. Sarà solo fino alle dieci o giù di lì. Mi dispiace tanto.

Taglio in due la zucchina che stavo lavando, e spingo via il telefono con il gomito per evitare di sottoporlo allo stesso destino.

Avrei dovuto saperlo, cazzo. "Se non ci sono emergenze" è il codice per "ci sarà un'emergenza." Era così prima del Giappone, e anche se l'attuale lavoro di Sara è meno concentrato sul lato ostetrico, la sua mentalità non è cambiata.

Il lavoro viene ancora prima di tutto per lei, compreso il volontariato nella clinica.

Impiego una ventina di minuti per calmarmi e iniziare a pensare razionalmente. La sua carriera è una delle ragioni per cui ho passato tutti i guai con Novak ed Esguerra, il motivo per cui ho accettato di rinunciare alla mia vendetta su Henderson. Essere un medico—aiutare i pazienti—è importante per lei; ha bisogno della sua carriera tanto quanto ha bisogno di stare vicino alla sua famiglia e agli amici. Lo sapevo quando l'ho portata via, ma allora non mi importava.

Tutto quello che importava era tenerla.

Ora che ho lei e che è felice, non posso tornare a quel modo di pensare, non posso dimenticare com'era, quando ero la fonte della sua infelicità, quando ogni volta che mi guardava, scorgevo il tormento nei suoi occhi.

Ora è diverso. Qualunque siano le sue riserve, ha finalmente ammesso di amarmi—di amarmi abbastanza da avere un bambino con me.

Una figlia o un figlio... come Pasha.

Per un momento, fa male respirare di nuovo, ma poi il dolore passa, lasciando un malessere agrodolce nella sua scia. Sono riuscito a pensare a Pasha in questo modo sempre più spesso negli ultimi mesi, senza la rabbia che avvelena i ricordi. E so che è tutto merito di Sara.

Il mio piccolo passerotto che desidero così tanto rinchiudere in gabbia.

Facendo un respiro profondo, lo lascio andare lentamente e mi concentro sul compito rilassante di preparare la cena.

Se non può tornare a casa stasera, dovrò andare io da lei.

7

S ara

MI ASPETTO CHE QUALCUNO DELLA SQUADRA DI PETER venga a prendermi per portarmi in clinica, ma lui stesso mi sta aspettando accanto al marciapiede.

Sorrido, con una parte della stanchezza che svanisce, mentre i suoi occhi mi scrutano il corpo, prima di posarsi avidamente sul viso.

"Ciao." Cammino verso il suo abbraccio e inspiro profondamente, mentre le sue forti braccia mi avvolgono, stringendomi forte contro il petto. Ha un odore caldo, di pulito e distintamente maschile—un tipico profumo di Peter che ora associo al comfort.

Mi stringe per alcuni lunghi momenti, poi si tira indietro per guardarmi. "Com'è stata la tua giornata, amore mio?" chiede dolcemente, togliendomi i capelli dal viso.

Lo guardo con espressione raggiante. "Molto dura, ma va molto meglio ora." Sono incredibilmente felice che sia venuto lui stesso per accompagnarmi in clinica.

Ricambia il sorriso. "Ti sono mancato, vero?"

"Sì" ammetto, mentre apre la portiera della macchina e mi aiuta ad entrare. "Mi sei mancato moltissimo."

Il suo sorriso di risposta mi fa venir voglia di sciogliermi sul sedile. "E mi sei mancata anche tu, ptichka."

"Mi dispiace doverlo fare" spiego, mentre ci allontaniamo dal marciapiede. L'auto odora di qualcosa di deliziosamente piccante, e il mio stomaco brontola, mentre dico: "Non vedevo l'ora di fare una bella cena a casa."

Peter mi guarda. "Ti ho portato la cena. È sul sedile posteriore."

"Davvero?" Mi giro sul sedile e vedo la fonte dell'odore delizioso—un altro sacchetto porta-pranzo. "Wow, grazie. Non ce n'era bisogno, ma lo apprezzo davvero." Allungandomi, afferro la busta e la metto sulle ginocchia.

Stavo per comprare dei pretzel da un distributore automatico all'interno della clinica, ma questo è infinitamente meglio.

"Perché *devi* farlo?" chiede, fermandosi a un semaforo rosso. Il suo tono è indifferente, ma non mi lascio ingannare.

Anche lui non vedeva l'ora di cenare.

"Mi dispiace davvero" dico, e intendo sul serio. Quando Lydia, l'addetta alla reception della clinica, mi ha chiamato all'ora di pranzo, ho quasi ignorato le sue suppliche—ma alla fine, la consapevolezza che alcune dozzine di donne avrebbero perso gli screening sul cancro e le cure prenatali essenziali se non l'avessi fatto ha prevalso. "Sono a corto di volontari oggi, e non ho potuto rifiutarmi."

Mi lancia un'occhiata di sbieco. "Non hai potuto?"

Mi fermo, mentre apro il sacchetto contenente la cena. "No" dico con calma. "Non ho potuto."

Eccolo, ciò che ho sempre temuto. Sospettavo che fosse solo questione di tempo, prima che le mie lunghe ore iniziassero a disturbare Peter, e a quanto pare avevo ragione a preoccuparmi.

Irrigidendomi, mi preparo a sentire un ultimatum, ma lui preme sul gas, accelerando senza problemi.

"Mangia, amore mio" dice nello stesso tono informale. "Non hai molto tempo."

Seguo il suo suggerimento e scavo nel cibo—un medley di verdure con couscous e pollo arrosto. Il condimento mi ricorda il delizioso kebab di agnello che Peter ha preparato per noi in Giappone, e divoro tutto in pochi minuti.

"Grazie" replico, pulendomi la bocca con un tovagliolo di carta con cui ha così premurosamente avvolto le posate. "Era squisito."

"Prego." Svolta nella strada dove si trova la clinica e

parcheggia proprio davanti all'edificio. "Vieni, ti accompagno."

"Oh, non devi—" Mi fermo, perché sta già camminando intorno alla macchina.

Aprendomi la portiera, mi aiuta e mi conduce nell'edificio, come se potessi sfuggirgli, se non mi tenesse una mano sulla schiena.

Mi aspetto che si fermi, quando raggiungiamo la porta, ma entra con me.

Confusa, mi blocco e lo guardo. "Che cosa stai facendo?"

"Eccoti!" Lydia si precipita verso di me, con il viso sollevato. "Grazie a Dio. Pensavo che non saresti... Oh, ciao." Arrossisce, fissando Peter con quella che posso solo interpretare come una vera e propria cotta.

"Peter stava solo—" Inizio a dire, ma lui sorride e avanza.

"Peter Garin. Ci siamo visti al nostro matrimonio" dice, tendendo la mano.

La segretaria spalanca gli occhi e gli stringe la mano, scuotendola energicamente.

"Lydia" dice senza fiato. "Di nuovo, congratulazioni. È stato un evento bellissimo."

"Grazie." Le sorride, e posso quasi percepire l'estasi interiore della donna. "Sai, Sara mi ha appena detto che siete a corto di volontari oggi. Non sono un medico, ovviamente, ma forse c'è qualcosa che posso fare per dare una mano qui stasera. Forse hai dei file che hanno bisogno di essere ordinati o qualcosa che dev'essere corretto. Per ora abbiamo solo un'auto e preferirei non fare avanti e indietro per venire a prendere mia moglie."

"Oh, certo." Il livello di eccitazione di Lydia è visibilmente quadruplicato. "Abbiamo così tanto lavoro. E hai detto di voler essere utile? Per caso te la cavi anche con i computer? Perché c'è questo software testardo..."

Lo conduce via, chiacchierando, e li fisso incredula, mentre il mio marito assassino scompare dietro l'angolo senza nemmeno voltarsi.

8

Aiuto Lydia a risolvere il problema con il suo software, a sistemare un rubinetto che perde e ad appendere alcune decorazioni nell'area di attesa, mentre due dozzine di donne—molte delle quali visibilmente incinte—mi osservano affascinate.

Essendo l'unico medico qui stasera, Sara ha un flusso di pazienti infinito, quindi non la infastidisco. Mi basta sapere che è solo ad un paio di stanze di distanza, e che posso raggiungerla nel giro di un minuto, in caso di bisogno.

Dopo essermi preso cura di tutti i compiti di base, mi metto al lavoro assemblando una macchina per le ecografie donata da un ospedale locale. Non ho mai lavorato con attrezzature mediche prima d'ora, ma sono sempre stato bravo a mettere insieme le cose—armi, esplosivi, dispositivi di comunicazione—quindi, presto capisco dove e come testare ogni cosa per assicurarmi che funzioni.

"Oh mio Dio, sei un vero salvatore, proprio come tua moglie" esclama Lydia, quando glielo mostro. "Abbiamo aspettato per mesi che venisse un tecnico, e oh, questo sarà molto utile! Sara è con la sua ultima paziente ora. Pensi che potresti sistemare anche questo armadietto? Si è inclinato e..."

"Nessun problema." La seguo in una delle stanze degli esami e fisso alcune viti per assicurarmi che l'armadietto in questione non cada sulla testa di qualcuno.

"Sei così bravo in questo" mi loda la receptionist, quando ho finito. "Hai mai lavorato nel campo delle ristrutturazioni, per caso? Sembri molto allenato con quel trapano e tutto..."

"Ho lavorato ad alcuni progetti di costruzione da adolescente" affermo senza pensare. Questa donna non ha bisogno di sapere che i "progetti" erano lavori forzati nella versione giovanile di un *gulag* siberiano.

"Oh, lo immaginavo." Mi sorride. "Fammi controllare se Sara ha finito."

"Per favore." Le sorrido di rimando. "Mi piacerebbe portare mia moglie a casa."

La receptionist si allontana e allungo le braccia, allentando la rigidità dei muscoli. Sono passati solo pochi giorni, ma sto diventando irrequieto, desideroso di muovermi e fare qualcosa di fisico. Dopo aver preparato la cena, sono andato a fare una lunga corsa nel parco e mi sono fermato in una palestra di pugilato per smaltire un po' di rabbia, ma ho bisogno di più.

Ho bisogno di una sfida di qualche tipo.

Per la prima volta, rifletto seriamente su quello che farò per il resto della mia vita. Grazie al doppio incarico Esguerra-Novak, ho abbastanza soldi per me, Sara e una dozzina di bambini/nipoti—soprattutto se non prendiamo l'abitudine di acquistare aerei privati, armi speciali o altri oggetti costosi. Non ho bisogno di lavorare per sostenerci, e non ho pianificato altro, a parte prendere Sara e legarla a me—in parte perché mi è sempre piaciuto il tempo libero tra un lavoro e l'altro.

Ora sto iniziando a rendermi conto che fosse dovuto al fatto che sapessi che il tempo libero era temporaneo, che un'altra missione impegnativa e carica di adrenalina mi stava aspettando. Ora non c'è niente—solo una serie di giorni tranquilli e pacifici che si estendono all'infinito.

Giorni in cui tutto ciò che farò è pensare a lei e aspettare che torni a casa.

"Peter?" Mia moglie fa capolino nella stanza, e un grande sorriso le illumina il viso, quando mi fissa. "Sono pronta per andare a casa, se tu lo sei."

"Andiamo" dico, e accantono il problema per un altro giorno.

Penserò dopo a cosa fare del mio tempo.

Per ora, ho la mia ptichka, e lei è tutto ciò di cui ho bisogno.

 Sara

I DUE GIORNI SUCCESSIVI VOLANO AL LAVORO. MARTEDÌ, rimango fino a tardi in ospedale per un parto, e mercoledì ho un altro turno presso la clinica, dove ancora una volta sono l'unico medico a visitare tutte le pazienti.

È estenuante, ma non mi dispiace, perché Peter trova un modo per starmi vicino entrambe le sere—martedì, rispondendo ad alcune e-mail presso lo Snacktime Café accanto all'ospedale, quindi posso uscire e vederlo, mentre aspetto che la mia paziente sia pronta per partorire, e mercoledì, aiutandomi di nuovo presso la clinica.

"Perché stai facendo questo?" gli chiedo, mentre andiamo alla clinica. "Voglio dire, non fraintendermi, sono molto contenta... e Lydia è al settimo cielo, di sicuro. Ma è davvero questo che vuoi?"

Mi guarda, con gli occhi che brillano. "Quello che voglio sei tu, nel mio letto ventiquattr'ore su ventiquattro. Oppure ammanettata a me in ogni momento. Ma dal momento che so quanto sia importante la carriera per te, mi adeguerò alla soluzione migliore."

Lo fisso, incerta su come reagire. Con qualsiasi altro uomo, lo riterrei uno scherzo, ma con lui, non è un'ipotesi sicura. Soprattutto perché capisco come si sente.

Tra l'altro, mi manca ferocemente, quando siamo lontani.

Arriviamo in clinica un minuto dopo, e vado a preparare una marea di pazienti, mentre Lydia afferra Peter per spostare alcuni mobili. Dalle sette alle dieci, vedo donne per problemi minori e seri, e poi un nome familiare compare sul mio prospetto.

Monica Jackson.

Il petto mi si stringe dolorosamente. La diciottenne è venuta la scorsa settimana dopo una seconda brutale aggressione da parte del patrigno, che è uscito di prigione per un cavillo tecnico, invece di scontare la condanna di sette anni per averla violentata, quando aveva diciassette anni. Quella volta l'avevo aiutata dandole un po' di soldi per ridurre la dipendenza finanziaria della madre alcolizzata dal bastardo, ma non ho potuto fare niente la settimana scorsa. Monica era terrorizzata che il patrigno potesse fare causa per la custodia di suo fratello minore, e vincerla—o che il bambino fosse stato adottato.

La sua situazione senza speranza mi aveva sconvolta così tanto che avevo pianto per un'ora intera.

Facendo un respiro profondo, indosso la mia maschera più calma e mi alzo, mentre la ragazza entra nella stanza. "Monica. Come stai?"

"Ciao, Dottoressa Cobakis." Il suo piccolo viso è così radioso che quasi non la riconosco. Nemmeno i lividi semi-guariti ancora visibili sulla sua pelle sminuiscono il suo splendore. "Sono pronta per la mia spirale."

Sbatto le palpebre per il suo entusiasmo. "Fantastico. Immagino che ti senta meglio."

Annuisce, saltando sul tavolo degli esami. "Sì, molto meglio. E indovina?"

"Che cosa?"

Sorride. "Non può più darmi fastidio. Mai più. La scorsa settimana, stava andando a lavorare di notte, ed è stato aggredito in un vicolo. Gli hanno tagliato la gola, ci credi?"

"Che... cosa?" Affondo nella sedia, mentre le gambe si piegano sotto di me.

Il suo sorriso svanisce, e mi rivolge un'occhiata pentita. "Scusa. Sembrava una cattiveria, vero?"

"Ehm, no. Questo è..." Scuoto la testa per l'inutile sforzo di chiarire. "Hai detto che qualcuno gli ha *tagliato la gola*?"

"Sì, i rapinatori o il rapinatore. La polizia non sa quanti ce ne fossero. Il suo portafoglio è stato preso, però, quindi stavano sicuramente cercando i suoi soldi."

"Capisco." Sembro soffocata, ma non posso farci niente. Il ricordo dei due tossici che Peter ha ucciso per proteggermi riaffiora così vividamente nella mia mente che posso sentire il fetore della morte e vedere il modo in cui erano accartocciati come fantocci, con le pozze scure di sangue che si allargavano sotto i loro corpi...

Così tanto sangue che qualcuno doveva aver tagliato loro la gola.

"Dottoressa Cobakis? Va tutto bene?"

La ragazza sembra preoccupata—devo essere sbiancata.

Sforzandomi, mi ricompongo e sorrido in modo rassicurante. "Sì, scusa. Solo alcune brutte associazioni, tutto qui."

"Oh, mi dispiace. Non volevo spaventarti. E, ti prego, cerca di capire: non sto dicendo che sono felice che sia morto. È solo che..."

"Sei contenta che sia fuori dalla tua vita. Ho capito." Mi alzo di nuovo e, con tutta la calma possibile, porgo a Monica un camice di carta avvolto nella plastica. "Cambiati, per favore. Arrivo subito."

Lasciando la ragazza, esco, con le gambe incerte e i polmoni che lottano per respirare.

La scorsa settimana, dopo aver saputo della seconda aggressione di Monica, non ho solo pianto.

L'ho anche confidato a Peter, spiegandogli esattamente che cos'era successo.

Se questa non è una macabra coincidenza, allora l'Agente Ryson aveva ragione.

Sono un mostro tanto quanto Peter. Ho ucciso il patrigno di Monica puntandogli contro l'arma più letale che conosca.

Il mio nuovo marito.

10

Sara

NON RIESCO ANCORA A RESPIRARE, QUANDO SALGO IN macchina con Peter, con il peso delle rivelazioni di Monica che incombono come un iceberg sul mio petto.

"Che cosa c'è che non va, ptichka?" chiede, mentre inizia a guidare. "Stai bene?"

Vorrei ridere istericamente. Sto bene? Dovrei stare bene?

Esiste un barometro del benessere per quando hai inavvertitamente commissionato un colpo?

"Sara?" insiste, guardandomi storto, e anche se il suo tono è leggermente curioso, scorgo un barlume di oscura consapevolezza nei suoi occhi.

Deve aver notato Monica in clinica.

Qualunque speranza avessi nutrito su questa

terribile coincidenza svanisce, lasciandosi dietro un orrore sempre più profondo.

Peter ha commesso questo omicidio per me.

Il sangue della sua vittima è sulle *mie* mani.

Non ha senso chiedere, ma non posso farci niente. Devo sentire quelle parole ad alta voce. "Sei stato tu?"

Mi aspetto che neghi o che ignori la domanda, ma risponde senza esitazione, con lo sguardo concentrato sulla strada da percorrere. "Sì."

Sì.

Eccolo. Nessun fraintendimento, nessuna confusione.

Ha ucciso un uomo per me.

Tagliandogli la gola, proprio come aveva fatto con quei tossici.

"Avresti preferito che lasciassi la ragazza nelle sue grinfie?" La sua voce è calma e ferma, mentre mi guarda di nuovo. "L'ho fatto in modo che non ti preoccupassi—e in modo che la tua paziente potesse avere una vita normale e felice."

Ingoio e distolgo lo sguardo, fissando ciecamente fuori dal finestrino. Che cosa dovrei rispondere?

Come hai potuto?

Grazie?

Mi sforzo di guardare il suo profilo. "Pensavo..." Mi si chiude la gola e devo ricominciare. "Pensavo che saresti stato rispettoso della legge. Non è questa una delle condizioni del tuo accordo con le autorità?"

Annuisce, tenendo gli occhi sulla strada. "Lo è—e *sono* rispettoso della legge. Considero ciò che ho fatto un *aiuto* alla legge—la legge che dovrebbe proteggere ragazze come Monica da uomini come il suo patrigno."

Distolgo di nuovo lo sguardo, con gli occhi che bruciano, mentre il peso freddo sul mio petto cresce.

Non considera nemmeno ciò che ha fatto come sbagliato. E perché dovrebbe? Questo è quello che è, quello che fa.

Uccidere è normale per lui, come per me lo è aiutare a partorire.

"Sara." La sua voce profonda mi raggiunge, e mi rendo conto che abbiamo già parcheggiato. Devo essermi estraniata per il resto del viaggio.

Irrigidendomi, mi volto verso di lui.

Si allunga per stringermi la mano. "Ptichka..." La sua voce è dolce, la sua grande mano calda, mentre mi avvolge le dita gelide. "Perché me lo hai detto, se non volevi il mio aiuto? Ti aspettavi davvero che rimanessi a vederti piangere per quell'*ublyudok* senza fare niente?"

Sussulto. Non posso evitarlo.

Questo è il nocciolo della questione, il motivo per cui le rivelazioni di Monica sono così devastanti.

Perché, nel profondo, *non* mi aspettavo che lo accettasse docilmente. In un certo senso, sapevo cosa avrebbe fatto—anche prima che promettesse che la mia paziente sarebbe stata "bene."

Lo sapevo e ho finto di non saperlo.

Perché, segretamente, *volevo* che succedesse.

Ho indicato a Peter il problema e lui ha fornito una soluzione.

Proprio così.

"Sara..." Solleva la mano per avvolgermi la guancia, con lo sguardo oscuro ma caldo nell'interno scarsamente illuminato dell'auto. "Non farlo, ptichka. Non starci male. Se l'è meritato; lo sai che è così. Credi davvero che Monica sia l'unica ragazza a cui lui abbia mai fatto del male? Il tuo sistema legale aveva la possibilità di risolvere la situazione, di chiuderlo in carcere per sempre—ma lo hanno lasciato andare. Hai fatto un favore al mondo raccontandomi di lui."

Chiudo gli occhi, desiderando appoggiarmi al suo palmo, lasciando che la sua voce profonda e tranquillizzante scacci l'orrore e il senso di colpa che mi congelano dall'interno.

Non solo amo un assassino ora, ma lo sono diventata anch'io.

"Non farlo, amore mio. Non ne vale la pena." Il suo respiro mi scalda il viso, e poi le labbra sfiorano le mie in un dolce bacio.

Un brivido mi attraversa in risposta, con un lampo di calore che si accende sotto il gelo che mi avvolge e, tutto ad un tratto, la dolcezza non è abbastanza.

Non voglio essere tranquillizzata—voglio essere scopata fino all'oblio.

Aprendo gli occhi, affondo le dita nei suoi capelli, stringendogli la testa e inclinando il viso per approfondire il bacio. Gli spingo la lingua nella bocca, e le mie unghie affondano nel suo cranio, mentre premo contro di lui, chinandomi sulla consolle che separa i nostri sedili. Il suo respiro si blocca, con le mani che scivolano nei miei capelli per afferrarli saldamente, e un ringhio basso rimbomba nel profondo del suo petto, mentre reagisce con la stessa aggressività, con i denti che mi tagliano il labbro inferiore, mentre ricambia il bacio, più forte e più profondo, spingendomi verso il sedile.

Sì, così. Mi gira la testa, con il calore dentro di me che si intensifica in una destabilizzazione. Sa di violenza e desiderio maschile, di punizione e amore, tutto mescolato insieme. Non riesco a ragionare sotto il suo sensuale assalto, e non voglio farlo.

Voglio questo.

Voglio lui.

In qualche modo, il sedile dietro la schiena si reclina, e poi Peter è sopra di me, con la macchina che trema, mentre mi strappa i vestiti, con una mano che scava sotto la camicetta, mentre l'altra raggiunge la cerniera dei miei pantaloni. Il suo palmo calloso è caldo e ruvido, mentre scivola sul mio stomaco nudo, e tengo gli occhi aperti abbastanza a lungo da permettermi di vedere i finestrini della macchina appannarsi. È quasi abbastanza per rendermi lucida, per farmi ricordare dove siamo, ma poi la sua mano si muove più in basso, con il bacio che diventa ancora più aggressivo, e il vortice del bisogno mi spazza di nuovo via.

Non so quando o come lui mi tolga i pantaloni e la biancheria intima, o a che punto gli strappi il bottone dei jeans. Tutto quello che so è che è improvvisamente dentro di me, così forte e spesso che fa male. Grido, ansimando, mentre inizia a fottermi sul serio, ma non si ferma, non rallenta e io non voglio che lo faccia. Ci diamo dentro come animali, senza ritegno o raffinatezza, e quando vengo, aggrappata a lui e urlante, è proprio lì con me, nella follia che è la nostra connessione.

Nell'oscurità che è il nostro amore.

eter

SONO QUASI CERTO CHE ALCUNI VICINI ABBIANO VISTO quello che è successo nella nostra auto nel parcheggio —e so che la mia squadra sicuramente l'ha fatto—ma non me ne frega un cazzo, mentre porto una traballante Sara verso l'ascensore. È trasandata come non l'ho mai vista, con la camicetta abbottonata in modo sbagliato e i capelli in disordine sul viso arrossato. Sono sicuro di avere un aspetto simile, e non posso fare a meno di sorridere, mentre passiamo davanti ad una coppia di fighetti che spinge un passeggino nella hall. Ci rivolgono un'occhiata scandalizzata, e Sara si volta, con le guance in fiamme.

È così carina. La mia povera ptichka è imbarazzata

per il nostro breve episodio di sesso semi-pubblico—anche se è stata lei ad iniziarlo.

"Non preoccuparti. Ci trasferiremo questa settimana" le ricordo, mentre entriamo nell'ascensore, e preme la fronte contro lo specchio, stringendo gli occhi, mentre sbatte un pugno sul vetro.

"Non posso credere che l'abbiamo fatto. Io... Oh, Dio, non mi sembra vero."

Sembra così mortificata che voglio abbracciarla. Così, faccio esattamente questo, ignorando i suoi tentativi di respingermi, mentre la stringo. Dopo un momento, si rilassa e le accarezzo i capelli arruffati, finché l'ascensore non raggiunge il nostro piano.

Poi, mi chino e la sollevo tra le braccia per portarla nell'appartamento.

Non obietta, nasconde semplicemente il volto contro il mio collo, mentre passiamo accanto a un altro vicino nel corridoio. Il ragazzo—uno poco più che adolescente—sorride e alza il pollice, mentre passa.

Se solo il ragazzo conoscesse l'intera storia.

Quando arriviamo alla porta, metto giù Sara per prendere le chiavi e lei corre nell'appartamento non appena la apro. Mi sto ancora togliendo le scarpe, quando sento la doccia aprirsi, e quando la raggiungo, sta già uscendo dalla vasca, ancora adorabilmente rossa in viso e con l'aspetto imbarazzato.

Sono felice di vederla così.

Sicuramente è meglio dell'espressione che aveva in macchina dopo aver saputo della scomparsa del patrigno di Monica.

"Credi che ci abbia realmente visto qualcuno?" chiede ansiosamente, avvolgendosi un asciugamano intorno, e trattengo un altro sorriso, mentre comincio a spogliarmi.

"Secondo *te*, ptichka?"

"Beh, è tardi, e il parcheggio è piuttosto buio, e—oh, stai zitto!" Mi dà un colpetto sul braccio, mentre getto la maglietta nel cesto della biancheria e inizio a ridere, non riuscendo a farne a meno.

Se nessuno in questo complesso di appartamenti ha visto l'auto parcheggiata dondolare come una nave in un uragano, mi taglierò una mano.

Geme, nascondendo il viso tra le mani, ma poi alza la testa, improvvisamente pallida. "Non pensi che verremo arrestati, vero? Per indecenza pubblica o qualcosa del genere?"

Smetto di ridere. "No, amore mio." Riesco a scorgere la paura e il senso di colpa sul suo viso, e so che non è dovuto alla nostra bravata nel parcheggio.

Ricorda che cosa l'ha preceduta, ed è preoccupata per le conseguenze.

"Sara..." Le prendo le mani tra le mie. I suoi palmi sono di nuovo freddi, nonostante il vapore della doccia calda che riempie ancora il piccolo bagno. "Ptichka, non ci succederà. Non c'è niente che mi leghi alla morte di quell'uomo—né qualcuno che stia investigando davvero. Lo so—ho fatto controllare dagli hacker. Secondo tutti, un ex detenuto è stato aggredito in un brutto quartiere, tutto qui. Nessun poliziotto sprecherà il proprio tempo ad indagare ulteriormente

—ma anche se lo facesse, non scoprirebbe nulla. Sono bravo in quello che faccio... o facevo."

"Lo so. E questo è..." La sua esile gola si muove, mentre deglutisce. "È terrificante."

"Perché?" chiedo gentilmente, sfregandole i pollici sui palmi. "Te l'ho detto, quella parte della mia vita fa parte del passato. Non vediamo l'ora che arrivi il futuro, ricordi? E ora lo stesso vale per la tua paziente. È libera di vivere la sua vita senza paura. Non è quello che volevi per lei?"

"Certo che lo è." Tira via le mani e si avvolge le braccia intorno, sembrando così triste che quasi mi dispiace aver fatto questo per lei.

Forse sarebbe stato meglio se avessi escogitato un altro modo per occuparmi del problema di Monica—o almeno se avessi eliminato il corpo.

Ma volevo che la paziente di Sara sapesse che il suo aggressore non rappresenta più una minaccia. Una scomparsa inspiegabile non sarebbe stata sufficiente. La povera ragazza si sarebbe sempre guardata le spalle, temendo il ritorno di quel coglione.

Questa è la cosa migliore, ne sono sicuro. Ora ho solo bisogno di convincere mia moglie.

"Ptichka—"

"Peter—" inizia simultaneamente, così mi fermo, lasciandola parlare.

Fa un respiro e lo rilascia lentamente. "Peter, se vogliamo... farlo davvero—se vogliamo costruire una vita normale insieme—ho bisogno che tu mi prometta qualcosa."

"Di cosa si tratta, amore mio?" chiedo, anche se posso immaginare.

"Ho bisogno che tu mi prometta che non lo farai mai più." I suoi occhi color nocciola sono concentrati sul mio viso. "Devo sapere che se qualcuno mi darà fastidio, non finirà in un vicolo con la gola tagliata. Che se i nostri figli avranno un insegnante difficile a scuola, sono vittime di bullismo da parte di un compagno di classe o se qualcuno mostra il dito medio mentre guidiamo, l'omicidio *non* sarà la soluzione."

Sbatto le palpebre lentamente. "Capisco."

"Me lo puoi promettere?" insiste, stringendo i lembi dell'asciugamano. "Ho bisogno di sapere che le persone intorno a me sono al sicuro—che stando con te non sto condannando a morte nessun altro."

Ora è il mio turno di fare un respiro profondo e calmante. "Amore mio... non posso promettere di non proteggerti. Se qualcuno cerca di fare del male a te o ai nostri figli—"

"Ci rivolgiamo alle autorità, come tutti gli altri." Solleva il mento ostinatamente. "Ecco a cosa serve la polizia. E in ogni caso, non sto parlando di un evidente caso di difesa personale. Ovviamente, se camminiamo per strada e qualcuno ci minaccia con una pistola, è una cosa diversa—anche se disarmare o semplicemente ferire quella persona dovrebbe essere ancora la soluzione preferita. Sto parlando dell'omicidio come modo per affrontare persone che *non* rappresentano una minaccia mortale. Capisci la differenza, vero?"

In realtà, no. Non ho intenzione di uccidere

coglioni a caso che suonano il clacson o qualsiasi cosa stia immaginando Sara, ma non lascerò che qualche ublyudok la faccia piangere o le spezzi il cuore.

Mi sta guardando, in attesa, però, e capisco che pretende una risposta. "Va bene" dico dopo un momento di riflessione. "Se è quello che vuoi, prometto che non ucciderò nessuno che non rappresenti una minaccia per noi o per qualcuno a cui teniamo."

"E non lo torturerai, picchierai o ferirai in alcun modo, giusto?"

Sospiro. "Bene. Nessun danno fisico, lo prometto." Ci sono ancora diversi metodi che potrei utilizzare, volendo—tangenti, ricatti, pressioni finanziarie— quindi mi sento a mio agio nel fare questa promessa. Inoltre, ciò che costituisce una "minaccia" è aperto all'interpretazione per quanto mi riguarda.

Se qualche fottuto bullo aggredisce nostro figlio a scuola, lui—o i suoi genitori—*non* se la caveranno senza un graffio.

Non sembra soddisfatta della mia promessa, così prendo il suo asciugamano e lo tolgo nello stesso momento in cui tiro giù la lampo dei jeans.

"Aspetta—" inizia a dire, ma la sto già spingendo nella doccia, dove mi assicuro che gli ipotetici futuri stronzi che potrei dover affrontare siano lontani, lontani dalla sua mente.

eter

La mattina dopo, Sara è silenziosa e un po' distante, mentre continua a soffermarsi sulla mia soluzione al problema della sua paziente. È improbabile che questo porti a qualcosa di buono, così cerco di distrarla alimentando il suo nuovo hobby: cantare con la band.

"Quand'è la tua prossima esibizione?" chiedo a colazione. "Ho visto i tuoi video sul palco, ma mi piacerebbe vederti di persona."

Alza gli occhi dalla sua frittata, sbattendo le palpebre come se si stesse concentrando su di me. "Oh, in realtà intendevo dirtelo. Il nostro chitarrista, Phil, mi ha mandato un messaggio la scorsa notte. Ci ha assicurato un concerto domani sera, ma solo se tutti riusciranno a farcela con un preavviso così breve. Pensi che possiamo spostare la cena con i miei genitori a sabato?"

Il mio primo impulso è dire di no. Contavo di averla per me dopo la cena—un evento che probabilmente richiederebbe due o tre ore, al massimo. Questa esibizione ci mangerebbe tutto il venerdì sera, e poi dovremmo ancora stare con i suoi genitori durante il fine settimana—che è anche quando ci stabiliremo nella nostra nuova casa.

Ma sto morendo dalla voglia di vedere il mio passerotto sul palco, riversando la sua anima. E questo è importante per lei, quindi è importante per me.

"Certo" dico con calma e mi alzo per iniziare a ripulire. "Possiamo cenare con i tuoi genitori sabato. O meglio ancora, invitali per un brunch."

Ho sempre saputo che condurre questa vita avrebbe significato dover condividere il tempo e l'attenzione di Sara, e non posso lasciare che la mia ossessione per lei rovini tutto.

Posso sopportarlo.

È solo qualcosa a cui devo abituarmi.

Finisco di pulire, mentre mia moglie si veste, e poi la accompagno al lavoro.

"Non dimenticare: l'atto di acquisto è alle sei di oggi" le ricordo, mentre ci fermiamo di fronte al suo ufficio. "Ti vengo a prendere alle 5:30, ok?"

Annuisce, senza incontrare il mio sguardo, mentre cerca la maniglia della portiera.

"Sara." Le prendo il polso, mentre la apre. "Guardami."

Obbedisce con riluttanza, e allungo l'altra mano, sistemandole una ciocca di lucenti capelli castani dietro l'orecchio. "Dillo, ptichka. Voglio sentire quelle parole."

Mi fissa, e sento il rapido battito dell'esile polso che sto stringendo. Sta di nuovo combattendo se stessa, combattendo i suoi sentimenti per me, e non lo permetterò.

"Dillo" esigo, stringendo la presa, e scorgo il momento esatto in cui smette di lottare.

Chiudendo gli occhi, inspira profondamente, poi li riapre. "Ti amo." La sua voce è bassa ma ferma, mentre mi guarda negli occhi. "Ti amo, Peter... nonostante tutto."

Qualcosa in profondità dentro di me—un nodo di tensione che non sapevo nemmeno fosse lì—si rilassa, e porto la sua mano sulle mie labbra, baciando la pelle morbida su ogni nocca. "Ti amo anch'io. Ci vediamo alle 5:30, ok?"

"Ok" mormora, e mi sforzo di lasciarla andare.

Di lasciarla volare libera, almeno fino a stasera.

Sara

FEDELE ALLA SUA PAROLA, PETER PASSA A PRENDERMI alle 5:30 in punto e ci rechiamo allo studio del notaio per firmare i documenti.

"Hai messo la casa a mio nome?" gli rivolgo un'occhiata sorpresa, quando vedo lo spazio solo per la mia firma sui documenti.

Annuisce, piegando le labbra in un sorriso. "È la cosa migliore, amore mio. Solo per evenienza."

Un brivido mi attraversa la schiena. "Solo per evenienza" potrebbe riferirsi a qualsiasi numero di cose, ma se tuo marito era ricercato dalle forze dell'ordine in tutto il mondo e ha ancora legami con la malavita, le parole assumono un significato particolarmente sinistro.

Vorrei indagare più a fondo, ma il notaio—una donna carina e raffinata sulla trentina—ci sta guardando con un'evidente curiosità, così firmo su ogni X e cerco di non pensare alle terrificanti possibilità.

Come, ad esempio, una squadra SWAT che abbatte la nostra porta nel bel mezzo della notte, perché hanno scoperto il ruolo di Peter nell'omicidio del patrigno di Monica.

"Tutto a posto" dice la donna vivacemente, mentre le porgo l'ultimo foglio. "Congratulazioni per la sua nuova casa."

"Grazie." Mi alzo e le stringo la mano. "Siamo molto emozionati."

Segue la stretta di mano di Peter e non posso fare a meno di notare il modo in cui lei lo guarda—come un gatto che osserva una ciotola piena di latte. Lui sembra incurante del suo interesse, ma sento comunque una brutta fitta di gelosia.

Forse dovrei dirgli che *lei* mi ha fatto arrabbiare?

Scaccio quel fastidioso pensiero non appena compare nella mia mente, ma è troppo tardi. Ripenso a tutto e mi sento male. Per tutto il giorno, ho cercato di convincermi che quello che è successo sia stato un evento isolato e che mio marito manterrà la sua promessa di non fare del male a nessun altro, ma ogni volta che sono vicina a crederlo, ricordo che cosa ha minacciato di fare al nostro matrimonio, se non mi fossi presentata.

L'omicidio—o la sua minaccia—farà sempre parte

del suo arsenale, e nessuno intorno a me è realmente al sicuro. Tanto varrebbe andare in giro con una bomba a mano.

Peter mi accompagna fuori, e ci dirigiamo verso casa, dove il tavolo è già apparecchiato con le candele e una bottiglia di champagne si sta raffreddando in un secchio di ghiaccio, mentre il forno emana deliziosi profumi.

"Alla nostra nuova casa" brinda, dopo averci versato un bicchiere, e trangugio il drink gassato, cercando di non pensare a corpi simili a burattini in vicoli oscuri, che spargono pozze di sangue.

Alla mina vagante che è sempre al mio fianco.

Peter

I TRASLOCATORI NON VERRANNO PRIMA DI mezzogiorno, quindi dopo aver lasciato Sara al lavoro venerdì, vado a fare una lunga corsa con uno zaino appesantito per imitare l'allenamento che facevo con i ragazzi. Ho bisogno del duro esercizio fisico per scacciare parte delle inquietudini che ho provato—e per non pensare a quanto mi manchi la mia moglie maniaca del lavoro.

Terminando la mia corsa in un parco tranquillo e quasi vuoto, tolgo la maglietta bagnata di sudore e comincio un ciclo di esercizi a corpo libero, usando lo zaino da trentacinque chili per aggiungere difficoltà alle flessioni con un braccio su un albero vicino.

Ho quasi finito, quando vedo un adolescente che corre verso di me, con la maglietta che gli svolazza intorno al corpo magro. Per un istante, sembra esattamente il mio amico Andrey, quello che mi ha fatto tutti i tatuaggi a Camp Larko.

L'illusione si dissolve, man mano che il corridore si avvicina, ma non riesco ancora a distogliere lo sguardo.

Il ragazzo sta correndo come se dei segugi lo stessero inseguendo, con gli occhi selvaggi e le braccia che pompano disperatamente lungo i fianchi. Qualche secondo dopo, capisco perché.

Quattro ragazzi più grandi, più grossi—giovani uomini, in realtà—stanno correndo dietro di lui, urlando insulti.

Non sono affari miei, ma non posso farci niente.

Non appena il sosia di Andrey mi sfreccia accanto, sgancio lo zaino dalla vita e lo getto a terra con disinvoltura. Poi, proprio mentre i suoi inseguitori stanno per superarmi, incrocio il loro cammino, estendendo le braccia da entrambi i lati.

Si fermano bruscamente, evitando a stento di schiantarsi contro di me.

"Che cazzo fai, amico?" ringhia il più grosso. "Togliti di mezzo!"

Cerca di spingermi da una parte—un grave errore da parte sua. I miei istinti ben collaudati entrano in azione, e un attimo dopo, il giovane è a terra sul sedere, gemendo, mentre i suoi tre compagni si allontanano, con le mani sollevate in modo difensivo.

"Sparite" dico loro, e lo fanno, fermandosi solo per afferrare il loro amico caduto e trascinarlo via.

Mi sto chinando per recuperare lo zaino, quando noto un movimento con la coda dell'occhio.

È il ragazzo che ho aiutato, con il petto magro che si gonfia, mentre mi fissa. "Come hai fatto?" Sento ammirazione e invidia nella sua voce.

"Fatto cosa?" Raccogliendo lo zaino, ci infilo la maglietta che avevo tolto.

"Metterlo giù in quel modo."

Mi stringo nelle spalle, sistemando lo zaino e fissando le cinghie attorno alla vita. "Solo qualche allenamento di autodifesa di base."

"No, amico." Gli occhi azzurri del ragazzo sono enormi—e stranamente uguali a quelli di Andrey. "C'era qualcos'altro. Eri nell'esercito? Ti alleni lì?" Indica il mio zaino.

"Qualcosa del genere, e sì." Mi volto per andarmene, ma il ragazzo non ha ancora finito con me.

"Puoi insegnarmi? A combattere, intendo dire."

Faccio finta di non aver sentito e inizio a fare jogging.

Non è scoraggiato. Raggiungendomi, corre al mio fianco. "Puoi insegnarmi? Per favore."

Accelero il passo. "Non ho intenzione di addestrare i ragazzi."

"Ti pagherò." È senza fiato, ma in qualche modo riesce a tenere il mio ritmo. "Ecco." Infila la mano in tasca e tira fuori due banconote da venti. "Li avrebbero presi comunque, quindi puoi averli."

Sto per rifiutare, quando mi viene un'idea. Fermandomi vicino ad una panchina, osservo il ragazzo con aria interrogativa. "Vuoi imparare? Davvero?"

"Sì." Praticamente salta dall'emozione. "Voglio sapere come difendermi. Voglio dire, ho seguito alcune lezione di karate da piccolo, ma in realtà non—"

"Quanti anni hai?" lo interrompo.

"Sedici. Beh, quasi. Il mio compleanno è il mese prossimo."

"E chi erano quei ragazzi che ti inseguivano?"

Arrossisce. "Amici di mio fratello maggiore. Fanno tutti parte di una confraternita, ed è una specie di rituale per loro. Sai, prendere soldi da un nerd."

Roteo quasi gli occhi per l'assurdità di tutto questo. Lo sto davvero prendendo in considerazione?

"Per favore, signore." Il ragazzo si sposta da un piede all'altro. "Mio padre dice sempre che devo difendermi, ma non so come. E il modo in cui li hai fermati... Ucciderei per essere in grado di farlo."

Il ragazzo non ha idea di cosa stia dicendo, ma per qualche motivo—forse perché sto ancora pensando ad Andrey e al modo in cui veniva sempre preso di mira nel nostro campo infernale, prima che la sadica guardia lo facesse bollire vivo—allungo la mano e dico: "Dammi il cellulare."

Tira fuori il suo telefono e me lo porge. Inserisco il mio numero e glielo restituisco.

"Chiamami questo fine settimana e organizzeremo un incontro. A proposito, come ti chiami?"

"Aiden, signore. Aiden Walt." Esita, poi decide di essere coraggioso. "E tu sei?"

"Peter Garin" dico, e riprendo a correre, lasciando l'adolescente accanto alla panchina.

15

Sara

COM'È STATA SUA ABITUDINE PER TUTTA LA SETTIMANA, Peter torna a prendermi dopo il lavoro, solo che invece di andare a casa o in clinica, ci dirigiamo verso il bar, dove stasera si esibisce la mia band.

"Grazie mille per questo" dico tra i bocconi della pasta col pollo che mi ha portato da mangiare in macchina. "È davvero deliziosa."

"Prego." Il suo sguardo argenteo è caldo, mentre mi guarda, prima di riportare l'attenzione sulla strada. "Mi fa piacere che ti piaccia."

"Non posso credere che tu abbia avuto il tempo di cucinare oggi. Non dovevano venire i traslocatori?"

Sorride. "Oh, non te l'ho detto? Sono venuti—e stasera andremo a dormire nella nuova casa."

"Che cosa?" Quasi soffoco sulla mia pasta. "Sei serio?"

Annuisce. "Ho assunto quattro ragazzi, che hanno imballato e spostato tutto a tempo di record. Ho già disfatto tutte le necessità, compreso tutto ciò che serve per la cucina e la camera da letto, quindi si tratta solo di occuparsi di alcune altre scatole nel fine settimana. E di comprare qualcosa di nuovo, naturalmente—ma pensavo che potremmo farlo insieme."

"Sei straordinario" dico, e lo penso davvero. La sua inesorabile spinta ossessiva—quella capacità quasi sovrumana di superare le insormontabili difficoltà nel perseguire il suo obiettivo—mi terrorizzava, ma ora che non combatto più per sfuggirgli, la vedo per il vantaggio che è.

La stessa formidabile forza di volontà grazie alla quale mi aveva fatto innamorare di lui ora sta smussando tutti i piccoli ostacoli nella nostra pacifica vita suburbana—una vita che è possibile solo perché ha compiuto un miracolo e si è tolto dalle liste dei Più Ricercati.

Se non lo conoscessi, lo considererei un mago, che ha piegato il fato e la realtà alla propria volontà.

"Ho deciso di aprire una scuola di addestramento" mi informa con indifferenza, mentre riprendo a mangiare. "Inizierò a cercare un posto la prossima settimana."

Mi fermo a metà boccone, fissandolo incredula. "Davvero?"

"Sì. Ho incontrato un ragazzo oggi nel parco, che mi

ha pregato di dargli alcune lezioni di combattimento. Così, mi è venuta questa idea, e più ci penso, più mi piace. Sto pensando a lezioni di difesa personale per donne e adolescenti, programmi di allenamento per atleti professionisti, addestramento per guardie del corpo e così via. Ho una certa esperienza nell'addestrare gli altri, avendolo fatto con i miei ragazzi, quando stavo mettendo insieme la squadra, quindi potrebbe essere divertente."

"È un'idea *fantastica*." Non posso nascondere l'emozione nella voce. "Sarà perfetto per te."

Mi rivolge un'occhiata ironica. "Meglio degli omicidi?"

Rido, perché mi ha letto nel pensiero. "Sì, molto meglio." Ero preoccupata per quello che avrebbe fatto qui, chiedendomi se gli sarebbe mancata la sua ex professione carica di adrenalina, e questo mi tranquillizza un po'.

Con la scuola di addestramento che occupa i suoi giorni e gli offre una nuova sfida, il mio marito assassino potrebbe effettivamente adattarsi alla nostra tranquilla vita civile.

Sentendomi più leggera di quanto non fossi stata fin dalla visita di Monica, finisco la mia pasta proprio mentre saliamo al bar, dove mi esibirò stasera.

LA SENSAZIONE DI LEGGEREZZA EVAPORA NON APPENA entriamo. Il bar è enorme, rumoroso e affollato, con la maggior parte dei clienti già ubriachi, e mi accorgo della crescente tensione di Peter, mentre ci dirigiamo verso il backstage, dove gli altri membri della band si stanno preparando.

"Ehi, eccoli, gli sposini! Sono così contento che siate venuti." Phil mi stringe in un grande abbraccio, e il viso di mio marito si trasforma in pietra, con la mano che inizia a piegarsi in un pugno.

Cazzo. Avevo dimenticato l'estrema possessività di Peter.

Spingo via il mio compagno di band e afferro rapidamente il braccio di mio marito. Il muscolo d'acciaio si flette sotto le mie dita e capisco che facevo bene a preoccuparmi.

La mia mina vagante stava per esplodere.

"Dove sono Simon e Rory?" chiedo, massaggiando le mani sul bicipite di Peter, come se mi stessi divertendo a toccare tutto quel muscolo letale—e sarebbe così, se non fossi così preoccupata per Phil. "Sono pronti?"

"Si stanno cambiando laggiù." Phil piega la testa verso destra. "Dovresti cambiarti anche tu. Abbiamo preparato il tuo abbigliamento. E non ti preoccupare, ti restituiremo tuo marito, quando avrai finito." Sogghigna verso Peter, che sembra ancora avere voglia di rovinarlo con le unghie. Lentamente.

"Va bene. Sarò veloce." Stringo il bicipite di Peter in segno di avvertimento e con riluttanza mi dirigo verso lo spogliatoio.

Sarà meglio che il mio chitarrista sia illeso al mio ritorno.

16

Peter

"ALLORA" DICE PHIL, CON L'ESPRESSIONE BONARIA CHE svanisce non appena Sara è fuori dalla vista. "Bastardo geloso, non è vero?"

Lo fisso, senza battere ciglio. "Non immagini quanto."

Se mai oserà abbracciare di nuovo mia moglie, sarà l'ultima cosa che farà. Questo luogo mi fa già innervosire—con tutti gli ubriachi ammassati là fuori, è il posto perfetto per colpire di un assassino—e il solo pensiero delle zampette di questo stronzo col ventre gonfio di birra su Sara mi fa venire voglia di spezzargli il collo paffuto.

Mi fissa, poi scoppia a ridere. "Oh, amico, dovresti

vedere l'espressione sul tuo viso. Non credevo che quello sguardo da assassino fosse una cosa reale."

Mi sforzo di sbattere le palpebre, attenuando il mio "sguardo da assassino" mentre continua, ignaro di quanto sia stata vera la sua osservazione. "Scusa, amico. Non intendevo invadere il tuo territorio. Conosciamo Sara da un po' e per noi è come una sorella. Beh, non proprio, perché non siamo imparentati e lei *è* davvero sexy, ma hai capito che cosa intendo. E sinceramente, non sapevamo nemmeno che le piacessero gli uomini. Non sto dicendo che pensavamo che stesse sull'altra sponda—solo che non le interessasse frequentare uomini, essendo vedova e tutto il resto. Anche se immagino che stesse uscendo segretamente con te e..." Scuote la testa. "Accidenti, non posso credere che non lo sapessimo."

"Sì, beh, ora lo sapete." Probabilmente dovrei essere più gentile, visto il suo evidente tentativo di legare, ma sto ancora trattenendo a malapena l'istinto di ucciderlo per quell'abbraccio—e per tutte le altre volte in cui ci ha indubbiamente provato con la mia moglie "davvero sexy."

All'epoca non era mia moglie, ma era *mia*.

Fortunatamente, Sara riappare prima che la mia pazienza venga ulteriormente messa alla prova. Indossa un abito bianco che mi ricorda Marilyn Monroe nella famosa scena della gonna che si gonfia. Su un'altra donna, sarebbe potuta sembrare semplicemente provocante, ma su di lei, con la sua postura da ballerina, è tanto elegante quanto sexy.

"Ho pensato che fosse appropriato" dice Phil mentre la fisso, con l'acquolina in bocca per l'impulso di mordicchiare la pelle morbida esposta per via della scollatura aperta del vestito. "Sai, dal momento che è una sposina e tutto il resto."

Distolgo gli occhi dalle sue delicate clavicole. "Che cosa?"

"L'abito bianco" risponde il chitarrista, sogghignando. "L'ho scelto io. Come una continuazione del tuo matrimonio e tutto il resto."

"Ah." Mi volto per guardare Sara, mentre si ferma per parlare con il loro batterista, Simon.

Quanto sarebbe brutto, se la portassi subito via? Se la prendessi e la portassi via da qui, per poi tenerla nel mio letto fino a non riuscire più a camminare entrambi?

Voglio che canti per me, e solo per me, con quell'abito.

E con qualsiasi altro vestito, ora che ci penso.

"Amico, riprenditi" dice Phil, e lo guardo storto, irritato. L'idiota scuote la testa e sorride, come se non potesse vedere che sto per spezzargli letteralmente il collo.

"Phil, ehi!" Una donna bionda gira l'angolo, e mi rendo conto che è l'amica di Sara dell'ospedale, Marsha.

Vedendomi, si blocca per un secondo, poi si avvicina a noi con fare esitante.

"Ciao, Marsha." Le sorrido il più gentilmente possibile. Non c'è bisogno di spaventare ulteriormente la donna; ha già ogni sorta di sospetto su di me. "Non sapevo che saresti stato qui."

"Sì, beh..." Il suo sguardo si posa su Phil. "Posso parlarti?"

"Certo." Lui mi guarda di nuovo. "Scusami."

Riporto la mia attenzione su Sara, mentre Marsha trascina via il chitarrista. La mia ptichka ora sta parlando con il ragazzo dai capelli rossi, Rory, e non mi piace il modo in cui quel pollo muscoloso la sta guardando.

Comincio a dirigermi laggiù, ma lei termina la conversazione e fa capolino sul palco. "Sono pronti per noi" urla girandosi, ed esco silenziosamente dall'area del backstage per unirmi alla folla nel bar.

L'esibizione della mia ptichka sta per iniziare e non voglio perdermela.

CON MIO GRANDE STUPORE, LA FOLLA CHIASSOSA SI calma non appena Sara sale sul palco. E quando apre la bocca, capisco perché. È fenomenale come qualsiasi altra pop star lassù, con la voce forte e pura, mentre canta i testi che ha composto. L'ho sentita esercitarsi in Giappone, ma ascolto con la stessa attenzione di chiunque altro nel bar.

È impossibile non farlo.

La canzone è sia evocativa che allegra, un insolito mix di country, R&B e recenti successi pop—il tutto combinato con lo stile unico di Sara.

È più che brava.

È fantastica.

I nostri occhi si incontrano, e il cuore si espande nel mio petto, fino a quando sembra che non possa essere contenuto. È surreale, il mio bisogno per lei, la bramosia che provo con ogni cellula del corpo. L'istinto primitivo prende di nuovo vita dentro di me, con l'urgenza di gettarla sulla mia spalla e trascinarla nella mia tana.

La voglio lontana dagli occhi di tutti, in modo da poterla divorare da solo.

Una canzone, tre, cinque, quindici—prima che me ne renda conto, sono passate due ore. Continuano a chiamarla, chiedendo il bis, e lei continua a cedere—finché non finisce tutto.

La prendo, mentre scende dal palco. La afferro letteralmente e la sollevo, premendola contro il mio petto.

"Il privilegio dello sposo novello" ringhio ai suoi fan rabbiosi, e mentre nasconde il suo viso, arrossendo e ridendo, faccio quello che sono morto dalla voglia di fare per tutta la serata.

La porto via, per godermela tutto da solo.

eter

MI TRATTENGO ABBASTANZA MENTRE LA RIPORTO A CASA, anche se ogni volta che Sara si sposta sul sedile e intravedo la sua coscia nuda sotto quella gonna provocante e bianca, sono tentato di uscire dalla strada.

L'unica cosa che mi impedisce di farlo è che non voglio un'altra sveltina in macchina. Ho bisogno di averla nel mio letto, dove posso banchettare sul suo delizioso corpo per tutta la notte. Dove posso mostrarle che sarà sempre mia, a prescindere da quanti uomini sbavino per lei.

Aiuta il fatto che stia parlando senza sosta, ancora riprendendosi dalla performance. Mi sta raccontando tutto su come la chitarra di Phil avesse avuto bisogno di una messa a punto all'ultimo minuto, e su come

Simon quasi non ce l'avesse fatta, perché aveva un articolo da consegnare. Concentrarmi sulle sue parole mi impedisce di allungarle la mano sotto la gonna e di farla scorrere sulla sua coscia liscia, prima di scavare sotto il perizoma di pizzo che ha indossato questa mattina e accarezzare il morbido, setoso—

"Riesci a credere che Marsha stia uscendo con Phil adesso?" Mi distoglie dai pensieri, e mi rendo conto di aver smesso di ascoltare, perso nell'erotica fantasia.

"Davvero?" Faccio del mio meglio per concentrarmi nuovamente sulle sue parole. "Quando è successo?"

"Rory mi ha detto che si sono conosciuti la notte del nostro matrimonio. Non è divertente? A quanto pare, Marsha era troppo ubriaca per guidare dopo la cerimonia, e Phil si è offerto volontario per riportarla a casa. E il resto, come si suol dire, è storia."

"È fantastico" dico, sforzandomi di tenere gli occhi sulla strada invece di divorare Sara con lo sguardo. "Buon per loro."

E intendo sul serio. Forse la vivace infermiera terrà occupato il chitarrista, che smetterà di sbavare su mia moglie ogni volta che ne ha la possibilità. E a sua volta, questo terrà Marsha abbastanza distratta da farla rimanere fuori dai nostri affari.

Sara le aveva raccontato un po' troppi dettagli durante la mia assenza, e anche se Marsha non sa per certo che sono io l'uomo che ha perseguitato Sara e ucciso il suo primo marito, lo sospetta fortemente.

"Sì, spero che funzioni per loro" dice. "Entrambi meritano un buon partner."

Annuisco diplomaticamente e le rivolgo un'altra occhiata. Mi guarda con un sorriso, e poi mi uccide appoggiando casualmente la mano sulla mia coscia.

Il mio uccello, già semi-eretto per le immagini proibite nella mia mente, scatta al massimo allarme. Il tocco delle sue dita magre mi scalda la pelle nonostante lo spesso tessuto dei jeans. È come se avessi un nervo teso sulla coscia, che invia scosse di elettricità dritte all'inguine. Il mio cuore batte violentemente, e serro la mascella, mentre la strada davanti si offusca per un pericoloso secondo.

"Sara." Ringhio il suo nome, mentre stringo convulsamente le mani sul voltante. "Ptichka, se non sposti la mano subito..."

Il suo respiro si blocca visibilmente, e tira via la mano, avendo finalmente capito che cosa sta facendo. Non aiuta, però. Posso ancora sentire il suo tocco. È stampato nella mia pelle, nella mia mente... nel mio cuore. Forse un giorno non sarà così, con il suo affetto che mi uccide ogni volta, ma per ora, siamo ancora troppo nuovi, troppo grezzi. Non molto tempo fa, mi temeva e mi odiava. Ero un mostro ai suoi occhi. E forse lo sono ancora—ma ora mi ama.

Sa di aver bisogno di me, parti oscure e tutto il resto.

Quando ci fermiamo davanti alla nostra nuova casa, mi assicuro che nulla inneschi il mio ben collaudato senso del pericolo. Niente lo fa—né dovrebbe. L'abitazione ora è sicurissima, con una tecnologia all'avanguardia che controlla tutto e la mia squadra posizionata in punti strategici in tutto il quartiere.

Non lascerò che i nemici del mio passato si intromettano nel nostro pacifico presente.

"Wow" esclama Sara, mentre la aiuto a scendere dalla macchina. La sua testa gira da un lato all'altro, con gli occhi spalancati per lo stupore. "Da dove vengono tutti questi alberi? E quella staccionata? Quando hai avuto il tempo di fare tutto questo?"

Do un'occhiata a ciò di cui sta parlando. Ho fatto mettere una staccionata alta e ho piantato alberi intorno alla proprietà per garantire la privacy e oscurare la linea di tiro ad eventuali cecchini.

"Ieri" rispondo, poggiandole una mano sulla parte bassa della schiena per condurla all'ingresso.

Potrà ammirare la nostra nuova dimora domani; stasera, tutto il suo tempo appartiene a me.

Abbiamo appena varcato la soglia, quando il mio autocontrollo si spezza come un ramoscello nella tempesta.

Chiudendo la porta con il piede, accendo la luce del corridoio e la appoggio contro il muro, posandole le mani sotto al vestito. Tirandole su la gonna, trovo il suo perizoma di pizzo umido e la figa morbida e scivolosa sotto di esso.

Cazzo, sì. L'esibizione deve averla eccitata in tutti i sensi.

"Peter." Spalanca gli occhi, mentre mi stringe i bicipiti. "Aspetta, andiamo prima—ahh..." Le sue parole terminano con un gemito, mentre la penetro con due dita, godendomi la strettura setosa e scivolosa.

"Dimmi che desideri questo" esigo, pompando le dita dentro e fuori da lei, lasciando che la punta ruvida del mio pollice le sfiori il clitoride ad ogni colpo. "Dimmi che mi *vuoi*."

I suoi occhi diventano sempre più vitrei, con le pupille che si dilatano di più ogni secondo che passa. "Ti voglio. Lo sai che è così." Sembra senza fiato, con i muscoli interni che si stringono e i fianchi che ondeggiano con un ritmo che mi dice che è al limite. "Per favore, Peter..."

Tiro fuori le dita e porto la mia mano sul suo viso. "Succhiale." Spingo le dita tra le sue labbra morbide. "Bagnale per bene, ok?"

Spalanca di nuovo gli occhi, ma obbedisce, con l'agile lingua che vortica intorno alle mie dita, mentre gliele infilo nella bocca. È straordinario, e mi fa immaginare quella lingua sul mio fallo. Volendo di più, spingo le mie dita più a fondo e sento un singhiozzo provenire dalla sua gola, mentre le bagna con altra saliva.

Fanculo. Se non sarò dentro di lei, esploderò.

Sbottonando i jeans con la mano libera, tiro fuori le dita dalla sua bocca e gliele spingo nella figa, lasciando che la scivolosità si mescoli con la saliva, mentre riprendo a fotterla con il dito, desiderando scorgere di nuovo quello sguardo vitreo nei suoi occhi.

Non impiega molto—dopo trenta secondi, sta respirando velocemente, con la pelle pallida splendidamente arrossata. Mi sta ancora guardando, ma i suoi occhi si fanno confusi, con la bocca che si apre, mentre affonda le unghie nel mio bicipite e i muscoli delle cosce vibrano come una corda.

Aspetto finché non sono sicuro che verrà, e poi estraggo di nuovo le dita—solo per sollevarle le cosce toniche e impalarla col mio uccello dolorante. La sua O senza parole si trasforma in un forte rantolo, avvolgendomi strettamente le gambe intorno ai fianchi, mentre la penetro con un unico spietato colpo. Posso sentire i suoi muscoli interiori pulsare e contrarsi, mentre mi sistemo profondamente dentro di lei, e devo fare appello a tutta la mia forza di volontà per non cedere al potente impulso di venire.

Non se la caverà così facilmente.

Non stanotte.

In qualche modo, riesco a resistere fin quando i suoi spasmi non si attenuano e il suo corpo non scivola contro il mio, con le palpebre che si chiudono, mentre una luce beata appare sul suo viso. Abbassando la testa, le bacio le labbra socchiuse e muovo la mano che l'ha scopata con le dita dalla sua coscia alla fessura invitante tra le natiche.

È così rilassata e presa dal mio bacio che oppone una minima resistenza, mentre premo un dito nella sua apertura posteriore e la lavoro con cura. Sono già dentro di lei fino alla prima nocca, quando strabuzza gli occhi e il suo corpo si irrigidisce, con i muscoli interni che mi stringono l'uccello e il dito, mentre mi avvolge più forte le gambe attorno ai fianchi.

"Lasciami entrare, ptichka" mormoro sulle sue labbra. "Sai che lo vuoi."

Non che abbia molta scelta. La sto tenendo su con la mano libera e il peso del corpo. Con le sue gambe avvolte attorno ai miei fianchi e il mio fallo sepolto dentro di lei, è impossibile che possa sfuggire o controllare la profondità della penetrazione di uno dei suoi orifizi.

È completamente alla mia mercé, ed è esattamente quello che voglio.

Non le ho preso il sedere dalla nostra prima notte di nozze, ma non ho mai smesso di pensarci—di pensare alla sensazione di quei globi rotondi premuti contro le mie palle e all'espressione di estasi al limite del dolore sul suo viso. Le avevo fatto male, lo so, e qualcosa al riguardo era stato perversamente giusto, incredibilmente soddisfacente.

Per quanto la adori, voglio ancora punirla a volte, scorgere la paura combattere con l'emozione nei suoi occhi.

Sollevando la testa, vedo che quegli occhi riflettono esattamente questo, mentre mi fissa. "Io..." Il suo respiro è di nuovo rapido. "Non so se—"

Ingoio le sue parole successive con un altro bacio e riprendo a lavorare con il dito nella sua stretta apertura, mentre la sollevo più in alto con la mano libera, spostandola sul mio membro. Geme contro le mie labbra e sento il mio uccello sfregare contro il dito attraverso la parete sottile che separa i suoi due orifizi.

Il mio respiro accelera, le palle si stringono sempre

di più, e qualsiasi controllo credessi di possedere svanisce. Approfondendo il bacio, spingo più in alto dentro di lei e contemporaneamente porto un secondo dito nel suo sedere. Si irrigidisce, le sue unghie affondano più profondamente nelle mie braccia e i muscoli interni si stringono per resistere, ma è inutile. Sono già dentro di lei, così in profondità che non riuscirà mai a tirarmi fuori.

Non ci sarà via di fuga per lei.

Non ora. Né mai.

Tutto dentro di me sta urlando di scoparla, di spingere dentro finché non scoppi e l'insopportabile tensione svanisca, ma c'è anche qualcos'altro che voglio. Respirando pesantemente, sollevo la testa e catturo il suo sguardo, mentre mi osserva stupita, col viso arrossato e le palpebre pesanti per l'eccitazione.

"Dimmi di cos'hai bisogno" ordino a voce alta, e il suo respiro sibila tra i denti, mentre spingo le mie dita più a fondo nel suo sedere, distendendolo, preparandolo. "Voglio sentirtelo dire."

"Io non..." Geme, chiudendo gli occhi, mentre infilo le dita a forbice, distendendola ulteriormente. "Non lo so."

"Sì, lo sai. Guardami."

Apre gli occhi obbedientemente, e la sua delicata lingua fa capolino per inumidire il labbro inferiore.

"Dimmi, Sara. Dimmi di cos'hai davvero bisogno."

"Io..." Il suo respiro accelera, mentre comincio a sbattere dentro di lei, assicurandomi di premerle sul clitoride ad ogni movimento. "È... questo. Peter, ho bisogno di questo. Ho bisogno di te dentro di me. Ho bisogno che tu"—ansima mentre affondo in lei —"mi prenda e..."

"E cosa?" insisto, con la schiena che mi formicola, mentre sento i suoi muscoli interni stringersi.

"E che mi fotta." Ora sta ansimando, con lo sguardo che diventa confuso e sfocato. "Che... mi faccia male."

"Sì." La mia voce è rauca. "Giusto. E tu sei mia. Mia da scopare, da ferire, da usare come voglio. Non è così, amore mio?"

Annuisce, con gli occhi che si concentrano sui miei. "Sì. Sempre."

Sempre. La parola mi trafigge il petto, portando con sé un mix di calda tenerezza e violenta soddisfazione. Mi piace che lei lo capisca adesso. Che lo ammetta.

Siamo fatti l'uno per l'altra. L'ho saputo fin dall'inizio—e ora lo sa anche lei.

Immergendo la testa, reclamo le sue labbra, mantenendo il bacio morbido e delicato anche mentre tiro le dita fuori da lei e le fisso entrambe le mani sotto le cosce, allargando le gambe, mentre la sollevo più in alto. Il mio uccello scivola fuori dalla sua figa e preme contro l'ingresso posteriore.

Il suo respiro si trasforma in un sussulto, ma la sto già abbassando sul mio fallo rigido, sfruttando la forza di gravità e la scivolosità della sua lubrificazione naturale per facilitare la penetrazione. Se non l'avessi distesa con le dita, sarebbe stato impossibile, ma visto come stanno le cose, l'anello del muscolo cede alla pressione incrollabile e io scivolo nel suo stretto canale, sentendo le viscere stringermi per uno sforzo frenetico di resistere all'invasione.

"Peter..." Sta tremando, mentre alzo la testa, incrociando il suo sguardo ancora una volta. "Peter, per favore..."

"Sì" prometto con voce roca. "Ti soddisferò, ptichka. Ti darò quello che ti serve... tutto ciò di cui hai bisogno."

E sostenendo il suo sguardo, comincio a muovermi, portandola là dove il dolore sfiora il piacere e l'amore e l'odio si confondono.

In quel meraviglioso luogo in cui è mia e mia soltanto.

18

Henderson

Studio il nuovo set di foto sullo schermo, mentre mi sfrego i muscoli nodosi del collo, cercando di ignorare il crescente mal di testa.

Sono riuscito a contattare l'FBI, e non è stato molto difficile. L'Agente Ryson è stato molto felice di riprendere le sue indagini su Sokolov per me.

Non mi aspetto che scoprirà qualcosa, ma non è questo il punto, comunque. Ho solo bisogno che si svolga un'indagine, anche se si tratta più della vendetta personale da parte di un agente scontento.

Aprendo la cartella sulla mia scrivania, studio i progetti dettagliati all'interno. Il piano sta iniziando a prendere forma, lentamente ma inesorabilmente. Ora ho solo bisogno di trovare le persone giuste per eseguirlo.

Gli spari della pistola automatica raggiungono le mie orecchie, esacerbando il dolore pulsante nelle tempie. Spingendo la cartella da una parte, mi alzo e vado nel salotto.

"Jimmy."

Mio figlio quindicenne non reagisce.

Ripeto il suo nome più forte.

"Che cosa c'è?" sbotta senza distogliere lo sguardo dallo schermo.

"Abbassa il volume di quel fottuto gioco" dico in tono più calmo possibile.

Alza il dito medio verso di me.

Il mio mal di testa si trasforma in un'insopportabile emicrania, con il collo che mi si spezza dal dolore, mentre una gelida rabbia si diffonde nelle vene.

In modo esternamente calmo, mi avvicino al divano e strappo il joystick dalle mani di mio figlio.

"Ehi!" Salta in piedi, cercando di riprenderlo, e il palmo della mia mano si schianta sul suo viso, facendolo cadere a terra.

"Ti avevo detto di smettere con quel cazzo di gioco" dico mentre mi fissa, stringendogli la mascella.

E lasciando cadere lo strumento sul pavimento, torno nel mio ufficio.

ara

SABATO MATTINA MI SVEGLIO CON LA CONSAPEVOLEZZA che io e Peter siamo sposati da una settimana e che abbiamo passato la prima notte nella nostra nuova casa.

Non ho avuto la possibilità di notare tutto ieri sera, così osservo subito la camera da letto. È luminosa e spaziosa, con le pareti di un rilassante grigio chiaro e il soffitto incassato ad almeno tre metri e mezzo sopra il nostro letto matrimoniale in rovere.

È bella e moderna, e all'improvviso sento l'urgenza di acquistare piante da mettere in ogni angolo.

Sorridendo, mi stiracchio, poi sussulto per il dolore interiore. Dopo quella brutale rivendicazione nel corridoio, Peter mi ha portata di sopra e mi ha presa di nuovo nella doccia, e poi ancora una volta in questo letto.

Uno di questi giorni, dovremo parlare di quanto sia normale una buona quantità di sesso. Gli uomini non dovrebbero scopare le proprie mogli ogni notte come se fossero appena usciti di prigione.

Immagino quella discussione e scuoto la testa. Chi sto prendendo in giro? Dolore o meno, non mi dispiace il suo desiderio per me, nemmeno un po'. L'intensa sessualità di Peter è una parte di lui, ostinatamente ardente quanto il suo amore per me. Non accetta confini, restrizioni. E lo voglio così: selvaggio ma tenero, letale ma perversamente dolce.

Ho finito di fingere di essere tutt'altro che pazza di lui, per quanto sbagliato possa essere.

I deliziosi profumi della colazione stanno già filtrando da sotto la porta chiusa, così faccio una doccia veloce nel nostro nuovo bagno lussuoso, infilo una maglietta, un paio di pantaloncini da yoga e scendo le scale, con lo stomaco che borbotta.

Mio marito è in piedi accanto alla cucina a gas in acciaio inossidabile simile a quelle dei ristoranti, a preparare pancake, e mi fermo, con la saliva che mi si mescola nella bocca alla vista. Con un paio di jeans logori e nient'altro, ha le spalle larghe, i muscoli definiti, i tatuaggi che decorano il braccio sinistro che si flette ad ogni movimento dei potenti bicipiti. I suoi capelli folti e scuri sono deliziosamente disordinati, come se stesse invitando le mie dita a toccarli, e la pelle abbronzata brilla alla luce del mattino.

Voltandosi, mi guarda con un sorriso sensuale. "Eccolo, il mio passerotto canterino. Come ti senti?"

Mi lecco le labbra, incapace di distogliere gli occhi dall'ampia distesa del suo petto. "Ho fame."

"Uh-uh, lo immaginavo." Sorride. "Purtroppo, *ptichka*, hai dormito così tanto che ormai è l'ora del brunch. I tuoi genitori arriveranno tra venti minuti, quindi dovrai aspettare."

Guardo l'orologio e capisco che ha ragione. "È tutta colpa tua" gli dico, incrociando le braccia sul petto. "Mi hai tenuta sveglia fino a *tardi*."

"Lo so. Povero tesoro. Vieni qui." Cammina verso di me, con gli occhi che brillano, e io indietreggio.

"Nu-uh. Non abbiamo tempo."

Mi raggiunge. "Abbiamo sempre tempo."

"I pancake—"

Le sue labbra calde sfiorano le mie, con la lingua che invade i recessi della bocca, e le mie dita si fanno strada tra i suoi capelli setosi, mentre la testa cade nella culla dei suoi palmi. Il suo alito sa di miele—deve aver assaggiato i pancake—e non posso fare a meno di sbattere le palpebre, quando finalmente solleva la testa, fissandomi senza alcun accenno di giocosità.

"Cazzo, non vedo l'ora che saremo di nuovo soli" borbotta, poi immerge la testa, reclamando la mia bocca con un bacio sempre più feroce, che non lascia dubbi sul suo vero intento.

Mi prenderà di nuovo.

Nel momento in cui i miei genitori se ne andranno, sarò nel suo letto.

Il campanello suona proprio mentre si stacca per mandare giù aria. "Cazzo." Respirando affannosamente, mi lascia andare. "Sono di nuovo venuti prima del previsto."

Mi liscio i capelli con una mano malferma, dolorosamente consapevole delle mie labbra gonfie a causa del bacio. "Farai meglio a vestirti. Vado ad accoglierli."

"Aspetta." Si avvicina ai fornelli e rovescia i pancake dalla padella su un piatto. "Così, non si bruceranno" spiega, prima di uscire dalla cucina.

Do una sbirciatina allo specchio, mentre mi dirigo verso la porta. Sicuramente ho l'aspetto di una che è stata appena aggredita, ma non posso farci niente.

Mi liscio di nuovo i capelli e apro la porta per salutare i miei genitori.

INSISTONO DI VOLER PRIMA FARE UN GIRO DELLA CASA, quindi andiamo di stanza in stanza, mentre Peter apparecchia. Quando mostro tutto ai miei genitori, sono stupita ancora una volta di quanto mio marito abbia realizzato ieri. Anche se alcune scatole sono ancora poggiate discretamente in alcuni angoli e il mobilio è minimo, tutto è organizzato e pulito... quasi in modo innaturale.

"Non posso credere che vi siate già sistemati" dice mamma, esprimendo i miei pensieri. "Pensavo che l'atto di acquisto fosse stato firmato giovedì."

"Infatti" confermo. "Ma Peter ha un suo modo per fare le cose."

"Sul serio" borbotta papà, aprendo un armadio e trovando gli asciugamani già dentro, ben piegati. "È una macchina, quel tuo marito."

Mi allungo per stringere l'avambraccio esposto e malandato di papà. "Sì, e questo è positivo."

I miei genitori non hanno ancora accettato del tutto la nostra relazione, ma spero che man mano che passeranno più tempo con Peter, lo faranno. La nostra prima cena insieme della settimana scorsa è andata abbastanza bene, grazie soprattutto a lui, che è stato sorprendentemente aperto sul suo passato e sui suoi sentimenti per me. Ha aiutato anche che abbia detto loro di voler metter su famiglia, allettando i miei genitori con la promessa di nipoti, che avevano quasi perso la speranza di vedere.

Con mio padre che ha compiuto ottantotto anni e mia madre solo nove anni più giovane, il loro orologio biologico per diventare nonni sta progressivamente rallentando.

Sebbene l'artrite di mio padre sia peggiorata e oggi sia uscito con un deambulatore, insiste a sfidare le scale per vedere tutta casa. Concludiamo il tour nella nostra camera, dove sono sorpresa di trovare il letto rifatto. Peter deve essersene occupato, quando è andato di sopra a vestirsi.

Dopo aver visto la stanza, papà va al bagno, mentre mamma controlla il nostro armadio a muro.

"Allora, che te ne pare?" chiedo, quando finiamo.

Mi guarda con aria seria. "È una casa stupenda, tesoro."

"Ma?" insisto, vedendo che non continua.

Sospira e si avvicina per sedersi sul letto. "Io e tuo padre siamo ancora preoccupati per te, tutto qui."

"Mamma—" Inizio a dire con tono esasperato, ma lei alza la mano e accarezza il letto accanto a sé.

Mi avvicino per sedermi, e dice sottovoce: "L'Agente Ryson ha parlato con tuo padre al parco ieri mattina. Non so cosa gli abbia detto, ma la sua pressione sanguigna è stata tutto il giorno alle stelle. Ho provato ad indagare, ma non mi ha rivelato nulla, ad eccezione del fatto di essere preoccupato per te."

La fisso, con una morsa ghiacciata che mi stringe il cuore. Che ci faceva lì l'agente dell'FBI? Che cos'ha detto a mio padre? Se è qualcosa di simile a quello di cui Ryson mi aveva parlato il giorno del mio matrimonio, è strano che papà non abbia avuto un altro attacco cardiaco in quel preciso istante.

L'FBI potrebbe sapere qualcosa sul patrigno di Monica?

I miei polmoni cessano di funzionare, mentre il pensiero mi attraversa la mente. Devo essere anche visibilmente impallidita, perché mamma si acciglia e si allunga per stringermi la mano. "Va tutto bene, tesoro?"

"Sì, io..." Mi sforzo di riprendere a respirare. "Sto bene." La mia voce è un po' troppo acuta, così sorrido per sembrare più convincente. "Scusa, sono solo preoccupata per papà. Come va la sua pressione oggi?"

Mamma sospira e mi lascia andare la mano.

"Meglio. Non è perfetta, ma migliore. Vorrei che mi dicesse che cosa gli ha riferito l'Agente Ryson, però."

"Già." Riesco a sembrare quasi normale. "Glielo chiederò oggi."

"Penso che sia meglio non farlo." Lanciando un'occhiata alla porta del bagno, abbassa ulteriormente la voce. "Di qualunque cosa si sia trattato, era ovviamente stressante, e non voglio che ci si soffermi troppo."

"Hai ragione, Mamma" dico e mi alzo per sorridere a papà, mentre esce dal bagno. "Ora, andiamo ad assaggiare quei pancake."

MENTRE MANGIAMO, OSSERVO PETER INTERAGIRE CON I miei genitori. Anche se so che preferirebbe essere solo con me, è di nuovo educato e rispettoso... assolutamente gentile nei modi. Salire e scendere le scale sembra aver peggiorato l'artrite di mio padre, così mio marito lo aiuta con il suo deambulatore—e lo fa in modo così disinvolto che mio padre dimentica di offendersi.

All'inizio, i miei genitori sono cauti e riservati, ma man mano che il pasto continua, sembrano sciogliersi con Peter—persino mio padre, nonostante qualunque cosa gli abbia detto Ryson. Aiuta che Peter prenda in mano la conversazione, facendo domande ai miei genitori su come si sono conosciuti e su com'ero da piccola, invece di aspettare che indaghino sul suo oscuro passato.

"Sara era una bambina così perfetta che non ci crederesti" gli racconta mamma, sorridendomi. "Dormiva tutta la notte, mangiava quando doveva, non piangeva quasi mai. E non si è mai ammalata, pur essendo nata esile—pesava poco meno di tre chili. Eravamo così terrorizzati—a causa della nostra età, sai —ma ha rapidamente messo a tacere tutte le nostre paure. Era come se sapesse che non eravamo i giovani genitori tipici, che potevano sopportare la tensione, e si assicurava che tutto andasse come da programma. È sciocco, ovviamente—era solo una bambina—ma questa era l'impressione che avevano tutti."

"Ci credo" replica Peter, guardandomi con un tale calore che arrossisco e devo distogliere lo sguardo.

Oltre a dirigere la conversazione sugli argomenti preferiti dai miei genitori, mostra la sua attenzione in una varietà di piccoli modi. Mamma ottiene la sua camomilla senza dover chiedere, e i pancake di papà sono serviti con un piatto di frutta fresca e panna montata oltre alla marmellata di fragole fatta in casa. Non so come abbia fatto mio marito a scoprire questa specifica preferenza di mio padre, ma i miei genitori chiaramente lo apprezzano.

"Sei un cuoco straordinario" lo loda mamma, e lui le rivolge un bel sorriso, con gli occhi che si increspano per un piacere sincero.

Guardandolo in questo modo, comincio a chiedermi se Peter non lo stia facendo davvero solo per me. È possibile che una parte di lui desideri ardentemente questo? Che siccome non ha mai avuto dei genitori si stia divertendo a far parte della nostra famiglia? Perché se sta fingendo, sta facendo un ottimo lavoro.

Io, da parte mia, sono convinta che stia cominciando ad apprezzare i miei genitori—e che, nonostante tutto, alla fine anche loro potrebbero ricambiare.

Mentre terminiamo il pasto, i miei genitori iniziano a fare domande su di noi—sul lavoro e ogni genere di cose tipiche dei genitori.

"Allora, hai deciso che cosa farai?" chiede mamma a Peter, che annuisce, raccontando loro tutto sulla scuola di addestramento che sta progettando di iniziare.

"Mi piace l'idea" afferma papà. "Sembra una soluzione valida, visto il tuo background e tutto il resto."

Peter sorride per la sua approvazione. "È quello che ho pensato anch'io. In ogni caso, è qualcosa con cui tenermi occupato, quando Sara è al lavoro."

Non c'è traccia di risentimento nella sua voce, ma non riesco ad evitare la fitta di disagio, mentre si alza e inizia a sparecchiare. È infastidito dai miei orari, lo so. Dopo tutti i mesi in cui siamo stati separati, le sere e i fine settimana che passiamo insieme non sono sufficienti—per nessuno dei due.

Forse questa sua nuova attività migliorerà le cose, dandogli qualcosa su cui concentrarsi che non sia io, e mentre ci abituiamo alla nostra vita coniugale, non ci mancheremo a vicenda così intensamente. Altrimenti, prima o poi, qualcuno dei due dovrà cedere—e quella persona sono io.

Peter ha sacrificato tutto per rendermi felice, e non posso fare qualcosa di meno per lui.

Mentre i miei genitori se ne vanno, penso che vorrei parlare con mio marito della visita di Ryson a mio padre, ma decido di non farlo. Era già rimasto sconvolto nell'apprendere che l'agente dell'FBI aveva interferito con il nostro matrimonio. Se sapesse che Ryson continua a infastidire la mia famiglia, potrebbe fare qualcosa al riguardo—e questa è l'ultima cosa che voglio.

Promesse o meno, Peter farà tutto il necessario per proteggermi, e non ho bisogno della morte di un altro uomo sulla coscienza.

PARTE II

20

Sara

NEL CORSO DEL MESE SUCCESSIVO, CI SISTEMIAMO NELLA nuova casa e continuiamo con la routine che abbiamo stabilito durante la nostra prima settimana di matrimonio. Anche se Danny e il resto della squadra di sicurezza di Peter sono sempre in agguato, mio marito mi accompagna e viene a riprendermi al lavoro, e si offre di aiutarmi nella clinica. Nel frattempo, si impegna nella creazione della nuova attività e nella raccolta di clienti—impresa in cui sta riscuotendo un grande successo.

Un pomeriggio, esco di nascosto dal mio ufficio, quando ho un paio di appuntamenti annullati, e Danny mi accompagna al parco che Peter ha scelto come terreno di allenamento all'aperto. E lo osservo, sogghignando, mentre mette alla prova cinque ragazzini, facendoli scattare, saltare sulle panchine, arrampicare sugli alberi e tentare di dargli un pugno in faccia.

Nessuno di loro ci riesce, ovviamente, ma sembra che si stiano divertendo a provare.

So come si sentono, perché gli ho chiesto di insegnarmi qualche mossa domenica scorsa, e abbiamo trascorso la mattinata nella sua palestra, allenandoci con qualche esercizio di base di difesa personale. È stato come combattere una montagna, e l'unica mossa che ho imparato è stata sollevare le gambe per diventare un peso morto, quando mi ha afferrata da dietro—per sbilanciare l'aggressore, presumibilmente. Inutile dire che tutto ciò è risultato in una sessione di sesso nel momento in cui siamo tornati a casa, e che non sono ancora in grado di difendermi—non che ne abbia bisogno, con Peter e le guardie del corpo sempre intorno.

Mi vede un minuto dopo, e un sorriso luminoso gli illumina il viso, prima di voltarsi e ringhiare istruzioni ai ragazzi. Poi viene verso di me, lasciando i suoi allievi a borbottare e ad ansimare, mentre cercano di fare le flessioni su un albero.

È una calda giornata d'agosto, ed è a torso nudo, indossando solo un paio di pantaloncini mimetici e stivali da combattimento. Lo guardo, a bocca asciutta, mentre cammina verso di me a grandi falcate, con il busto muscoloso che brilla per il sudore.

"Che cosa ci fai qui, ptichka?" chiede, fermandosi di

fronte a me, e gli salto addosso, avvolgendogli le braccia intorno al collo. Mi sorprende, girandomi intorno, mentre lo bacio impudentemente, e quando mi mette giù, respiriamo entrambi affannosamente, mentre i suoi allievi fischiano sullo sfondo.

"Tornate a lavorare" ringhia girandosi, con le mani ancora sulla mia vita, e loro obbediscono immediatamente, riprendendo i tentativi di sollevarsi.

"Un vero sergente severo, vero?" Gli sorrido, allungando la mano per lisciargli i folti capelli in una parvenza di ordine. Si stanno allungando ai lati e sopra, e sono più difficili da controllare. Mi piace l'aspetto selvaggio, quindi non dico nulla, ma probabilmente presto avrà bisogno di un nuovo taglio.

"Ci puoi scommettere" mormora, abbassando la testa per baciarmi di nuovo, e io rido, spingendolo via prima che iniziamo a baciarci per davvero. È successo in pubblico fin troppo spesso; Peter non si vergogna, quando si tratta di me.

In parte, è perché continuiamo a sentirci come se non trascorressimo abbastanza tempo insieme. Il mio attuale lavoro ha orari più prevedibili, ma ho ancora un paio di pazienti incinte—e i miei superiori hanno prolungato le vacanze, quindi dovrò visitarle tutte io questo mese.

Mi hanno chiesto di coprirli, e non ho potuto dire di no.

"Sì, avresti potuto" ha detto mio marito, quando ho spiegato che avrei dovuto essere disponibile per un altro fine settimana, dato che la paziente di Wendy stava per partorire. "Avresti sicuramente potuto dire di no. Qual è la cosa peggiore che sarebbe potuta accadere? Ti avrebbero licenziata?"

"Beh, sì" ho iniziato a spiegare, per poi fermarmi con un sospiro. "Lo so, lo so. Abbiamo i soldi e tecnicamente non ho bisogno di lavorare."

"Esatto." Il suo sguardo era fisso sul mio viso, e ho distolto il mio, non ancora pronta a discuterne. Logicamente, so che ha ragione—siamo multimiliardari, grazie alle sue recenti imprese—ma ho lavorato troppo duramente per diventare un medico e non posso rinunciare in questo modo.

"Potresti ancora fare volontariato in clinica" ha replicato, e ancora una volta, ha avuto ragione. Ho pensato più volte a quanto sarebbe bello, se potessi coccolarlo ogni mattina invece di svegliarmi e andare al lavoro. Per quanto fosse frustrante la mia prigionia in Giappone, eravamo sempre insieme—cosa che non apprezzavo in quel momento, data la mia rabbia verso di lui, ma che ora ricordo con desiderio perverso.

"Non è la stessa cosa" gli ho spiegato. "Non farei nascere bambini alla clinica."

È vero, e non ha insistito, ma so che torneremo presto sulla questione.

È inevitabile, data la nostra ossessione reciproca.

Ed è un'ossessione. Non posso negarlo. Credevo di amare George, almeno all'inizio, ma i miei sentimenti per lui erano una pallida ombra di quello che provo per il suo assassino. Non mi era mai mancato George in questo modo, quando eravamo lontani, non avevo mai desiderato di tornare a casa da lui con questo tipo di intensità. Le nostre vite erano più o meno separate, e pensavo che le cose dovessero essere così, che tutti i matrimoni—tutte le relazioni—fossero così.

Non c'è separazione di alcun tipo con Peter. Neanche lontanamente. È come se un filo invisibile ci unisse, anche quando siamo fisicamente separati. È costantemente nei miei pensieri e spesso mi ritrovo e provare dolore fisico per lui, come se il mio corpo fosse dipendente dal suo tocco.

Non aiuta il fatto che quando *siamo* insieme, mi ricopra di attenzione e mi coccoli fino a farmi sentire un animale domestico viziato. Mi massaggia, mi strofina i piedi, mi accarezza i capelli—fa tutto quando abbiamo tempo. Per non parlare del sesso.

Oh Dio, il sesso.

Fin dalla nostra prima notte di nozze, quando ho ammesso a lui—e a me stessa—di aver bisogno di un certo livello di forza da parte sua per far fronte alla nostra relazione non tradizionale, non si è fatto scrupoli a scatenare il mostro interiore in camera da letto. Pur essendoci molti momenti in cui è dolce e tenero, il più delle volte mi prende con una bramosia sfrenata, lasciandomi dolorante e sofferente al mattino. Nessuna parte del mio corpo è zona vietata per lui, e spesso mi ritrovo legata in ginocchio, con la bocca piena del fallo e il sedere che brucia per la sua dura rivendicazione.

Sarà anche mio marito ora, ma resta il mio tormentatore.

La parola chiave, però, è "mio." Per fortuna, il sesso con me è l'attività in cui sembra incanalare i suoi impulsi più oscuri. Per quanto ne so, ha mantenuto la parola sul non danneggiare nessun altro, e mentre le settimane passano, mi sento sempre meno preoccupata, quando siamo con la mia famiglia e con i miei amici. I miei genitori si stanno lentamente avvicinando a lui, e ai miei compagni di gruppo sembra piacere—il che mi sorprende, visto che Marsha ora sta frequentando seriamente Phil e *non* è una fan di Peter.

O, almeno, presumo che sia per questo che l'ho vista a malapena dal matrimonio.

"Marsha non sembra mai uscire con noi ultimamente" dico a Phil, quando andiamo tutti a bere dopo una performance del venerdì sera. "Voi due state ancora insieme, vero?"

Arrossisce, chiaramente a disagio. "Sì, ma lei è stata, uhm... davvero occupata."

Annuisco e prendo il mio drink. "Giusto, ok."

È ridicolo che mi senta ferita dall'abbandono della mia amica. Dopotutto, l'avevo evitata per un po', dopo aver saputo che stava aiutando l'FBI a sorvegliarmi. E in ogni caso, non posso biasimarla per essere stata prudente. Qualsiasi persona sana di mente avrebbe voluto tenersi alla larga da un uomo che sospettava fosse un assassino senza coscienza, che una volta aveva torturato la sua amica e ucciso suo marito.

"Occupata con cosa?" chiede Peter, raggiungendomi da dietro e strofinandomi le spalle. Il suo tono è leggero e disinvolto, ma posso sentire la tensione nelle sue dita forti, mentre mi massaggia i muscoli annodati. "Sta facendo più turni?"

"Qualcosa del genere" mormora Phil, facendo poi un cenno al barista. "Un giro di tequila, amico. La migliore che hai."

Il liquore mi brucia la gola, mentre beviamo, e il leggero imbarazzo svanisce, quando Rory e Simon si lanciano in un'animata discussione sui pro e sui contro delle bionde naturali. Phil si unisce, ma Peter rimane zitto, osservandoli con un'espressione vagamente divertita, e quando mi scuso per andare al bagno, lo sento ordinare un giro di vodka.

"Niente per me?" chiedo, vedendo solo quattro bicchierini al ritorno, e mio marito mi sorride.

"Temo di no, ptichka. Ho bisogno che tu sia sveglia e cosciente nel mio letto stanotte."

Accompagna le parole con una stretta del mio ginocchio, e i ragazzi sghignazzano, mentre combatto un rossore. È completamente impenitente riguardo al suo desiderio per me, sfruttando ogni opportunità per toccarmi e rivendicarmi—in privato o in pubblico. I miei compagni di band sono convinti che scopiamo tutto il tempo come conigli, ed è vero.

Mio marito ha la resistenza di un adolescente che assume Viagra.

Continuando a ridere, i ragazzi mandano giù la vodka e Peter ordina immediatamente un altro giro. Lo guardo un po' confusa—non l'ho mai visto bere così pesantemente—ma credo che voglia solo lasciarsi andare un po' dopo una lunga settimana.

Dopo altri due giri di vodka, però, mi rendo conto che sta succedendo qualcos'altro. Innanzitutto, sono abbastanza sicura che Peter abbia rovesciato il suo ultimo bicchiere sul pavimento. I miei compagni di band erano troppo ubriachi per accorgersene, ma io sono solo leggermente sbronza e l'ho visto inclinare il bicchiere di lato prima di sollevarlo con loro.

È come se stesse volontariamente cercando di farli ubriacare.

Dopo un'altra mezz'ora e altri tre giri di alcolici, il mio sospetto si trasforma in certezza. Rory e Simon ora sono proprio sbronzi, con il primo che sta cantando una ballata irlandese e l'altro che lo accompagna stonato, mentre Phil si è lanciato in un trattato filosofico sulla casualità della vita e le tendenze dei media. Peter si comporta come se fosse altrettanto sbronzo e completamente preso dalle divagazioni di Phil, ma per me è ovvio che mio marito stia manipolando la conversazione—non so come mai.

"E così, vedi, il CEO di uno studio cinematografico potrebbe pensare di avere il tocco magico con i blockbuster, ma in realtà, è solo in una striscia fortunata" biascica Phil, e Peter annuisce, come se tutto avesse un senso. "Pensi di avercela fatta, ma è solo fortuna, amico. Solo la fottuta fortuna. E poi bam! Il pendolo oscilla dall'altra parte. Perché è tutto casuale e ritorna la sfortuna. Non ce ne rendiamo conto—pensiamo di avere il controllo, perché vediamo uno schema—ma sono tutte cazzate. La vita è come il pendolo arrugginito in un terremoto, che oscilla da una parte all'altra, e a volte si blocca dopo aver ripreso. E a volte—a volte tutta la tua vita è in ripresa, fino a quando un tremore scuote la ruggine." Agita la testa tristemente e decido che ne ha avuto abbastanza.

Non so quale sia il piano di Peter, ma l'intossicazione da alcol non è uno scherzo.

Chinandomi, tocco la mano di mio marito e dico a voce bassa. "Andiamo a casa. Mi sto addormentando."

Solleva il palmo e mi stringe delicatamente la mano, con gli occhi completamente sobri anche quando le sue labbra si piegano in un sorriso apparentemente brillo. "Ancora un po', amore mio. Phil sta dicendo cose interessanti."

Mi acciglio, confusa. "Davvero?"

"Oh, sì" biascica Phil. "Semplicemente non lo vedi, perché non puoi. Non puoi nemmeno immaginarlo. Nessun umano può, perché le nostre menti non sono in grado di elaborare schemi veramente casuali. E quando gli algoritmi lo fanno per noi, crediamo che non siano casuali. Il mixer sul tuo lettore musicale? Non è casuale. Se lo fosse, riascolteresti la stessa canzone due, tre, quattro volte di fila, e questo non ci sembra casuale. Sembra che una canzone sia stata scelta volontariamente, come se ci fosse uno scopo dietro di essa, ma questo è falso. È solo matematica, solo programmazione. E quindi—"

"Quindi, hanno ottimizzato l'algoritmo, rimuovendo la casualità per renderlo più casuale" replica Peter, sembrando seriamente ubriaco, mentre gioca con le mie dita. "Hai ragione, amico. È assurdo."

Phil piega la testa. "Non è vero? Lo dico sempre a Marsha, ma lei non ci crede. Non capisce che a volte una coincidenza è solo una coincidenza, che qualcosa può essere semplicemente casuale. Come te e Sara. C'era un cattivo ragazzo di nome Peter nel suo passato, e Marsha pensa che sia tu, anche se l'FBI le ha detto—*le hanno detto apertamente*—che non lo è. Come quello che ha più senso: che sei un killer ricercato che per qualche strana ragione è autorizzato a vagare liberamente o che potrebbero esserci stati due Peter nella vita di Sara? È come una canzone che viene riprodotta due volte—difficile da credere, ma sinceramente casuale. Voglio dire, c'è quel ragazzo dell'FBI che le sta ancora parlando, ma sono abbastanza sicuro che ci stia solo provando, lo stronzo."

Mi blocco, irrigidendo la mano nella presa di Peter, mentre mio marito ridacchia e scuote la testa, esprimendo tutta la sua comprensione maschile. "Wow. Un vero stronzo. Come si chiama il tizio?"

"Tyson o qualcosa del genere." Phil singhiozza e sbadiglia rumorosamente.

Cazzo. Il cuore mi martella nel petto, mentre Peter mi scruta, con lo sguardo duro e illeggibile. Ha sempre sospettato qualcosa del genere? È per questo che ha fatto ubriacare Phil—oltre a Rory e Simon—tutta la notte?

In qualche modo sapeva che l'agente si era avvicinato a mio padre?

Ho cercato di dimenticarlo, di smettere di preoccuparmi che l'FBI venisse a sapere del patrigno di

Monica, ma ogni tanto mi sveglio con un sudore freddo a causa di un incubo in cui gli agenti SWAT irrompono nella nostra camera. Ufficialmente, c'è un accordo, ma Ryson ha chiaramente una missione tutta sua.

Che cosa ha detto a Marsha? Che cosa gli ha detto *lei*? La mia mente lavora, mentre Peter ordina un ultimo giro, poi si scusa con i ragazzi, lasciandoli bere da soli, mentre mi trascina fuori dal bar e verso la macchina di Danny.

Il mio ex assassino è abbastanza rispettoso della legge—o abbastanza intelligente—da non bere e guidare.

Aspetto che torniamo a casa, prima di parlare di ciò che Phil ci ha detto. "Peter, riguardo al—"

"Perché non mi hai detto che Ryson era ancora in gioco?" interrompe mio marito, avvicinandosi a me. C'è solo un lieve accenno di alcol nel suo respiro, mentre si china verso di me, intrappolandomi contro la parte posteriore del divano con il corpo potente.

O ha bevuto meno di quanto pensassi o il suo metabolismo è rapidissimo.

Mi si secca la gola e il respiro diventa irregolare, quando scorgo la gelida durezza nei suoi occhi metallici. Questo è il Peter che mi terrorizzava, l'uomo che aveva fatto irruzione in casa mia e che mi aveva così spietatamente interrogata per trovare George.

L'assassino che non ha mai provato rimorsi.

"Non sapevo che stesse parlando con Marsha" rispondo, quando riesco a sembrare semi-calma. So che Peter non mi farà del male al di fuori dei nostri giochi da camera, ma è difficile non essere intimidita, quando incombe su di me in questo modo, con il calore del corpo muscoloso che mi circonda, con la vicinanza che rappresenta sia una tentazione che una minaccia.

Potrebbe non fare del male a me, ma lo farà agli altri.

La vita dell'Agente Ryson—e forse di Marsha—è in pericolo.

"No?" Socchiude gli occhi. "Che mi dici dei tuoi genitori? Non sapevi che stava infastidendo anche loro?"

"No, io—" mi fermo prima di peggiorare la situazione mentendo. "Ok, sapevo che aveva parlato con mio padre un paio di mesi fa, ma pensavo che fosse stata l'unica volta. Stai dicendo che li ha avvicinati di nuovo?" Le parole mi stanno uscendo troppo velocemente, ma non posso farci niente.

Sono terrorizzata sia per l'agente che per quello che Peter potrebbe scoprire.

Mi fissa, poi finalmente fa un passo indietro, lasciandomi inspirare a fondo.

"Oggi" dice cupamente, e impiego un secondo per capire che sta rispondendo alla mia domanda. "La mia squadra lo ha visto avvicinarsi a tua madre, mentre era in un centro commerciale con Agnes Levinson. Uno dei ragazzi lo ha pedinato quando se n'è andato e vuoi sapere dov'è andato il figlio di puttana?"

Deglutisco. "Dove?"

"All'ospedale. Dove lavoravi tu—e dove la tua amica lavora ancora."

Ovviamente. Ecco perché ha deciso di fare domande a Phil stasera. O più esattamente, di interrogarlo—solo con l'alcol invece di una droga di marca come aiuto.

"Credi che lo sappia? A proposito di Moni—" Mi fermo nel momento in cui mi viene in mente che potrebbe non essere sicuro parlarne così apertamente.

Se l'FBI ci sta tenendo d'occhio, potrebbero esserci delle cimici in casa.

"Va tutto bene. Eseguo controlli quotidiani" mi rassicura Peter, comprendendo la mia preoccupazione. "Nessuno ci sta ascoltando."

Controlli quotidiani? Esiste la paranoia, e poi esiste qualunque cosa sia questa. So che la nostra abitazione gode di tutta la sicurezza di una base militare—ho visto la tecnologia futuristica installata—ma non avevo realizzato che mio marito fosse *così* paranoico.

"E no" continua, mentre raccolgo i pensieri. "Non penso che sappia qualcosa. I miei hacker tengono sotto controllo i file relativi a Sonny Pearson e nessuno ha accesso ad essi da settimane."

Sonny Pearson? È così che si chiamava il patrigno di Monica? Mi si stringe lo stomaco, mentre lo fisso, con immagini di vicoli bui e pozze di sangue che appaiono davanti ai miei occhi. Ho cercato di dimenticare quell'omicidio, proprio come tutte le altre cose terribili che Peter ha fatto, ma ora che conosco il nome dell'uomo, l'orrore e il senso di colpa si rinnovano in me.

"Smettila, ptichka." Il tono di Peter è gentile, e mi rendo conto che il mio viso deve riflettere i miei pensieri. Allungandosi, mi cattura entrambe le mani nei grandi palmi. "Non pensarci più. È finita."

Tirandomi verso di lui, mi avvolge in un abbraccio rassicurante, e gli stringo le braccia intorno alla vita, inalando il suo profumo familiare, mentre la mia guancia preme sulla sua spalla muscolosa. È perverso lasciare che mi consoli in questo modo, ma non posso non accettare questo da lui.

Solo in questo modo posso amare qualcuno così spietato.

Mentre mi abbraccia, accarezzandomi pazientemente i capelli, sento una crescente durezza che mi preme sullo stomaco, e capisco che tra qualche altro momento, non si accontenterà semplicemente di stringermi.

È allettante continuare così, trovare rifugio nel piacere travolgente che mi offre sempre, ma prima devo accertarmi di una cosa.

"Peter..." Tirandomi indietro, lo guardo. "Non farai niente a Marsha o all'Agente Ryson, vero?"

Mi fissa, stringendo le mani sui miei fianchi. "Definisci 'niente.'"

"Peter, per favore."

Appiattisce le labbra e fa un passo indietro, liberandomi. "Bene. La tua amica è al sicuro. Non mi avvicinerò a lei. Anche se non ci evitasse come la peste, ora sai che è meglio non fidarsi di lei."

"Ho le labbra sigillate con lei, te lo giuro. E non ti avvicinerai nemmeno a Ryson. Giusto?" chiedo, quando Peter non conferma né nega la mia affermazione.

Un muscolo della sua mascella cesellata pulsa. "*Rappresenta* una minaccia. Lo sai, Sara. Non è più solo un incarico per lui. Vuole eliminarci; è ossessionato da noi."

"Sì, ma non stiamo facendo niente di male—stiamo solo vivendo la nostra vita. E se continueremo a farlo, non potrà farci niente. Tuttavia, se abbocchi alla sua esca..."

Impreca sottovoce e si gira, camminando verso la finestra. Lo seguo, sapendo che se non gli carpirò questa promessa, i giorni dell'agente dell'FBI sono contati.

"Sai che è esattamente quello che spera" dico, quando si gira verso di me, con espressione ostile. "Vuole che violi i termini del tuo accordo. Lo sta uccidendo che tu sia qui con me e che siamo felici. Questa"—mi allungo per afferrare la mano di Peter—"è la miglior vendetta che potresti mai avere. Lascia che stia alle nostre calcagna. Non troverà nulla, perché non ci sarà nulla da trovare."

Mentre parlo, stringe le dita a pugno nella mia presa, prima di rilassarsi lentamente, e i suoi occhi assumono un bagliore particolare. "Va bene" dice con voce rauca, mentre mi afferra i polsi e li sposta più in basso. "Capisco il tuo punto di vista." Mi preme le mani sul suo cavallo, dove sento un crescente rigonfiamento.

Mi lecco le labbra, mentre un calore di risposta si accende nel mio cuore. "Quindi, ho la tua parola?" Massaggio delicatamente la sua erezione attraverso i jeans, prima di cadere in ginocchio davanti a lui. "Non farai del male a Ryson in alcun modo?"

Chiude gli occhi e mi afferra le spalle, mentre gli tiro giù la lampo dei jeans. "Sì, hai la mia parola. È al sicuro." La sua voce è tesa dal bisogno, ma sento la nota oscura sottostante, mentre aggiunge: "Finché non proverà a fare altro."

enderson

SVOLTO IN UN VICOLO, RABBRIVIDENDO PER LA PUNGENTE raffica di vento. Fa incredibilmente freddo a Budapest questa settimana, cosa che mi ricorda il breve periodo trascorso a Vladivostok nei primi anni Novanta.

Cazzo, mi mancano quei giorni normali.

Mi sta aspettando vicino alla porta sul retro, come d'accordo, con la sua esile figura da ragazzina avvolta in una giacca pesante e i capelli corti color biondo platino, che si alzano a punta attorno al viso da elfo.

Se non sapessi chi sia veramente, sarebbe facile credere alla sua copertura come cameriera in un bar alla moda.

"Mink?" dico mentre mi avvicino, e lei annuisce.

"Ecco." Le porgo una busta spessa. "Passaporto degli Stati Uniti e metà del pagamento concordato."

Prende la busta e se la infila nel cappotto. Quando tira fuori la mano, stringe una cartella. "Questi sono gli uomini che vuoi" dice, porgendomela. Il suo inglese è americano come il mio, senza nemmeno un pizzico di accento dell'Europa dell'Est. "Sono i migliori e faranno qualsiasi cosa."

Apro la cartella e sfoglio i file all'interno. Ciascun candidato ha una scheda personale per quanto riguarda i miei obiettivi, e sono tutti ex militari dell'élite.

Soprattutto, ne individuo quattro il cui aspetto potrebbe essere sufficientemente alterato con parrucche e trucco.

"Va tutto bene?" chiede, e io annuisco, chiudendo la cartella.

Questi erano gli ultimi pezzi del puzzle che mi mancavano.

"Sei sicuro di non volere che lo elimini da sola?" chiede, mentre mi infilo la cartella nel cappotto. "Perché potrei, lo sai."

"No, non potresti" dico. "È troppo ben sorvegliato. E anche se ci riuscissi, non è questo il piano. Il tuo compito è assicurarti che non venga catturato vivo, capito?"

Mi rivolge un saluto beffardo. "Sì, sì, Generale. Consideralo fatto."

E girando sul tacco delle sue Doc Martens, apre la porta e scompare nel bar.

Peter

Non pensavo che fosse possibile amare Sara ancora di più, ma col passare delle settimane e scoprendo il nostro percorso come coppia sposata, i miei sentimenti per lei si intensificano e si fanno più profondi. Ora mi rendo conto che c'era molto che non sapevo sull'oggetto della mia ossessione—la nostra relazione era stata così tesa che lei non si sarebbe mai davvero rilassata con me. Ora, tuttavia, riesco a vedere un altro lato di lei, e adoro ogni nuovo tratto e peculiarità che scopro.

La mia ptichka odia la politica, ma è stranamente affascinata dai disastri naturali, divorando tutte le notizie prima di inviare una generosa donazione. Sostiene di amare i cani più dei gatti, ma è dipendente dai video dei gatti su YouTube. Pensa che *The Big Bang Theory* sia lo show più divertente di tutti i tempi e lo guardiamo insieme nei weekend. E soprattutto, canta quando è di buon umore—a volte sottovoce, a volte ad alta voce.

"Dovresti includerla nella tua prossima esibizione" le dico, quando la sorprendo a canticchiare in cucina un sabato mattina. "Mi piace quella melodia. Molto evocativa."

Mi sorride. "Davvero? È qualcosa che ho appena composto. Devo ancora trovare le parole."

"Le troverai." Le bacio la fronte liscia. "Ci riesci sempre."

La sua musica si sta evolvendo, proprio come la nostra relazione. È più fiduciosa nelle sue scelte, e questo si nota nelle esibizioni della band, che ora consistono in materiale originale composto da lei—e che attirano folle sempre più grandi. Un mese fa, Simon ha creato un canale YouTube per la sua band, che ha già raggiunto cinquantamila iscritti.

"È solo questione di tempo prima che diventiamo davvero grandi" ci dice Rory allegramente, dopo che un locale all'aperto piuttosto ampio ha registrato il tutto esaurito per il loro concerto del venerdì sera. "Stiamo per sfondare, lo so e basta."

Phil e Simon sono altrettanto emozionati, e vogliono uscire per festeggiare, ma Sara rifiuta, sostenendo di essere stanca. Preoccupato, la porto subito a casa, così potrò metterla a letto nel caso fosse influenzata.

"Sto bene, davvero" mi rassicura esasperata, quando la prendo in braccio per portarla dall'auto alla casa. "Sono stanca, ma posso camminare. Davvero, è stata solo una lunga settimana."

Ignorando le sue proteste, la porto in casa, senza metterla giù finché non arrivo al nostro bagno al piano di sopra. Una volta lì, le preparo un bagno caldo e mi assicuro che si sia sistemata comodamente, prima di andare in cucina per prepararle un po' di tè di echinacea.

Quando torno con il tè, si sta già addormentando nella vasca, con aria così adorabilmente assonnata che la metto a letto non appena la asciugo, ignorando la prevedibile bramosia dovuta al fatto di averla nuda tra le braccia.

Ho bisogno di prendermi cura di lei adesso, non di scoparla.

Si addormenta immediatamente, senza neanche un sorso di tè, anche se sono solo le dieci e normalmente non andiamo a letto prima delle undici. Sento la sua fronte per assicurarmi che non abbia la febbre, poi prendo il portatile e mi sistemo su una poltrona vicino al letto, decidendo che lavorerò un po', mentre la tengo d'occhio. C'è una grande quantità di documenti che va di pari passo con la gestione di un'attività legittima come la mia scuola di addestramento e in generale la gestione di un'impresa.

Sono contento di questo. Non dei documenti—a nessuno *piacciono*—ma di riuscire a tenermi occupato. Addestrare i civili sulle basi della difesa personale è ben lontano dalle missioni adrenaliniche del mio passato, ma aiuta ad occupare le giornate e allontana il costante desiderio di Sara. Anche se i suoi superiori sono tornati, lavora ancora troppo, e devo fare appello a tutta la mia forza di volontà per non farle pressione e spingerla a passare più tempo con me.

Al di fuori del lavoro, facciamo tutto insieme, dalle commissioni per il volontariato nella clinica per le donne fino al tempo che trascorriamo con la famiglia e gli amici. Ogni volta che le viene cancellato un appuntamento, viene a farmi visita nella mia scuola per praticare alcune mosse di difesa personale che le ho insegnato, e spesso passo a trovarla nel suo ufficio per il pranzo, nel caso abbia il tempo di mangiare un boccone con me. Ho persino programmato le nostre pulizie dentali nello stesso studio dentistico alla stessa ora, così potremo stare insieme durante il viaggio.

Potrebbe sembrare eccessivo per la maggior parte delle persone, ma è appena sufficiente per me.

Dopo un'ora, la controllo. Ancora niente febbre, e sta dormendo serenamente, anche se un po' troppo profondamente. Forse è solo stanca.

Sbadigliando, metto via il portatile e faccio una doccia veloce, prima di andare a letto. Tirandola verso di me, inspiro profondamente, inebriandomi del suo dolce profumo, e poi mi lascio andare alla deriva, godendomi la sensazione di lei avvolta nel mio abbraccio.

SONO ANCORA STRANAMENTE STANCA, QUANDO MI sveglio la mattina dopo, e i profumi della colazione che si diffondono dalla cucina al piano di sotto mi fanno venire la nausea invece di stuzzicarmi l'appetito come al solito. Con gli occhi annebbiati, barcollo verso il bagno, e mentre lavo i denti, mi viene in mente che oggi è sabato.

Il che significa che il mio ciclo è in ritardo di quattro giorni.

L'ondata di adrenalina scaccia via tutta la sonnolenza residua. Con il cuore che batte all'impazzata, mi precipito nella camera da letto e tiro fuori il telefono, contando freneticamente i giorni sul calendario per assicurarmi di non aver commesso un errore.

No.

È decisamente in ritardo, e questa volta non posso dare la colpa allo stress.

Eseguo dei test di gravidanza fin dalla nostra discussione sui bambini, quindi corro di nuovo al bagno per prenderne uno. Solo che ho già fatto pipì, e non riesco a far uscire nemmeno una goccia di urina.

Maledicendo silenziosamente la mia mancanza di lungimiranza, richiudo il test completamente asciutto nella scatola, lo rimetto nel cassetto e vado a vestirmi.

Dovrò aspettare fino a dopo la colazione per fare il test.

"I TUOI GENITORI SARANNO QUI TRA POCO" MI INFORMA Peter, quando scendo al piano di sotto, e ricordo con un sussulto che oggi verranno per il brunch.

"Ho di nuovo dormito troppo?" Guardo l'orologio. "Oh, wow, sì."

Sono le 11:27—esattamente tre minuti prima del loro arrivo.

"Dovevi essere davvero sfinita" osserva Peter, guarnendo una quiche dall'aspetto soffice con un pizzico di prezzemolo. "Come ti senti stamattina, ptichka?"

Esito, poi gli rivolgo un sorriso brillante. "Bene. Avevo solo bisogno di recuperare il sonno, tutto qui."

Visto quanto mio marito desideri un bambino, è meglio che lo sappia per certo, prima di comunicargli la notizia. Se questo fosse un falso allarme, mi odierei per averlo deluso.

Non sembra esserne molto convinto, ma il campanello suona, prima che possa dire qualcosa. Mi affretto verso la porta per salutare i miei genitori, e quando arriviamo nella sala da pranzo, Peter ha già apparecchiato il tavolo.

"Oh, wow" esclama mamma, quando assaggia la quiche. "Peter, devo ammettere di essere stata in ristoranti a cinque stelle che non erano altrettanto buoni."

Le rivolge un caloroso sorriso, e mio padre grugnisce con approvazione, mentre mastica la sua porzione. I miei genitori sono ancora piuttosto diffidenti nei confronti di mio marito, ma li sta lentamente conquistando, diventando un genero modello. Con George, quando eravamo molto occupati, a volte passavo un mese o più senza vederli, ma Peter si assicura che li incontriamo almeno una volta alla settimana. Ha anche tagliato la loro erba e si occupa di compiti tecnologici e manuali in casa, facendoli sentire come se stessero facendo tutto da soli e come se lui stesse solo dando una mano occasionalmente.

"Hai un vero dono per questo" gli ho detto un paio di settimane fa. "Conquistare suoceri ostili è qualcosa che insegnano in una scuola per assassini?"

Ha annuito tranquillamente. "Suoceri, esplosivi,

armi di alto calibro—tutti devono essere maneggiati con cura. Inoltre, mi piacciono i tuoi genitori. Hanno creato *te*."

Gli ho sorriso, sentendomi incredibilmente felice. Non so che cosa immaginassi, quando pensavo alla nostra vita da coppia sposata, ma finora tutto ha superato le mie aspettative. L'oscurità del nostro passato condiviso aleggia ancora sullo sfondo, ma il futuro ora sembra così luminoso che quasi non ha importanza.

Abbiamo raggiunto l'impossibile: una vita normale e felice insieme.

Dopo aver terminato il brunch—che mando giù nonostante la persistente nausea—porto mamma di sopra per mostrarle un elegante cappotto che ho acquistato online. Papà resta al piano di sotto, sistemandosi nel nostro salotto per guardare il notiziario sul grande schermo, mentre Peter fa sparire i piatti.

Mamma approva immediatamente il cappotto—adora le cose alla moda—e sto per scusarmi per eseguire il test, quando la voce tesa di papà fluttua al piano di sopra.

"Lorna, Sara, venite qui. Dovete dare un'occhiata a questo."

Il mio telefono vibra in quel momento, e lo stesso vale per quello di mia madre.

Scambiandoci occhiate preoccupate, tiriamo contemporaneamente fuori i nostri cellulari.

Sul mio schermo appare una notizia dalla CNN.

Sospetto attacco terroristico alla sede dell'FBI a Chicago, si legge. *Ancora sconosciuto il numero delle vittime.*

133

Sara

Il cuore mi batte forte e la quiche è come una roccia nello stomaco, quando arriviamo al piano di sotto. Peter e mio padre sono nel soggiorno, a fissare lo schermo della TV—che sta mostrando un grande edificio in fiamme.

Lo stesso edificio in cui Ryson mi aveva interrogata così tante volte.

Mamma si copre la bocca, con il volto pallido, mentre guardiamo gli elicotteri circondare l'edificio in fiamme. Sotto, vigili del fuoco e paramedici stanno lavorando freneticamente per salvare i sopravvissuti e caricare i feriti sulle barelle.

Sembra la scena di un film, solo che sta accadendo

proprio in questo momento, a meno di un'ora di distanza.

"Sebbene le autorità non abbiano emesso dichiarazioni ufficiali, le prime indicazioni suggeriscono che un esplosivo sofisticato e potente sia esploso all'interno dell'edificio" dice in tono grave la giornalista. "A partire da ora, tutti gli aeroporti e gli uffici governativi a livello nazionale sono in allerta e il traffico aereo nella regione di Chicago è stato sospeso."

L'immagine in TV mostra agenti SWAT che corrono verso O'Hare con cani che annusano bombe, che si scontrano con i viaggiatori terrorizzati in fuga.

"I residenti di Chicago sono invitati a rimanere ai margini della strada per non ostacolare il passaggio ai veicoli di emergenza" continua la giornalista. "Chiunque abbia informazioni su questo terribile evento può contattare il numero qui sotto." Un numero 1-800 appare in grassetto nella parte inferiore dello schermo. "Al momento, ci sono tre vittime confermate e ben quindici feriti. Vi terremo aggiornati, man mano che scopriremo di più." Si ferma, con una mano sull'orecchio, poi continua: "Aggiornamento: sette persone al momento risultano decedute e l'esplosione sembra aver avuto origine al terzo piano dell'edificio."

Terzo piano?

È lì che si trova l'ufficio di Ryson.

Forse era lì?

È tra i morti?

Non sono pienamente consapevole che sto

oscillando sui piedi, ma evidentemente lo sto facendo, perché all'improvviso Peter è lì, con il suo potente braccio che mi avvolge la schiena. "Ecco, siediti, ptichka" mormora, guidandomi verso il divano. "Sembri sul punto di svenire."

Sbatto le palpebre, colpita da quanto sembri calmo, mentre si siede accanto a me. A parte una lieve tensione nella mascella, nulla nella sua espressione suggerisce che stia succedendo qualcosa di insolito. Ma di sicuro è perché ha visto di peggio.

Forse ha anche fatto di peggio.

Un pensiero orribile mi attraversa la mente, ma lo scaccio, non volendo verbalizzarlo.

Non voglio pensarci, nemmeno per un secondo.

"Non posso crederci" dice papà, con voce tremante, e mi volto per vederlo seduto accanto a me, con il viso pallido come quello di mamma, mentre fissa la TV. "L'edificio dell'FBI tra tanti posti. Come hanno potuto superare tutta quella sicurezza?"

In effetti, com'è stato possibile?

Lo scomodo pensiero riaffiora, ma decido di eliminarlo una volta per tutte. Questa orribile tragedia non ha niente a che fare con me o Peter.

"Stai bene, Papà?" chiedo, allungando la mano per toccargli il braccio.

Tutto questo non può far bene al suo cuore difettoso.

Annuisce, con gli occhi ancora incollati allo schermo. "Grazie a Dio è sabato. Riesci a immaginare quante persone sarebbero morte, se oggi fosse stato un giorno feriale?"

Torno a guardare la TV, dove i vigili del fuoco stanno combattendo le fiamme e le vittime sono state portate via sulle barelle—molte meno vittime di quanto mi sarei aspettata da un'esplosione di queste dimensioni. Certo, alcune persone saranno state spazzate via, con i loro resti ancora da trovare, ma sospetto che papà abbia ragione e che ci fossero poche persone, perché è il fine settimana.

"Forse la bomba è esplosa in ritardo. O troppo presto" dice mamma barcollando, mentre si lascia cadere su una sedia imbottita accanto al divano. "Sono certa che gli animali che l'hanno fatto volevano uccidere il maggior numero di gente possibile."

"Non ne sono così sicuro" ribatte Peter, e mi giro per vederlo con gli occhi fissi sullo schermo con un'espressione pensierosa. "Chiunque ci sia dietro questo chiaramente sapeva cosa stava facendo."

Deglutisco a fatica, con lo stomaco che inizia a ribollire intorno al peso simile a un macigno della quiche al suo interno. Non voglio pensare alle persone che hanno fatto questo, perché farlo scatenerebbe di nuovo quei pensieri oscuri e terribili, quelli che non voglio nemmeno riconoscere.

"Scusatemi" mormoro, alzandomi. La nausea che mi ha tormentata per tutta la mattina sta peggiorando attimo dopo attimo. "Torno subito."

Naturalmente, Peter mi segue, raggiungendomi proprio prima che io arrivi al bagno al piano di sotto.

"Stai bene, amore mio?"

Annuisco, deglutendo. La saliva si sta accumulando in modo spiacevole nella mia bocca, e il turbinio nello stomaco sta raggiungendo la velocità della lavatrice. "Ho solo bisogno del bagno" riesco a dire, e girando attorno a lui mi tuffo verso la porta aperta.

Faccio appena in tempo a chiuderla e ad inginocchiarmi davanti al water, prima di svuotare il contenuto dello stomaco.

Ovviamente sarebbe stato troppo sperare che Peter sentendo i versi del vomito sgattaiolasse via come farebbe la maggior parte dei normali mariti. Sto ancora vomitando nella tazza, quando sento le sue mani forti che mi raccolgono i capelli per tenerli lontano dalla mia faccia, e non appena alzo la testa, mi aiuta e mi porge un bicchiere d'acqua per farmi sciacquare la bocca.

Sono pateticamente grata per il suo sostegno, mentre mi chino sul lavandino e afferro uno spazzolino con le dita tremanti. Le mie gambe sembrano quelle di una medusa e la T-shirt si attacca alla schiena sudata.

Mi lavo i denti due volte, poi il viso, mentre Peter scarica e asciuga il coperchio con un tovagliolo di carta, sembrando preoccupato ma per niente disgustato.

"Vieni, amore mio, ti porto a letto" dice, quando ho finito. "Chiaramente non stai bene."

"Sto bene ora" protesto, mentre mi solleva per tenermi sul suo petto. "Davvero, mi sento meglio."

"Uh-uh." Mi porta fuori dal bagno e supera i miei genitori nel soggiorno, che ci fissano con gli occhi sgranati. "O sei gravemente turbata o malata, e devi riposare."

"Che cos'è successo?" Mamma si precipita dietro di noi, mentre Peter si dirige verso le scale. "Sara sta male?"

Mio marito annuisce cupamente. "Sì—"

"Forse sono incinta" sbotto, e poi mi maledico mentalmente, mentre sia lui che mia madre si bloccano con identici sguardi scioccati sui volti.

Non è così che intendevo condividere la notizia.

Beh, la possibile notizia. Non ho ancora eseguito quel dannato test.

Mamma si riprende per prima. "Incinta? Oh, Sara!"

"Non lo so ancora per certo" dico velocemente, mentre delle lacrime—presumibilmente di gioia—appaiono nei suoi occhi. "È solo che il mio ciclo è in ritardo di alcuni giorni e—"

"Sei incinta?" La voce di Peter è tesa, e quando alzo lo sguardo, scorgo l'espressione più strana sul suo viso.

Smarrimento misto a qualcosa di molto simile al panico.

È davvero spaventato da questo?

Non era questo ciò che ha sempre voluto?

"È una possibilità" rispondo attentamente. "Se mi metti giù, vado a fare pipì su un bastoncino e ti faccio sapere."

Ancora sconvolto, mio marito mi abbassa lentamente in piedi.

"Ok, bene." Liberandomi dalla sua presa, indietreggio, grata che le mie gambe sembrino essersi riprese. "Datemi qualche minuto."

"Chuck!" urla mamma, correndo verso il salotto, mentre salgo al piano di sopra, con Peter alle calcagna. "Hai sentito? La nostra Sara potrebbe essere incinta!"

Sussulto, imprecando contro me stessa ancora una volta per aver diffuso la notizia così impulsivamente e con un tempismo così pessimo. Posso ancora sentire il trambusto della TV con gli ultimi sviluppi nell'attacco letale, ed eccomi qui, a distrarre tutti con qualcosa di così banale come un potenziale bambino.

Il bambino mio e di Peter.

Il mio cuore salta un battito, mentre mio marito mi segue nel bagno al piano di sopra e tira fuori dal cassetto la scatola del test di gravidanza. "Ecco, amore mio" dice, porgendomela. La sua voce è ancora grave, ma sembra che si stia riprendendo dallo shock. "Fa' ciò che devi."

Cammino verso il water e mi fermo, guardandolo in attesa.

"Un po' di privacy, per favore?" dico ironicamente, quando non mostra segni di movimento.

Mi fissa, senza battere ciglio, poi si gira. "Continua pure. Non guarderò."

Alzo gli occhi al cielo, ma decido che non vale la pena discutere. I confini non sono il punto forte di mio marito nel migliore dei casi, e in questo momento, probabilmente è preoccupato che possa svenire, mentre faccio la pipì.

La faccio sul bastoncino, poi lo metto su un pezzo di carta igienica pulita sul ripiano e mi lavo le mani, mentre Peter osserva il test come se stesse cercando di ipnotizzarlo.

"Sembra positivo" dice con voce soffocata, mentre mi pulisco le mani sull'asciugamano. "Aspetta—no, è decisamente positivo. Sara, vuol dire...?"

Ho un tuffo al cuore, mentre osservo il test—che ora mostra un piccolo ma inconfondibile segno blu. "Penso di sì." Lo guardo. "Eseguirò le analisi del sangue nel mio ufficio per esserne sicura, ma—"

"Sei incinta."

È un'affermazione, non una domanda, ma annuisco, sapendo istintivamente che ha bisogno della conferma. "Di circa cinque settimane, se i miei calcoli sono corretti."

Per un momento, mio marito non mostra alcuna reazione, fissandomi con uno sguardo metallico. Ma proprio mentre sto cominciando a preoccuparmi che abbia cambiato idea sul desiderare un figlio, si fa avanti e mi avvolge in un enorme abbraccio.

"Un bambino" mormora nei miei capelli, con il corpo potente quasi tremante, mentre mi tiene a sé, stringendomi in un abbraccio abbastanza forte da farmi uscire quasi l'aria dai polmoni. "Avremo un bambino."

"Davvero?" La voce di mia madre è stridula per l'emozione, e Peter mi libera, lasciandomi vedere la mia genitrice di settantanove anni saltellare sulla soglia come una ragazzina troppo entusiasta.

Dev'essere arrivata solo un secondo fa.

Inizio a rispondere, ma prima che possa dire una parola, mamma corre fuori dal bagno, urlando a squarciagola: "Chuck, è positivo! Il test è positivo! Avranno un figlio!"

La sua eccitazione dev'essere contagiosa, perché mi ritrovo a sorridere, mentre alzo lo sguardo su Peter, che mi sta fissando con un'altra espressione strana.

"Stai bene?" chiedo, allungando la mano per accarezzargli l'ispida mascella. "*Sei* felice di questo, vero?"

Mi cattura la mano, premendola contro la sua guancia. "*Tu* lo sei?" La sua voce è bassa e rauca, con lo sguardo inspiegabilmente preoccupato. "Sei contenta, amore mio? È questo che vuoi?"

"Io—sì." Faccio un respiro profondo. "È questo che voglio."

Ed è vero. Voglio questo bambino. Lo voglio così tanto che posso assaporarlo. Non l'avevo ammesso prima, ma quando il mio ciclo era venuto regolarmente negli ultimi tre mesi, avevo sentito più di una leggera fitta di delusione.

Da qualche parte nel nostro viaggio contorto, questo bambino è passato dall'essere il mio peggior incubo al mio più fervido desiderio.

"Quindi, niente rimorsi?" conferma Peter. "Niente paura o esitazione?"

"No." Sostengo il suo sguardo senza battere ciglio. "Niente di niente."

E mentre un sorriso lento e luminoso attraversa il suo bel viso, mi alzo in punta di piedi e lo bacio, sopraffatta da un'ondata di amore per quest'uomo oscuro e complicato.

Per il padre di mio figlio.

eter

QUANDO ARRIVIAMO AL PIANO DI SOTTO, I GENITORI DI Sara hanno già trovato la bottiglia di Cristal che ho tenuto in frigorifero per un'occasione speciale.

"Ecco, lascia fare a me" dico, notando che Chuck sta faticando ad aprirla. Strappandogli la bottiglia, tolgo il tappo e ne verso tre bicchieri, uno per tutti tranne Sara. Per lei, prendo una bottiglia di Perrier e verso dell'acqua frizzante in un bicchiere di champagne.

La mia ptichka non potrà bere alcol per tutta la durata della gravidanza e finché allatterà al seno.

Finché allatterà al seno il nostro bambino.

Il mio petto si stringe di nuovo, e il battito cardiaco sale alle stelle. Non riesco ancora a credere che questo sia reale, che ciò che ho desiderato per così tanto tempo stia finalmente accadendo.

Sara desidera un figlio da me.

Noi due saremo una famiglia.

La mia felicità è talmente assoluta da terrorizzarmi. Non riesco a ricordare di aver mai provato una cosa del genere: mi sento felicissimo e profondamente a disagio allo stesso tempo. Tutto quello che voglio è afferrare Sara e rinchiuderla in una fortezza, o in una gabbia, avvolgerla in una tuta di sicurezza imbottita e portarla con me ovunque, per paura che lei e il bambino si facciano del male in qualche modo.

"Al nostro primo nipote" dice Lorna, sollevando il bicchiere di champagne, e mi sforzo di sorridere, mentre faccio tintinnare il bicchiere contro il suo, poi contro quello di Chuck, e poi contro quello di Sara. Tutti e tre stanno ridendo, completamente presi dalla gioia dell'occasione. Dovrei esserlo anch'io, ma per qualche ragione, non posso lasciare andare la preoccupazione che incombe su di me come una nuvola maligna.

Qualcosa non va, ma non riesco a capire cosa.

Il telefono di qualcuno vibra per una notifica, e Chuck mette giù il suo champagne, prima di scavare nella tasca per dare un'occhiata allo schermo. "Dodici morti adesso." Alza lo sguardo, con il sorriso che scompare dal volto. "Che peccato l'aver saputo di nostro nipote in un giorno così triste."

"Potrebbe essere una nipotina" osserva Lorna, ma anche lei sembra triste.

Forse è questo. Forse è questo che mi infastidisce.

È un giorno buio—almeno per Ryson e i suoi colleghi. Per me, è potenzialmente un motivo di festa. Se Ryson è stato fatto a pezzi, rimarrà per sempre fuori dalla nostra vita. Mi preoccupa che Sara e i suoi genitori siano turbati, però.

Lo stress non fa bene alla gravidanza.

"Vieni, ptichka. Siediti." La dirigo con cautela verso una sedia accanto al tavolo della cucina, e poi vado in salotto, dove la giornalista sta facendo congetture a voce alta su quale organizzazione terroristica possa esserci stata dietro l'attacco. Osservo le immagini dell'edificio in fiamme per un secondo, poi spengo il televisore.

Non ho bisogno che Sara ascolti questo nelle sue condizioni.

Torno e trovo i suoi genitori all'ingresso, preparandosi ad andare. "Verrete domani?" chiede Lorna a sua figlia, mentre prende la borsa. "Stavo pensando che io e te potremmo prendere un tè, mentre Peter aiuta tuo padre a montare quel nuovo ricevitore."

"Sì, certo" risponde Sara, ridacchiando. "Sai che ci sarò, Mamma."

"Bene." Bacia Sara sulla guancia. "Adesso riposati, tesoro, ok?"

"Lo farò" la rassicura con diligenza, e io annuisco, sorridendo, mentre Lorna coglie acutamente il mio sguardo. Non crede a sua figlia nemmeno per un secondo, ma mi conosce abbastanza bene da sapere che mi assicurerò che lei riposi.

"Ci vediamo domani" mi dice Chuck bruscamente, e con mia sorpresa, mi dà una pacca sulla spalla, mentre si trascina verso l'uscita.

"Guidate con cautela" avverto, e poi sono di nuovo sconcertato, quando la madre di Sara mi avvolge in un breve ma caloroso abbraccio, prima di seguire suo marito.

Aspetto che la porta si chiuda dietro di loro, prima di rivolgermi a mia moglie. "Mi hanno—"

"Ti hanno accettato ufficialmente come parte della nostra famiglia?" Mi sorride. "Sì, credo che l'abbiano fatto. Congratulazioni, papino."

Il mio cuore si stringe in un minuscolo punto, prima di espandersi per riempire l'intera cavità toracica. "Ti amo" dico, tirandola verso di me. "Non puoi nemmeno immaginare quanto."

E mentre avvolge le sue braccia magre intorno al mio collo, la bacio, assaporando la morbidezza delle sue labbra e l'amore che ora ricambia liberamente.

26

Sara

DOPO CHE I MIEI GENITORI SE NE SONO ANDATI, IO E Peter ci dirigiamo nel mio ufficio, dove mi prelevo una fiala di sangue. Qualche minuto dopo, abbiamo la conferma ufficiale.

Sono incinta di cinque settimane.

Sono anche famelica, dal momento che ho vomitato l'unico cibo che ho mangiato oggi. "Non credo di poter aspettare fin quando torneremo a casa" dico a Peter, così si ferma presso una piccola pizzeria lungo la strada.

Non sono mai stata in questo posto e sono felice di scoprire che, sebbene siamo gli unici clienti in questo momento, la loro pizza è il vero affare, buona come qualsiasi cosa abbia mangiato nei locali più eleganti.

L'unico neo è che la TV è accesa, mostrando le conseguenze dell'attacco, e il proprietario—un grassoccio uomo di mezza età che parla con un forte accento italiano—continua a parlarne con noi, mentre mangiamo vicino al bancone.

"Un evento davvero terribile" afferma cupamente, impastando una palla di lievito davanti a noi. "Dove andremo a finire? Prima l'11 settembre, poi la Maratona di Boston, ora questo. Almeno hanno preso di mira l'FBI questa volta, non dei cittadini innocenti. Non che quegli agenti siano colpevoli, ma sapete cosa intendo. Se avete qualche problema con l'America, è più sensato rivolgersi a loro, alla CIA o a qualcos'altro che abbia a che fare con il governo."

Annuisco automaticamente, mentre mi riempio la faccia con la deliziosa pizza, e questo è tutto l'incoraggiamento di cui l'uomo ha bisogno per andare avanti.

"Dicono che l'esplosivo sia stato qualcosa di insolito, qualcosa di veramente avanzato" spiega, arrotolando l'impasto con movimenti esperti. "Mi chiedo di cosa si tratti e come abbiamo fatto quei terroristi ad averci messo le mani sopra. Sembra più qualcosa che abbiano fatto la Russia o la Cina o persino i nostri militari. Scommetto che tutti i teorici della cospirazione usciranno fuori in pieno vigore, sostenendo che si tratta di un lavoro interno e tutto il resto."

Mordo un'altra fetta, lasciando blaterale l'uomo, mentre lancio un'occhiata a Peter. Mi aspetto che mangi tranquillamente, ma con mia sorpresa, è accigliato, con la sua fetta intatta davanti a lui, mentre fissa intensamente la TV.

"Che cosa c'è?" chiedo piano, mentre il proprietario si gira per prendere altra farina. "Qualcosa non va?"

Distoglie lo sguardo dalla TV e mi rivolge un sorriso triste. "Non proprio. Solo vecchi istinti che mi tormentano, tutto qui."

Voglio interrogarlo ulteriormente, ma il proprietario è tornato a rotolare l'impasto davanti a noi e a fare ipotesi su chi potrebbe esserci dietro l'esplosione.

"Grazie mille. Era deliziosa" dico all'uomo, quando non riesco a mandar giù un altro boccone e Peter paga rapidamente il conto e mi spinge fuori dal locale. Anche se lo nega, mio marito è chiaramente preoccupato per qualcosa—posso vederlo dal modo teso in cui afferra il volante, mentre torniamo a casa—e il seme oscuro del sospetto che avevo represso riaffiora, facendomi contorcere di nuovo lo stomaco.

Potrebbe essere così?

Quante sono le probabilità che questa sia tutta una terribile coincidenza?

Combatto il dubbio il più a lungo possibile, ma alla fine non ce la faccio più.

Nel momento in cui siamo dentro casa, mi volto per affrontare mio marito. "Peter... ho bisogno di chiederti una cosa."

Persino alle mie orecchie la mia voce sembra strana.

Mi rivolge immediatamente tutta la sua attenzione.

"Che cosa c'è, ptichka?" Mi stringe le spalle. "Ti senti bene?"

Annuisco, deglutendo, mentre lo fisso. Il mio cuore sta ballando il tip-tap nel petto, e sto iniziando a sentirmi di nuovo male.

Forse quella pizza è stata un errore.

Forse menzionare questo è un errore più grande.

"Qual è il problema, amore mio?" Gentilmente, mi guida verso un divanetto vicino all'ingresso. "Ecco, siediti. Sembri pallida."

"No, sto bene" lo rassicuro, ma mi siedo ugualmente, perché è più facile obbedire che discutere. Si siede accanto a me e mi stringe le mani nelle sue, massaggiandomi i palmi con i pollici come se avessi bisogno di essere tranquillizzata.

E forse è così.

Tutto dipende da come risponderà alla mia prossima domanda.

"Peter..." Trovo il coraggio. "Ho bisogno di sapere. Hai—" Respiro. "Hai qualcosa a che fare con quello che è successo oggi? Con quella... esplosione?"

Si trasforma in una statua, senza battere ciglio né reagire per i momenti successivi. Alla fine, risponde con un filo di voce: "No." Lasciandomi le mani, si alza in piedi, e senza aggiungere un'altra parola, torna all'entrata per togliersi le scarpe.

Lo seguo con lo sguardo fisso, sentendomi terribile e terribilmente sollevata.

Gli credo.

Non mi ha mai ingannata, non ha mai negato la sua colpevolezza in alcun crimine.

Mio marito sarà anche un assassino, ma non è un bugiardo.

"Mi dispiace" dico, quando mi passa davanti senza guardarmi. "Peter, mi dispiace davvero, ma dovevo chiederlo. Il terzo piano è quello dell'ufficio di Ryson e —" Mi fermo perché scompare in cucina.

Faccio un respiro, poi vado verso la porta per togliere le scarpe anch'io. Mi sento malissimo per averlo chiesto—per aver anche solo preso in considerazione l'idea. Non solo questo attacco è un atto veramente atroce, ma è anche qualcosa che avrebbe messo a repentaglio la nostra vita insieme— qualcosa per cui Peter ha combattuto duramente.

Qualcosa per la quale ha rinunciato alla sua vendetta.

Sono completamente preparata a farmi perdonare, quando entro in cucina, ma Peter non è da nessuna parte. Vago per la casa, e non lo trovo finché non sbircio nell'armadio a muro della camera degli ospiti.

È accovacciato su un laptop, con le dita che scorrono sulla tastiera a velocità record.

Accigliandosi, mi inginocchio accanto a lui e scruto lo schermo. Sta scrivendo un'e-mail, ma è in russo e l'interfaccia del programma che sta usando è diversa da qualsiasi altra cosa abbia mai visto.

"Che cosa stai facendo?" chiedo con cautela. "Peter... perché sei qui?"

"Aspetta" risponde senza alzare lo sguardo. "Lasciami finire."

Mi zittisco e lo guardo digitare. Impiega un altro paio di minuti, poi chiude il portatile e dà dei colpetti sulla parete dell'armadio.

Scivola di lato, rivelando lo spazio di un altro armadio.

Uno spazio pieno di armi di livello militare, tra cui diversi lanciarazzi e granate... oltre a laptop di riserva.

Senza parole, osservo Peter mettere il suo laptop su una mensola e toccare un'altra parete, facendo sì che quella originale scivoli di nuovo in posizione, coprendo l'apertura.

Finalmente riesco a ritrovare la lingua. "Questo è—"

"Un ripostiglio di armi nascoste? Sì." Si alza e allunga una mano per aiutarmi ad alzarmi. "Ma non preoccuparti, amore mio." I suoi occhi brillano per un freddo divertimento, mentre gli stringo la mano e mi alzo in piedi. "Non ho intenzione di usarle per commettere atti terroristici."

Sussulto e ritiro la mano. "Lo so. Scusa. Non avrei dovuto—"

"No, avresti dovuto." Mi toglie i capelli dal viso, in un gesto più tenero che mai, anche se il suo sguardo rimane quello di un estraneo. "Voglio che tu venga sempre da me, se hai dei dubbi. Inoltre, tu e il proprietario della pizzeria mi avete aiutato a capire una cosa."

Sbatto le palpebre. "Cioè?"

"Devo esaminare quello che è successo. Sento puzza di bruciato."

"Che cosa intendi dire?"

"Non lo so ancora." Abbassa la mano e fa un passo indietro. "Ho appena contattato i nostri hacker, quindi avrò presto maggiori informazioni."

Si gira e esce dall'armadio. Mi affretto a seguirlo, raggiungendolo appena prima che lasci la camera degli ospiti.

"Quindi, non sei arrabbiato?" chiedo senza fiato, mettendomi davanti per bloccargli la strada. "Che te l'abbia chiesto?"

Piega le labbra. "Arrabbiato? No, ptichka. Perché dovrei esserlo?"

"Beh, perché sei innocente e ti ho praticamente accusato. Mi dispiace davvero; non avrei dovuto nemmeno pensarci—"

"Perché no?" Inclina la testa. "Non sarebbe stata la cosa peggiore che abbia fatto."

Mi si stringe lo stomaco. "Lo so, ma—"

"Era un'ipotesi logica da parte tua. Un esplosivo sofisticato, un obiettivo difficile e un motivo da parte mia. In realtà, sono sorpreso che tu mi creda."

Sono quasi sicura che mi stia prendendo in giro con quell'ultima parte, ma me lo merito. "Cosa posso fare per farmi perdonare?" chiedo invece di scusarmi di nuovo. "Come posso migliorare le cose?"

Solleva le sopracciglia, con gli occhi che brillano per un improvviso interesse. "Che cosa avevi in mente?"

Il mio battito accelera e una vampata di calore mi copre il corpo, mentre mi rivolge un'occhiata decisamente erotica. Il sesso non era quello che avevo in mente, ma se è quello che desidera, sono più che felice di accontentarlo.

"Questo" mormoro, e sostenendo il suo sguardo, comincio a spogliarmi.

27

Peter

DOPO AVER FATTO L'AMORE, SARA SI ADDORMENTA NELLA camera degli ospiti, e la lascio lì a fare un sonnellino. Ho fatto del mio meglio per essere delicato durante il sesso, ma devo averla stancata a prescindere.

O quello, oppure ha solo bisogno di riposare di più e devo essere più diligente nel far sì che sia tranquilla nei prossimi otto mesi.

La gioia mista ad ansia mi riempie di nuovo il petto, nascondendo i residui della ferita. Non ha senso essere arrabbiato per la domanda di Sara; semmai, dovrei essere felice che si fidi di me abbastanza da chiedermelo, invece di lasciarsi divorare da tali sospetti.

Non posso nemmeno biasimarla per averne. Non

avrei mai fatto qualcosa di così sfacciato e appariscente come far saltare in aria l'edificio dell'FBI, ma avevo pianificato di eliminare Ryson—che aveva continuato a curiosare dopo la mia promessa condizionata a Sara.

Se ci avesse lasciati in pace, sarebbe stato al sicuro, ma non l'ha fatto—e mi sentivo perfettamente giustificato per quello che gli avrei fatto.

Mi sentirei ancora così, se fosse sopravvissuto.

Il mio disagio si intensifica di nuovo, ma questa volta la preoccupazione è più concreta. Non credo nelle coincidenze, e tutto questo sembra proprio tale. Non l'ho detto a mia moglie, ma ho già trovato un elenco di morti e feriti, e Ryson è tra questi ultimi, essendo stato portato in ospedale in condizioni critiche.

Se non sapessi come funzionano le cose, penserei che qualcuno mi abbia fatto un favore.

Dopo mezz'ora, controllo Sara. Sta ancora dormendo, quindi torno all'armadio degli ospiti e tiro fuori alcune armi. Le sistemo strategicamente in tutta la casa e ne porto alcune nel garage, dove le nascondo in uno scomparto speciale nella nostra auto antiproiettile.

Solo per evenienza.

Dopo aver placato la paranoia, apro il mio portatile e comincio a rispondere alle e-mail dei miei allievi, mentre aspetto che la mia ptichka si svegli.

~

"OH MIO DIO" DICE SARA IL MATTINO SEGUENTE, CON LO sguardo fisso sulla TV. "Peter, Ryson *era* lì. Hanno appena identificato le vittime dell'esplosione, e lui è tra quelli in condizioni critiche. Puoi crederci?"

Annuisco automaticamente. "Sì, l'ho già saputo. È stato davvero sfortunato."

Secondo le mie fonti, ha riportato ustioni di terzo e quarto grado su gran parte del corpo. Mi sento quasi male per il coglione. L'avrei eliminato in un modo molto più umano—molto probabilmente tramite un attacco cardiaco indotto da farmaci, in modo da farla sembrare una morte per cause naturali.

"Che terribile tragedia" esclama Sara, con lo sguardo fisso sullo schermo. "Spero che si riprenda."

"Mm-hmm." Non c'è bisogno di turbarla contraddicendola. "Vuoi qualcosa da mangiare o hai ancora la nausea, amore mio?" Tutto quello che ha mangiato finora è un pezzo di pane tostato, anche se ho preparato la sua omelette e i pancake preferiti.

Si volta verso di me. "Sto bene per ora, grazie. La nausea è quasi passata, ma credo che mangerò dai miei genitori, mentre tu farai quello che devi con il ricevitore di papà."

"Certo, sicuramente. Pronta per andare, allora?"

Si alza e si avvicina. "Sì. Andiamo."

PRENDO UNA STRADA DIVERSA PER RAGGIUNGERE LA CASA dei miei suoceri e mi assicuro che i miei ragazzi sorveglino la zona prima del nostro arrivo. Gli hacker stanno ancora indagando sull'esplosione, ma il mio misuratore del pericolo mi sta allertando senza sosta.

Forse io e Sara dovremmo andare fuori città, partire per la luna di miele adesso, invece di rimandare le vacanze come avevamo previsto in origine. Potrebbe essere una prematura luna di miele o come si chiama.

I genitori di Sara ci salutano calorosamente, e sua madre entra nella solita modalità padrona di casa, offrendoci tè, cracker, frutta e tutto il resto. Declino gentilmente—ho fatto una colazione abbondante—ma mia moglie accetta le offerte di sua madre, mentre sistemo il nuovo ricevitore di Chuck.

"Devi collegarlo qui" dice, indicando il cavo audio, e io annuisco, ringraziandolo come se non lo sapessi già.

Il padre di Sara ha bisogno che questo sia un progetto di squadra, e sono felice di accontentarlo.

Ho quasi finito di testare il suono surround, quando il telefono mi vibra nella tasca. Tirandolo fuori, do un'occhiata allo schermo—e il ghiaccio mi invade le vene.

SWAT in arrivo, mi informa un messaggio dalla mia squadra. *Tra tre minuti.*

28

Sara

Lo sento appena prima che Peter irrompa in cucina, dove io e mamma stiamo discutendo sui potenziali temi per la cameretta del bambino.

L'inconfondibile rombo delle pale dell'elicottero.

"Andiamo." Mio marito mi prende prima che io possa battere ciglio. "Scusa" dice alla mia stupefatta madre, e stringendomi forte al suo petto, fa un passo intorno a lei, dirigendosi verso la porta.

Gli afferro la maglietta spasmodicamente. "Peter, che cosa—"

"Non c'è tempo." Spalanca la porta ed esce fuori, stringendomi—solo per bloccarsi sul posto, mentre un enorme furgone nero stride sulla nostra strada e un gruppo di SWAT scende giù, con i volti protetti e i fucili d'assalto puntati su di noi.

Il mio cervello sembra improvvisamente trasformato in melma.

Non riesco a riflettere.

Non posso nemmeno cominciare a farlo.

Lentamente e molto deliberatamente, Peter mi mette in piedi e cammina davanti a me, proteggendomi con il proprio corpo. "Non sparate." Il suo tono è stranamente calmo, mentre alza le mani sopra la testa. "Non c'è bisogno della violenza. Verrò con voi."

La mia lingua si districa in qualche modo. "Aspettate!" Mi lancio in avanti su gambe instabili. "C'era un accordo. Non potete—"

"Ferma lì, signora!" ringhia l'agente più esposto, e mi blocco, mentre diverse armi oscillano nella mia direzione.

"Ho detto che non ce n'è bisogno." La voce di Peter si acuisce mentre cammina, rimettendomi dietro di lui. "Non sto opponendo resistenza. Nessuno deve farsi male, chiaro?"

"Cosa sta succedendo qui?" chiede papà da dietro di me, e mi rendo conto con un'ondata di panico che i miei genitori sono usciti di casa.

"Tornate dentro." Mi trema la voce, mentre guardo dietro. "Papà, per favore, fa' tornare dentro mamma."

L'elicottero ora è quasi direttamente sopra la nostra testa, con il rombo che copre le mie parole.

"In ginocchio!" urla qualcuno, e mi guardo dietro

per vedere mio marito obbedire, con movimenti lenti e deliberati come prima.

Non vuole renderli nervosi, mi rendo conto con nauseabonda paura. Sanno di cosa è capace e, anche se è disarmato, sono terrorizzati all'idea di affrontarlo.

"Peter Garin, sei accusato di omicidio di impiegati federali, distruzione di proprietà del governo, uso di esplosivi e cospirazione per commettere un omicidio" l'agente che ha parlato in precedenza grida sopra al rumore dell'elicottero. Si dirige verso mio marito con le manette, mentre i suoi colleghi impugnano i fucili d'assalto puntandoli sulla faccia di mio marito. "Hai il diritto di—"

Il suo elmetto esplode prima che pronunci la parola successiva, e si scatena l'inferno.

29

Peter

MI MUOVO, PRIMA DI RENDERMI COMPLETAMENTE CONTO dello sparo del fucile di precisione.

È istintivo, puramente automatico.

Ho solo un compito.

Sopravvivere abbastanza a lungo da proteggere Sara e il bambino.

Come sempre in tali situazioni, i miei pensieri sono chiari e nitidi.

Cecchino a ore cinque, identità sconosciuta.

Un agente morto. Il resto sta per aprire il fuoco.

Nove avversari di fronte a me. Sara e i suoi genitori dietro di me.

Impugno l'M4 dall'agente a cui il cervello è schizzato, e mi butto di lato, mentre ricopro i suoi colleghi di proiettili, mirando dove so che la loro armatura può avere degli spazi.

Devo attirare il loro fuoco lontano da Sara, per farli concentrare su di me come unica minaccia.

Con la coda dell'occhio, vedo i genitori di mia moglie trascinarla dentro la casa. Sta urlando qualcosa, ma è impossibile sentire a causa del rumore dell'elicottero e del *rat-tat-tat* degli spari.

Il terreno accanto a me viene perforato dai proiettili, ma continuo a muovermi e a premere il grilletto. La loro armatura li protegge, ma li rallenta, permettendomi di acquistare secondi preziosi. Anche quando non li uccido, i miei proiettili li buttano giù.

Restano cinque nemici adesso.

Tutte le armi che ho preparato sono nella nostra macchina, con solo una Glock legata alla mia gamba, quindi, quando quella presa in prestito suona a vuoto, la getto via e mi tuffo dietro due agenti caduti, afferrando l'arma di uno di loro.

Il fuoco mi colpisce al braccio sinistro, ma lo ignoro.

Posso ancora tenere la pistola, quindi la ferita non può essere troppo grave.

Il furgone SWAT è ora a una decina di metri di distanza, quindi mi getto verso di esso, sia per la copertura sia perché è il più lontano possibile dalla casa. Mentre colpisco il terreno, schivo un altro paio di spari e sono fortunato, colpendo due agenti sotto gli scudi facciali.

Il fuoco mi colpisce al polpaccio destro, ma l'adrenalina continua a farmi muovere.

Altre pallottole volano intorno a me, anche se ora sono dietro la macchina.

L'elicottero.

Girandomi sulla schiena, sparo nella sua direzione, e la lama di un rotore esplode, facendolo oscillare bruscamente nell'aria. Sparo ancora, e devia, scomparendo dietro gli alberi a un paio di isolati.

Senza fermarmi, rotolo sotto il furgone e sbuco dall'altra parte, di fronte ai tre agenti rimasti.

Solo che ce ne sono due di fronte a me.

Uno sta correndo verso la casa.

ara

TUTTO ACCADE IN UN LAMPO. UN MOMENTO PRIMA sono dietro a Peter, mentre l'agente sta per abbatterlo, e l'attimo dopo si sente un tuonante *crack* e l'elmetto dell'uomo esplode, con il sangue e il cervello che spruzzano dappertutto, mentre mio marito entra in azione, afferrando la pistola del morto.

"Sara, entra!" Mamma mi afferra per un braccio, tirandomi indietro, mentre gli assordanti colpi di arma da fuoco esplodono, mescolandosi al rombo dell'elicottero.

"No, entra tu!" grido, liberandomi dalla sua presa. Non posso lasciare Peter qui. "Entra subito dentro!"

"Il tuo bambino!" urla papà sopra al rumore,

afferrandomi il polso, mentre sto per lanciarmi in avanti. "Sei incinta, ricordi?"

Il promemoria è come un secchio d'acqua ghiacciata gettato sulla faccia.

Mi ero dimenticata della piccola vita dentro di me, il bambino che Peter desidera tanto.

"Entra, Sara. Ora!" Mamma mi tira l'altro polso, e questa volta, obbedisco, inciampando in casa, mentre la strada si trasforma in una zona di guerra.

"Dobbiamo... allontanarci... dalle finestre" ansima papà, chinandosi nell'atrio. "I proiettili—"

"Va tutto bene, Papà. Respira." Afferro il suo gomito, mentre inizia a crollare, ma è troppo pesante per poterlo trattenere e riesco solo ad ammorbidire la sua caduta.

"Dove sono le tue pillole?" La mia voce si alza in preda al panico, mentre il suo viso inizia a diventare blu. "Mamma, dov'è il suo farmaco?"

"In cu-cucina." Sembra scioccata. "A-armadietto in alto sulla destra."

"Va bene, torno subito." La finestra del soggiorno esplode mentre cammino, ma mi rendo conto a malapena dei frammenti di vetro che mi sfiorano la pelle.

Devo prendere la medicina di papà.

Non posso pensare a Peter in questo momento, non posso concentrarmi sul terrore tossico che mi stringe il petto.

Ce la farà.

Deve farcela.

Aprendo l'armadietto, afferro le pillole di nitroglicerina di papà e una bottiglietta di aspirina, poi scatto indietro, mentre il rumore dell'elicottero svanisce e gli spari si fermano.

Mamma è in ginocchio sul corpo incosciente di papà, con il viso che è una maschera di terrore, mentre mi guarda. "Non respira. Sara, non respira."

Sono già in ginocchio, a spingere sul petto di papà, mentre conto tra me e me, e poi mi chino per respirare nella sua bocca.

Il suo petto si alza per l'aria che gli soffio, poi si abbassa e rimane immobile.

Combattendo il crescente panico, ricomincio le compressioni toraciche.

Uno, due, tre, quattro—

La porta si spalanca e due lottatori di wrestling irrompono.

Un agente SWAT e un Peter ricoperto di sangue.

eter

SPARO PRIMA CHE LO FACCIANO GLI AGENTI, DUE COLPI che si infilano proprio sotto gli scudi facciali. Alimentato dall'adrenalina, salto in piedi, solo vagamente consapevole dell'intenso dolore al braccio e al polpaccio.

Devo fermare l'agente in fuga.

Non posso permettergli di restare dentro con Sara e la sua famiglia.

Sparando una raffica in velocità, lo raggiungo all'ingresso e lo affronto mentre si gira, pronto a sparare. Dall'arma parte una raffica attraverso il portico e ci precipitiamo contro la porta, aprendola con il nostro slancio.

Ho solo una frazione di secondo per notare la scena all'interno, ma è abbastanza per inclinarmi a destra ed evitare di calpestare una Sara in ginocchio e i suoi genitori.

Sbattiamo contro il divano e rotoliamo sul pavimento insieme, lottando per afferrare la Glock infilata nella sua cintura. Atterro su di lui e gli strappo l'arma, ma piega il gomito nel mio braccio ferito, facendomi cadere la pistola dalla mano.

Ignorando il tripudio di dolore, gli strappo il coltello e glielo infilo nello spazio vuoto dell'armatura. Rantola come un pesce fuori dall'acqua e lo pugnalo di nuovo, poi altre due volte.

Il suo corpo diventa floscio sotto di me.

"Peter!" La voce di Sara mi raggiunge nonostante il ruggito del battito cardiaco, e alzo lo sguardo, notando il suo viso bianco e rigato dalle lacrime. Sta premendo sul petto di suo padre con l'inconfondibile ritmo della rianimazione, con la madre inginocchiata accanto a lei.

Striscio via dall'uomo morto e mi alzo in piedi. La stanza gira intorno a me in un cerchio nauseante, e quando guardo giù, vedo che la mia gamba destra è coperta di sangue—e che altro sangue mi cola lungo il braccio sinistro.

Ovviamente. Le ferite da arma da fuoco.

Scacciando le vertigini, mi incammino verso Sara e i suoi genitori. "Che cos'è successo? Gli hanno sparato?" Non vedo sangue su Chuck, ma—

La ragazza scuote la testa. "Arresto cardiaco."

Inarcandosi, gli chiude il naso e gli soffia in bocca, poi riprende a premergli sul petto.

Fanculo. Prendo le bottigliette contenenti le pillole che giacciono chiuse sul pavimento, e mi si stringe il petto.

Questo è il peggior incubo di Sara, e l'ho provocato io.

"Voi due dovete andare." La voce rauca di Lorna sembra quella di un fantasma, e quando la guardo, vedo che sembra tale, con il viso bianco come carta da forno. "Prima che mandino il—"

Una pallottola frantuma la parete sopra di noi, e io istintivamente salto di fronte a Sara e sua madre, proteggendole con il corpo.

Il mio fianco sinistro esplode per il dolore, con la forza massiccia del colpo che mi butta in avanti, mentre spingo entrambe dietro al divano. La mia vista lampeggia di bianco, con il dolore che mi inonda le terminazioni nervose, mentre un altro proiettile mi sfiora l'orecchio.

No. Cazzo, no.

Con la forza rimasta, mi getto di lato, distogliendo il fuoco del tiratore da Sara e sua madre. Un'altra pallottola colpisce il pavimento vicino al mio ginocchio, facendo volare schegge di legno dappertutto, e attraverso una visione grigiastra, scorgo una figura armata che dondola sulla porta, stringendo una pistola.

È uno degli agenti SWAT a cui ho sparato.

Stordito e ferito, ma vivo.

La sua maschera facciale è caduta, rivelando pelle chiazzata e occhi selvaggi. "Muori, figlio di puttana" sibila, e puntando alla mia testa, preme il grilletto.

172

Sara

ATTERRO DOLOROSAMENTE SUL FIANCO, SBATTENDO LA testa contro il lato del divano, mentre un altro sparo risuona e uno spruzzo metallico e caldo mi colpisce sul viso e sul collo.

"Peter!" Terrorizzata per lui, mi metto in ginocchio, mi pulisco il sangue dagli occhi—e poi la vedo.

Mamma è distesa sul pavimento, con il viso imbrattato di sangue.

O meglio, gran parte del viso.

Le manca una parte della guancia e del cranio, con un buco insanguinato dove prima c'era uno zigomo.

La mia mente si spegne, un muro di torpore mi avvolge, quando un terzo sparo risuona.

Guardo mio marito, supino e sanguinante, poi

l'agente sulla soglia, con il viso contorto dall'odio, mentre mira alla testa di Peter.

Il mio sguardo si posa sulla pistola che lui ha lasciato, mentre stava lottando contro l'altro agente.

È a meno di un metro di distanza.

Mi allungo e la raccolgo. È fredda e pesante nella mia mano, aggiungendosi al gelido torpore nel cuore.

I miei genitori sono morti.

Peter sta per essere ucciso.

Miro e premo il grilletto una frazione di secondo prima che l'agente faccia fuoco.

Il mio proiettile lo manca, ma il colpo di pistola lo fa sobbalzare, facendogli sbagliare il bersaglio.

Si gira verso di me e sparo di nuovo.

Lo colpisco nel bel mezzo del giubbotto antiproiettile, facendolo cadere all'indietro.

Senza alcuna esitazione, mi avvicino e sollevo di nuovo la pistola.

"Non—" si strozza, ansimando, e premo il grilletto.

La sua faccia esplode in mille pezzi di sangue e ossa. È come un videogioco iper-realistico, completo di odore, gusto e suono surround. Affascinata, getto la pistola e allungo la mano per vedere se è reale—

"Sara." La voce tesa di Peter mi raggiunge come attraverso l'acqua. "Guardami."

Sbattendo le palpebre, mi concentro sul suo corpo prono, e un po' del mio torpore svanisce, quando vedo la quantità di sangue che si accumula al suo fianco.

È ferito.

Gravemente.

Un'ondata di terrore cancella la foschia residua dal mio cervello, e crollo in ginocchio, tirandogli freneticamente la maglietta. Devo fermare il flusso di sangue, per vedere se il proiettile—

"Ptichka, fermati." Mi prende il polso con una forza sorprendente, con gli occhi che mi perforano. "Non c'è tempo. Devi consegnarmi la pistola. Mettimela in mano. Non sei stata tu a fare questo, capito? E poi devi andartene. Allontanati il più possibile da me—"

"No." Mi libero della sua presa. "Non ti lascerò."

Ha bisogno di un ospedale, ma non c'è possibilità che gli agenti lo portino lì dopo questo massacro. Lo uccideranno sul posto per aver ammazzato così tanti di loro.

Innocente o colpevole, a loro non importerà.

"Ptichka, devi—"

"Alzati." Saltando in piedi, lo afferro per il braccio ferito, tirandolo con tutte le mie forze. "Dobbiamo andare, ora."

Non posso perderlo.

Non lo perderò.

Una smorfia fa contorcere il volto di Peter, mentre tenta di mettersi a sedere e fallisce. "Amore mio, devi—"

"Ora!" Ringhio, strattonandolo, e qualcosa riguardo al mio tono sembra raggiungerlo.

Con la mascella serrata, si mette a sedere, e io mi accovaccio per passargli il braccio intorno al tronco. È incredibilmente pesante, con il grande corpo duro, solido. La mia schiena e le gambe urlano per protestare, ma in qualche modo riesco ad alzarmi, sostenendo la maggior parte del suo peso.

"La macchina" si sforza di dire con voce roca. "Dobbiamo arrivare alla macchina."

La macchina.

Appena fuori, parcheggiata sul ciglio della strada.

Possiamo farlo.

Dobbiamo farlo.

Faccio un passo verso la porta, e improvvisamente, la maggior parte del peso di Peter non c'è più. Lanciandogli un'occhiata, noto che in qualche modo si sostiene da solo, anche se il viso è grigio sotto le macchie di sangue e sporco.

"La macchina. Vieni" esorto, mentre usciamo. "Ci siamo quasi. Un ultimo sforzo."

In lontananza, sento il rumore delle sirene e il rombo di un altro elicottero.

Stanno venendo a prenderci.

Stanno venendo per strappare Peter da me, proprio come mi hanno strappato i genitori.

"Le chiavi. Sono nella mia tasca" gracchia, e ringrazio il cielo, perché ricordo che esse sono tutto ciò di cui la nostra sofisticata Mercedes ha bisogno per partire.

Aprendo la portiera del passeggero, sistemo Peter all'interno, poi scatto verso il lato del guidatore. Il mio cuore sta battendo ad un ritmo nauseante, e mi tremano le mani, mentre avvio l'auto, mi immetto in strada e premo sull'acceleratore.

"Dove vado?" chiedo freneticamente, mentre

sgommiamo dietro l'angolo sulla strada principale. I rumori dell'elicottero e delle sirene si fanno più forti; è solo questione di tempo, prima che si accorgano della nostra assenza e inizino ad inseguirci.

Nessuna risposta.

Gli rivolgo un'occhiata. È mezzo accasciato sul sedile, con il volto incolore e gli occhi chiusi, mentre tiene un pacco di tovaglioli di carta bagnati di sangue sul fianco.

Oh no. Oh, per favore, no.

"Peter." Gli scuoto il ginocchio.

Ancora niente.

"Peter, ti prego. Ho bisogno che tu mi dica dove andare."

Geme, mentre lo scuoto più forte, e i suoi occhi si aprono appena. "Casolare vicino a Horicon Marsh. Prendi la I-294 verso la 94, quindi prendi la 41 e la 33, svolta a destra sulla Palmatory e prosegui per quattro miglia. Strada sterrata a sinistra."

Oh, grazie a Dio.

Svolto bruscamente a destra verso l'autostrada e premo sull'acceleratore, mentre chiude gli occhi di nuovo. Sta perdendo troppo sangue, ma non posso fare nulla finché non lo porterò in salvo.

Se ci prendono, morirà.

La mia mente gira come una trottola, mentre percorro l'autostrada. Non riesco a pensare ai miei genitori o all'enormità di quello che è appena successo, quindi mi concentro sui perché.

Perché sono venuti a prenderlo?

Perché qualcuno ha sparato a quell'agente, quando Peter stava per arrendersi?

Ho creduto a mio marito, quando ha detto di non avere niente a che fare con l'attacco all'FBI, ma è possibile che mi abbia mentito? Sarebbero venuti ad arrestarlo in quel modo, se non ci fossero state prove che lo collegassero all'attentato?

La logica mi dice di no, ma non posso lasciarmi ingannare. Peter ha fatto cose terribili, ma non è un terrorista.

Morale a parte, quando uccide, lo fa con precisione e discrezione.

Allora, perché? Perché dovrebbero pensare che sia coinvolto? E chi ha sparato a quell'agente? Qualcuno della squadra di Peter è stato così stupido? Se è così, perché non ci hanno aiutato ulteriormente?

Se erano disposti ad uccidere un agente SWAT, perché lasciare che Peter combattesse gli altri da solo?

Niente di tutto ciò ha senso, ma soffermarmici mi impedisce di andare in iperventilazione al volante. Non posso pensare alle nostre infinitesimali probabilità di sopravvivenza o che mio marito potrebbe morire dissanguato.

O che la piccola vita dentro di me ora ha due fuggiaschi come genitori.

"Rallenta." Il sussurro rauco di Peter mi raggiunge, mentre mi avvicino ad una Toyota che va a centotrenta all'ora sulla corsia di sorpasso. "Non attirare l'attenzione accelerando. Dov'è il tuo telefono?"

Il cuore mi salta dalla gioia, mentre sollevo il piede dal gas.

Parlare fa bene.

Parlare fa molto bene.

"Niente telefono" rispondo, con una parte del sollievo che si affievolisce, quando lo guardo per trovarlo cosciente, ma ancora più pallido. "Ho dimenticato la mia borsa a—"

"Bene. Ciò significa che non possono monitorarci in quel modo."

Cazzo. Non ci avevo pensato.

"E il tuo telefono?"

Fa una smorfia, spostandosi sul sedile, mentre cerca altri tovaglioli di carta da un rotolo infilato al lato della portiera. "Non tracciabile."

"Ok." La mia mente corre. "Che cos'altro? Dovremmo liberarci della macchina? C'è qualcuno a cui possiamo chiedere aiuto? Le tue guardie del corpo? Possono—"

"No." Chiude di nuovo gli occhi, premendo i tovaglioli puliti al suo fianco. "Sarebbero troppo esposti. Non si metterebbero contro l'FBI."

Giusto. Ha senso. La nuova squadra di Peter non è composta da criminali; sono pagati per proteggerci dalle persone pericolose del suo passato, non per aiutarci a sfuggire alle autorità.

Il che significa che non possono esserci loro dietro quell'attentato.

"Peter..." Do un'occhiata, ma è di nuovo svenuto, con la testa che pende di lato.

Il ghiaccio mi gela le viscere. "Peter, svegliati. Devi dirmi cosa fare dopo."

Nessuna risposta, solo il martellante battito del mio polso nelle orecchie.

Allungo una mano per scuotergli il ginocchio, ma lui non reagisce, e vedo che non sta più stringendo i tovaglioli di carta, con la mano floscia al suo fianco.

La mia gabbia toracica sembra ridotta alle dimensioni di quella di un bambino, schiacciando tutti gli organi all'interno.

Non può essere vero.

Non può finire così.

"Peter." La mia voce si incrina. "Peter, per favore... ho bisogno di te. Non puoi farmi questo."

Non può morire e abbandonarmi. Non dopo aver combattuto così duramente per noi.

Non dopo avermi fatta innamorare.

"Svegliati, Peter." Scuoto il ginocchio più forte. "Ti prego, svegliati."

Ma non lo fa.

È troppo tardi.

ara

SENTENDOMI COME SE LE PARETI DELL'AUTO SI STESSERO chiudendo su di me, gli afferro il polso e cerco il battito.

Lo sento.

Debole e irregolare, ma c'è.

Un sospiro di sollievo mi sfugge dalla gola e la strada davanti a me si offusca.

È ancora vivo.

Svenuto, ma vivo.

Con uno sforzo erculeo, mi ricompongo. Non posso lasciarmi andare, non quando c'è ancora un frammento di speranza.

Cominciamo dall'inizio. Devo medicare la ferita di Peter. Non può più aspettare. Poi, la macchina. Devo presumere che la stiano cercando, ed è solo una questione di tempo, prima che ci individuino sulla strada. Ciò significa che dovrò trovare un altro veicolo.

La domanda è come.

Se lui fosse cosciente, probabilmente potrebbe rubarne una, ma io non possiedo le sue abilità. Devo trovare un'altra soluzione, qualcosa che non ci rallenti troppo.

Il segnale di un'uscita appare più avanti, e mi rendo conto che siamo quasi arrivati all'ospedale Advocate Lutheran.

Il mio cuore salta un battito, poi accelera. Forse dovrei portarlo lì. Ora, prima che le autorità scoprano che siamo qui.

Prima che altri agenti SWAT compaiano e sparino a morte per aver ucciso così tanti dei loro, rivendicando la difesa personale.

Dovrebbero medicarlo al pronto soccorso, se lo portassi lì. Dovrebbero salvarlo. E una volta arrivati i poliziotti, non sarebbero in grado di ucciderlo con tutti quei testimoni in giro. Dovrebbero lasciarlo guarire, prima di portarlo via.

Prima di rinchiuderlo a Guantanamo o in qualche altro buco nero per il resto della sua vita.

Anche se si rivelasse innocente nell'attentato, non lo lascerebbero mai uscire—e prima o poi otterrebbero la loro vendetta.

Se porto Peter lì dentro, non lo rivedrò più. Ma se non lo faccio, morirà dissanguato.

Anche ora, potrebbe essere troppo tardi. Potrei perderlo come ho appena perso i miei genitori.

Scacciando la soffocante paura, mi avvio verso la corsia di uscita e prendo l'autostrada, dirigendomi verso l'ospedale. Quando arrivo lì, trovo un parcheggio sotto un albero, tra un SUV e un furgone.

"Dovremmo essere ben nascosti qui." Mi trema la voce, mentre mi rivolgo a lui. "Ora mi occuperò delle tue ferite, ok?"

Non risponde, ma non mi aspetto che lo faccia.

Raggiungendo il suo grembo, gli abbasso il sedile in una posizione sdraiata. Poi, solleva la maglietta ed esamino la ferita da arma da fuoco sul fianco.

C'è un foro di uscita e, vista la posizione, ci sono buone probabilità che il proiettile abbia mancato gli organi vitali. Se disinfettassi la ferita e bloccassi il sanguinamento, potrebbe cavarsela senza ospedale.

Trattenendo il respiro, esamino rapidamente le altre parti. Trovo una pistola legata alla caviglia sinistra, ma non ci sono ferite, quindi la ignoro. Poi, scopro che un proiettile gli ha sfiorato il braccio sinistro e che un altro gli ha perforato il polpaccio destro.

Entrambe le ferite stanno ancora sanguinando, ma nessuna delle due sembra pericolosa per la vita.

Respiro, tremando, mentre gli stringo la mano floscia, sollevata.

So cosa fare ora.

Ho solo bisogno di un po' di fortuna dalla nostra parte.

Chinandomi su di lui, gli liscio i capelli incrostati di sangue. "Non lasciarmi, tesoro, per favore. Torno subito, lo prometto. Resisti."

Posso farcela.

Devo farcela.

Tirandomi indietro, mi metto dritta e abbasso lo specchietto per guardarmi. Come immaginavo, sono un disastro tanto quanto Peter, con il viso pallido e rigato dalle lacrime, con macchie e frammenti di sangue sulla pelle e sui vestiti.

Per fortuna il personale del pronto soccorso ha visto di peggio.

"Torno tra poco" sussurro, dandogli un'ultima stretta alla mano, e, saltando fuori dalla macchina, corro attraverso il parcheggio verso l'ingresso del pronto soccorso.

Nessuno fa caso a me, mentre entro, e tengo la testa bassa, evitando le telecamere negli angoli. Per quanto ne so, la mia foto non è ancora sulle cronache, ma è meglio non rischiare.

All'interno c'è il solito pandemonio, con diversi nuovi arrivati che assillano l'infermiera, chiedendo di essere visitati *immediatamente*, e una mezza dozzina di infermiere e medici raggruppati attorno a due pazienti sulla barella: uno che urla per il pasticcio sanguinante che è la sua gamba e l'altro nel bel mezzo di quello che sembra essere un attacco epilettico.

Sul retro è presente un ingresso riservato al personale. Le infermiere spingono lì il paziente urlante e io le seguo, fingendo di essere con lui. Un'infermiera cerca di allontanarmi, ma qualcuno urla per chiamarla, e lei scompare nel corridoio, dimenticandomi.

Seguo la barella senza che nessun altro se ne accorga, e quando passiamo accanto ad un ripostiglio, entro e chiudo la porta dietro di me.

Sul retro ci sono camici ripiegati, lenzuola, bende, campioni di medicinali e forniture di pronto soccorso. Mi cambio rapidamente i vestiti e indosso un camice infermieristico, pulisco più sangue possibile dal viso con una federa, e ripongo qualsiasi cosa ritenga utile in una borsa improvvisata con un lenzuolo. Poi, copro la mia roba con altre lenzuola ammucchiate e mi dirigo fuori, facendo finta di portare lenzuola sporche da lavare.

Nessuno dice niente, mentre passo di nuovo davanti alla zona reception del pronto soccorso e mi dirigo verso l'uscita, assicurandomi che il pacco tra le mie braccia mi copra il volto dalle telecamere che lampeggiano negli angoli.

Tornando alla macchina, trovo Peter ancora incosciente.

"Va tutto bene, sono qui ora" dico, mentre metto il fagotto con le scorte ai suoi piedi. "Andrà tutto bene."

Non può sentirmi, ma non importa.

È me stessa che sto cercando di convincere.

È troppo pesante per poterlo spogliare correttamente, così gli tiro su la manica e gli taglio la gamba dei jeans per raggiungere quelle ferite. Tra i miei rifornimenti rubati ci sono un sapone delicato e una soluzione salina, e li mescolo con dell'acqua per lavare via tutto il sangue e lo sporco vicino alle ferite. Contrariamente alla saggezza popolare, è una cattiva idea usare forti antisettici per pulirle; lo sfregamento dell'alcol e simili potrebbero danneggiare il tessuto e rallentare il processo di guarigione.

Quando sono soddisfatta che le ferite siano sufficientemente pulite e che non rimangano frammenti di proiettili all'interno, ricucio e fascio, iniziando dalla ferita sul fianco. Mentre lavoro, ringrazio il mio tirocinio al pronto soccorso e tutte le vittime di armi da fuoco che ho curato lì.

Tuttavia, mi tremano le mani, quando ho finito, e mi rendo conto che l'adrenalina sta cominciando a svanire.

Questo non va bene.

C'è ancora molto da fare prima di mollare.

"Devo allontanarmi ancora per qualche minuto, ok? Quindi, resisti, tesoro" sussurro, accarezzando il viso di Peter. Chinandomi, lo bacio dolcemente sulla dura mascella e mi allontano, ripetendomi che tutto ciò di cui ho bisogno ora è un po' di fortuna.

Un po' di fortuna e un sacco di palle.

Le mie gambe sono instabili, mentre mi dirigo verso il pronto soccorso. Questa è la parte meno sicura del mio piano, una che fa affidamento su troppi fattori esterni. A questo punto, i nostri volti potrebbero essere apparsi su tutti i notiziari, con la caccia all'uomo in pieno regime. Basterebbe un ficcanaso sconosciuto, e uno sciame di polizia/FBI sarebbe su di noi.

Forse questo è un errore.

Forse dovrei solo tornare in macchina e guidare, pregando che per miracolo nessuno abbia emesso un avviso di ricerca sul nostro veicolo.

Sto per tornare indietro e fare esattamente quello, quando una Toyota blu vecchio modello si ferma nel parcheggio, proprio davanti all'ingresso. "Aiuto!" grida una donna anziana, aprendo la portiera, e mi precipito verso di lei, aiutandola a far scendere il marito semicosciente.

A giudicare dal suo aspetto, ha appena avuto un ictus.

Due infermiere corrono fuori dal pronto soccorso per aiutare, e io mi allontano con discrezione, lasciando che si occupino del paziente e della sua nervosa moglie. La macchina è stata lasciata incustodita, la portiera del conducente è aperta, e quando sbircio all'interno, noto le chiavi nell'accensione.

Bingo.

Lo staff del pronto soccorso di solito manda qualcuno a spostare il veicolo in tali situazioni, ma se escono fuori e non lo trovano, molto probabilmente penseranno che sia già stato spostato da qualcuno.

Non denunceranno il furto dell'auto fin quando la moglie del paziente non tornerà e non riuscirà a trovarla.

Mi sento male, mentre mi sistemo dietro al volante e guido la Toyota verso la nostra macchina. Posso solo immaginare quanto sarà stressata la povera donna, quando avrà a che fare con un'auto rubata in aggiunta all'ictus di suo marito. Ma non c'è altra scelta—non quando la vita di Peter è in pericolo.

Parcheggio la Toyota proprio davanti alla nostra Mercedes, salto giù e mi affretto verso la nostra macchina. Aprendo la portiera del passeggero, guardo mio marito, chiedendomi come farò a spostare quasi cento chili di maschio incosciente da una macchina all'altra.

Oh beh, dovrò farlo.

Afferrando le sue caviglie, tiro con tutte le mie forze.

Si muove di un centimetro. Forse.

Fanculo.

Spingo con la schiena, puntando i tacchi nell'asfalto.

Altri tre centimetri.

Forse dovrei abbandonare questa stupida idea e guidare la nostra macchina. La moglie della vittima dell'ictus sarà felice, quando troverà la sua Toyota nel parcheggio e—

Mio marito emette un basso gemito.

Il mio impulso scatta. "Peter." Salgo in macchina, chinandomi su di lui. "Peter, tesoro, svegliati, ti prego."

Borbotta qualcosa di incoerente, girando la testa di lato.

"Per favore, ho bisogno di te." Lo scuoto dolcemente. "Ti prego, svegliati."

Apre gli occhi, offuscati.

"Ecco, tesoro." Il mio respiro si blocca per un gioioso sollievo. "Puoi farcela. Guardami."

Sbatte le palpebre, con lo sguardo che si concentra lentamente su di me. "Sara? Che cosa—"

"Siamo nel parcheggio di un ospedale" dico velocemente. "Ho trovato una macchina, ma non posso spostarti senza il tuo aiuto. Puoi camminare fin lì?"

Serra la mascella, ma annuisce.

"Bene, facciamolo. Vieni." Porto il sedile in posizione seduta e lo aiuto a scendere dall'auto. È instabile sui piedi, appoggiato pesantemente sulle mie spalle, ma in qualche modo, ce la facciamo.

Il suo viso è bianco verdastro, quando lo aiuto a salire in macchina, ma cerca di rimanere cosciente con ogni brandello della sua volontà di ferro. "Le armi" gracchia, crollando pesantemente sul sedile del passeggero. "Sotto il sedile posteriore. Prendile."

Abbiamo delle armi?

Non sono nemmeno minimamente sorpresa come dovrei.

Lasciando Peter nella Toyota, torno indietro e cerco di sollevare il sedile posteriore della Mercedes. Ci vuole un po' di ingegno, ma alla fine riesco ad aprirlo— e resto a bocca aperta davanti all'arsenale interno.

Oltre a pistole e fucili d'assalto, ci sono granate e quello che sembra un lanciarazzi.

Non riuscirò mai a portare tutto senza che qualcuno mi individui e faccia scattare un allarme.

Poi, mi viene un'idea.

Afferrando le scorte di pronto soccorso, corro indietro e le metto sul sedile posteriore della Toyota, poi tiro via le lenzuola da sotto e torno verso la

Mercedes. Le armi sono pesanti, quindi devo fare tre viaggi separati, ma trasferisco tutto sulla Toyota—avvolto nelle lenzuola.

"Ecco fatto" dico a Peter, mentre mi sistemo al volante, ansimando per lo sforzo, ma non c'è risposta.

È svenuto di nuovo.

Mi chino e reclino il suo sedile, sia per lasciarlo riposare, sia per non renderlo visibile attraverso i finestrini.

Poi, facendo un respiro profondo, esco dal parcheggio e mi dirigo verso il casolare.

S ara

RICORDANDO IL MONITO DI PETER RIGUARDO all'eccesso di velocità, guido attentamente, rispettando tutte le regole del traffico e i limiti. Il suo telefono è bloccato e non riesco a svegliarlo, quindi uso una combinazione di segnali stradali e la mia vaga conoscenza della zona per raggiungere la strada sterrata che ha menzionato.

Non penso ai miei genitori o all'uomo che ho ucciso così spietatamente. Non posso—non quando ho bisogno di essere lucida. Così, mi concentro per arrivare a destinazione senza fermarci. Nel momento in cui svoltiamo nel bosco, la mia vescica è sul punto di esplodere, così vado dietro un albero, in stile campeggio. L'anziana signora ha tenuto una bottiglietta di disinfettante per le mani in macchina, e la uso prima di riprendere la guida, cercando di non pensare a cosa accadrà una volta che saremo effettivamente nel casolare.

Nonostante i miei migliori sforzi, domande pericolose mi affollano la testa.

Che cosa faremo se le ferite di Peter si infettano?

Ci saranno cibo e acqua nel casolare?

E, soprattutto, quanto tempo ci vorrà?

Perché ci troveranno. Non posso ingannare me stessa credendo diversamente. Siamo stati fortunati finora, ma non possiamo eludere l'FBI. Perlomeno, *io* non posso. Peter è riuscito ad evitare la cattura per anni con l'aiuto delle sue connessioni nella malavita.

Non mi sono mai pentita di non avere dei criminali nella mia cerchia sociale, ma ora lo faccio. Nessuno dei miei amici o conoscenti può aiutarci—non senza avere problemi con la legge. Infatti, oltre a mio marito, le uniche persone che conosco e che hanno le competenze e i contatti giusti sono i suoi ex compagni di squadra russi, ma sono lontani e—

Aspetta un attimo.

Ho l'e-mail di Yan.

È così che si è congratulato con me per il nostro matrimonio.

Il mio battito salta di nuovo, con l'emozione che sfrigola nelle vene, prima che ricordi un fatto importante.

Non ho modo di inviare un messaggio di posta elettronica senza utilizzare il telefono di Peter, e per questo, ho bisogno che mio marito riprenda conoscenza e inserisca la password.

Gli lancio un'occhiata, con il petto che si stringe notando il pallore grigio sul suo volto. Dovrebbe stare in un ospedale, con una flebo che gli fornisca antibiotici per reintegrare i liquidi, non a sobbalzare su una strada piena di buche.

Se muore, sarà stata colpa mia.

Sarà così, perché ho scelto di nasconderlo alle autorità invece di portarlo all'ospedale.

Un cartello con la scritta "Proprietà Privata" appare in lontananza, con una recinzione su ogni lato e un cancello di legno che blocca la strada. Dev'essere la nostra destinazione, a meno che non abbia optato per l'uscita sbagliata in precedenza.

Fermo la macchina e scendo per aprire il cancello. Solo che una catena con un lucchetto lo tiene bloccato. Strattono la serratura arrugginita, incapace di credere che dopo tutto potremmo essere ostacolati da qualcosa di così stupido.

Cercando di contenere la frustrazione, torno alla macchina e provo a scuotere Peter per svegliarlo. Potrebbe avere una chiave nascosta da qualche parte che non conosco.

Non reagisce, nonostante le mie suppliche, e quando sento la sua fronte, la trovo calda e umida.

Il mio stomaco si contorce dolorosamente.

La febbre così presto non promette nulla di buono.

Con mani tremanti, lo tocco dappertutto, sperando che abbia una chiave nascosta in una delle tasche. Ma non trovo altro che il suo telefono e la pistola legata alla caviglia.

Esausta, mi siedo a terra dal lato passeggero della macchina.

Non ho speranze.

Non so come fare.

A cosa stavo pensando, quando ho deciso di giocare a fare la fuggitiva? Peter è quello con la conoscenza e le capacità, non io. Non riesco nemmeno a superare uno stupido cancello. Al mio posto, probabilmente prenderebbe la serratura e la farebbe esplodere o—

Certo, è così.

Devo pensare al di fuori del riquadro della correttezza.

Saltando in piedi, infilo la cintura di sicurezza a Peter e torno al posto di guida.

Scivolando dietro al volante, faccio la retromarcia finché non siamo a una cinquantina di metri dal cancello, e poi premo sull'acceleratore a tavoletta.

La Toyota scatta in avanti.

Colpiamo il cancello a novanta chilometri all'ora, staccando il legno invecchiato dai cardini.

Il parabrezza si spezza a causa di un pezzo di cancello che vi si schianta contro, ma nessun airbag si attiva, e spingo sul freno, sogghignando trionfalmente, mentre continuiamo lungo la strada ad una velocità più moderata.

Sara, 1. Cancello stupido, 0.

Lancio un'occhiata per controllare Peter, e la mia ebbrezza svanisce, quando vedo una nuova macchia di sangue che si allarga sulla sua maglietta, nella zona del fianco.

I punti di sutura devono essersi strappati, sia per l'impatto con il cancello sia per la guida irregolare.

Devo portarlo in quel casolare, così potrò medicarlo come si deve.

Il tragitto sembra infinito, anche se realisticamente so che non può essere più di un miglio.

Alla fine, la vedo.

Un casolare di legno circondato da alberi.

Sollevata, corro verso la costruzione.

Sorpresa, sorpresa.

La porta d'ingresso è chiusa a chiave.

Questa volta, però, sono preparata. Afferrando una grossa roccia, mi avvicino alla finestra e la colpisco più forte che posso. Si frantuma, con le schegge di vetro che volano dappertutto, e uso la roccia per eliminare le punte affilate del vetro rimasto. Poi, entro dentro, ignorando il sangue che mi cola lungo le braccia.

Mi occuperò delle mie ferite in seguito. In questo momento, la mia priorità è Peter.

Camminando verso la porta d'ingresso, la sblocco ed esco, tormentandomi il cervello per come farò a spostarlo dentro. Sarebbe fantastico, se si svegliasse di nuovo e usasse quell'impossibile forza di volontà per camminare, ma non trattengo il respiro data la sua precedente mancanza di reattività. Forse posso farlo rotolare sul lenzuolo e poi tirarlo dentro, oppure—

Il mio sguardo cade su un'antica carriola. È

appoggiata contro la casa accanto ad un'ascia arrugginita.

Dev'essere lì per trasportare la legna tagliata.

Cammino e sollevo i manici, poi esamino la carriola facendola rotolare avanti e indietro. Le ruote scricchiolano, ma sembrano funzionanti.

La spingo fino alla macchina e la giro in modo che i manici siano appoggiati all'interno della porta aperta, sul pavimento. Poi, afferro le caviglie di Peter e affondo i talloni nel terreno, tirando con tutte le mie forze.

Si muove di un paio di centimetri.

Stringendo i denti, tiro di nuovo.

Poi ancora.

E ancora.

Quando è per metà sulla carriola, vado al lato del guidatore e lo spingo verso di essa, con il cuore che mi duole, mentre si lamenta per il dolore. "Ancora un po', tesoro" prometto dolcemente, e con un'ultima spinta, lo rotolo sulla carriola.

Il primo passo è riuscito.

Ora devo portarlo in casa e metterlo su un letto.

35

Peter

IL MIO MONDO È FUOCO E DOLORE, MESCOLATO AD UNA voce delicata e a delle mani rilassanti. La sofferenza è insopportabile, ma quando quella voce è vicina e quelle dita fresche e morbide mi accarezzano la fronte bollente, dimentico tutto.

Mi concentro solo su di lei.

Ed è lei. Sara, la mia ptichka. Lo so anche nel profondo del mio delirio. Qualunque cosa mi stia succedendo, lei è lì, che mi tocca, mi parla, mi fa bere dei sorsi d'acqua. Spesso mi chiede alcune cose, con una voce melodiosa che si riempie di disperazione e mi supplica, ma non posso risponderle, non posso fare altro che girare la testa verso quella voce e accettare il fugace conforto offerto dal suo tocco.

Si arrende dopo un po', il suo tono si fa rassegnato, e questo mi piace di più, anche se non tanto come quando mi sussurra, con la voce dolce e gentile come i baci che mi dà sulle labbra screpolate e in fiamme.

Mi fanno sentire bene, quei baci—almeno finché non sprofondo nell'oscurità e arrivano i demoni, avvolgendomi i loro tentacoli attorno al petto, pugnalandomi con i loro attizzatoi incandescenti. Il mio fianco, il mio braccio, il mio polpaccio—sono spietati mentre mi feriscono, bruciando la mia carne fino all'osso.

Anche Pasha è lì, con mezzo cranio mancante, con il cervello grottesco sotto le lucide onde dei suoi capelli scuri. "Papà!" grida, saltando su di me, spingendo più a fondo gli attizzatoi infuocati fino al cuore.

"Per favore, Peter, resta con me" implora la voce di Sara, e mi aggrappo ad essa, combattendo i demoni nelle tenebre, lottando contro la loro presa.

Seguono altri baci. Le sue labbra sono fresche e umide, stranamente salate. Come le lacrime. Tutte quelle lacrime che le ho fatto versare. Ma perché sta piangendo di nuovo? Non voglio. Voglio immergermi nelle sue cure, assorbire il suo amore, non le sue lacrime. Aveva combattuto contro di me, ma ora è mia. Mia da custodire e proteggere. Solo che non posso fare altro che bruciare, con il fuoco che mi divora, mi consuma, mi annebbia la mente con il dolore.

"Per favore, tesoro. Dimmi la password. Devo sbloccare il telefono."

Le parole dovrebbero avere un senso, ma non ce

l'hanno, con i suoni che mi rimbalzano nel cervello come la luce del sole su un lago.

"Papà, vuoi vedere il mio camion?" Pasha torna a saltare su di me, con i piccoli piedi come una palla da demolizione che sbatte contro il mio fianco. "Vuoi vederlo, Papà?"

Apro la bocca per rispondere, ma i tentacoli del demone mi avvolgono il collo, soffocandomi con un laccio di fuoco.

"Per favore, tesoro..." Due mani tenere mi accarezzano il viso e la gola, raffreddando la bruciatura all'interno. "Ti prego, ho bisogno che tu mi dia la password, così posso chiedere aiuto."

"Papà. Papà. Gioca con me."

"La password, Peter, ti supplico. È la nostra unica possibilità."

"Non andartene, Papà."

"Per favore, tesoro. Ho bisogno di te. Il nostro bambino ha bisogno di te."

"Ti prego, Papà. Sarò buono. Lo prometto, Papà. Sarò buono."

Il dolore è insopportabile. Mi sento come se fossi spezzato a metà, con i tentacoli infuocati che si trasformano in fruste, mentre cado più in profondità nell'oscurità.

"Resta con me, Peter. Ti prego, tesoro..." L'umidità salata ritorna sulle mie labbra, con la voce che mi tira su, proteggendomi dai demoni. "Ti amo, e non posso farcela senza di te. Per favore... non posso perdere anche te."

Qualcosa danza sulla punta della mia lingua, qualcosa di importante che devo ricordare. Qualcosa di cui la mia ptichka ha bisogno.

Quattro numeri fluttuano nella mia coscienza e li afferro con sforzo.

È un compleanno.

Il compleanno del mio amico Andrey.

L'avevamo sempre festeggiato in quell'orribile campo.

"Zero, sei, uno, cinque" sussurro—o ci provo. La mia lingua non vuole obbedire. Ci riprovo, con tutta la forza residua. "Nol' shest' ahdeen pyat'. Ptichka, passvord den' rozhden'ye Andreya."

36

Sara

TREMANDO, MI ALZO, MENTRE PETER SI SCAGLIA IN UNA febbrile serie di frasi in russo, borbottando parole sconosciute inframezzate dal nome di suo figlio, e lo sta facendo da ore. Nonostante i miei migliori sforzi, le sue condizioni stanno rapidamente peggiorando e so che se non metterò antibiotici più forti nel suo organismo, non ce la farà.

La penicillina che ho rubato all'ospedale non può fare più di tanto.

Le pareti di legno ondeggiano intorno a me, mentre cammino verso il lavandino e ritorno con un asciugamano fresco e umido—l'unica cosa che sembra aiutarlo. Sedendomi sul bordo del letto, glielo passo suo viso, sul collo e sul petto, asciugando il sudore appiccicoso. Il mio braccio trema per la stanchezza, con gli occhi che bruciano per le lacrime, ma non mi fermo.

Non posso—non finché ci sarà ancora un frammento di speranza.

Mi fa male tutto il corpo, con la schiena a pezzi per lo sforzo di aver trasferito Peter dalla carriola su questo letto. È mezzanotte passata, e l'unica cosa che ho mangiato è stata la solitaria lattina di minestra di pollo che ho trovato nella credenza un'ora fa. Ho provato a farlo mangiare, ma ha ingoiato solo due sorsi. Così, ho mandato giù io il resto. Non per me, ma per il bambino.

Il bambino di Peter ha bisogno dei nutrienti.

La zuppa non aveva molte calorie, ma mi ha fornito un po' di energia—abbastanza da indurmi di nuovo a convincerlo a darmi la password.

Ho fallito, come le precedenti venti volte, ma è sembrato almeno capirmi in questo tentativo. Ha mormorato "ptichka" e ha detto qualcosa su una password con un forte accento russo. O forse l'ha proprio pronunciato in russo. Per quel che ne so, è la stessa parola in entrambe le lingue.

La mia vista si offusca di nuovo a causa delle lacrime. È stato un errore venire qui. Non avrei dovuto correre questo rischio. Anche in un ospedale, le ferite da arma da fuoco sono soggette a complicazioni e, data la quantità di sangue che Peter ha perso e il luogo in cui ho dovuto curarlo, l'infezione era quasi inevitabile.

Se l'avessi portato in ospedale, avrebbe perso la libertà, ma avrebbe potuto sopravvivere.

"Scusa" sussurro, premendo le labbra sulla sua fronte calda. Il suo corpo sta combattendo l'infezione, cercando di avere la meglio. "Mi dispiace così tanto per questo. Per tutto."

Ed è vero. Mi dispiace non aver confessato prima il mio amore per lui, aver resistito al suo per così tanto tempo. All'epoca sembrava importante non cedere ai miei sentimenti per l'assassino di George. Sembrava etico e giusto. Ma ora vedo la mia resistenza per quello che è stata.

Codardia.

Avevo paura di innamorarmi di Peter, ero terrorizzata di arrendermi e amarlo. Pietrificata che se lo avessi lasciato entrare nel mio cuore, lo avrei perso.

Come ho perso George, quando ha cominciato a bere.

Come sapevo che avrei inevitabilmente perso i miei genitori.

Altre lacrime mi rigano il viso, bruciandomi la gola. Questa è una preoccupazione che non ho più bisogno di avere.

Sono morti.

Il peggio è passato.

Non riesco ancora a soffermarmi su quello che è successo, non riesco ad elaborare l'orrore di aver visto il cervello di mia madre esplodere davanti a me—e poi aver premuto il grilletto. Non ho avuto alcuna esitazione, non provo alcun rimorso per aver ucciso l'agente che aveva sparato a mamma—solo quel terribile torpore. È come se qualcuno si fosse impossessato del mio corpo, qualcuno spietato, freddo... e potente.

Accidenti, mi sono sentita così potente.

È così anche per Peter? Quando uccide, spegne la parte di se stesso che lo rende umano, abbracciando quella scarica di potere? Mi sono sempre chiesta come facesse qualcuno con una capacità così profonda di amare a strappare una vita senza rimorsi, ma ora lo capisco.

Siamo tutti mostri sotto la superficie. Solo che alcuni di noi non hanno mai la possibilità di scoprirlo.

Le sue labbra screpolate si muovono, e io raggiungo una scodella d'acqua. Immergendo un asciugamano pulito, gli cospargo il liquido sulla bocca, attenta a spremerlo goccia a goccia così da non farlo strozzare. La febbre che imperversa nel suo corpo lo sta disidratando, uccidendolo davanti ai miei occhi, e non c'è nulla che io possa fare.

Anche se volessi portarlo all'ospedale, non sopravvivrebbe ad un viaggio di ritorno su quella strada sterrata e accidentata—e senza poter accedere al suo telefono, non posso chiamare o mandare un'e-mail per chiedere aiuto da qui. Né posso guidare da qualche parte per farlo.

Non posso lasciarlo da solo in queste condizioni.

Sta di nuovo borbottando, muovendo la testa da una parte all'altra dall'agitazione, mentre ripete una frase in russo. Sembra quella che stava dicendo prima, quando pensavo che avrebbe potuto capirmi.

"Nol' shest' ahdeen pyat'. Den' rozhden'ye Andreya, ptichka." La sua voce roca è appena udibile. "Nol' shest' ahdeen pyat'."

Chinandomi su di lui, premo la fronte contro la sua. "Che cosa significa, tesoro?" sussurro, stringendo gli occhi per un nuovo afflusso di lacrime. "Che cosa stai cercando di dirmi?"

C'è qualcosa di vagamente familiare in quella frase o almeno nelle singole parole. Le conosco? Mi sforzo di ricordare ciò che mi hanno insegnato i compagni di squadra di Peter in Giappone. *Spasibo*—significa "grazie" in russo. *Vkusno*—significa "delizioso." Ilya mi ha anche detto i nomi di certi cibi, e Anton ha iniziato ad insegnarmi l'alfabeto e a contare fino a dieci—

Mi metto a sedere, elettrizzata. Ecco! Ecco perché alcune di quelle parole sembrano familiari.

Sono numeri in russo.

"Peter, tesoro, questa è la password?" La mia voce trema, mentre mi chino di nuovo su di lui, lisciandogli i capelli bagnati di sudore. "Mi stai dicendo come sbloccare il tuo telefono in russo?"

Non sembra sentirmi, con l'agitazione che si attenua, mentre sprofonda sempre più nell'incoscienza. Cercando di calmarmi, provo a ricordare le parole specifiche che ha pronunciato e il conteggio fino a dieci in russo. Ha un ritmo quasi musicale, se ricordo bene. *Ahdeen, dva, tree,* eccetera...

Ok, allora. Quindi, *ahdeen* è uno, e sono abbastanza sicura che Peter l'abbia detto.

Era la terza parola, dopo qualcosa che suonava come "null" e "jest."

Mi tormento il cervello, cercando di ricordare come Anton pronunciasse il resto dei numeri. *Ahdeen, dva, tree...* era *chet*-qualcosa? *pet*-qualcosa?...

No, cinque era *pyat'*—che è quello che Peter ha detto come ultima parola.

Cerco di sopprimere l'entusiasmo, ma il mio cuore sta battendo in modo incontrollabile. Ancora non conosco due dei numeri, ma posso azzardare un'ipotesi su uno di essi.

Alcune parole russe sono simili all'inglese, il che significa che "null" potrebbe significare "zero."

Ok, quindi. Zero, sconosciuto, uno, cinque—sono tre su quattro. Posso indovinare il numero sconosciuto... se il telefono di Peter non si blocca per i troppi tentativi sbagliati, voglio dire.

Saltando su, afferro il telefono e, mentre inizio a inserire lo zero, tutti e dieci i numeri appaiono.

Ahdeen, dva, tree, chetyre, pyat', shest', sem', vosem', devyat', desyat'.

Posso quasi sentire la voce di Anton recitarli per me.

Trattenendo il respiro, aggiungo allo zero sei, uno e cinque.

37

Henderson

La mia mano spazza via tutto, facendo cadere i cavalli di porcellana che costellano lo scaffale—i ridicoli oggetti della collezione di Bonnie, che lei insiste a trascinare con noi in tutto il mondo. Si frantumano con uno schianto soddisfacente, ma ciò non basta a calmare la rabbia che brucia dentro di me.

Non ancora localizzato.

Le parole sullo schermo del mio computer mi scherniscono, deridendomi.

La caccia all'uomo è in corso, ma il fuggiasco non è stato ancora localizzato, mi informa l'e-mail da parte del mio contatto della CIA.

Come cazzo è possibile?

Come hanno fatto a fuggire?

Secondo gli agenti SWAT sopravvissuti allo scontro a fuoco, Sokolov era stato colpito almeno due volte—e c'è un video che mostra sua moglie intenta a rubare alcune scorte da un ospedale, quindi doveva essere rimasto ferito abbastanza gravemente per rischiare di fermarsi lì. Eppure, non c'è traccia di loro da nessuna parte—né della macchina che lei ha rubato nello stesso ospedale, anche se la polizia pensa che potrebbero essere in grado di rintracciarla a breve.

Bastardi incompetenti. Non sarebbe dovuta andare in questo modo. Sokolov avrebbe dovuto essere ucciso durante l'arresto.

Quella fottuta troia, Mink, è stata pagata bene per garantirlo.

Se Sokolov uscirà dal Paese, è solo questione di tempo, prima che capisca cos'è successo e venga a cercare me e la mia famiglia—e non posso permettere che ciò accada.

Dev'essere ucciso durante la cattura, ma per quello, dev'essere prima trovato.

Piegando il collo da un lato all'altro per alleviare il dolore, compongo un'e-mail di risposta per il mio contatto.

È ora che espandano la rete coinvolgendo l'Interpol e tutto il resto.

ara

CAMMINO AVANTI E INDIETRO DENTRO AL CASOLARE SU gambe instabili, lanciando un'occhiata alla finestra rotta ogni cinque secondi. Fuori è buio pesto, il silenzio interrotto solo dai soliti rumori della foresta.

Comunque, continuo a guardare, continuo ad ascoltare gli eventuali elicotteri della polizia.

Sono passate quasi sedici ore da quando ho rubato la macchina dall'ospedale. Ormai, la sua proprietaria l'avrà scoperto e segnalato alla polizia. Se hanno scoperto la nostra Mercedes nel parcheggio—e sarei scioccata se non l'avessero fatto—ogni agente delle forze dell'ordine della zona ora starà cercando la Toyota blu e i fuggiaschi.

È solo questione di tempo, prima che trovino il nostro casolare.

Se Yan non arriverà presto, sarà stato tutto inutile.

Guardo di nuovo il telefono, rileggendo la sua e-mail per la quindicesima volta. Dovrei conservare la batteria, ma non posso farci niente. Le due parole sullo schermo sono l'unica cosa che mi fa andare avanti.

Sto arrivando.

Questo è tutto ciò che Yan ha risposto, quando gli ho mandato un'e-mail spiegando la nostra situazione e l'ubicazione. Chiaramente sa cosa sta succedendo, perché ha risposto in meno di un minuto.

Sto arrivando. Questo è tutto. Nessun dettaglio, nemmeno un tempo stimato. Non so se sarà qui tra pochi minuti, ore o giorni.

Per quel che ne so, potrebbe anche impiegare settimane.

Mi era balenata nella testa un'altra dolorosa idea, quando avevo sbloccato il telefono: chiamare il 911 per assicurare a Peter l'attenzione medica di cui ha tanto bisogno. Ma poi ho optato per contattare Yan e continuare con questa follia fuggiasca. Alla fine, ho seguito il mio istinto—e quando ho guardato il browser del telefono, dopo aver ricevuto la risposta di Yan, sono stata contenta di averlo fatto.

I nostri volti sono fissi sui notiziari, sia il mio che quello di Peter. Tutti i media, minori e importanti, stanno analizzando le nostre vite online, gli articoli diffondono costantemente nuovi dettagli sul nostro matrimonio e speculazioni sulla nostra relazione. In alcuni, sono stata definita una vittima del lavaggio del cervello; in altri, sono stata complice fin dall'inizio. Quando si parla di lui, tuttavia, non c'è ambiguità.

In ogni storia, è il cattivo.

"Mi ha rivelato che le aveva ucciso il primo marito" ha affermato Marsha secondo *The Chicago Tribune*. "Che l'aveva torturata e inseguita prima di rapirla. Era sparita per mesi, e quando è tornata, era completamente incasinata. Deve averla davvero rovinata, facendole il lavaggio del cervello in qualche modo. Perché quando si è rifatto vivo, lo ha sposato. Nel giro di pochi giorni. Sara ha negato che fosse lui—aveva cambiato il cognome in qualche modo—ma non potevano ingannarmi. Ho sempre sospettato la verità."

Anche i miei compagni di band sono stati intervistati. "È saltato fuori dal nulla" ha affermato Phil secondo il *New York Times*. "Per mesi, l'abbiamo tutti conosciuta come una vedova timida e riservata, e poi improvvisamente ha sposato questo misterioso russo. Ha detto che si frequentavano in segreto, ma ho sempre pensato che ci fosse di più in quella storia. E lui era così possessivo con lei. Pericolosamente possessivo. Nel senso che non avrebbe esitato a uccidere chiunque l'avesse guardata un secondo più del necessario. Aveva quest'aura letale."

Leggo questi articoli, cercando la menzione di qualsiasi prova specifica che colleghi Peter al bombardamento, ma non c'è niente—né c'è qualcosa riguardo al suo reale background e alle sue motivazioni.

Alcuni giornalisti affermano che si tratti di una spia russa e che l'attentato sia stata la risposta non ufficiale di Putin alle sanzioni. Altri ipotizzano che Peter sia un assassino della mafia russa e che l'attentato abbia avuto a che fare con un'indagine in corso. Anche George è menzionato, come un coraggioso giornalista la cui storia sulla mafia russa lo ha portato all'omicidio.

Non c'è niente sul piccolo villaggio di Daryevo o sulla famiglia di Peter, nemmeno una sola parola sul terribile errore che ha portato alla loro morte.

Alcuni articoli parlano della morte dei miei genitori e delle reazioni dei loro vicini alla sparatoria, ma non riesco a leggerli. Ogni volta che ci provo, mi si chiude la gola e il cuore inizia a battere ad un ritmo irregolare. L'orrore e il dolore sono troppo intensi, troppo freschi —come la colpa che mi fa contorcere lo stomaco.

Ho deluso i miei genitori, non sono riuscita a proteggerli dall'oscurità che ho portato nelle loro vite, e non posso ancora affrontarlo, non più di quanto possa immaginare un mondo senza di loro.

È più facile ignorare tutto, chiuderlo a chiave e concentrarsi sul sopravvivere attimo dopo attimo— preoccuparsi della persona che amo, che è ancora viva.

Fermandomi, mi siedo sul bordo del letto di Peter e sento la sua fronte. È ancora calda, mentre il corpo sta combattendo l'infezione che sta facendo sì che la ferita al suo fianco sembri rossa e infiammata.

Gli cambio le bende, poi schiaccio la prossima dose di penicillina in polvere e gliela fornisco con cura insieme ad una cucchiaiata d'acqua. Reagisce appena, ma riesco ad infilargli la maggior parte delle medicine giù per la gola. Non è abbastanza—ha bisogno di roba molto più forte—ma è il massimo che possa fare per ora.

"Resisti, tesoro" sussurro, facendo scorrere un asciugamano umido sul suo viso per rinfrescarlo. "L'aiuto sta arrivando. Resisti e andrà tutto bene."

Dev'essere così.

Non posso sopportare di pensare diversamente.

Sto annuendo accanto a Peter, quando la porta si apre con un forte scricchiolio.

L'esplosione di adrenalina è così forte che sono in piedi, prima ancora di poter riflettere sul suono. "Che cosa—"

"Siamo solo noi" dice Ilya, varcando la porta con Yan. "Dobbiamo andare. Adesso."

Mi rendo conto che sto ansimando, con una mano premuta sul cuore selvaggiamente martellante. "Siete qui. Siete venuti."

Yan incombe già su Peter. "Aiutami" ordina al fratello gemello, e Ilya si precipita. Insieme, sollevano Peter dal letto e lo portano velocemente fuori dal casolare.

Il mio cervello si accende in ritardo, e prendo le scorte di pronto soccorso, poi li inseguo.

Fuori c'è un SUV scuro con i fari spenti, ma con il motore acceso. "Sali dietro con lui" mi dà istruzioni Yan, mentre lui e Ilya sistemano Peter sul sedile posteriore, per poi sedersi nei posti anteriori.

Mi affretto ad obbedire. "Ci sono alcune armi nella Toyota" dico senza fiato, mentre Yan si mette al volante. "Dovremmo prenderle o..."

"Non c'è tempo" spiega Ilya, mentre Yan preme sull'acceleratore e la macchina scatta in avanti. "Se non riusciremo a uscire dallo spazio aereo degli Stati Uniti prima delle otto del mattino, abbatteranno il nostro aereo."

Faccio un respiro profondo e mi zittisco, cercando di proteggere Peter dagli scossoni. È sdraiato sul sedile posteriore con la testa sulle mie ginocchia, e con ogni buca che colpiamo alla massima velocità, sono terrorizzata che volerà via dal sedile e si strapperà i punti.

All'inizio, non so come faccia Yan a vedere abbastanza bene da guidare senza i fari, ma dopo pochi minuti, i miei occhi si abituano e comincio a distinguere le forme di alberi e cespugli nella debole luce della luna crescente che fa capolino tra le nubi.

"Dov'è l'aereo?" chiedo, quando finalmente imbocchiamo una strada asfaltata e la tortura cessa. "Quanto dista da qui?"

"Non è lontano" risponde Ilya, guardando verso di me, mentre Yan accende i fari—probabilmente per mimetizzarsi meglio con le poche macchine che ci sono in questo momento. "Ancora un po', tutto qui."

"Ok, bene." Di nuovo, Peter borbotta febbrilmente qualcosa, e non sarei sorpresa se almeno alcuni dei suoi punti si fossero strappati. "Pensi che riusciremo a—"

"Zitta." L'ordine di Yan è tagliente. "Non posso sbagliare l'uscita."

Torno in silenzio, lasciando che si concentri per portarci a destinazione. In poco tempo, svoltiamo su un'altra strada sterrata, e Yan spegne i fari, mentre ci lanciamo in un'altra avventura da brivido.

Tengo Peter il più fermo possibile, mentre accarezzo i suoi capelli sudati. Questo sembra tranquillizzarlo, e mi aiuta anche a mantenere la calma. Per quanto sia sollevata che non siamo più soli, so che non siamo ancora fuori dai guai—letteralmente o figurativamente. La tensione nell'auto è palpabile, l'adrenalina densa nell'aria.

"*Zdes*" dice Ilya improvvisamente, e Yan svolta bruscamente, quasi facendomi volare. Riesco a stringere le spalle di mio marito, ma lui geme ancora per il dolore, mentre la sua gamba ferita colpisce il sedile nella parte anteriore.

"Sta bene?" chiede Ilya con tono burbero, guardando indietro. Il cielo sta cominciando a schiarirsi con i primi accenni dell'alba, e il suo cranio rasato brilla nell'oscurità simile al crepuscolo, con la pallida levigatezza segnata solo dall'intricato disegno dei tatuaggi.

"Dipende dalla tua definizione" rispondo,

mantenendo la voce bassa. Non voglio distrarre Yan di nuovo. "Ha bisogno di un ospedale."

"E tu?" La voce profonda di Ilya si addolcisce. "Ho sentito cos'è successo ai tuoi—"

"Sto bene." Il mio tono è più aspro di quanto intendessi, ma non posso pensarci adesso, non posso indugiare in quel buio pozzo di dolore e disperazione. Posso sentirlo ribollire sotto la superficie, ma finché non lo tocco, non lo apro, posso trattenermi dall'affogarci.

Ilya mi studia ancora per un momento, poi si volta di nuovo verso il parabrezza. Spero che non si sia offeso, ma anche se lo fosse, non riesco a raccogliere abbastanza energia da preoccuparmene. Ora che non sono più la responsabile della nostra salvezza, posso iniziare a districarmi, filo per filo, e devo fare appello a tutta la mia forza di volontà per tenere insieme le estremità sfilacciate.

Devo rimanere forte.

Se non per me, almeno per Peter e il nostro bambino.

Andiamo avanti per altri dieci minuti, prima di imboccare un'altra strada asfaltata, e vedo un aereo di dimensioni decenti a una decina di metri di distanza.

"Questo è l'aeroporto?" Mi guardo intorno, osservando la foresta che circonda la stretta striscia di asfalto che sembra interrompersi non troppo lontano.

"Più una pista di atterraggio illegale" risponde Yan, saltando fuori dalla macchina. "Ilya, aiutami a tirarlo fuori."

Mi sposto, mentre loro sollevano Peter dall'auto e lo portano sull'aereo. Afferrando le scorte di pronto soccorso, mi affretto a seguirli, aspettandomi di vedere Anton, l'amico di Peter e il loro compagno di squadra, all'interno.

Con mia sorpresa, invece del volto barbuto di Anton, mi ritrovo di fronte ai duri lineamenti di Lucas Kent—il trafficante d'armi presso cui sono stata a Cipro. È all'interno della lussuosa cabina, con le braccia incrociate sull'ampio petto.

"Ciao" dico con circospezione, e lui mi fa un cenno con la mascella quadrata. Dev'essere ancora arrabbiato con me per aver persuaso sua moglie, Yulia, ad aiutarmi a fuggire.

O quello, oppure è solo preoccupato per questa operazione.

"Abbiamo meno di due ore, prima che il turno del mio ragazzo finisca" dice ai gemelli, confermando che è almeno in parte la seconda ipotesi. "Mettetelo qui"—annuisce verso un divano di pelle color crema—"e andiamo."

I gemelli fanno come dice Kent, che scompare nella cabina di pilotaggio. Un minuto dopo, i motori iniziano a ruggire, e mi siedo accanto a Peter sul divano, mentre l'aereo inizia a rollare. Yan e Ilya si siedono di fronte e io guardo fuori dall'oblò, trattenendo il respiro, mentre l'aereo accelera.

Con una pista di atterraggio così breve, ci vorrà un abilissimo pilota per superare gli alberi, mentre ci solleviamo.

A quanto pare, Kent *è* un abilissimo pilota, perché superiamo quegli alberi senza problemi. Riesco a sentire i potenti motori prendere vita, mentre ci impenniamo, e un'ondata di sollievo mi attraversa, mentre mi rendo conto che stiamo volando.

Non siamo ancora oltre il confine, ma almeno siamo in aria.

Non appena l'aereo si livella, ispeziono le ferite di Peter. Scorgo un po' di sangue fresco intorno al polpaccio, ma i punti sul fianco e sul braccio hanno tenuto, anche se il fianco continua ad apparire infiammato. Gli somministro un'altra dose di penicillina sbriciolata con l'acqua e metto nuove bende.

Sarà la mia immaginazione, ma sembra un po' più fresco al tatto quando ho finito, e il viso sembra più rilassato. È più come se stesse dormendo piuttosto che essere delirante e febbricitante.

Gli passo un asciugamano umido sul viso e sul collo per rinfrescarlo di più, poi gli bacio la guancia ruvida e ispida e cammino verso il punto in cui sono seduti i gemelli.

"Come sta?" chiede Ilya, alzandosi. "Ce la farà finché non arriveremo all'ospedale?"

Ingoio un nodo in gola. "Credo di sì. È... sì, ce la farà." Non mi ero permessa di pensare che non ce l'avrebbe fatta, ma l'orribile possibilità era lì, a corrodermi il petto e a scavarmi un buco nello stomaco.

"È un bastardo tosto" replica Yan, con gli occhi verdi

che brillano, mentre si accomoda sul sedile, con lo sguardo di uno squalo, dei pantaloni eleganti perfettamente cuciti su misura e una camicia gessata. "Ci vorrebbero più di alcuni proiettili per ucciderlo."

Rido tremante, poi sento l'umidità sul mio viso.

Sto piangendo?

Asciugando le lacrime erranti, mi volto, imbarazzata, proprio mentre una grande mano mi tocca la spalla, stringendola leggermente.

"Va tutto bene" dice Ilya, quando mi volto per guardarlo in viso. "Sei stata grande, *kroshka*. Ce la farà, grazie a te."

"E a voi" ribatto con voce rauca. Non ho idea di come mi abbia chiamata, ma sembrava più un vezzeggiativo che un insulto. "Se non foste venuti..."

"Sì, saresti stata fottuta" concorda Yan con sincerità. "Vi stanno davvero dando la caccia."

Annuisco, reprimendo un brivido. "L'ho capito, quando ho visto le notizie. Non posso neanche cominciare a ringraziarvi per—"

"Allora, non farlo." Yan si alza in piedi. "Non abbiamo bisogno dei tuoi ringraziamenti."

Sorrido, sentendomi un po' imbarazzata. "È molto carino da parte vostra, lo apprezzo davvero. So che state rischiando molto..."

Yan sorride sardonicamente. "Davvero? Sei un'esperta della vita da fuggitivi ora?"

"No, ma sto imparando qualcosa di più ogni giorno che passa" dico in modo piatto. "Quindi, grazie. Sono felice che siate venuti, e sono sicura che quando Peter si sveglierà, lo sarà anche lui." Non ho idea di quale sia l'intento di Yan, ma ho il sospetto che stia giocando con me, come un gatto col topo.

Respingendo quell'immagine inquietante, mi rivolgo a Ilya. "Dov'è Anton?" chiedo. "Sta bene?"

"È a Hong Kong per affari" risponde Ilya. "Non sarebbe arrivato qui in tempo. Siamo stati fortunati che Kent fosse in Messico con noi e che avesse un aereo. Altrimenti..." Si stringe nelle larghe spalle.

"Giusto." Mi mordo l'interno della guancia. "Devo ringraziare anche lui."

"Fossi in te, non lo farei" dice Yan. "Non è il tuo più grande fan."

"Oh." E così, il trafficante d'armi *mi* tiene il muso per essere scappata—o almeno per aver coinvolto sua moglie. "Credo che dovrei prima scusarmi con lui."

"Perché?" Yan sembra freddamente divertito, mentre si china al lato del sedile. "Perché hai visto un'opportunità e l'hai colta? Avrebbe fatto lo stesso al posto tuo."

"Sì, beh, comunque..." Mi volto verso la cabina del pilota, ma Ilya mi precede, bloccandomi.

"Non hai bisogno di farlo" dice, con espressione gentile. "È una storia tra lui e Peter."

"Ok..." Non avevo realizzato che esistesse un protocollo specifico per queste cose. "Credo che lascerò che se la vedano tra loro, allora."

Mi volto per tornare al divano di Peter, ma poi

ricordo qualcosa di importante. "Dove stiamo andando esattamente?" chiedo, affrontando di nuovo i gemelli.

"Alla clinica in Svizzera" risponde Yan. "Per rimettere questo"—fa un cenno con la testa verso Peter—"in piedi. E dopo, chi lo sa." Sorride cupamente. "La tua casa ora è il mondo intero, Sara Sokolov. Benvenuta nel nostro tipo di vita."

PARTE III

Peter

MI SVEGLIO CON UNA SENSAZIONE DI BENESSERE CHE smentisce il disagio al mio fianco. Delle mani delicate mi accarezzano i capelli, e una voce dolce sta cantando una melodia rilassante, facendomi sentire calmo e rilassato.

Aprendo gli occhi, incontro lo sguardo sorpreso di Sara. È seduta sul bordo del mio letto, con in mano un pettine che deve aver usato su di me.

"Sei sveglio." Il suo viso si illumina, mentre salta in piedi e si china su di me, lasciando il pettine sul comodino. "Come ti senti?"

"Bene." La mia voce esce roca, come se non l'avessi usata da un po'. Anche la bocca è secca, e lo stesso vale per la gola. Inumidendo le labbra screpolate, chiedo con voce grave: "Che cos'è successo? Dove siamo?"

Raggiante, raggiunge un bicchiere d'acqua poggiato accanto al letto. "Nella clinica in Svizzera. I gemelli Ivanov ci hanno aiutato a fuggire."

Ho molto da metabolizzare, così succhio l'acqua attraverso una cannuccia, mentre scavo tra i miei ricordi. Rievoco il proiettile che mi ha lacerato il fianco e Sara che mi trascinava verso la nostra macchina, ma poi le cose diventano confuse, più come un groviglio di impressioni. Ad un certo punto, dobbiamo aver cambiato auto, perché ho il vago ricordo di essere salito su una Toyota blu, ma il seguito è praticamente una tela vuota. E prima della sparatoria—

"Il bambino." Le stringo il polso, con il cuore che accelera. "Ptichka, tu e il bambino—"

"Stiamo bene." Mette giù il bicchiere d'acqua, sorridendo vivacemente. "Mi hanno esaminata, e siamo entrambi perfettamente sani."

Tiro un sospiro di sollievo, ma poi ricordo qualcos'altro. "I tuoi genitori." Il mio cuore si spezza a metà, mentre il suo sorriso scompare. "Amore mio, mi dispiace così tanto—"

"Non farlo." Si allontana. "Non voglio parlarne."

Osservo, con il petto dolorante, mentre indietreggia, componendosi visibilmente. Ora ricordo di più, compreso l'agente che ha sparato a bruciapelo.

Il mio passerotto, che ha dedicato la propria vita alla guarigione, ha ucciso un uomo.

Per proteggermi... e per vendicare sua madre.

Ha premuto il grilletto non una, ma tre volte.

Posso solo immaginare che cosa le stia passando per la testa ora, con i genitori morti e la vecchia vita irrevocabilmente perduta. Per non parlare del trauma della sparatoria e della fuga che ne è seguita.

Come ha fatto a fare tutto da sola? Sono sicuro che Yan non stesse aspettando fuori dalla casa dei suoi genitori con un aereo.

"Sara..." Mi metto a sedere, sopprimendo una smorfia, mentre il mio fianco protesta per il dolore. "Amore mio, vieni qui."

Si precipita immediatamente. "Che cosa stai facendo? Sdraiati. È troppo presto per muoverti."

"Sto bene" la rassicuro, ma lascio che mi rimetta sdraiato sul letto. Mi piace che si prenda cura di me, con il bel viso carico di preoccupazione.

È meglio del dolore represso.

"Dimmi che cos'è successo dopo che sono svenuto" dico, dopo che ha controllato le mie bende per assicurarsi che non abbia fatto danni. "Da quanto tempo siamo qui? Come siamo riusciti a scappare?"

Fa un respiro profondo. "È una lunga storia. Ma in sostanza, ho raggiunto il casolare di cui mi hai parlato, e poi ho inviato un'e-mail a Yan dal tuo telefono. Ha coinvolto Kent, e sono venuti a prenderci con un aereo —i gemelli e Kent come pilota." Fa un altro respiro. "Questo è successo due giorni fa."

Due giorni fa? Devo essere stato sulla soglia della morte per essere rimasto incosciente così a lungo.

Spingendo via le implicazioni del coinvolgimento

di Kent, mi concentro su come ottenere tutti i fatti. "Ok, ora raccontami la lunga storia" dico, e poi ascolto, sbalordito, mentre la mia civilizzata moglie descrive la sua avventura sotto copertura nell'ospedale e il modo intelligente con cui si è procurata un'auto.

"Quindi, sì" conclude "dopo aver capito cosa stessi dicendo in russo e aver sbloccato il tuo telefono, ho mandato un'e-mail a Yan, e i gemelli sono venuti poche ore dopo. Yan ha detto che erano in Messico, quando tutto è successo, lavorando con Kent su un accordo, quindi era solo questione di prendere il suo aereo e raggiungerci. Oh, e corrompere il tizio del controllo del traffico aereo di Kent con un milione e mezzo di dollari. Yan ha detto che gli devi dei soldi."

A Yan devo molto più del denaro, e lui lo sa. Anche a Kent.

Bastardi manipolatori. Dovrò fare qualche serio favore per loro un giorno.

Notando il mio telefono sul comodino, lo prendo e controllo le e-mail per vedere se gli hacker hanno ottenuto qualche informazione sull'attentato. Devo capire come è nato questo casino.

Sfortunatamente, non c'è ancora niente, quindi metto da parte il telefono e chiedo a Sara: "Dove sono i gemelli e Kent? Sono ancora in giro?"

"I gemelli sono andati a Ginevra per un incontro di lavoro ieri, e Kent è tornato a casa" spiega. "Domani, però, Anton verrà qui da Hong Kong, quindi sono sicura che vedrai lui e i gemelli."

Questo è positivo; avrò bisogno del loro aiuto per districare questa matassa una volta aver capito che cosa l'ha causata. Ma prima, c'è qualcosa di importante che ho bisogno di sapere.

"Ptichka..." Appoggio la mia mano sul suo ginocchio snello. "Perché l'hai fatto, amore mio? Avresti potuto aspettare che arrivassero le autorità e lasciare che mi prendessi la colpa per quell'agente. Nessuno avrebbe sospettato niente e avresti potuto continuare la tua vita, mantenere il tuo lavoro e—"

"E cosa?" Salta in piedi, fissandomi. "Vederti arrestare, mentre stavi morendo dissanguato? Lasciarti in balia di persone che non sono solo convinte che tu sia un terrorista, ma che ti incolpano anche per la morte dei loro colleghi? Come puoi anche solo pensarlo?" Le sue mani si stringono a pugno sui fianchi, con l'intero corpo rigido per l'indignazione. "Sei mio marito, l'uomo che amo—"

"Anche l'uomo che ti ha torturata e rapita" le ricordo ironicamente anche se un tenero calore mi riempie il petto. Non avevo dubitato dell'amore di Sara, non proprio, ma una parte di me deve aver pensato che avrebbe abbracciato l'opportunità di liberarsi—che se avesse potuto scegliere tra me e la sua vita normale, avrebbe scelto la seconda opzione.

Solleva le sopracciglia. "Davvero? Stiamo davvero discutendo di questo?"

"No, amore mio." Sopprimendo un sorriso felice, accarezzo il letto accanto a me. Non dovrei trovare la sua indignazione così adorabile, ma non posso farci niente. "Vieni qui."

Non si muove, ma mi guarda storto con le braccia incrociate.

"Ok, allora, mi alzo e vengo io da te." Faccio per rimettermi a sedere e, con un sospiro frustrato, si lascia cadere sul letto accanto a me.

"Rimettiti giù" sbotta, spingendomi. "Ti strapperai i punti. *Di nuovo*." Nonostante il tono acuto, le sue mani sono delicate, mentre si china su di me per ispezionare le bende, e, mentre respiro il suo profumo dolce e caldo, il mio corpo si agita, reagendo alla sua vicinanza allo stesso modo di sempre.

"Ptichka." C'è una nota rauca nella mia voce, mentre le stringo il polso sottile. "Amore mio, guardami."

I suoi occhi nocciola incontrano i miei, e vedo le sue pupille dilatarsi, mentre le afferro la testa da dietro e la tiro verso di me.

"Aspetta, non sei ancora—"

Ingoio la sua protesta senza fiato con un bacio. Le sue labbra morbide si lasciano sfuggire un gemito, e le invado la bocca, beandomi del gusto e della sua sensazione travolgente. Non è il posto o il momento giusto, ma non riesco a fermarmi, con il desiderio che mi scorre nelle vene e mi fa ribollire la pelle.

Mi ama.

Mi ha scelto.

Ha abbandonato la sua vita per salvarmi.

Mi sembra di avere nuovamente la febbre, solo che non provo dolore. Brucio per il bisogno di averla, di sentire quelle mani delicate sulla mia pelle. È mia, ora senza riserve, e mentre le guido la mano sotto le lenzuola, le ultime catene del nostro oscuro passato cadono, lasciandoci uniti nel presente.

Insieme, nonostante tutto.

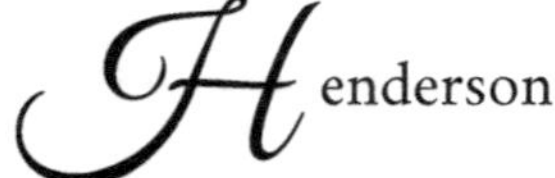

Henderson

SORRIDO, MENTRE LEGGO L'E-MAIL CHE HO APPENA ricevuto.

A parte la sfortunata fuga di Sokolov, il mio piano ha funzionato come previsto, specialmente per quanto riguarda i suoi alleati. L'uso di un esplosivo fabbricato da Esguerra nell'attacco terroristico ha aperto gli occhi di tutti sul pericolo rappresentato dall'impero illegale del trafficante d'armi, e la protezione speciale di cui l'uomo aveva goduto per cortesia del suo rapporto quid-pro-quo con il governo degli Stati Uniti è sparita. Lui e tutti i suoi soci sono ora un bersaglio facile e una squadra è già in viaggio verso la residenza di Lucas Kent a Cipro.

Ancora meglio, l'Interpol è arrivata, proprio come

speravo. I fratelli Ivanov sono stati avvistati a Ginevra, il che significa che Sokolov potrebbe non essere lontano. Inoltre, il mio contatto sta indagando sul gossip di una clinica segreta nelle Alpi svizzere specializzata in pazienti dalla parte sbagliata della legge.

Se tutto andrà bene, la maggior parte dei miei problemi finirà presto.

Tra poche ore, Kent, Sokolov e due dei suoi amici assassini russi saranno morti, e tra non molto le autorità cattureranno il restante assassino, Anton Rezov. Quindi, si tratterà semplicemente di smantellare l'organizzazione criminale di Esguerra e catturare il boss.

Una volta fatto, il regno del terrore di questi mostri finirà e io e la mia famiglia saremo veramente al sicuro.

 ara

Sorridendo, attraverso il corridoio, con le labbra gonfie e doloranti per il pompino che ho appena fatto a Peter. Suppongo che avrei dovuto aspettarmi una cosa del genere, vista la libido superumana di mio marito, ma mi sorprende ancora.

Nella mia mente, il sesso e i pazienti legati al letto non si mescolano.

Non che Peter sia un paziente tipico. Dal momento in cui l'abbiamo portato e gli abbiamo attaccato la flebo, ha superato ogni aspettativa—mia e del personale della clinica. È come se tutta la sua volontà di ferro fosse stata reindirizzata verso la guarigione. A poche ore dal nostro arrivo, la sua febbre è scesa e, se i medici non lo avessero sedato per favorire il riposo e la guarigione, avrebbe riacquistato conoscenza.

Un'infermiera che mi passa accanto nel corridoio sorride e mi saluta, e io faccio altrettanto.

Mi piace il personale qui. Sono gentili, anche se i loro pazienti sono tra i peggiori criminali noti all'umanità. Non che io sia nella posizione di giudicare.

Ora sono una criminale anch'io.

Ho sparato ad un uomo a sangue freddo.

Non sono ancora riuscita ad elaborarlo, proprio come non sono ancora riuscita a pensare ai miei genitori—o a cosa signifchi essere dei fuggiaschi, con le nostre foto su tutti i notiziari. Mi sono concentrata sugli aspetti positivi, rallegrandomi del fatto che siamo entrambi qui, vivi e liberi.

Che ho ancora Peter e il nostro bambino.

Aiuta affrontare tutto momento per momento, passare da un compito all'altro. Quando sono impegnata, non noto la sfilacciatura di quei bordi pericolosi o la crescente pressione del dolore. Riesco persino a sorridere, anche se una parte di me rimane intorpidita.

È quasi come se premendo quel grilletto avessi ucciso qualcosa dentro di me.

Strappando una vita, ho perso un pezzo di me stessa.

"Salve, Dottoressa Sokolov" mi saluta il Dottor Jart entrando nel suo ufficio. "Come sta suo marito?"

"Meglio." Sorrido all'uomo più anziano. "Molto meglio."

Solleva le folte sopracciglia grigie. "Davvero? È sveglio?"

"Decisamente. Anche se potrei averlo... fatto stancare troppo. Quando me ne sono andata, stava di nuovo dormendo."

"Lo farà spesso" mi informa il Dottor Jart. "Il suo corpo ha bisogno di dormire per guarire." Si alza e cammina intorno alla sua scrivania. "Ma sono sicuro che lei lo sappia."

"Sì" ammetto, osservandolo, mentre tira fuori un enorme libro dallo scaffale. Con il suo aspetto rude, mi ricorda un po' il mio capo Bill, anche se per quanto riguarda la personalità, il Dottor Jart è molto più alla mano.

Avevo conosciuto brevemente il medico l'anno scorso, quando avevo trascorso due settimane qui dopo l'incidente automobilistico. Quando è venuto a controllare le ferite di Peter l'altro giorno, mi ha riconosciuta e abbiamo avuto modo di parlare. Dopo aver appreso che sono una ginecologa/ostetrica, mi ha invitata ad assistere una paziente in travaglio—cosa che ho fatto volentieri, una volta essermi accertata che Peter fosse stabile e che riposasse.

Qualunque cosa pur di distogliere la mente dagli eventi degli ultimi giorni.

"Come sta María?" chiedo, riferendomi a quella paziente—l'amante adolescente di un signore della droga messicano che ieri ha dato alla luce due gemelli. "È già tornata a casa?"

"Si sta riprendendo, ma no." Il Dottor Jart sospira. "Gomez vuole che lei rimanga qui per almeno una settimana, e dal momento che paga..." Fa spallucce, tornando alla sua scrivania.

"Capisco." A differenza di un ospedale tradizionale che fa affidamento sui pagamenti delle assicurazioni e aderisce a rigide linee guida in merito alla durata della degenza, questa clinica si rivolge agli ultra-ricchi del mondo sotterraneo, e sono i pazienti—o qualsiasi criminale ricco a cui i pazienti sono collegati—a decidere quando sono sufficientemente guariti.

"Allora, Dottoressa Sokolov..." Il dottore si siede e mi guarda con penetranti occhi scuri. "La ragione per cui le ho chiesto di venire è che volevo discutere qualcosa con lei."

"Certo. Di cosa si tratta?" chiedo, sedendomi di fronte al dottore. Spero che abbiano un'altra paziente da assistere, mentre Peter sta dormendo.

Ho bisogno di tenermi occupata per non pensare alle cose.

"Prenderebbe in considerazione l'idea di unirsi a noi?" chiede il Dottor Jart. "Non so quali siano i suoi piani con il Signor Sokolov, date le circostanze"—si schiarisce la voce—"ma potremmo davvero assumere una dottoressa con la sua specializzazione all'interno del personale. Come sa, il nostro ostetrico—il Dottor Ludwig—è straordinario, ma è un uomo, e alcune nostre pazienti, specialmente quelle di culture più tradizionali, sono un po'... a disagio con questo fatto."

"Oh." Guardo il dottore. "Grazie... Non so cosa dire."

Un'offerta di lavoro—in particolare una in gran parte basata sul mio genere—non era assolutamente quello che mi aspettavo. Ma perché dovrei essere sorpresa? Non c'è correttezza politica in questo mio nuovo mondo senza legge, in cui la violenza fa parte degli affari e le donne sono viste come estensioni degli uomini potenti a cui appartengono.

"Sono sicuro che dovrò consultare il Signor Sokolov" dice il Dottor Jart, quando non aggiungo altro. "Se è qualcosa che le interessa, ovviamente."

"Giusto." Sopprimendo la femminista interiore, mi concentro sull'opportunità reale—che sembra interessante. La perdita della mia carriera è qualcosa su cui ho evitato di soffermarmi, ma so che non potrò farlo per sempre. In questo modo, potrei essere ancora un medico—ammesso che a Peter stia bene che rimaniamo nelle vicinanze.

Per quel che ne so, ha intenzione di nasconderci di nuovo in Asia.

"Ci pensi, nel frattempo" dice il Dottor Jart. "Non deve darci una risposta subito o a breve. Comprendiamo che la situazione"—si schiarisce di nuovo la gola—"al momento è instabile, quindi si prenda tutto il tempo necessario per decidere."

"Grazie." Mi alzo e gli stringo la mano. "Lo apprezzo." Mi chiedo quante volte estenda le offerte di lavoro a sospetti terroristi in fuga dalla legge. Non sembra del tutto a suo agio con "la situazione," ma non ne è nemmeno scoraggiato.

Le schede del personale in questo luogo devono essere interessanti.

DOPO L'INCONTRO, MI FERMO AL BAR AL PIANO DI SOTTO per uno spuntino. Quando torno nella stanza di Peter, è sveglio e mi sta cercando.

"Dov'eri?" chiede, mettendosi a sedere—con uno sforzo decisamente minore questa volta. La sua velocità di guarigione è notevole—o questo o la sua tolleranza al dolore è fuori dal normale. Non ha fatto nemmeno una smorfia, anche se il movimento deve avergli tirato i punti sul fianco.

Sono tentata di farlo sdraiare di nuovo, a prescindere, ma mi trattengo. Ora sembra molto più vivace, con gli occhi grigi intensamente concentrati mentre mi fissa, e so che non passerà molto tempo prima che torni al suo solito sé.

"Stavo parlando con un medico" lo informo, camminando verso il bordo del suo letto. "Mi ha offerto un lavoro."

Solleva le sopracciglia. "Qui? In questo posto?"

"Sì. A quanto pare, hanno bisogno di un'ostetrica." Sollevando la mano, strofino il pollice sui calli del suo palmo. "Che cosa ne pensi? Ovviamente dovremmo restare in zona, e non so quanto sia sicuro."

Nessun lavoro vale la pena di mettere in pericolo la nostra libertà.

Rimane in silenzio per un momento, rimuginando. "Non è la peggiore idea" dice alla fine. "Prima, però, dobbiamo capire esattamente com'è successo."

"Vuoi dire perché pensano che tu sia il responsabile dell'attentato?"

Annuisce cupamente, e prendo fiato per combattere la tensione nel petto. Ci ho riflettuto anch'io, e se Peter è innocente—come credo che sia—c'è solo una conclusione logica.

"Qualcuno deve averti incastrato" ipotizzo. "Forse addirittura qualcuno all'interno dell'FBI."

"Sì." La sua espressione non cambia. Deve aver pensato la stessa cosa anche lui. "La domanda è chi e perché." Prende il telefono, come ha fatto prima, e lo guardo scorrere rapidamente tra le sue e-mail.

"Forse i Federali non hanno alcun sospetto reale, quindi hanno deciso di usarti come capro espiatorio" suggerisco, mentre apre un'e-mail. "Probabilmente c'è un'organizzazione terroristica dietro l'esplosione, ma hanno deciso di dare la colpa a te. Qualcuno oltre a Ryson avrebbe potuto essere scontento dell'accordo che avevi stretto, quindi quando si è presentata l'occasione—" Mi fermo, perché la faccia di Peter si trasforma in granito.

"Che cosa c'è?" chiedo, quando continua a leggere senza dire nulla, con la postura che si irrigidisce di più secondo dopo secondo. I miei stessi muscoli del collo sono tesi, con il cuore che corre come se volessi lanciarmi in uno sprint.

Qualunque cosa ci sia scritta in quell'e-mail non è positiva. Posso dirlo dalla sua espressione.

Alza gli occhi per incontrare il mio sguardo. "Ricordi quando ti ho parlato del generale in pensione, l'incaricato dell'operazione Daryevo?" La sua voce ha una flessione letale. "Quello che ho promesso di lasciare in pace in cambio di amnistia e immunità?"

"Sì, certo" rispondo, mentre mi si stringe lo stomaco. "Henderson, giusto?"

"Giusto." Le sue narici si dilatano. "Il fottuto Wally Henderson III."

Faccio un respiro. "C'è lui dietro a questo?"

"Così sembrerebbe." Un muscolo pulsa nella mascella di Peter. "Prima che venissero a prendermi, ho chiesto ai nostri hacker di esaminare l'esplosione, perché qualcosa non mi tornava. E alla fine mi hanno fornito i risultati."

"Hanno detto che Henderson ti ha incastrato? Ma come? Perché? Come poteva sapere che sarebbe accaduta questa tragedia?"

Sono venuti a prendere Peter meno di ventiquattro ore dopo l'attentato. Persino qualcuno con le connessioni di Henderson avrebbe avuto bisogno di tempo per raccogliere prove abbastanza forti da inviare una squadra SWAT in un tranquillo quartiere suburbano. Anche se Henderson avesse intrapreso il compito non appena saputo dell'esplosione, avrebbe dovuto impiegare giorni, se non settimane, per—

"Perché è stato lui a farla accadere." L'espressione di Peter è selvaggia. "È stato lui il figlio di puttana che ha piazzato la bomba."

Resto a bocca aperta. "Che cosa?"

"Un uomo che corrisponde alla mia descrizione è stato catturato dalla telecamera, mentre entrava nell'edificio come persona di una ditta di pulizie il giorno prima dell'esplosione." La voce di Peter è abbastanza dura da spezzare la pietra. "E le mie impronte digitali sono state trovate su una delle maniglie delle porte sopravvissute del terzo piano, dove era stata posizionata la bomba. Per quanto riguarda l'esplosivo in sé, era davvero unico, uno praticamente non rilevabile—è così che il mio sosia è riuscito a superare la sicurezza senza problemi. Sai chi ha accesso a quel tipo di esplosivo?"

Lo fisso, disorientata. "Io… no."

"L'esercito americano. Lo prendono direttamente dal trafficante d'armi che lo produce—Julian Esguerra."

Il mio battito cardiaco riprende a martellare. "Lo stesso che ha negoziato l'affare per te? Il tizio a cui hai fatto questo favore?"

"Proprio lui." La sua bocca si contorce. "Quindi, capisci come possano pensare che io sia il responsabile, giusto? Le forze armate statunitensi acquistano ogni lotto dell'esplosivo prodotto da Esguerra, e ha una lista d'attesa lunga un miglio, nel caso in cui si fermassero. Tuttavia, qualcuno che conosce personalmente il trafficante d'armi *potrebbe* ottenerne un chilo o giù di lì. Dannazione, probabilmente non ne serve nemmeno così tanto. È potente come una bomba atomica, solo che non è radioattivo."

Oh, Dio. Ora ricordo che Peter ne parlava con Kent, quando cenavamo insieme a Cipro. Qualcosa sullo Zio Sam e sulla produzione di un esplosivo non rilevabile. Era l'esplosivo in questione?

"Allora, perché..." Raccolgo i miei pensieri frenetici. "Perché pensi che ci sia Henderson dietro a questo? Non potrebbe esserci qualcun altro—per esempio, lo stesso Esguerra? Hai detto che ti voleva morto ad un certo punto, e ha le connessioni per far sì che ciò accada, giusto? O forse potrebbe essere stato qualche altro tuo nemico?"

"Perché qui ci sono le tracce della CIA dappertutto" spiega cupamente. "L'uomo delle pulizie che assomiglia a me, le mie impronte digitali sulla scena, la mia connessione con Ryson e la bomba che viene piazzata sul suo piano—è una tecnica classica. Fanno questo fin dai tempi della Guerra Fredda. E indovina chi si dice sia stato un agente sotto copertura in gioventù?"

"Esatto, Henderson." Ricordo che Peter mi ha confessato questo una volta. "Ma Esguerra non ha alcune connessioni con la CIA? Non potrebbe aver—"

"No." Serra la mascella. "A parte il fatto che avrebbe potuto uccidermi in mille altri modi, se avesse voluto davvero, non aveva motivo di rovinare un rapporto reciprocamente vantaggioso con il governo degli Stati Uniti. In questo momento, le autorità credono che sia complice dell'attentato e cercheranno anche lui."

"Oh, questo... non è affatto positivo." Da quello che so, Esguerra era stato quasi intoccabile fino ad ora.

"No, non lo è" dice Peter pericolosamente. "Ecco perché ho bisogno di parlare subito con Yan. Gli altri membri di quella squadra delle pulizie? Le loro descrizioni corrispondono ad Anton, Yan e Ilya, compresi i tatuaggi sul cranio."

eter

Rileggo l'e-mail degli hacker per la terza volta, controllando continuamente l'ora sul mio telefono. Tre ore fa, ho chiamato Yan per condividere quello che ho appreso, ma non ha risposto. Gli ho lasciato un messaggio in segreteria dicendogli di richiamarmi, poi gli ho mandato un sms e un'e-mail, prima di fare lo stesso con suo fratello.

Nessuno dei due gemelli mi ha ancora risposto—e nemmeno Anton.

Controllo di nuovo l'ora. Sono le 23.33—solo due minuti dopo l'ultima volta che ho guardato. Sara sta dormendo accanto a me, con le onde castane sparse sul mio cuscino, e per quanto desideri unirmi a lei in un sonno tranquillo, non posso chiudere gli occhi.

I miei istinti sono di nuovo in allerta.

Facendo attenzione a non svegliarla, mi metto a sedere e faccio oscillare le gambe sul pavimento. Lentamente e con cautela, mi alzo, ignorando il dolore al fianco e al polpaccio. La stanza gira intorno a me, mentre faccio il primo passo, ma le gambe sono in grado di sostenermi.

Bene.

Non posso permettermi di restare sdraiato, se qualcosa va storto.

Alla mia richiesta, un paio di pistole sono state consegnate nella mia stanza, quindi mi avvicino all'armadio per ispezionarle. Non sono niente di speciale—solo un M16 e un paio di Glock, ma sono meglio di niente.

Controllo ogni arma e la carico, poi tiro fuori un paio di pantaloncini dall'armadio e li infilo sotto la vestaglia, attento a non spostare la benda sulla gamba. Il cuore mi batte troppo forte per lo sforzo, e sudo come un maiale, ma butto via la vestaglia dell'ospedale e infilo un maglione morbido, seguito da un paio di calzini e stivali.

"Peter?" La voce assonnata di Sara mi raggiunge, mentre lego una Glock alla caviglia sinistra. "Che cosa stai facendo?"

Alzo lo sguardo da dove sono rannicchiato. "Mi sto solo vestendo, ptichka. Non preoccuparti."

"Che cosa?" Sara si alza, con la sonnolenza che svanisce dalla sua voce, mentre mi osserva. "Perché ti stai vestendo? Devi stare a letto, a riposo, non—"

"Penso che dobbiamo andarcene." Mi alzo lentamente, respirando nonostante il dolore. "Qualcosa non torna."

Sara si trasforma in una statua sul letto. "Pensi che non siamo al sicuro qui?"

"Penso che non siamo al sicuro da nessuna parte in questo momento" rispondo, mentre mi metto l'M16 sopra la spalla e infilo l'altra Glock nella cintura. "Tuttavia, sono preoccupato, non avendo notizie di Yan o degli altri."

"No?" Attraversa la stanza con i piedi nudi e si ferma davanti a me, con il colore del viso che si abbina alla T-shirt bianca che indossa al posto del pigiama. "Non potrebbero essere solo occupati?"

"Tutto è possibile." Per quanto ne so, i gemelli sono nel bel mezzo di un colpo, e Anton ha problemi di ricezione sull'aereo. "Nella nostra situazione, però, meglio prevenire che curare."

"Ma dove andremo? Tre giorni fa, eri fuori di testa per la febbre. Devi stare in ospedale, guarire—"

"Sto bene adesso" interrompo. Incorniciandole il viso delicato con il palmo, dico in tono più tenero: "Non preoccuparti, amore mio. Hai fatto la tua parte, ora tocca a me fare la mia."

E mentre mi fissa con occhi enormi e spaventati, le bacio le labbra allettanti, poi raggiungo l'armadio per tirarle fuori i vestiti.

Sara

MI VESTO, MENTRE PETER CERCA DI NUOVO DI raggiungere Anton e i gemelli. Le mie mani sono fredde per lo stress, le dita maldestre, e ci vogliono due tentativi per allacciare le sneakers.

"Ti ha risposto qualcuno?" chiedo quando ho finito, e Peter scuote la testa, scuro in volto.

"No. Ho intenzione di provare con Kent, vedere se ha saputo qualcosa."

"Oh, questa è una buona idea." Mi mordo il labbro, mentre compone qualche numero e aspetta, con il telefono premuto sull'orecchio.

"Sono Peter" dice in tono teso. "Hai—aspetta, che cosa?"

Ascolta in silenzio, mentre Kent lo informa su

quello che è successo, e quando abbassa il telefono, faccio un passo indietro per la sua espressione.

"L'Interpol ha fatto irruzione nei ristoranti di Yulia. In tutti" mi informa duramente. "Lucas ha fatto appena in tempo a farla uscire, prima che arrivassero a casa sua a Cipro. Ora sono diretti al complesso di Esguerra in Colombia—l'unico posto semi-sicuro per loro."

"Oh, Dio." Sento un'improvvisa ondata di nausea. "Pensi che Yan e gli altri...?"

"Potrebbero essere già stati presi, sì. In ogni caso, non abbiamo un minuto da perdere."

Afferrandomi la mano, mi conduce fuori dalla stanza, con passi forti e sicuri come se non fosse stato sul punto di morire pochi giorni fa.

Devo quasi correre per stare al passo con il ritmo che ha, mentre ci affrettiamo lungo il corridoio e scendiamo le scale. "Niente ascensore?" chiedo, ansimando, mentre ci dirigiamo giù velocemente, e lui scuote la testa, stringendo la presa sulla mia mano.

"Troppo facile rimanere intrappolati."

Vorrei ricordargli le sue ferite e pregarlo di rallentare, ma ora non è il momento. Se le autorità hanno raggiunto Kent—il braccio destro di Esguerra e quindi un altro intoccabile—Peter ha ragione riguardo al fatto che la clinica non sia sicura.

Tutte le solite regole di ingaggio non hanno più alcun valore.

"Dove stiamo andando?" chiedo, soprattutto per distrarmi dalla crescente nausea. La cosiddetta nausea mattutina ha colpito in diversi orari del giorno e della notte, e scendere le scale di certo non aiuta.

"In un rifugio" risponde Peter senza guardarmi, e mi rendo conto che il suo viso è insolitamente pallido, con le tempie imperlate di sudore per lo sforzo.

Non è così guarito come finge di essere.

Dovrei fare appello a tutta la mia forza di volontà per reprimere una supplica e implorarlo di fermarsi e riposare. Invece, accelero il ritmo, in modo che non debba sforzarsi per trascinarmi. "Non hai intenzione di dirmi dov'è?"

"No." Il suo sguardo si sposta verso l'angolo del soffitto, e scorgo una debole luce rossa accesa.

Naturalmente. Telecamere.

Avrei dovuto immaginarlo.

Continuiamo a scendere in silenzio, e Peter si ferma quando raggiungiamo la porta della hall. Lentamente, la apre leggermente e aspetta, scrutando attraverso la fessura.

"Via libera" mormora dopo un minuto, e lascio andare un respiro tremante, mentre usciamo.

"Signor Sokolov" dice la bionda receptionist sorpresa, mentre passiamo davanti alla sua scrivania. "Sta già andando via?"

"Sì. Pagherò il conto più tardi."

Lei comincia a dire qualcos'altro, ma stiamo già uscendo dall'edificio dirigendoci in un cortile che funge da parcheggio. Si congela, ma è bellissimo qui fuori, con il bagliore della luna che delinea le cime innevate delle Alpi svizzere che ci circondano.

Tuttavia, le noto a malapena, visto che Peter mi conduce nel parcheggio.

Il mio stomaco ora è in piena rivolta, e devo deglutire ripetutamente per evitare di vomitare.

Improvvisamente, si ferma e si accuccia tra due macchine, tirandomi giù con sé.

"Sta arrivando qualcuno" sussurra, allungandosi verso il suo M16, e un secondo dopo, un SUV nero si ferma bruscamente davanti alla clinica.

Peter

Mɪ ᴀꜱᴘᴇᴛᴛᴏ ᴄʜᴇ ɢʟɪ ᴀɢᴇɴᴛɪ ᴅᴇʟʟ'Iɴᴛᴇʀᴘᴏʟ ꜱᴀʟᴛɪɴᴏ fuori dalla macchina, ma vedo un uomo vestito tutto di nero.

"Anton!" Mi alzo e saluto, facendomi vedere. Si gira, con il sollievo stampato viso barbuto.

"Sali!" Grida, piegando il pollice verso la macchina. "Dobbiamo andare."

Sara è già in piedi accanto a me, e le afferro la mano, mentre mi precipito verso il SUV di Anton. Il polpaccio mi brucia da morire, e sento di essermi strappato alcuni punti sul fianco, ma niente di tutto ciò ha alcuna importanza.

Anton non si lascia prendere dal panico facilmente e sembra più che un po' nervoso.

Salta dietro al volante, mentre raggiungiamo la macchina, e mi lancio sul sedile posteriore, stringendo i denti a causa di un'ondata di dolore. Sara si sistema accanto a me e usciamo dal parcheggio, prima ancora che lei chiuda la portiera.

"Yan e Ilya?" chiedo, quando il dolore si placa, e Anton mi guarda cupo nello specchietto retrovisore.

"L'Interpol ha fatto irruzione durante il loro incontro a Ginevra. Da allora non li ho più sentiti."

"Cazzo." Chiudo gli occhi, sentendo lo stomaco sottosopra. Il mio corpo è ancora in preda alla frenesia, debole e tremante—decisamente non in forma per uccidere una sfilza di agenti armati, se verranno a prenderci.

Aprendo gli occhi, guardo mia moglie e la vedo fare respiri lenti e profondi, con il profilo delicato di una tonalità verdognola di bianco.

"Stai bene, ptichka?" mormoro, e lei annuisce brevemente.

"Nausea mattutina" risponde con un sussurro appena udibile, e le prendo la mano, con il petto che si stringe con un mix di furia e senso di colpa.

La mia Sara è incinta. Questo è il momento della sua vita in cui lo stress è più tossico. Dovrebbe riposare nel comfort della nostra casa, essere coccolata da me e dalla sua famiglia—non scappare dalle autorità, avendo assistito alla morte dei genitori.

Non avrei mai dovuto accettare di risparmiare la vita a Henderson. Quell'ublyudok doveva pagare—e questa volta lo farà.

Lo distruggerò, pezzo dopo dannato pezzo.

Prima, però, dobbiamo uscire vivi da tutto questo.

"Ho provato a mettermi in contatto con te" spiego ad Anton, mentre si gira verso la strada che conduce all'aeroporto privato riservato ai pazienti della clinica. "Hai gettato via il telefono?"

Annuisce. "Ero appena atterrato ed ero al telefono con Yan, quando l'Interpol ha preso d'assalto il loro luogo d'incontro. Quindi l'ho distrutto, per ogni evenienza."

"Bene." I nostri telefoni non sono rintracciabili, con il segnale che rimbalza sui satelliti di tutto il mondo, ma è meglio non rischiare. "C'è qualche possibilità che se ne siano andati?"

"Tutto è possibile" risponde, ma non sembra crederci.

"Anton..." La voce di Sara è tesa. "Scusa, puoi fermare la macchina?"

"Accosta" gli dico, e lui devia dalla strada, spingendo sui freni. La macchina è ancora in movimento, quando Sara apre la portiera e si sporge, ansimando. Le avvolgo un braccio intorno alla vita esile e le raccolgo i capelli nell'altra mano, tenendoglieli lontano dal viso, mentre vomita.

"Mi dispiace" mormora quando ha finito, e le porgo una bottiglia d'acqua dalla scatola sul pavimento.

"Non hai nulla di cui dispiacerti" dico, mentre Anton torna sulla strada. "Questo è perfettamente naturale."

Mantengo la voce calma, come se non fossi

minimamente preoccupato, dopo aver visto mia moglie vomitare le budella sul ciglio della strada, mentre stiamo correndo per le nostre vite. Come se la rabbia non fosse come l'acido nelle vene, tingendomi la vista di rosso.

"Stai male, Sara?" chiede Anton, e mi rendo conto che non sa ancora del bambino. E perché dovrebbe? Noi stessi l'abbiamo appena scoperto.

"È incinta" lo informo, e nonostante i miei migliori sforzi, sembro assolutamente teso.

Se dovesse succedere qualcosa a Sara o al bambino a causa di questo, non me lo perdonerò mai.

"Oh." Anton sembra senza parole. "Questo è... Congratulazioni."

"Grazie" mormoro, e poi lo sento.

Un suono di sirene in lontananza.

Fanculo.

"Accelera" dico ad Anton, che sta già spingendo sull'acceleratore come un dannato, con la faccia tesa.

Mi rivolgo a Sara. "Mettiti la cintura di sicurezza."

Si sforza di obbedire, con gli occhi color nocciola scuro sul volto incolore, mentre controllo le mie armi.

Le sirene stanno arrivando da dietro di noi—dalla direzione della clinica—il che significa che la mia intuizione era giusta.

Sono venuti a prenderci.

Il rombo di un elicottero si unisce presto alle sirene, e Anton accelera ulteriormente, prendendo una ripida curva in mezzo alla strada ad una velocità vertiginosa.

"Rallenta, cazzo" ringhio, mentre Sara mi stringe

convulsamente la mano. "Non possiamo schiantarci, capisci?"

Se fossi da solo con Anton, rischierei di farlo, ma non con lei qui.

Non quando è quasi morta in un incidente su una strada molto simile a questa.

Anton lascia andare leggermente l'acceleratore e avvicino la mano di Sara alle mie labbra. "Andrà tutto bene, ptichka" mormoro, baciandole le nocche. "Dobbiamo solo salire sull'aereo."

"Forse ci stanno già aspettando lì" dice Anton. "Dal momento che sapevano della clinica, potrebbero anche sapere della pista di atterraggio."

"La clinica è sulla mappa, ma la pista di atterraggio no" ribatto, stringendo la mano di Sara in modo rassicurante, quando la sento tesa nella mia presa. "Dovrebbero chiedere la sua posizione al personale."

Almeno, spero che sia così.

Perché *potremmo* essere diretti in un'imboscata.

Anton non risponde, preme soltanto sull'acceleratore, mentre raggiungiamo un tratto di strada più dritto. Siamo a pochi minuti dalla pista di atterraggio ora, ma il ruggito dell'elicottero sta aumentando di intensità secondo dopo secondo, soffocando il battito adrenalinico del mio cuore.

Finalmente, vedo i suoi fari spuntare alle nostre spalle, mentre svoltiamo di nuovo bruscamente.

"Giù" ringhio a Sara, facendola distendere sul sedile, e poi apro il finestrino e mi sporgo, ignorando il forte dolore al fianco, mentre punto il mio M16 sull'elicottero.

Devia dietro agli alberi, prima che io possa aprire il fuoco.

Aspetto, non volendo sprecare i proiettili.

Un secondo dopo, l'elicottero riappare e sparo dei colpi.

Spara a sua volta, quindi devia di nuovo.

Fanculo. Siamo quasi sulla pista di atterraggio ora.

Aspetto che ricompaia l'elicottero, poi apro il fuoco, premendo il grilletto, finché la pistola non si scarica e l'elicottero indietreggia per evitare i miei proiettili.

Rientrando in macchina, ricarico velocemente, poi mi sporgo nuovamente dal finestrino.

Questa volta, però, l'elicottero si arresta.

Questo non va bene.

Non possiamo decollare con questi stronzi che ci sparano addosso.

L'auto gira bruscamente, e quando guardo in avanti, scopro che siamo già sulla pista di atterraggio, diretti a tutta velocità verso l'aereo.

"Il lanciarazzi è dentro" urla Anton, spingendo sui freni. "Farò una corsa per prenderlo."

Ci fermiamo a una decina di metri dall'aereo, e stringo i denti, mentre il mio fianco sbatte contro il bordo di metallo affilato del finestrino della macchina.

Se sopravvivremo a questa situazione, Sara sarà sconvolta dal fatto che mi sia strappato i punti.

Anton salta fuori dalla macchina, correndo verso l'aereo, e io fornisco il fuoco di copertura, mentre l'elicottero si avvicina. Anche le sirene si fanno più forti; devono essere proprio alle nostre calcagna.

"Sali sull'aereo, adesso!" grido a Sara, e con la coda dell'occhio, la vedo correre per obbedire.

Il mio M16 suona a vuoto, ma non c'è tempo per ricaricare, quindi estraggo la Glock dalla mia cintura, mentre l'elicottero fa una virata, poi torna indietro, riempiendo il veicolo di proiettili. Il vetro intorno a me esplode, con i frammenti che mi colpiscono il viso e il collo. Stringendo la Glock, apro la portiera e ruzzolo fuori, rotolando via dall'auto, mentre sparo.

Ho bisogno che si concentrino su di me, non sull'aereo o su Sara.

I proiettili colpiscono il terreno tutt'attorno a me, facendomi volare pezzi d'asfalto negli occhi. Sento l'odore della polvere da sparo, il bruciore del piombo, mentre mi sfiora.

È la fine.

Non ce la farò.

La mia pistola suona a vuoto proprio mentre un furgone nero si arresta bruscamente sulla pista di atterraggio, stridendo fino a fermarsi vicino alla nostra macchina.

 Sara

Sono già accanto all'aereo, quando vedo il furgone nero.

L'Interpol.

Ci hanno raggiunto.

"Anton!" urlo al di sopra degli spari e del rumore dell'elicottero, mentre riappare sulla soglia dell'aereo con un lanciarazzi appoggiato sulla spalla. "Stanno—"

Boom!

Il lampo dell'esplosione mi brucia le retine, con un suono così assordante che i miei timpani quasi esplodono. Il cielo sembra trasformarsi in una palla di fuoco, e piovono pezzi di metallo in fiamme.

Santo cielo.

Anton ha abbattuto l'elicottero.

Il mio sguardo attonito cade sul furgone, e vedo due figure familiari saltare fuori.

"Yan! Ilya!" Non sono mai stata così felice di vederli —specialmente quando si chinano per posare le braccia di Peter sulle loro spalle e correre insieme verso l'aereo.

"Sbrigatevi!" urla Anton, e sento le sirene diventare più forti. "Dobbiamo andare ora."

Scompare di nuovo dentro l'aereo, e mi precipito dietro di lui, con i gemelli e Peter alle calcagna.

Le auto della polizia appaiono proprio mentre le nostre ruote si sollevano da terra.

"Quindi, stavano inseguendo te, non noi?" chiarisco con Yan, mentre tolgo la terra e il sangue dalla faccia di Peter, prima di rimuovere alcune schegge di vetro incastonate nella sua pelle. Mi sento stranamente calma, come se stessi eseguendo un Pap test di routine, invece di curare le ferite di mio marito dopo una straziante fuga.

O mi sto abituando alla vita in fuga o sono ancora sotto shock e la scarica di adrenalina sta per colpirmi.

"Sì, e ce l'abbiamo fatta per miracolo" dice Yan dal sedile accanto al divano, dove Peter è disteso. "L'elicottero stava volando sopra di noi per intrappolarci, ma poi avete attirato la loro attenzione." Mentre parla, solleva uno specchietto per applicare una pomata antibiotica all'orecchio, dove un proiettile lo ha sfiorato, lasciando un brutto squarcio.

"Sono contento che siamo serviti come esca accidentale" dice Peter, mentre gli alzo la maglietta per ispezionare la benda sul fianco. Il suo colorito è ancora spento, ma è cosciente—e a quanto pare si sente abbastanza bene visto il sarcasmo.

"Ehi, è stato uno sforzo di squadra" replica Ilya, con un sorriso sul viso, mentre si accomoda sul sedile—in qualche modo completamente illeso. "Non sarebbe potuta andare meglio, se l'avessimo programmato."

Scuoto la testa, cercando di non pensare a come sia stato correre verso l'aereo, mentre Peter era inchiodato dal fuoco dell'elicottero. È un miracolo che sia sopravvissuto—che siamo *tutti* sopravvissuti e fuggiti.

Le mie mani cominciano a tremare, mentre tolgo la benda di Peter, e *realizzo* una cosa.

Ha di nuovo rischiato di essere colpito.

Avrebbe potuto essere ucciso, con il cranio distrutto da un proiettile proprio come—

No, smettila.

"Dove stiamo andando ora?" chiedo per distrarmi dai ricordi che minacciano di invadere la mia mente. Non posso immergermi in quell'oscurità, non posso concentrarmi su quello che è successo ai miei genitori o su quello che sarebbe potuto accadere a mio marito.

Non sono ancora pronta per affrontarlo.

"Questa è una buona domanda" dice Yan, mettendo giù la pomata per prendere il telefono. "Fammi vedere se il nostro contatto turco è arrivato." Tocca lo schermo alcune volte e fa una smorfia. "Fanculo."

"Che cosa c'è?" Peter cerca di sedersi, ma lo spingo a sdraiarsi.

"Stai giù" ordino, guardandolo storto. "Non ho ancora finito."

"Il nostro ragazzo del controllo aereo è in prigione" comunica Yan mentre Peter obbedisce, lasciandomi pulire intorno ai suoi punti strappati. "Qualcuno ha fiutato il suo reddito extracurricolare."

"Quindi la Turchia è fuori discussione." Peter non sembra sorpreso. "E la Lettonia?"

"Fammi vedere." Yan compone un numero, poi inizia a parlare in russo.

Qualunque cosa stia dicendo la persona dall'altra parte della linea non dev'essere buona, perché il cipiglio di Yan si fa più profondo attimo dopo attimo.

"Allora?" chiede Ilya, quando Yan riattacca. "Che cosa ti ha detto quel bastardo?"

"A quanto pare, ogni aeroporto in Europa è alla ricerca del nostro aereo" afferma Yan. "Questo include anche le piste di atterraggio private. L'Interpol ha messo una taglia ridicola sulle nostre teste, e tutti e quattro i nostri volti sono sui giornali, essendo i sospettati dietro l'attentato all'FBI. Non mi fiderei di nessuno in questo momento; hanno la stessa probabilità di tradirci quanto quella di aiutarci."

"Cazzo." Peter cerca di rimettersi a sedere, e questa volta, glielo lascio fare. La calma indotta dallo shock è completamente svanita, e sono consapevole di una terribile stanchezza combinata ad ansia che mi schiaccia il petto.

Saremo anche fuggiti, ma siamo ben lungi dall'essere al sicuro.

"Se l'Europa è fuori discussione, la nostra alternativa migliore è il Venezuela" spiega Peter, mentre gli avvolgo automaticamente una nuova benda. "Abbiamo carburante a sufficienza per arrivarci?"

"Fammi controllare con Anton" dice Yan, alzandosi dal suo posto. Scompare nella cabina di pilotaggio, poi riappare un minuto dopo. "Sì, ma è appena sufficiente" riferisce. "Se qualcosa va storto, siamo fottuti."

"Io dico di provare" replica Ilya, grattandosi il teschio tatuato. "Almeno farà caldo lì."

"Dammi il tuo telefono" dice Peter a Yan. "Contatterò Esteban. Nel frattempo, di' ad Anton di fare rotta sul Venezuela. In un modo o nell'altro, atterreremo lì."

Peter

ESTEBAN, L'AVIDO FIGLIO DI PUTTANA, CHIEDE NON MENO di tre milioni di euro per prendere gli accordi appropriati, ma non abbiamo tempo per discutere.

Se non atterreremo nel suo piccolo aeroporto, siamo fottuti.

Alla fine, tutta la logistica viene appianata e mi dirigo verso il sedile di Sara. È abbastanza grande per due uomini, e lei sembra minuta, raggomitolata con le ginocchia sollevate sul petto, mentre guarda fuori dall'oblò dell'aereo.

"Ptichka." Affondo davanti a lei, ignorando il dolore al polpaccio e al fianco, mentre le appoggio le mani sulle caviglie. "Amore mio, stai bene?"

Si concentra su di me, sbattendo le palpebre. "Che cosa stai facendo? Dovresti stare sdraiato."

"Sto bene" rispondo, ma lei è già in piedi, tirandomi su e verso il divano. Sospirando, glielo lascio fare—perché mi sento una merda.

"Sdraiati con me" dico, mentre mi distendo sul divano. "Voglio tenerti in braccio."

Aggrotta le sopracciglia. "Ma il tuo fianco—"

"Non preoccuparti." La tiro giù finché non ha altra scelta che allungarsi accanto a me. Rotolando sul mio lato illeso, la avvolgo da dietro, inalando il delicato profumo dei suoi capelli, mentre Ilya e Yan si voltano bruscamente ai loro posti, offrendoci un minimo di privacy.

All'inizio è rigida, senza dubbio preoccupata di urtare una delle mie ferite, ma dopo un minuto parte della rigidità abbandona i suoi muscoli. E a questo punto, lo sento.

Un tremito quasi impercettibile nel suo corpo.

Sta tremando tutta.

Il mio petto si stringe per la disperata compassione. Il mio passerotto non è ferito fisicamente—quella è stata la prima cosa di cui mi sono assicurato, quando siamo saliti sull'aereo—ma questo non significa che ne sia uscita senza alcuna conseguenza.

Quello che ha appena passato è abbastanza da provocare un Disturbo Post Traumatico da Stress a un soldato esperto, figuriamoci ad una civile.

Ad una civile *incinta*.

"Come ti senti, amore mio?" chiedo dolcemente,

posandole la mano sulla pancia. Forse è la mia immaginazione, ma sembra più piatta del solito, come se avesse perso un po' di peso. E forse è così.

Tra l'imprevedibile nausea mattutina e lo stress, probabilmente non ha mangiato correttamente.

"Sto bene" mormora, anche se il suo respiro si blocca su un tremore traditore. "È solo che…"

"Le conseguenze dell'adrenalina, lo so." Mantengo la mia voce bassa e rilassante, mentre sposto la mano dal suo stomaco per accarezzarle il fianco. "Passerà."

Fa un respiro più profondo. "Lo so. Andrà tutto bene."

"Sì" le prometto. "Raggiungeremo il nostro rifugio, e andrà tutto bene."

È la prima volta che le mento apertamente, e a giudicare dalla rinnovata rigidità del suo corpo, la mia ptichka lo sa.

Perché non andrà tutto bene.

Niente può annullare ciò che è stato fatto e riportare indietro i genitori di Sara.

Tutto quello che posso fare è cercare la vendetta—e lo farò.

Henderson pregherà di morire molto prima che io abbia finito con lui.

enderson

FUGGITI DI NUOVO.

La furia si mescola alla crescente paura nel mio petto, mentre leggo l'ultima e-mail del mio contatto.

Sono fuggiti, tutti, proprio sotto il naso dell'Interpol.

Un altro minuto, e Sokolov e i suoi amici russi sarebbero stati circondati. L'Interpol avrebbe potuto averli tutti e quattro contemporaneamente. Invece, stanno volando, diretti chissà dove.

E questo per non parlare della fortunata fuga di Kent verso la tenuta di Esguerra nella giungla amazzonica, che persino il governo colombiano considera impenetrabile.

Se riusciranno a riorganizzarsi, sono fottuto—

perché ormai avranno capito che cos'è successo e come.

Facendo un respiro per controllare un'ondata di panico, comincio a comporre un'e-mail per il mio contatto della CIA.

C'è ancora tempo per intercettare l'aereo di Sokolov.

Dobbiamo solo raggiungere gli aeroporti di tutto il mondo e convincerli a prendere provvedimenti verso tutti gli ufficiali di controllo del traffico aereo, che potrebbero essere propensi a farsi corrompere.

S ara

DEVO ESSERMI ABBANDONATA NELL'ABBRACCIO DI PETER, perché mi sveglio con il basso mormorio di voci che parlano in russo. Aprendo gli occhi, vedo mio marito seduto con un computer sulle ginocchia e i gemelli in piedi accanto a lui. Sta indicando qualcosa sullo schermo e sta parlando nella sua lingua madre.

"Che cosa sta succedendo?" chiedo, alzandomi. Mi sento intontita, come se fossi rimasta svenuta per ore. E per quel che ne so, lo sono stata.

È un lungo volo dalla Svizzera al Venezuela.

Gli uomini lanciano un'occhiata nella mia direzione. "Sto solo cercando di capire dove si nascondeva il cecchino" dice Yan nello stesso momento in cui Peter afferma: "Niente, amore mio. Non preoccuparti per questo."

"Un cecchino?" Un nuovo picco di adrenalina mi fa alzare in piedi. "Quale cecchino?" Poi, mi viene in mente. "Oh, intendi dire chiunque abbia sparato all'agente che ti stava arrestando, provocando il panico e iniziando a sparare? Me lo stavo chiedendo anch'io. Inizialmente pensavo che potesse essere qualcuno che cercava di aiutarti, ma non lo era, vero? Stavano cercando di causare problemi."

Peter lancia un'occhiataccia a Yan—pensava che avrei dovuto restare fuori da questo?—prima di voltarsi per affrontarmi. "Esatto" dice in modo uniforme. "Henderson deve aver ingaggiato il cecchino per essere sicuro che venissi ucciso durante l'arresto. Immagino che il piano fosse quello di incastrarmi, quindi usare le autorità per abbattermi, insieme a tutti quelli che mi hanno sempre aiutato—e farlo in un modo molto plateale, cosicché nulla potesse essere nascosto ai media. Se fossi stato arrestato, avrei potuto convincere le autorità della mia innocenza trovando i veri colpevoli, e quindi tutto sarebbe potuto tornare com'era—e Henderson sarebbe stato nei guai."

"Ma se aveva il cecchino lì, perché non ti ha sparato direttamente invece di uccidere l'agente SWAT?" chiedo, sopprimendo un brivido, mentre l'immagine della testa di Peter che esplode mi attraversa la mente. "Se quel cecchino era in posizione—"

"Beh, per prima cosa, l'angolazione non era ottimale per colpirmi" spiega Peter. "O almeno questo è quello che abbiamo determinato sulla base dei miei ricordi dell'evento. Per quel colpo, avrebbe dovuto essere disteso sul tetto della casa a tre piani nell'isolato vicino. Ricordi, quello bianco, con il tetto grigio?"

Annuisco, e lui continua. "Beh, ero più vicino a casa nostra, quindi il tetto deve avermi protetto, almeno parzialmente. Ma cosa ancora più importante, se *fossi stato* colpito da un cecchino sconosciuto, questo avrebbe sollevato ogni sorta di sospetto su chi ci fosse realmente dietro l'attacco, e immagino che questa fosse l'ultima cosa che Henderson voleva. Ma visto che l'agente era morto, era quasi certo che i poliziotti pensassero che fosse qualcuno in combutta con me, e che sarei comunque rimasto ucciso nella sparatoria che ne derivava."

"Ed è andata quasi così." Non posso trattenere un brivido questa volta. "Sei arrivato così vicino a morire..."

Le labbra di Peter si piegano in un sorriso freddo. "Sì, ma purtroppo per Henderson, non ci sono arrivato."

Lo fisso, con i peli della nuca che si rizzano per l'oscura promessa nella sua voce. Non ho dimenticato questa parte di lui, ma era stato facile non pensarci, mentre conducevamo la nostra vita suburbana. Il Peter che avevo accettato di sposare non era stato tanto diverso dall'assassino vendicativo che aveva invaso la mia casa per uccidere George, ma era stato possibile fingere che lo fosse—che non fosse più capace delle cose terribili fatte per vendicare Tamila e suo figlio.

Solo che lo è.

Lo sarà sempre.

E ora ha un motivo in più per eliminare Henderson.

"Come hai intenzione di farlo?" chiedo, e persino io sono sorpresa di quanto suoni indifferente. "Hai già un piano in atto?"

Perché Henderson *morirà* per questo. Ne sono sicura quanto lo sono che Peter mi ami. Il mio letale marito la farà pagare dieci volte al suo nemico, e per quanto sia sbagliato, non riesco a raccogliere un grammo di oltraggio morale al pensiero.

Il mostro recentemente risvegliato dentro di me *vuole* che Henderson soffra, che conosca il dolore e la perdita devastante.

Il sorriso gelido di Peter non vacilla. "Non preoccuparti dei particolari, amore mio. Ti basti sapere che non riuscirà a farla franca."

"So che non ci riuscirà" dico sottovoce, sostenendo lo sguardo di mio marito. "Non glielo permetterai."

E mentre mi alzo, vado al bagno per rinfrescarmi, consapevole dei suoi occhi che mi seguono, mentre cammino verso la toilette.

Peter

LE PERSONE ELABORANO IL TRAUMA IN MODI DIVERSI. Alcune cadono a pezzi e non si riprendono mai. Altre trovano un nucleo di forza che le aiuta ad andare avanti. Ho sempre saputo che Sara facesse parte della seconda categoria, ma non ho mai apprezzato il suo acciaio interiore più di quanto non faccia ora, mentre guardo la porta del bagno chiudersi dietro la sua figura snella.

È una guerriera, il mio passerotto—forte come qualsiasi soldato addestrato.

"Quindi, pensi ancora che sia tutta dolcezza e luce?" chiede Yan in russo, mentre distolgo lo sguardo dalla porta e incontro il suo, freddamente divertito. "Perché da quello che vedo, la tua piccola dottoressa perfetta sembra aver sviluppato una sete di sangue."

"Chiudi il becco, Yan" scatta Ilya, prima che io possa rispondere. "Ora non è il momento."

In qualsiasi altra circostanza, avrei già messo le mani attorno alla gola di Yan, ma Ilya ha ragione.

Stiamo per iniziare il nostro atterraggio e non c'è tempo per le cazzate.

"Farò un controllo dell'ultimo minuto sulla situazione a terra" comunico a Ilya, ignorando intenzionalmente Yan. "Esteban ha promesso che sarebbe stato tutto pronto, ma sai quanto mi fido di quel furfante."

"Giusto." Ilya strappa il telefono di Yan dalla tasca del fratello e me lo porge. "Buona idea."

Compongo il numero di un capo della polizia venezuelana che ho avuto sul mio libro paga negli ultimi tre anni e aspetto che la chiamata si connetta. Se tutto va bene, Santiago non immaginerà per quale motivo lo sto chiamando. Altrimenti…

"Hola?" risponde.

"Sono Peter Sokolov."

Segue un momento di teso silenzio; poi, sibila nel telefono: "Perché cazzo mi hai chiamato? È troppo tardi; non c'è niente che io possa fare. Sono dappertutto in quel dannato aeroporto. Te l'ho detto, non posso fare niente, con l'intero dipartimento—"

Riattacco, prima che finisca, e alzo lo sguardo per incontrare due identici occhi verdi.

"Sembra che la pista di atterraggio di Esteban sia da evitare" dico imperturbabile. "Qualche altra idea?"

50

Sara

TORNO E TROVO PETER E I GEMELLI RAGGRUPPATI attorno all'ingresso della cabina di pilotaggio. Tutti e tre gli uomini sono in piedi, gesticolando con fare agitato, mentre discutono in russo con Anton.

Il mio stomaco è in subbuglio. "Che cosa c'è che non va? È successo qualcosa?"

"Il nostro contatto venezuelano ci ha traditi" spiega Ilya voltandosi. "O forse è stato catturato— non lo sappiamo per certo. In ogni caso, la polizia sta aspettando che atterriamo, il che significa che dobbiamo risparmiare le scorte di carburante e arrivare ad un altro—"

"Non c'è bisogno di risparmiare il carburante, Anton te l'ha detto." La voce di Yan è dura e acuta. "Io dico che possiamo rischiare con la polizia. Se il nostro carburante si esaurisce, la morte è certa, ma con la polizia—"

"Ne è rimasto il sette per cento" afferma Peter. "È sufficiente per portarci in un altro aeroporto nei dintorni."

"Dove ci aspetteranno in ogni caso" replica Yan. "Siamo già sul loro radar, e se sbagliamo anche di un solo millimetro..."

"È meglio che cadere in una trappola" ribatte Ilya. "Io dico di atterrare da qualche altra parte. Come una pista di atterraggio privata, un'autostrada o forse anche —" Si interrompe bruscamente e si precipita sul portatile che Peter stava usando.

"Che cosa c'è?" chiedo, con il cuore che mi martella.

"Colombia." La sua voce profonda è stranamente eccitata. "Non siamo lontani dalla tenuta amazzonica di Esguerra, che ha una pista di atterraggio all'interno..."

"Stai scherzando, vero?" Yan incrocia le braccia. "Il nostro carburante non durerebbe mai così a lungo—e questo ammesso che Esguerra voglia aiutarci. Deve già vedersela con i suoi casini."

"Sì, ma è lo stesso casino, non capisci?" Le grosse dita di Ilya volano sopra la tastiera. "Siamo noi la ragione per cui è sotto attacco. Quindi—"

"Quindi, sarà lieto di risparmiare il compito alla polizia e di abbatterci lui stesso" dice Yan. "Ad ogni modo, non vedo come avremmo abbastanza—"

"Rivedrò i calcoli del carburante con Anton"

interrompe Peter, che scompare nella cabina di pilotaggio.

Lo fisso, con la nausea che riaffiora, mentre rifletto sul fatto che non ci sono buone opzioni per noi.

Anche se non rimarremo senza carburante sulla strada per il complesso di Esguerra, è improbabile che il trafficante d'armi ci accolga.

"*Potremmo* averne abbastanza da arrivare a casa di Esguerra" continua Peter, riapparendo sulla soglia. "Tutto dipende dalla velocità e dalla direzione del vento. In questo momento, abbiamo un forte vento contrario. Se rimane così com'è, ce la faremo."

"Il vento? È su questo che stiamo facendo affidamento?"

Nessuno risponde alla domanda retorica di Yan, così si dirige verso il divano e si lascia cadere, borbottando sottovoce quelle che sembrano imprecazioni in russo.

"Ho appena contattato Kent" informa Ilya, alzando lo sguardo dal computer. "È nella tenuta di Esguerra in questo momento. Forse può convincerlo a permetterci di stare con loro per un po'."

"Non c'è tempo per quello" ribatte Peter. "Quando finiranno di discutere, saremo a corto di carburante. Chiamerò direttamente Esguerra. Deve lasciarci atterrare. È la nostra unica possibilità."

eter

IL TRAFFICANTE D'ARMI COLOMBIANO RISPONDE AL TERZO squillo.

"Problemi in vista?" chiede serenamente.

"Anche dalla tua parte, immagino" rispondo con calma. L'ultima cosa che voglio è che Esguerra possa percepire qualche accenno di disperazione. "Penso che possiamo aiutarci a vicenda."

Ride in modo canzonatorio. "Sì, certo."

"Sai chi c'è dietro questo spettacolo di merda?"

"Ho qualche sospetto. L'ex generale, giusto? Quel bastardo che non hai ucciso perché volevi giocare alla famiglia felice?"

Fanculo. Naturalmente già lo sapeva. L'informazione

per Esguerra è tanto importante quanto le armi che produce.

Cambio tattica. "Ascolta, mi dispiace che questo si sia riversato su di te e sui tuoi affari. Ma l'unico modo per risolvere questo problema è smascherare Henderson e quello che ha fatto. E so esattamente come farlo."

"Davvero? Non è questo il tizio a cui hai dato la caccia senza successo per tre anni?"

Ignoro la derisione nel suo tono. "Sì—il che significa che nessuno sa di lui quanto me e la mia squadra. Ci vorrebbero mesi, se non anni, per raccogliere tutti i dati che abbiamo sui suoi amici e parenti, e per setacciare tutti i nascondigli che abbiamo trovato ed eliminato. Fattene una ragione: hai bisogno di me per sistemare rapidamente questo casino, prima di perdere ancora più denaro. Quanto ti stanno costando le incursioni nelle tue fabbriche? Dieci milioni al giorno? Di più?"

Ho solo tirato a indovinare sulle incursioni, ma a giudicare dal silenzio al telefono, ho toccato un tasto dolente.

"Julian, ascoltami" continuo, mentre Sara e i gemelli mi fissano intensamente. "Posso abbattere Henderson e posso farlo velocemente. Tutto ciò di cui ho bisogno è un posto in cui riposare un po' e alcune delle tue risorse, e dimostrerò che non hai nulla a che fare con l'esplosione. A quest'ora del mese prossimo, tornerai nelle grazie dello Zio Sam, e noi saremo fuori dai tuoi piedi per sempre. Oppure puoi provare a gestirlo da solo, e vedertela con tutte le forze dell'ordine che stanno arrivando—"

"Fanculo a te e alla tua squadra." Non mi sfugge la furia nella voce di Esguerra. "Sei la ragione di tutto questo fottuto casino. E sai una cosa? Scommetto che se consegnassi te e gli altri "terroristi" della tua squadra allo Zio Sam, questo sistemerebbe il nostro rapporto."

"Davvero? Ne sei sicuro?" Ora sono io ad essere freddamente beffardo. "Un esplosivo pericoloso—il *tuo* esplosivo—è stato piazzato sul suolo americano contro l'*FBI*. Ogni agenzia è coinvolta in questo, ogni burocrate dall'alto al basso. Credi davvero che tutto sarà perdonato e dimenticato, se consegnerai i tuoi co-cospiratori? Perché è quello che penseranno, lo sai— che stai solo facendo fuori i tuoi compari. A meno che non smascheri Henderson per quello che è e riabiliti il tuo nome rapidamente, sei fottuto quanto noi."

Segue un altro lungo silenzio teso sulla linea. Poi, Esguerra afferma aspramente: "Bene. Posso darvi un posto per dormire. Ho un contatto in Sudan. Una volta arrivati lì—"

"Il Sudan non va bene" interrompo. "Ho un altro posto in mente."

"Sarebbe?"

"La tua tenuta. Saremo lì tra un'ora."

E prima che possa replicare, riattacco.

GUARDO, CON LO STOMACO IN GOLA, MENTRE PETER mette in tasca il telefono con calma e torna alla cabina di pilotaggio—presumibilmente per informare Anton che ci stiamo recando alla tenuta di Esguerra, a prescindere dai sentimenti del trafficante d'armi in merito.

"Sai che ci abbatterà mentre ci avviciniamo" dice Yan, quando Peter riappare un minuto dopo. "E questo ammesso che il nostro carburante duri così a lungo."

"Durerà" assicura Ilya. "E lui non ci abbatterà. Hai sentito Peter: Esguerra ha bisogno di noi per risolvere questo casino in fretta."

"Sì, certo" mormora Yan, che si dirige verso il bagno nella parte posteriore dell'aereo.

Le mie gambe non sono del tutto ferme, mentre mi avvicino al divano e mi siedo.

È così che moriremo?

Non per un proiettile, ma in un incidente aereo?

Il divano affonda accanto a me, e una grande mano calda mi copre il ginocchio. "Andrà tutto bene, ptichka" sussurra Peter, alzando l'altra mano per togliermi i capelli dal viso. Le sue dita mi sfiorano la mascella, con un tocco così tenero che mi fa venir voglia di piangere.

"Come fai a saperlo?" mormoro, e poi mi rimprovero, perché mi sto comportando come una bambina bisognosa.

Ovviamente non lo sa.

Lo sta solo dicendo per farmi sentire meglio.

"Perché conosco Julian" dice sottovoce. Non si rade da giorni, e la barba scura accentua il pallore malsano della sua pelle. Tuttavia, in qualche modo continua ad irradiare la sua solita forza e sicurezza. So che molto probabilmente si tratta di una facciata, ma non posso fare a meno di sentirmi rassicurata, mentre preme le labbra sulla mia fronte, e poi mi avvolge un potente braccio intorno alle spalle, tirandomi contro il fianco sano.

"Dovresti riposare" mormoro dopo un minuto. Pur essendo forte, mio marito non è invincibile. Solo pochi giorni fa stava per morire. Ma quando tento di allontanarmi, mi stringe più forte, e mi arrendo con un sospiro, appoggiando la testa sulla sua spalla.

Non vale la pena litigare.

Dopotutto, questa potrebbe essere la nostra ultima ora insieme.

Peter

Il vento in coda si indebolisce proprio mentre stiamo per iniziare la discesa. Lo scopro tramite un laconico annuncio di Anton.

Scusandomi, mi districo attentamente dall'abbraccio di Sara e mi dirigo verso di lui, grato che abbia avuto la lungimiranza di parlare in russo.

La mia ptichka è già abbastanza preoccupata.

Ilya e Yan sono già all'interno dell'abitacolo, con Yan accucciato accanto ad Anton, che tiene in mano un computer.

"Per quanto tempo potremo ancora andare avanti?" chiedo senza preamboli.

"Non molto" risponde Anton. "Se la velocità del vento non si riduce ulteriormente, potremmo avere un atterraggio difficile—o forse no. Dipende da quanto questo aereo possa andare avanti per inerzia."

"Non ci sono piste di atterraggio più vicine?" chiede Ilya. "Anche una strada larga andrebbe bene."

"Non riesco a trovare nulla di simile sulla mappa" dice Yan, e lo vedo zoomare su una regione molto boscosa su Google Maps. "Siamo proprio ai margini della giungla; non ci sono altro che alberi, fiumi e strette strade sterrate."

Trattengo una brutta imprecazione.

Non sta andando bene.

Anzi, sta andando malissimo.

Se fossimo solo noi, non mi preoccuperei più di tanto—le persone possono sopravvivere agli incidenti aerei—ma un atterraggio difficile potrebbe essere troppo per Sara e il bambino.

"Che cosa sta succedendo?" chiede dietro di me, e mi giro per trovarla intenta a fissare preoccupata i comandi. "È successo qualcosa?"

Nessuno risponde. Nemmeno Yan ha più commenti sarcastici.

"Niente, ptichka. Ci stiamo solo preparando per atterrare" rispondo in modo pacato, e prendendole la mano, la conduco fuori dalla cabina.

ara

DENTRO DI ME, LE VISCERE SEMBRANO FOGLIE IN UNA tempesta invernale, mentre Peter mi guida verso il sedile e mi allaccia la cintura, stringendomela sul grembo, finché non riesco quasi a respirare. Poi, si avvicina al divano e tira via i cuscini. Li solleva, li accatasta davanti a me, poi apre uno scomparto sopra la testa e tira giù una sacca da viaggio.

"Che cosa stai facendo?" La mia voce inizia a tremare. "Peter, che cosa stai facendo?"

Non risponde, tira solo fuori una lunga corda e un coltello. Afferrando uno dei cuscini, lo lega allo schienale del sedile di fronte a me, esattamente dove la mia testa colpirebbe, se assumessi la classica posizione da incidente aereo e qualcosa dovesse spingermi in avanti.

Poi, prende l'altro cuscino e lo infila alla mia sinistra, tra il sedile e l'oblò. Si incastra saldamente lì dentro, quindi non ha bisogno di usare la corda per tenerlo fermo.

"Stiamo per schiantarci?" È una domanda stupida, perché è ovvio che cosa stia succedendo, ma non posso farci niente. Voglio che mi menta di nuovo, che mi rassicuri dicendo che quello che sta facendo non è altro che una sciocca precauzione.

"No, stiamo atterrando" risponde, come se mi leggesse nel pensiero, e poi afferra il terzo cuscino alla mia destra legandolo a me.

Mi sbagliavo.

Non voglio che menta.

Voglio che mi dica la verità, in modo da poter impazzire del tutto.

La punta dell'aereo affonda e il mio stomaco fa lo stesso, quando sento l'improvviso cambiamento della pressione nella cabina.

"Peter." La mia voce è sorprendentemente ferma. "Per favore, siediti."

"Tra un momento" dice e scompare nella parte posteriore, mentre Yan e Ilya escono dalla cabina di pilotaggio e prendono i loro posti.

Pochi secondi dopo, mio marito riappare con alcuni cuscini. Ignorando le mie proteste, li lega tutti intorno a me, con uno piccolo sulla mia testa. Quando ha finito, sembro un marshmallow umano.

Allora e solo allora si siede accanto a me.

"Prendi alcuni di questi cuscini per te" lo imploro, ma si limita a stringere le cinture di sicurezza. "Per favore, Peter. O almeno danne un paio ai tuoi compagni di squadra. Perché dovrei averli tutti io? Ti prego, ascoltami…"

"Non ascoltarla, Peter" dice ironicamente Ilya dall'altra fila. "Staremo bene."

"Ma—"

"Rilassati, Sara" replica freddamente Yan. "Mio fratello ha ragione. Inoltre, l'imbottitura sarà sufficiente."

Peter ringhia qualcosa di acuto in russo— probabilmente un ammonimento per avermi spaventata inutilmente—e sento le orecchie scoppiarmi, mentre la nostra discesa accelera.

"Sette minuti all'atterraggio" annuncia Anton nell'interfono, e Peter allunga il braccio sul tavolo tra i nostri sedili, con la mano che scava nella pila di cuscini per stringere la mia. La sua presa è forte come al solito, ma le dita sono fredde, mentre si avvolgono attorno al mio palmo.

"Sei minuti" dice Ilya, mentre l'aereo si inclina a sinistra, permettendomi di intravedere la foresta verde sottostante.

In lontananza, scorgo una vasta area deserta con alcuni piccoli edifici vicino a uno più grande, ma poi l'aereo si piega verso destra e tutto quello che vedo è il cielo.

Un borbottio interrompe il costante ronzio dei motori. Sembra un gigante che si schiarisce la voce.

Smetto di respirare, mentre guardo Peter.

Il suo volto è bianco, la mascella incassata in una linea brutale, ma la presa sulla mia mano rimane ferma e rassicurante.

I motori riprendono il loro ronzio, e io faccio un respiro tanto necessario. Il sudore freddo si accumula sotto le ascelle, e tutti i cuscini mi fanno sentire come se stessi soffocando.

"Cinque minuti" comunica Ilya con voce rauca. "Ancora un po', e potrà abbassare il carrello di atterraggio senza rovinare la nostra traiettoria di discesa."

I motori tossiscono di nuovo, quindi riprendono a funzionare.

L'aereo si inclina di nuovo a destra, e mi sforzo di guardare fuori dall'oblò.

Il complesso di edifici—la tenuta di Esguerra, presumibilmente—è quasi direttamente sotto di noi ora, e vedo che l'edificio bianco è una dimora maestosa. Noto anche quella che sembra una torre di guardia carceraria ai margini dell'area disboscata.

"Quattro minuti" informa Ilya, e individuo la nostra destinazione: una pista pavimentata ad una certa distanza dalla villa, con una fitta macchia di foresta che la circonda su entrambi i lati.

I motori tossiscono di nuovo.

"Tre minuti" comunica Ilya, con voce tesa, quando il carrello inizia ad aprirsi con uno stridio.

Dopo un ultimo borbottio, i motori rimangono in silenzio e lo stridio si interrompe.

Abbiamo appena esaurito il carburante.

"Ptichka." La voce di Peter è stranamente calma, mentre il mio sguardo terrorizzato incontra il suo. "Ti amo. Adesso tieniti forte."

 ara

HO SEMPRE PENSATO CHE GLI AEREI CON MOTORI malfunzionanti cadessero dal cielo, come uccelli colpiti. Ma mentre guardo Peter in preda al terrore, non sembra una brusca caduta.

In qualche modo, stiamo ancora planando, mentre scendiamo.

"Sara." La sua voce si acuisce. "Piegati e abbracciati le ginocchia. Ora."

Le mie membra paralizzate in qualche modo obbediscono, e con la coda dell'occhio, lo vedo assumere la stessa posizione.

Oh, Dio.

Sta succedendo.

È tutto vero.

Stiamo per schiantarci.

Stiamo per morire.

Il mio rapido respiro è un ciclone rumoroso nelle orecchie, con la mano destra scivolosa per il sudore, mentre la spingo attraverso il mucchio di cuscini per toccare il braccio di Peter.

Ho bisogno di sentirlo.

Di sapere che siamo connessi fino alla fine.

Poi, avvolge di nuovo la sua grande mano intorno al mio palmo, e per una frazione di secondo, è tutto ciò di cui ho bisogno. La gioia è intensa quanto il panico che mi consuma, con l'ondata di amore così forte che supera la paura della morte imminente.

"Ti amo" sussurro, girando la testa per incontrare il suo sguardo argenteo. "Ti amerò sempre, Peter... in questo mondo e oltre."

L'impatto iniziale è come atterrare su un cavallo selvaggio. L'aereo colpisce il terreno così forte che rimbalza due volte, ogni scossone più duro del successivo. La cintura sul grembo è l'unica cosa che mi impedisca di volare via dal sedile, e la mia spalla sinistra sbatte contro il cuscino del divano, mentre l'aereo si piega violentemente su un lato, prima di livellarsi.

Il carrello di atterraggio non deve essersi aperto fino in fondo, mi rendo conto, quando lo stridio agonizzante del metallo che si trascina sul marciapiede mi raggiunge le orecchie oltre l'assordante battito cardiaco. E poi, miracolosamente, stiamo rallentando.

Siamo a terra e stiamo rallentando.

La consapevolezza mi colpisce lentamente, e solo quando ci siamo fermati la comprendo pienamente.

Siamo sopravvissuti.

Abbiamo esaurito il carburante, ma siamo atterrati.

Respiro in modo irregolare, mi tiro su e apro gli occhi—devo averli chiusi durante l'atterraggio—e vedo Peter che si sta già alzando, con il volto barbuto e ispido che si acciglia preoccupato, mentre libera la sua mano dalla mia presa.

Allentando la cintura di sicurezza, mi libera rapidamente dai cuscini, prima di accarezzarmi dalla testa ai piedi.

"Stai bene?" chiede con fervore, e quando annuisco, mi ritrovo strattonata nel suo abbraccio e stretta così forte che non riesco a respirare. Non che ne abbia bisogno. Questo è tutto ciò di cui ho bisogno. Il suo calore si insinua nel mio corpo congelato, il profumo confortante mi circonda, e con l'orecchio premuto sul suo petto possente, sento il suo cuore battere in sintonia con il mio.

Ce l'abbiamo fatta.

Stiamo insieme e siamo vivi.

eter

SE POTESSI FARE COME VOGLIO IO, ABBRACCEREI SARA per sempre, sentendo il suo calore e respirando il suo profumo, ma c'è ancora il nostro ostile ospite da affrontare.

Con riluttanza, la lascio andare e faccio un passo indietro. Ilya e Yan sono già sulla porta, aprendola e abbassando la scala, così vado ad aiutarli.

Di sicuro, fuori ci sono guardie armate a sufficienza per abbattere un plotone. Hanno circondato il nostro aereo, e dietro di loro ci sono almeno venti SUV con i rinforzi, ed un'altra dozzina che si avvicina, mentre guardo.

"Resta qui finché non vengo a prenderti" dico a mia

moglie girandomi, e poi esco nel caldo umido della giungla, pronto a sparare.

Solo perché Esguerra ci ha lasciati atterrare non significa che ci lascerà vivere. Potrebbe aver semplicemente voluto che il nostro aereo non fosse danneggiato.

Non mi arrivano pallottole, ma so che è meglio non rilassarsi, mentre scendo i gradini, con l'adrenalina che mi aiuta a nascondere la zoppia.

"Sono disarmato" grido, mentre le guardie più vicine alzano i loro M16. Devono essere nuove; non riconosco alcun volto conosciuto durante il mio periodo di impiego da Esguerra. "Di' al tuo capo che sono qui per vederlo."

"Davvero?" dice Esguerra, sbucando da dietro un gruppo di guardie. "Che coincidenza. Perché avrei giurato che il tuo aereo fosse precipitato qui... come se avessi esaurito il carburante."

"Sì, beh, succede. Perdita di carburante all'ultimo minuto e tutto il resto."

Sibila tra i denti in falsa comprensione. "Dovresti licenziare il tuo tizio della manutenzione. Le perdite di carburante sono pericolose."

"Lo sono, vero?" Il mio sorriso è affilato come il coltello che ho nascosto nello stivale. Nonostante quello che ho detto, non sono mai completamente disarmato. "Ma tutto è bene quel che finisce bene. Siamo qui ora, quindi perché non accantoniamo i perché per dopo e ci concentriamo su ciò che conta—

trovare Henderson e risolvere questa situazione il più rapidamente possibile."

Gli occhi di Esguerra si restringono fino a diventare un barlume blu, e per un momento sono sicuro che mi ucciderà. Ma il senso degli affari deve prevalere, perché afferma freddamente: "Va bene. Hai due settimane per sistemare questo casino. Diego mostrerà a te e alla tua squadra i vostri alloggi."

Si gira per allontanarsi, e lascio andare il respiro che ho trattenuto.

Siamo ben lungi dall'essere al sicuro, ma ci siamo appena guadagnati un po' di tempo.

PARTE IV

Henderson

"Più veloce" ringhio a Jimmy, mentre trascina la valigia in macchina, con un'espressione di petulante noia adolescenziale. Bonnie e mia figlia diciottenne, Amber, sono già all'interno del veicolo, in attesa.

A differenza del mio stupido figlio, capiscono la serietà di tutto questo. Sanno che se Sokolov e i suoi compari ci troveranno, ci aspettano destini peggiori della morte.

La sconfitta è un acuto sentore sulla mia lingua, mentre salgo in macchina e chiudo la portiera. Secondo le mie fonti, ora anche Sokolov è nel complesso di Esguerra, il che significa che i miei nemici non solo si stanno raggruppando, ma stanno anche organizzando una squadra.

Dobbiamo scappare di nuovo.

Dobbiamo nasconderci.

Almeno, finché non troverò un altro modo per catturarli.

Sara

MI SVEGLIO CON GLI INQUIETANTI VERSI DI UN BAMBINO che piange, combinati ad alcune voci di donne che cercano di calmarlo.

Aprendo gli occhi, mi metto a sedere, cercando di far funzionare il cervello, in modo da poter capire dove mi trovo. E mentre mi guardo intorno nella semplice stanza, con le sue pareti bianche e il tappeto grigio, capisco tutto.

Siamo in Colombia, nella tenuta del trafficante d'armi.

Più precisamente, siamo nella casa dove Diego—una giovane guardia che a quanto pare Peter conosce—ci ha portati ieri. Sospetto che il nostro ospite ce l'abbia concessa a causa mia. Yan, Ilya e Anton sono andati con le guardie nelle caserme, ma Esguerra deve aver pensato che sarebbe stato strano per una coppia sposata condividere la stanza con un gruppo di ragazzi.

Sono contenta di questo; mi piace la privacy. Per non parlare del fatto che l'abitazione stessa è bella—pulita e moderna, anche se arredata in modo minimale. Ho persino trovato alcuni vestiti nell'armadio, e sembrano essere più o meno della mia taglia—uno sviluppo utile, dato che i miei indumenti attualmente consistono solo nei jeans e nel maglione con cui sono arrivata.

"Questa non era la residenza di Kent? Dove alloggia lui?" ha domandato Peter, mentre ci avvicinavamo, e Diego ha spiegato che Lucas e Yulia Kent vivono nella casa principale con gli Esguerra—per motivi di sicurezza e convenienza viste le loro riunioni di lavoro.

Il pianto sembra provenire dall'esterno, così mi alzo e infilo una vestaglia che ho trovato nell'armadio ieri. Poi, vado a sbirciare fuori dalla finestra della camera da letto attraverso le persiane chiuse.

Due giovani donne dai capelli scuri sono accovacciate su una bambina distesa su una coperta sul prato verde davanti alla casa. Stanno cambiando il pannolino della bimba, che sta piangendo come se fosse la cosa peggiore del mondo.

Chi sono?

E dov'è Peter?

A giudicare dal sole splendente là fuori, è già mattina—il che, dato che mi sono addormentata solo poche ore dopo il nostro arrivo di ieri, significa che ho dormito per qualcosa come sedici ore.

Il mio corpo deve aver avuto bisogno di riposo dopo tutto lo stress.

Automaticamente, la mia mano va allo stomaco. È ancora piatto, senza alcun segno di vita che cresce all'interno, ma so che è lì. Lo sento.

Un bambino mio.

Tra qualche mese, cambierò i pannolini anch'io.

Ammesso che saremo ancora vivi, voglio dire.

Con il petto che si stringe, mi allontano dalla finestra. Per un momento, avevo quasi dimenticato la natura precaria delle nostre circostanze—e ciò che ci ha portati qui.

Il ruggito dell'elicottero in mezzo agli spari, le pressioni sul petto di papà in un inutile sforzo di far riprendere a battere il suo cuore, la faccia di mamma con un pezzo mancante—

Ansimando, crollo sulle ginocchia, con il cuore che mi batte forte, mentre il sudore freddo mi ricopre il corpo. Per un secondo, è come se fossi stata trasportata indietro nel tempo, con un flashback così vivido che ho sentito l'odore metallico e il caldo spruzzo del sangue sul mio viso.

Oh, Dio.

Non posso farlo.

Non posso soffermarmici.

Tremando, mi alzo in piedi e barcollo verso il bagno attiguo, dove apro l'acqua più calda possibile e indugio, lasciando che bruci il ghiaccio dentro di me.

Un giorno, riuscirò a pensare ai miei genitori, ma non ancora.

Non per molto, molto tempo.

IL CAMPANELLO ALLA PORTA SUONA PROPRIO MENTRE STO entrando nel soggiorno, con indosso un paio di pantaloncini di jeans e una maglietta che ho trovato nell'armadio. Mi stanno sorprendentemente bene. Dato quello che Peter ha detto sul fatto che questa sia la casa di Kent, immagino che tutti i vestiti da donna qui siano di Yulia.

Spero che non le dispiaccia, se li prendo in prestito.

Il campanello suona di nuovo.

"Peter?" grido, guardandomi intorno, ma non c'è risposta. Dev'essere fuori dalla casa.

Respirando, cammino verso la porta e la apro.

Fuori ci sono le due giovani donne che ho visto prima, con la bambina che ora sta dormendo in un passeggino. Sembrano avere poco più di vent'anni e indossano un prendisole e dei sandali casual. Una è minuta e incredibilmente bella, con lucenti capelli lunghi fino alla vita e una corporatura snella e atletica, mentre l'altra ha le guance rotonde, con un sorriso luminoso e una figura sinuosa. Con mio grande stupore, entrambe sembrano familiari.

Dove le ho già viste?

"Ciao" dice la ragazza minuta, studiandomi con un'espressione strana. I suoi occhi sono enormi e scuri nel suo viso delicato. "Devi essere la moglie di Peter. Sono Nora Esguerra."

Anche il nome mi ricorda qualcosa—oltre all'ormai familiare "Esguerra."

"E io sono Rosa Martinez" dice l'altra ragazza con un debole accento spagnolo. Come Nora, mi sta fissando come se fossi una specie di animale esotico, e mi rendo conto che anche il *suo* nome è familiare.

Ci siamo decisamente incontrate. Ma dove?

"Ciao" dico lentamente, mentre un ricordo affiora nei meandri della mente. È qualcosa avvenuto anni fa, qualcosa che ha a che fare con il mio ospedale... "Sono Sara Cobakis—cioè Sokolov." O Garin, o qualsiasi altra identità che Peter ci farà assumere in seguito.

"E sei un medico, giusto?" Nora piega la testa. "Non so se ti ricordi, ma—"

"Eri una mia paziente!" esclamo, mentre mi viene in mente. Il mio sguardo si concentra su Rosa, e il mio shock si intensifica. "Lo eravate *entrambe*."

Lo ricordo ora. È stato anni fa, non molto tempo dopo l'incidente di George. Ero stata chiamata al pronto soccorso per curare due giovani donne che erano state aggredite in un nightclub. Una di loro—Rosa—era stata stuprata, mentre l'altra—Nora—aveva subito un aborto nel tentativo di difendere la sua amica.

C'era anche il marito di Nora, un uomo straordinariamente bello che sembrava essere sul punto di uccidere tutti tranne la sua giovane moglie.

Quello era Julian Esguerra?

Ho già conosciuto l'uomo di cui ho tanto sentito parlare?

Le labbra di Nora si piegano in un sorriso. "Hai una buona memoria. Sono sicura che hai avuto migliaia di pazienti nel corso degli anni."

"Io... sì, ma..." Rendendomi conto che le sto tenendo fuori come se fossero dei venditori porta a porta, faccio un passo indietro e spalanco la porta. "Prego, entrate. Deve fare caldo là fuori."

"Grazie" dice Nora, entrando, e Rosa la segue, spingendo il passeggino davanti a lei.

"È tua figlia?" chiedo a Rosa, ma lei sorride e scuote la testa.

"È di Nora."

"Oh, sì, questa è Lizzie." Nora spinge indietro la copertura del passeggino e si china per prendere la bambina addormentata. Cullandola dolcemente su una spalla, mi sorride. "Ha cinque mesi."

"Congratulazioni" dico sottovoce. Ricordo quanto fosse stata devastata in ospedale, preoccupata per la sua amica. E Rosa... è difficile credere che la ragazza maltrattata che ho curato quella notte sia la donna dagli occhi luminosi di fronte a me. Se non fosse stato per la presenza di Nora, forse avrei impiegato più tempo a riconoscerla; metà della faccia di Rosa era gonfia e incrostata di sangue, quando l'ho vista per l'ultima volta.

"Grazie." Il sorriso di Nora si attenua leggermente, poi torna grande. "È tutto il nostro mondo—ecco perché ho detto a Julian che avremmo dovuto offrirvi un riparo, nonostante la sua incazzatura per la situazione di Henderson."

Sbatto le palpebre. "Che cosa?"

Rosa calpesta il piede di Nora e mormora velocemente qualcosa in spagnolo.

"Sono sicura che sappia di Henderson" dice Nora, accigliandosi con la sua amica, prima di guardarmi. "Sai di Henderson, giusto?"

"Sì, certo" rispondo. "Sono solo confusa su cosa tua figlia abbia a che vedere con la storia del nostro rifugio."

"Oh, quello." Nora sembra sollevata. "Peter non te l'ha detto?" Al mio sguardo assente, spiega: "Tuo marito ci ha fatto un enorme favore negli ultimi mesi—uno che potrebbe aver salvato Lizzie dalle grinfie di un uomo molto malvagio."

"E te" le ricorda Rosa, e Nora annuisce.

"Giusto, e me. E anche la vita di Julian, anche se lui non vuole riconoscere quella parte."

"Oh, capisco." Dev'essere il favore che Peter aveva menzionato—quello che alla fine gli ha procurato l'accordo di amnistia. Vorrei fare un milione di domande su questo e su tutto il resto, ma prima devo smettere di essere una cattiva padrona di casa. "Volete qualcosa da mangiare o da bere?" chiedo. "Penso che Peter abbia rifornito il frigo ieri..."

"Sto bene, grazie" dice Nora e si avvicina per sedersi sul divano.

"Un bicchiere d'acqua per me, per favore" dice Rosa, quando la guardo.

Felice di avere qualcosa da fare, vado in cucina e riempio due bicchieri d'acqua filtrata, uno per me e uno per Rosa. Come il resto della casa, la cucina è pulita e moderna, anche se non eccessivamente lussuosa. Posso sicuramente immaginare Lucas Kent qui; l'estetica minimalista sembra qualcosa che potrebbe piacergli.

"Allora, come vi siete conosciuti tu e Peter?" chiede Nora, quando torno in soggiorno e porto a Rosa il suo bicchiere d'acqua. Ora è sul divano accanto a Nora, e Lizzie è di nuovo nel passeggino, che dorme ancora pacificamente.

Deve essersi stancata dopo aver pianto così tanto.

"È una lunga storia" rispondo alla domanda di Nora, mentre mi siedo su una sedia di fronte a loro. "E tu e tuo marito? E come mai eravate a Chicago in quel periodo? Sei originaria della zona?"

Non sono sicura di voler entrare nei dettagli del mio primo incontro con Peter. Per quanto possano sembrare cordiali queste giovani donne, non posso dimenticare che stanno dalla parte del nostro ospite— un uomo che, se non è esattamente il nemico di Peter, non è certo il suo amico.

"I miei genitori vivono a Oak Lawn" spiega Nora. "Quindi sì, sono originaria della zona di Chicago. E tu vieni da Homer Glen, giusto?"

"Sì. Wow, che coincidenza." Oak Lawn è a meno di un'ora di macchina da Homer Glen.

La moglie di Esguerra e io eravamo praticamente vicine di casa.

Nora sorride. "È assurdo, vero? Per quanto riguarda come ci siamo conosciuti io e Julian, è successo in un nightclub di Chicago. Lui era in zona per affari e io ero uscita con un'amica, per festeggiare il mio diciottesimo compleanno. Qualche settimana dopo, lui mi ha rapita e—"

Quasi sputo l'acqua che avevo iniziato a sorseggiare. "Lui *cosa?*"

"Non è così terribile come sembra" mi tranquillizza Nora, poi sogghigna, scuotendo la testa. "Oh, che cosa sto dicendo? È davvero così terribile come sembra. Ma siamo felici ora, e questo è tutto ciò che conta. E tu? Come hai conosciuto Peter?"

"Sì, come?" fa eco Rosa, e percepisco qualcosa di più della semplice curiosità nel suo sguardo intenso.

Cerco nella mia memoria. Qualcos'altro sta riaffiorando dal retro del cervello, qualcosa di grosso... E poi, mi viene in mente.

Naturalmente.

Come ho potuto dimenticarlo?

Voltandomi verso Nora, dico apertamente: "Sai già come ci siamo conosciuti. O almeno dovresti... perché sei tu quella che ha dato a Peter la sua lista."

59

Peter

È INCREDIBILE QUELLO CHE POSSA FARE UNA LUNGA notte di sonno. Il fianco mi fa ancora male quando mi muovo, e il polpaccio e il braccio dolgono debolmente, ma mi sento decisamente meglio, mentre mi siedo davanti al tavolo di Kent ed Esguerra.

Ilya, Yan e Anton si uniscono a me dalla mia parte, e sorrido, mentre una grassoccia donna di mezza età porta un vassoio di frutta e biscotti tagliati.

Questo è un miglioramento dal modo in cui Esguerra era solito tenere riunioni di lavoro in questo ufficio. Non c'era cibo allora, da quel che ricordo.

"Grazie, Ana" dico, mentre sistema il piatto al centro del tavolo ovale, e la governante mi sorride, felice di essere ricordata. Non ho interagito molto con lei, quando lavoravo per Esguerra, ma ho una buona memoria per i nomi.

"Bentornato, Señor Sokolov" replica con un forte accento spagnolo. "È bello rivederti."

"Anche per me" dico, e lascia la stanza.

Il mio sorriso scompare, mentre rivolgo l'attenzione ai due uomini seduti di fronte a me. Nessuno dei due sembra particolarmente contento di essere qui, e per una buona ragione.

Secondo i nostri hacker, la scorsa notte c'è stato un raid negli uffici di Esguerra ad Hong Kong.

Ignaro della tensione nella stanza, Ilya si allunga per prendere un biscotto. "Buono" dice dopo averlo assaggiato, e Anton lo segue, prendendo un biscotto e un grappolo d'uva per sé.

Esguerra li osserva freddamente, poi si rivolge a me. "Quindi, Henderson."

"Giusto." Spingo una spessa cartella sul tavolo verso di lui. "Questo è tutto ciò che abbiamo sul bastardo. Ti invierò anche i file via e-mail, nel caso in cui i tuoi uomini vogliano analizzare i modelli di dati."

"Immagino che tu l'abbia già fatto" ipotizza Kent, e annuisco.

"Circa una dozzina di volte."

"E?" chiede Kent.

Mi stringo nelle spalle. "Niente di decisivo per ora. Ma ho alcune idee."

E mentre Esguerra si sporge in avanti, sopprimo i

resti della mia coscienza e ripercorro ciò che voglio fare.

Se Henderson pensava che fossimo in guerra prima, si sbagliava.

Questa è la guerra—e molto prima che avremo finito, si piegherà e implorerà pietà.

60

Sara

ALLE MIE PAROLE ACCUSATORIE, NORA TRASALISCE, MA non distoglie lo sguardo. "Quindi, sai della lista. Quando ho letto per la prima volta il tuo nome sui giornali, mi sono chiesta se fosse stata quella a farvi unire."

"Vuoi dire se sei la ragione per cui ha fatto irruzione in casa mia per strapparmi l'ubicazione del mio primo marito ormai defunto?" chiedo sardonicamente, e Nora sussulta di nuovo.

"È quello che è successo? Speravo che forse Peter ti avesse risparmiata, o almeno..." Abbassa lo sguardo. "Non importa."

"Voleva contattarti, sai" spiega Rosa, sporgendosi in

avanti. "Quando abbiamo capito chi fossi, Nora voleva contattarti e avvertirti di Peter."

Fisso la moglie di Esguerra. "Davvero?" Questo non avrebbe aiutato George—Peter alla fine l'avrebbe rintracciato comunque—ma forse se fossi stata avvisata in anticipo, quella notte non sarei stata colta di sorpresa nella mia cucina.

Forse avrei accettato di nascondermi, come volevano i Federali, e Peter avrebbe trovato un altro modo per arrivare a George.

Forse il mio tormentatore ed io non ci saremmo mai conosciuti.

Il mio petto si contrae al pensiero, e con grande shock, mi rendo conto che non è ciò che voglio.

Nonostante tutto quello che è successo, tutto quello che ho perso, se avessi una macchina del tempo e potessi riscrivere magicamente la storia, non lo farei.

Sceglierei di stare qui con Peter e in nessun'altra vita senza la sua presenza.

"Sì, ma non l'ho fatto." Nora solleva la testa, con lo sguardo cupo. "Mi dispiace, Sara. Ho visto il nome di tuo marito sulla lista, mentre la inviavo a Peter, e quando eravamo in ospedale, ho pensato che qualcosa sul tuo cartellino sembrasse familiare, ma solo in seguito ho messo insieme due più due. E quando l'ho fatto..." Inspira. "Beh, non importa ora."

"Importa" dice Rosa, con gli occhi castani che brillano. "Non l'ha fatto, perché suo marito l'ha fermata."

"Rosa—" la rimprovera Nora, ma la sua amica le mette una mano sul ginocchio.

"No, lasciami finire." Mi osserva. "Se vuoi incolpare qualcuno, Sara, quella persona dovrei essere io. Ho riferito al Señor Esguerra che cosa stava progettando Nora, e lui si è assicurato che non l'avrebbe fatto."

Sbatto le palpebre "Davvero? Perché?"

In realtà, non sono arrabbiata per il mancato avvertimento—ovviamente non erano obbligate a farmi alcun favore—ma non capisco perché Rosa abbia interferito.

"Perché Peter Sokolov è un uomo pericoloso." Il suo sguardo non vacilla. "Forse pericoloso come lo stesso Señor Esguerra. E dopo tutto quello che Nora aveva passato, l'ultima cosa di cui lei aveva bisogno era che lui desse la caccia a lei e al Señor Esguerra per essersi intromessi. Tuo marito era ossessionato da quella lista; avrebbe eliminato chiunque avesse ostacolato la sua vendetta."

"Sì, lo so" dico. "Ero lì."

Adesso è Rosa a distogliere lo sguardo.

"Allora, come sei finita a sposarlo?" chiede Nora, rivolgendomi un'occhiata solenne. Se non fosse per quei suoi grandi occhi scuri, con la sua statura minuta e la pelle liscia come quella di una bambina, potrebbe essere scambiata per un'adolescente. Ma il suo sguardo la tradisce.

È lo sguardo di una donna—di una che ha conosciuto più della sua equa dose di sofferenza.

Ha detto che suo marito l'ha rapita, quando aveva

diciotto anni. Com'è stato per lei? Io avevo ventotto anni, quando Peter è entrato nella mia vita, e ho avuto problemi a gestire le complessità emotive della nostra relazione contorta. Come ha fatto questa ragazza a quella giovane età?

Come è riuscita a sopravvivere a un uomo che, secondo tutte le indicazioni, è il diavolo in persona?

"Immagino nello stesso modo in cui tu sei finita a sposare tuo marito" dico, mentre continua a guardarmi, aspettando una risposta. "Ho iniziato odiando Peter, e poi, nel tempo, è tutto... cambiato. Dopo aver ottenuto l'ubicazione di George da me, Peter lo ha ucciso ed è scomparso, ma poi è tornato per me."

Potrei raccontarle tutta la storia disordinata, ma non ne ho bisogno. Capisce; lo vedo nei suoi occhi.

"Mi dispiace, Sara, per il mio ruolo nella tua sfortuna" sussurra dolcemente. "Spero che un giorno mi perdonerai. E per quello che vale, a volte devi immergerti nell'oscurità per trovare la luce più brillante. Questo è quello che ho dovuto fare *io*, almeno."

Sorrido per farle capire che non c'è niente da perdonare, quando la bimba inizia a fare capricci. Rosa salta su e corre verso il passeggino, chiaramente contenta di avere qualcosa da fare, e anche Nora si alza in piedi.

"Dovremmo andare, lasciarti sistemare" aggiunge, mentre Rosa prende in braccio la bimba e calma le sue grida dondolandola avanti e indietro. "Se hai bisogno di qualcosa—qualsiasi cosa—siamo a pochi passi dalla casa principale."

"Grazie. Sei stata più che generosa" le dico, e intendo sul serio. Realizzo solo ora che è stata *lei* a convincere suo marito a fornirci un riparo; il suo commento era stato talmente disinvolto che mi era quasi sfuggito.

Chissà se Esguerra ci avrebbe lasciato atterrare, se non fosse stato per lei?

Potremmo dovere le nostre vite a questa giovane donna.

"È stato bello rivederti, Sara" dice Rosa, sorridendomi brillantemente, mentre passa l'ormai tranquillizzata Lizzie a Nora, e io ricambio il sorriso, anche se il mio sguardo si posa sulla bambina.

"Vuoi tenerla?" chiede Nora dolcemente, e io annuisco, con un formicolio quasi elettrico che mi attraversa, mentre raggiungo sua figlia.

È morbida e calda, come un piccolo fagotto, e mentre la sistemo sulla mia spalla, come ho visto fare Nora, gira la testa e mi fissa con enormi occhi azzurri.

"È stupenda" sussurro con riverenza—ed è vero. La sua testolina è ricoperta di capelli scuri e setosi, e la pelle liscia e delicata è di una splendida tonalità di oro chiaro. Tutti le bambine sono carine, ma questa... Spezzerà i cuori, lo so.

Che aspetto avrà mio figlio?

Lui o lei avrà i lineamenti di Peter?

"Le piaci" osserva Nora. "Guarda come ti sta fissando. È ipnotizzata."

Distolgo lo sguardo dalla piccola creatura tra le mie braccia per concentrarmi su sua madre. "Tua figlia è straordinaria" le dico sinceramente, e lei sorride.

"Io e Julian pensiamo di sì, ma siamo di parte."

"Lo penso anch'io" dice Rosa, sogghignando. "Ma probabilmente anch'io sono di parte."

"Hai figli tuoi?" le chiedo, e lei scuote la testa, con il sorriso che si affievolisce.

"No, purtroppo no." Si avvicina a me e prende la bimba. "Vieni qui, Lizzie, dolcezza. Vuoi venire da Zia Rosa, vero?"

Non sono ancora pronta a rinunciare alla bimba, ma non ho scelta. Lizzie si getta tra le braccia di Rosa con un gorgoglio felice, e subito, il punto in cui la tenevo premuta contro di me sembra freddo e vuoto, con il petto svuotato in qualche strano nuovo modo.

Questo dev'essere quello che si prova a desiderare un bambino—a desiderarlo davvero. Mi sono già occupata di bambini e mi sono divertita, ma non avevo mai provato nulla di lontanamente simile a questo.

Forse è perché sono incinta. La natura mi sta preparando ad essere madre, rilasciando gli ormoni per assicurarmi di accogliere il bambino, quando arriverà.

La mia mano va sul mio stomaco automaticamente, mentre osservo attentamente Rosa posizionare la bimba nel suo passeggino, e quando alzo lo sguardo, gli occhi di Nora sono su di me, carichi di comprensione.

"Di quante settimane sei incinta?" chiede sottovoce, e Rosa sussulta, girandosi per guardarmi.

"Sei incinta?"

Mi mordo il labbro. È ancora presto per comunicarlo a tutti, ma non ha senso mentire. "Sì" ammetto. "Di sei settimane."

"Wow, congratulazioni" esclama Rosa, fissando il mio stomaco.

"Sì, congratulazioni" fa eco Nora con un sorriso caloroso. "Sono così felice per te e Peter."

"Grazie" rispondo sorridendo.

La mia vecchia vita se n'è andata, ma forse questo è l'inizio di una nuova, completa di nuove amicizie.

Forse, nel tempo, recupererò parte di ciò che è andato perduto.

eter

MI AVVICINO ALLA CASA PROPRIO MENTRE LA PORTA principale si apre e una donna dai capelli scuri esce con un passeggino, dicendo"—e sebbene il Dottor Goldberg non sia un ostetrico ginecologo, ha una macchina per le ecografie. Julian me l'ha ordinata, quando ero incinta. Quindi, può sicuramente dare un'occhiata, assicurandosi che tu e il bambino stiate bene." Si gira e si ferma. "Oh, ciao, Peter."

"Ciao, Nora" dico. Poi, vedo la sua amica, la giovane domestica, in piedi dietro di lei sulla soglia, con Sara al suo fianco. "Ciao, Rosa" saluto la domestica, prima di rivolgere l'attenzione all'unica persona che conta per me. "Ptichka, stai bene?"

Mia moglie annuisce. "Sto benissimo. Nora mi stava

solo raccontando del loro medico locale, nel caso volessi essere controllata dopo tutto. Ma non credo—"

"È un'idea straordinaria" dico fermamente. "Lasciamo che ti controlli oggi." Ricordo Goldberg durante il mio periodo qui, e sebbene preferirei che Sara venisse visitata da un'ostetrica, il chirurgo traumatologo di Esguerra è altrettanto brillante.

"Bene" dice Sara. "Ma dovrebbe controllare anche te."

Mi stringo nelle spalle. "Se vuoi." Quando siamo arrivati ieri, mi ha cambiato tutte le bende, ha messo punti nuovi e sono più che soddisfatto del suo lavoro. Ma se si sente più sicura a farmi visitare da un altro dottore, non è un problema.

Qualunque cosa pur di mantenere mia moglie incinta calma e contenta.

Nora si schiarisce la voce e mi rendo conto che ho completamente dimenticato che lei e Rosa sono lì.

"Perdonatemi" dico, facendo un passo indietro per lasciarle andare, e mentre il passeggino mi passa davanti, intravedo un viso minuscolo con brillanti occhi azzurri.

Lizzie Esguerra.

Il mio petto si stringe per un improvviso dolore lancinante. Fanculo, mi manca Pasha. Dopo tutto questo tempo, mi colpisce ancora come una palla da demolizione, con la consapevolezza che se n'è andato, che il neonato dalle guance magre che è diventato un bambino intelligente non andrà mai a scuola, non crescerà mai, né avrà figli suoi. Niente può riempire quel vuoto straziante; eppure, mentre il mio sguardo si posa su Sara, sento il dolore attenuarsi, con un calore curativo che sostituisce la sofferenza.

Non potrò mai più tenere Pasha, ma terrò il bambino mio e di Sara. Posso già immaginarlo. Se è una bimba, sarà dolce e aggraziata, come una piccola ballerina, e se è un bimbo... Beh, non sarà Pasha, ma lo amerò allo stesso modo.

"Grazie ancora" esclama Sara, salutando Nora e Rosa, mentre si dirigono verso la dimora di Esguerra, e fanno un cenno di saluto, mentre entro in casa e chiudo la porta dietro di me.

Henderson

MI STROFINO IL COLLO, MENTRE FISSO FUORI DALLA finestra il paesaggio ghiacciato.

La baita si trova nel luogo più isolato possibile, lontano dalle orde di turisti che invadono l'Islanda nella speranza di vedere l'aurora boreale.

I miei nemici non ci troveranno qui, anche se so che faranno del proprio meglio per provarci. Per ora, io e la mia famiglia siamo al sicuro, ma non mi illudo di poter rimanere qui per un periodo di tempo quantificabile.

Presto, dovremo correre di nuovo, nasconderci di nuovo.

Questo, a meno che non riesca ad uccidere Sokolov e i suoi alleati.

Il mio nuovo piano è rischioso—folle, a dire il vero

—ma non vedo alcun altro modo. Non smetteranno di cercarmi, e alla fine, esauriremo i posti in cui nasconderci.

La buona notizia è che conosco già le persone giuste per eseguire questa missione—la stessa squadra che ho usato per l'attentato all'FBI. Sono senza scrupoli e altamente qualificati, dei degni avversari per i miei nemici.

Quello di cui ho bisogno ora è mettere le mani sulla mappa della tenuta colombiana di Esguerra.

Poi, potrò finalmente colpirli.

63

Sara

CERCO DI FAR RIPOSARE PETER, MA LUI INSISTE PER preparare la colazione, e io sono troppo affamata per discutere. Oggi si sente chiaramente meglio, con il colorito che è tornato alla normale tonalità sana e i movimenti solo leggermente rigidi.

Se non sapessi che ha preso tre proiettili meno di una settimana fa, non ci avrei creduto.

Mentre divoriamo le nostre omelette in cucina, gli racconto della visita di Nora e Rosa e del fatto che le avevo incontrate una volta, molto prima che lo conoscessi.

"Nora aveva abortito?" chiede, aggrottando le sopracciglia, e mi rendo conto che non lo sapeva.

"Sì. Credo che tu avessi già lasciato l'impiego da Esguerra a quel punto."

Annuisce. "Me ne sono andato subito dopo averlo salvato dal gruppo terroristico che lo aveva catturato in Tagikistan. Ricordi quando ti dissi che era incazzato perché avevo messo in pericolo la moglie durante il suo salvataggio? Beh, sicuramente non era incinta in quel momento—e se lo era, non lo sapevo. Non avrei lasciato che mi convincesse ad usarla come esca, in quel caso."

Giusto. Perché Peter ha un debole per i bambini. Ho visto l'espressione sul suo viso, mentre guardava Lizzie, con dolore misto a tenero desiderio. Mi ha spezzato il cuore, anche se me l'ha fatto amare ancora di più.

Sarà un padre meraviglioso, premuroso com'era stato il mio.

"Non respira. Sara, non respira."

Sono già in ginocchio, a spingere sul petto di papà, mentre conto tra me e me, poi mi chino per respirare nella sua bocca.

Il suo petto si alza per l'aria che gli soffio, poi si abbassa e rimane immobile.

Combattendo il crescente panico, ricomincio le compressioni toraciche.

Uno, due, tre, quattro—

"Sara!"

Ansimando, fisso Peter, confusa. Il suo volto è una maschera di preoccupazione, mentre mi tiene per la parte superiore delle braccia, e siamo entrambi in piedi, anche se ero seduta e stavo mangiando un secondo fa.

"Che cos'è successo?" chiedo con voce rauca, mentre si siede e mi tira sul grembo, avvolgendo le braccia forti attorno al mio corpo tremante. Sono contenta che mi stia stringendo, perché non sono sicura di poter rimanere in piedi da sola. La mia frequenza cardiaca è nella zona supersonica, e il sudore ghiacciato mi gocciola giù per la schiena.

"Sei sbiancata, e poi hai iniziato ad iperventilare." La sua voce è tesa. "E quando ti ho toccata, hai iniziato ad urlare."

"Io... cosa?" Anche la mia gola è dolorante, mi rendo conto, mentre mi avvicino tremante per toccarlo.

"Voglio che tu veda un terapeuta." Il suo sguardo argenteo è duro. "Il prima possibile."

Scuoto la testa automaticamente. "No, sto bene—"

"Non stai bene." Le sue braccia si stringono attorno a me. "Hai avuto un flashback. Non eri qui; eri altrove. Che cos'hai visto? I tuoi genitori? Li hai visti morire?"

Sussulto, con il dolore simile a quello di una pallottola nel cuore. "No" mento in preda alla disperazione. Non posso parlarne, non posso pensarci. Riesco a sentire i ricordi oscuri che ribollono sotto la superficie, minacciando di risucchiarmi. "Non è quello. È solo che—"

Atterro dolorosamente sul fianco, sbattendo la testa contro il lato del divano, mentre un altro sparo risuona e uno spruzzo metallico e caldo mi colpisce sul viso e sul collo.

"Peter!" Terrorizzata per lui, mi metto in ginocchio, mi pulisco il sangue dagli occhi—e poi la vedo.

Mamma è distesa sul pavimento, con il viso imbrattato di sangue.

O meglio, gran parte del viso.

Le manca una parte della guancia e del cranio, con un buco insanguinato dove prima c'era uno zigomo.

"Sara. Cazzo, Sara!"

La faccia di Peter è come una nuvola temporalesca, mentre mi fissa, con gli occhi socchiusi e il corpo teso. Credo che mi stia scuotendo, cercando di farmi uscire dal flashback, perché la mia pelle sembra livida, dove le sue dita mi hanno stretto le braccia con eccessiva forza.

"Scusa" sussurro con voce irregolare. Il mio polso è nella stratosfera, la gola mi sembra ruvida come se avessi ingoiato delle spine. Non capisco perché questo stia succedendo, perché all'improvviso la mente mi stia giocando questi orribili scherzi.

"No, non dirlo." Lasciando andare il braccio, mi culla la guancia, con l'ampio palmo caldo sulla mia pelle gelata. "Non essere dispiaciuta, amore mio. Non è colpa tua. Niente di tutto questo è colpa tua."

E mentre preme il mio volto sulla sua spalla, dondolandomi avanti e indietro, chiudo gli occhi e faccio del mio meglio per credergli.

64

Peter

LE MIE BUDELLA SI ANNODANO, MENTRE OSSERVO Goldberg esaminare Sara. L'uomo basso e calvo è un chirurgo traumatologico, ma sembra sapere cosa sta facendo—e qualsiasi medico è meglio di niente.

Certo, Sara stessa è un medico, ma non può esattamente eseguire il proprio esame ginecologico.

"Beh, da quello che posso vedere, tu e il bambino state benissimo" annuncia, quando ha finito, e tiro un sospiro di sollievo.

Prossimo passo: portare mia moglie da un terapeuta per affrontare quei terrificanti flashback.

Aghi di ghiaccio mi trafiggono ancora il petto, quando ripenso a come il suo viso fosse sbiancato, come se tutta la vita avesse lasciato il suo corpo. E quando l'iperventilazione e le urla sono iniziate... Fanculo, darei qualsiasi cosa per non vederla mai più in quello stato. So che cos'è il DPTS—l'ho visto in molti soldati—e veder soffrire la mia ptichka in quel modo è stato più di quanto potessi sopportare.

Ho bisogno di farla stare meglio.

Devo annullare il danno che ho causato.

"Ora, sono sicuro che tu lo sappia meglio di me, ma devi evitare il più possibile lo stress" dice Goldberg a Sara, e lei annuisce, osservando il medico calmo e capace. E se non l'avessi vista in preda ad una—due—crisi al tavolo della cucina meno di un'ora fa, sarebbe stato facile credere che stia bene.

Che gli eventi della settimana passata siano stati solo un bip sul suo radar emotivo.

Ma le cose non stanno così. Pur essendo forte, la mia ptichka ne ha passate troppe per non rimanerne influenzata. Ha sopportato, mentre eravamo in modalità sopravvivenza, ma ora che siamo relativamente al sicuro, la sua mente e il suo corpo stanno cercando di affrontare il trauma estremo.

Per quanto ne so, non ha nemmeno pianto per i suoi genitori—né ha parlato dell'uomo che ha ucciso.

Non sono uno strizzacervelli, ma questo non può essere salutare. Forse è per questo che i flashback la stanno colpendo in quel modo: perché sta combattendo i suoi sentimenti, rifiutandosi di pensare al proprio dolore.

L'ho visto anche nell'esercito. I giovani soldati, desiderosi di sembrare forti, tentavano di controllare i propri sentimenti al punto da *perdere* completamente il controllo. Imbottigliare quel tipo di trauma non funziona mai; si finisce sempre per crollare o si ricorre a droghe e alcol per affrontarlo. A parte i miei incubi dopo Daryevo, non ho mai avuto questo tipo di problemi—ma sono fortunato in un certo senso.

Sono stato in modalità sopravvivenza per gran parte della mia vita.

"Grazie, Dottor Goldberg" dice Sara, saltando giù dal tavolo, e quando lei si mette dietro una tenda per rivestirsi, tiro da parte il dottore.

"Sta davvero bene?" chiedo a bassa voce. "Perché ha appena perso i suoi genitori e, in generale, gli ultimi giorni sono stati... difficili."

Il medico sospira, togliendo i guanti. "Non so cosa dirti. Fisicamente, è sana. Emotivamente... beh, non è proprio il mio campo. Potresti parlare con Julian, vedere se riesce a portare qualcuno nella tenuta con cui lei possa parlare. So che un paio di anni fa Nora stava attraversando un periodo difficile, e lui aveva portato qui una terapeuta per lei. Forse potrebbe fare lo stesso per tua moglie?"

Stavo pensando di convincere Sara a vedere uno strizzacervelli a distanza, ma di persona sarebbe ancora meglio.

"Grazie, parlerò con lui" dico a Goldberg, mentre Sara torna, e annuisce, sorridendo.

"In bocca al lupo. E ricorda: non farla stressare, ok?"

"Grazie. Faremo del nostro meglio" replica Sara, sorridendogli. È il suo sorriso dolce e caloroso, e per un secondo provo un orribile picco di gelosia. È illogico—il dottore è gay al cento per cento—ma non posso farci niente.

Non vedevo quel suo sorriso da giorni.

Da quando ha perso tutto per colpa mia.

Sara

PETER È TRANQUILLO SULLA VIA DEL RITORNO VERSO casa, con un'espressione chiusa. So che è preoccupato per me, ma vorrei che mi parlasse, che mi distraesse dai pensieri. Invece, mi tiene in silenzio la mano e, per quanto sia confortante il suo tocco, non è sufficiente ad impedire alla mia mente di vagare... in luoghi in cui non posso lasciare che vada.

"E così, Esguerra ti aiuterà a catturare Henderson?" chiedo in tono allegro—in parte perché sono curiosa, in parte per avere qualcosa di cui parlare. "Gli darai la caccia, vero?"

Mi guarda. "Sì—e lui mi aiuterà."

"Oh, bene. Sai già come lo troverete?"

"Abbiamo alcune idee" risponde vagamente, poi cade di nuovo in silenzio.

Fantastico. Probabilmente non vuole parlarne, per paura che io abbia un'altra crisi. È così che sarà tra noi d'ora in poi, con Peter che pensa io sia così fragile che potrei spezzarmi alla minima provocazione?

La parte peggiore è che non sono sicura che abbia completamente torto. Dopo quello che è successo a colazione, la mia mente è come un campo minato, pieno di trappole e pericoli nascosti. Non so cosa lo faccia scattare dentro di me, facendo sì che quei ricordi orribili prendano il sopravvento. E Peter non sa nemmeno del mini flashback che ho avuto questa mattina, prima della visita di Nora e Rosa.

Se lo sapesse, si convincerebbe che sono pazza.

"Come ti senti?" chiedo, decidendo di concentrarmi su un argomento più innocuo. "Come va il tuo fianco?"

Mi sorride. "Molto meglio, grazie. Ancora pochi giorni e dovrei essere come nuovo."

"Davvero? Guarisci molto velocemente."

Il suo sorriso svanisce. "Ho la pelle dura."

E io no. Sono un fragile fiorellino del cazzo, che si spezzerebbe, se solo mi dicesse una parola sbagliata. Non ha detto questo, ma sento quelle parole comunque.

Tutto ciò che *sento* è la sua preoccupazione per me.

Rinunciando alla conversazione, mi concentro su ciò che ci circonda. Passiamo davanti a quello che dev'essere l'alloggio delle guardie; vedo uomini dall'aria dura con mitragliatrici che entrano ed escono dall'edificio simile ad un dormitorio. Tutto intorno a noi c'è una vegetazione esotica, e l'aria è densa e umida, con un profumo di piante tropicali e un pizzico di ozono dalle nuvole che si raccolgono all'orizzonte.

La villa di Esguerra è ad una certa distanza sulla destra, con il bianco edificio a due piani che mi ricorda una piantagione dell'era della Guerra Civile. È circondata da un bel paesaggio e da prati rigogliosi, così come da alcuni edifici più piccoli.

Le torri di guardia che ho individuato dall'aereo sono visibili in lontananza, con in cima guardie armate, e sono sicura che ci siano dozzine di altre misure di sicurezza meno evidenti.

Una volta, vedendo tutti questi uomini con le armi e sapendo di essere nella tenuta di un criminale spietato, mi sarei innervosita, per non dire altro. Ma ora mi fa sentire al sicuro.

Ora i nemici sono le persone su cui la maggior parte dei cittadini conta per la protezione: le forze dell'ordine.

Beh, e Henderson—che usa quelle autorità come strumento di vendetta.

QUANDO TORNIAMO A CASA, PETER PREPARA IL NOSTRO pranzo, e mangiamo—questa volta, senza alcuna crisi da parte mia. È ancora silenzioso durante il pasto, però, guardandomi con malcelata preoccupazione.

"Basta" gemo, quando non ce la faccio più. "Per

favore, smettila di fissarmi così. Non impazzirò, te lo prometto."

"Non puoi prometterlo, perché i flashback non sono qualcosa che puoi controllare, *ptichka*" dice lentamente. "E più provi, più peggiorano. Ecco perché chiederò ad Esguerra di far portare un terapeuta qui."

"Che cosa? Oh, andiamo. Questo può aspettare fino a—"

"No, non può." La sua faccia è solcata da linee implacabili. "Non con quello che è successo stamattina."

"Peter, per favore. Non è successo niente. Stai facendo di un sassolino una montagna. Non c'è bisogno di mettermi in imbarazzo davanti a Esguerra chiedendogli di farlo. Inoltre, questo non significherebbe che gli devi ancora un altro favore? Una volta esserti occupato di Henderson, potremo parlare di terapia e tutto il resto. Fino ad allora—"

"Fino ad allora, vedrai chiunque possiamo portare qui."

Uh. Spingo via il mio piatto vuoto e mi alzo. È impossibile far cambiare idea a Peter, quando decide qualcosa. Amo e odio questo di lui—e stavolta, è sicuramente il secondo caso.

Perché non riesce a capire che non sono pronta ad affrontare la ricaduta emotiva di quello che è successo? Che preferirei rischiare il flashback occasionale piuttosto che addentrarmi nella tossica pozza di senso di colpa e di orrore che si diffonde nella mia mente?

Se potessi semplicemente cancellare quei ricordi, lo farei. Solo che non voglio pensarci.

"Ptichka..." Mi prende per il polso, mentre sto per uscire dalla cucina. Il suo tocco mi brucia, con le dita che mi legano come una catena. "Ascoltami, amore mio. Sei ferita—come se avessi preso un proiettile. Mi lasceresti con le *mie* ferite? O faresti del tuo meglio per guarirle?"

Stringo i denti. "Non è la stessa cosa."

"No?" I suoi occhi grigi sono dolci, mentre mi sistema una ciocca di capelli dietro l'orecchio con la mano libera. "Dove sarebbe la differenza?"

È così e basta, voglio gridare. Perché non ha importanza che cosa faccia o con quanti terapeuti parli.

Niente riporterà indietro i miei genitori.

Questa non è una ferita da proiettile che guarirà con la cura.

Eppure, mentre lo guardo, mi viene in mente che potrei discutere con lui per settimane, e non cambierebbe nulla. Non posso convincerlo che sto bene.

Non con le parole, almeno.

Lentamente e volutamente, mi lecco le labbra. Prevedibilmente, il suo sguardo si posa sulla mia bocca, e la presa sul mio polso si stringe, mentre ripeto l'azione, e poi affondo seducentemente i denti nel labbro inferiore.

Il mio obiettivo era quello di distoglierlo dalla preoccupazione, ma il battito accelera, mentre il suo respiro si fa irregolare e alza lo sguardo per incontrare il mio. Le sue pupille sono già dilatate, trasformando l'argento delle sue iridi in acciaio scuro. Sono acutamente consapevole del calore che emana dalle dita, mentre mi tiene il polso, e la vicinanza del suo corpo alto e forte mi fa desiderare di sciogliermi contro di lui, di strofinare i seni doloranti sul suo ampio e duro petto.

"Ptichka..." La sua voce è bassa e grave. "Stai giocando con il fottuto fuoco."

I miei capezzoli si stringono in boccioli duri e il calore liquido mi bagna le mutandine. Santo cielo, sono eccitata. Quel tono, combinato con l'accenno di violenza nella presa troppo stretta delle sue dita sul mio polso, aiuta più dei preliminari. A parte il sesso orale che gli ho fatto in ospedale, non abbiamo rapporti da diversi giorni, e il mio corpo brama disperatamente il suo possesso.

Facendo un passo in avanti, mi alzo in punta di piedi e premo le labbra sulle sue, avvolgendogli il braccio libero attorno al collo muscoloso. Per un momento, è rigido, come se fosse sorpreso dalla mia aggressività, ma poi il suo istinto prende il sopravvento, e mi ritrovo appoggiata al frigorifero, con il suo corpo duro che spinge su di me e la bocca che mi divora come se non ci fosse un domani.

Sento il rigonfiamento della sua erezione, mentre mi afferra l'altro polso e mi allunga le braccia sopra la testa, inchiodandole contro l'acciaio freddo del frigorifero. Altro calore mi inonda le viscere, e gemo nella sua bocca, sollevando la gamba e agganciandogliela dietro al sedere, in modo da poter strofinare il mio sesso dolorante contro quel rigonfiamento. Non mi sentivo a mio agio nel prendere in prestito la biancheria intima di Yulia oltre ai vestiti, e i pantaloncini di jeans erano ruvidi e fastidiosi sulle mie pieghe nude, la sensazione scomoda ma perversamente eccitante.

"Scopami" sospiro, mentre alza la testa per guardarmi in faccia, con gli occhi scintillanti e la mascella serrata. Stringendomi entrambi i polsi in una grossa mano, tira giù la cerniera dei pantaloni, liberando l'erezione mentre imploro: "Scopami *subito*."

"Oh, lo farò. Credimi."

Il suo respiro è pesante, lo sguardo feroce, mentre mi libera i polsi e mi sbottona i pantaloncini; poi, li fa scivolare brutalmente lungo le mie gambe. Tremando dal bisogno, esco da essi e mi afferra il sedere, sollevandomi. Mentre gli stringo le spalle, mi allarga le cosce e mi abbassa sul suo grosso fallo, impalandomi con un colpo solo.

L'aria mi esce dai polmoni, mentre avvolgo le gambe attorno ai suoi fianchi e le mie unghie scavano nei muscoli delle sue spalle. Cazzo, è grosso. Il mio corpo aveva in qualche modo dimenticato questa parte. I miei tessuti interni sono dolorosamente tesi, l'eccitazione attutita dal bruciore del suo ingresso. Finché non inizia a muoversi.

Continuando a sostenere il mio sguardo, tira fuori e torna dentro. Non c'è attesa, non mi stuzzica con spinte superficiali; subito, il suo ritmo è duro, spietato come l'uomo stesso. E questo è esattamente ciò di cui ho bisogno. Il calore crescente e la tensione riducono il disagio, con il mio corpo che si addolcisce e si scioglie, accogliendolo nel profondo. Ogni colpo martella il mio punto G; ogni volta che il suo bacino sbatte contro il mio, preme sul clitoride.

Il mio orgasmo è violento e improvviso. Mi fa esplodere molto prima che io sia mentalmente preparata, con il piacere che mi spezza, mi dilania. Ansimando, grido il suo nome, con le gambe che si stringono intorno a lui, ma non si ferma.

Mi colpisce fino a quando non vengo di nuovo.

Sto ancora cavalcando le ultime scosse orgasmiche, quando una vena inizia a pulsare nella sua fronte madida di sudore, e il grosso membro si gonfia ulteriormente dentro di me. Con un gemito, spinge più in profondità possibile, e i miei muscoli interni si stringono attorno alla sua asta, mentre pulsa e vibra, bagnandomi le viscere con il seme.

eter

RESPIRANDO PESANTEMENTE, MI RITIRO CON RILUTTANZA dalla fighetta stretta e scivolosa di Sara e la metto in piedi con cautela. Sembra sopraffatta quanto me, e una forte punta di rimorso scaccia via il caldo residuo del rilascio.

Sono stato troppo duro con lei.

Ancora una volta, sono stato troppo rude.

So che ora le piace così, ma è incinta.

Traumatizzata e incinta.

A che diavolo stavo pensando, perdendo il controllo in quel modo? Devo coccolarla, tenerla riposata e rilassata, non fotterla duramente contro il frigorifero come un animale fuori controllo.

Barcolla, mentre la lascio andare e faccio un passo

indietro, e le afferro un braccio, raddrizzandola, mentre cerca un tovagliolo di carta per asciugarsi l'umidità tra le gambe.

"Ptichka... stai bene?"

Sogghigna, gettando il tovagliolo appallottolato nella spazzatura. "Mai stata meglio. E tu?"

Aggrotto le sopracciglia, poi mi ricordo delle ferite. Ora che ci sto prestando attenzione, il mio fianco fa un po' male, ma non è nulla di insopportabile.

"Sto benissimo" dico, mentre sul suo viso appare un'espressione preoccupata e mi afferra l'orlo della maglietta—con l'indubbia intenzione di sollevarla per ispezionare la benda. Lasciandole delicatamente le mani, mi allontano dalla sua portata. "Davvero, sto bene."

Non posso credere che sia preoccupata per me, quando l'ho appena divorata in questo modo. So che le ho fatto male—ho sentito l'estrema tensione del suo corpo, quando ho spinto dentro. E se avessi fatto male anche al bambino?

E se abortisse, come ha fatto Nora quella volta?

Mentre rimango immobile, elaborando quel pensiero terrificante, si china e raccoglie i pantaloncini dal pavimento. Il suo piccolo sedere sinuoso ondeggia nell'aria, mentre si muove, e, nonostante lo sperma che mi ricopre il fallo, lo sento contorcersi con interesse.

Cazzo, *sono* un animale.

"Sara..." La mia voce è tesa, mentre mi guarda. "Stai davvero bene?"

Sbatte le palpebre. "Te l'ho detto, mai stata meglio.

Vieni, andiamo a pulirci." E afferrandomi la mano, mi trascina in bagno.

Facciamo la doccia insieme—beh, Sara fa la doccia, e io uso l'erogatore per lavarmi strategicamente intorno alle bende—e poi si sdraia per un pisolino, adducendo come giustificazione il coma alimentare e la sonnolenza post-sesso. Mi sdraio con lei e la stringo, finché non si addormenta. Poi, mi alzo lentamente ed esco di casa.

So perché è stanca, e non ha niente a che fare con il cibo o il sesso. Il suo corpo è sfinito, dopo l'adrenalina ininterrotta della scorsa settimana, e le esigenze del bambino in crescita non aiutano.

Il senso di colpa è come un rotolo di filo spinato nel mio stomaco.

Sono stato io a farle questo.

Sono il responsabile di tutte le sue disgrazie.

Se non fossi stato così egoisticamente ossessionato da lei, se solo l'avessi lasciata in pace, sarebbe ancora a casa con i genitori, a vivere la sua vita tranquilla e pacifica. Se mi fossi allontanato dopo il nostro primo incontro, avrebbe potuto sposare qualcun altro... qualcuno che le avrebbe garantito una gravidanza in tutta comodità e sicurezza.

Invece, è in fuga con me, tormentata da flashback e stanchezza simili al DPTS.

"Ehilà, Peter" mi saluta Diego, mentre lo supero, e

annuisco bruscamente, non dell'umore giusto per le chiacchiere.

Ho un obiettivo in questo momento: parlare con Esguerra.

Ho bisogno che quella terapeuta venga portata subito qui.

Poco dopo, busso alla porta della casa di Esguerra.

"È qui?" chiedo ad Ana, quando la apre, e la governante annuisce.

"Sì, prego, entra. Vorresti qualcosa da mangiare o da bere, mentre vado a chiamarlo?"

"No, grazie. Sto bene." Seguo Ana nell'ingresso e mi appoggio alla parete, troppo agitato per stare seduto.

Sale l'ampia scalinata curva e pochi minuti dopo, Esguerra scende, abbottonandosi la camicia, mentre cammina. Ha i capelli arruffati e un cipiglio incazzato inciso sul volto.

O l'ho svegliato da un pisolino o si tratta di qualcosa che riguarda Nora.

Scommetto su quest'ultima opzione.

"Che cosa c'è?" ringhia. "Henderson—?"

"No, non è niente del genere." Prendo fiato, mentre il suo cipiglio si fa più accentuato. "È una cosa personale. Ho bisogno di un favore."

Si ferma davanti a me, con un freddo divertimento che sostituisce la preoccupazione negli occhi. "Davvero? Cibo e riparo non sono abbastanza per te?"

"Conosci qualche strizzacervelli?" chiedo, rifiutandomi di abboccare. "Preferibilmente, qualcuno esperto nel trattamento del DPTS."

Sembra sorpreso. "Per te?"

Ricordando le parole di Sara, annuisco freddamente. "Per me."

Non voglio che la mia ptichka si senta imbarazzata —non che dovrebbe. Aver bisogno di aiuto per elaborare un trauma estremo non rende deboli, solo normali.

Esguerra mi studia con un'espressione illeggibile, poi annuisce. "Potrei conoscere qualcuno. Quando hai bisogno di averla qui?"

"Oggi, se possibile. Oppure, domani o il giorno successivo."

"Va bene. Farò del mio meglio per portarla qui domani."

"Grazie" dico, e si gira per andarsene. So che sarò in debito con lui per questo, e sicuramente lo ricorderà, ma se questo aiuterà Sara, ne sarà valsa la pena.

Farei qualsiasi cosa per farla star bene.

"Peter" esclama Esguerra, mentre sto per uscire dalla stanza. Quando mi volto per affrontarlo, dice sottovoce: "Perché tu e tua moglie non venite a cena da noi stasera? A Nora piacerebbe conoscere meglio la tua Sara."

"Certo" dico, nascondendo la mia sorpresa. "Ci saremo."

"Sette in punto" precisa, poi si volta e torna di sopra.

67

Henderson

MI FA MALE LA SCHIENA DOPO AVER SPALATO NEVE tutto il giorno, e Jimmy è incazzato nero per averlo costretto ad aiutarmi, ma doveva essere fatto.

Dovevamo avere il vialetto libero, in modo da potercene andare in fretta se necessario.

Il mio piano di raggiungere Sokolov e agli altri—Operazione Air Drop, come la chiamo io—manca ancora di un componente cruciale, che è la mappa del complesso di Esguerra e dei suoi dettagli di sicurezza.

Una volta ottenuto ciò, saremo in grado di colpire, ma nel frattempo, devo fare tutto ciò che è in mio potere per mantenere mia moglie e i miei figli al sicuro.

Devo salvarli dai mostri che ci stanno dando la caccia.

S ara

SO CHE È SCIOCCO SENTIRSI NERVOSI PER LA CENA DOPO tutto quello che abbiamo passato, ma non posso farci niente. Per prima cosa, gli unici abiti che ho trovato nell'armadio sono pantaloncini e magliette, e sebbene Peter mi abbia assicurato che non abbiamo bisogno di vestirci in modo elegante, mi sentirei sicuramente meglio se avessi qualcosa di carino, come un prendisole, da indossare. Inoltre, dopo il mio sonnellino pomeridiano, il malessere mattutino ha deciso di svegliarmi.

A quanto pare, sono le conseguenze del jet-lag.

Ho già vomitato una volta, ma mi sento ancora nauseata, mentre Peter mi conduce alla casa principale.

Ricordare la sua insistenza nel procurarmi uno strizzacervelli non aiuta. Ne ha già parlato con il nostro ospite? Spero di no, ma conoscendo mio marito, molto probabilmente lo ha fatto.

La procrastinazione non è un concetto con cui ha familiarità.

Ad ogni modo, il mio stomaco si agita, quando Peter bussa alla porta. Un attimo dopo, si apre, rivelando una donna ispanica di mezza età. "Señor Sokolov" dice, raggiante. "Benvenuto. E questa dev'essere la tua adorabile moglie."

Sorrido e allungo la mano. "Ciao. Sono Sara."

"Oh, ciao." Mi stringe forte la mano. "Sono Ana, la governante del Señor Esguerra. Prego, entrate."

La seguiamo in casa. All'interno, la villa di Esguerra è un sorprendente mix di arredi tradizionali e moderni, con mobili in stile barocco, completati da splendidi pavimenti in legno e opere d'arte astratta sulle pareti. Riconosco un paio di dipinti grazie ad un corso d'arte che ho frequentato al college. Se sono originali—e sospetto che lo siano—i muri del foyer da soli valgono milioni di dollari.

Ana ci conduce in una formale sala da pranzo, dove un tavolo ovale è allestito con argenteria scintillante e piatti bordati d'oro. Nora e suo marito non ci sono ancora, ma riconosco la coppia seduta ad un lato del tavolo.

Lucas e Yulia Kent.

Le loro teste bionde sono piegate, con le mani

intrecciate sul tavolo, mentre ridono di qualcosa. Mentre entriamo, però, alzano lo sguardo, e i sorrisi scompaiono dai loro volti.

Una forte tensione pervade la stanza, mentre Ana scompare, lasciandoci soli.

Peter è il primo a rompere il silenzio. "Lucas." Annuisce con freddezza all'uomo dalla mascella dura. Si rivolge, quindi, alla moglie simile a una modella di Kent. "Yulia. È bello rivederti."

"Anch'io sono felice di rivederti." I suoi occhi azzurri mi scrutano, con un'espressione riservata. "E di rivedere anche te, Sara."

La mia nausea si intensifica bruscamente.

Oh, cazzo. Presa dal panico, mi guardo intorno in cerca di un bagno, ma non ne vedo.

"Ptichka..." Peter mi afferra il braccio. "Che cosa c'è che non va?"

Se provassi a parlare, vomiterei. Coprendomi la bocca con la mano, mi libero dalla sua presa e sfreccio fuori dalla stanza, verso l'ingresso.

Riesco a malapena a farcela. Nel secondo in cui mi piego sulla ringhiera del portico, lo stomaco espelle tutto il contenuto.

Naturalmente, mio marito mi segue e assiste all'intera scena—e così fa Yulia, vedo con la coda dell'occhio. Mortificata, finisco di rigettare, mentre lui mi tiene i capelli, e quando alzo lo sguardo, lei non c'è più.

Un secondo dopo, tuttavia, torna con un tovagliolo

di carta bagnato. "Ecco qua" mormora, porgendolo, e io l'accetto con gratitudine per pulirmi la bocca.

La prossima ad uscire è Ana—Yulia deve averle riferito cosa sta succedendo. Mostrando molta comprensione, la governante mi conduce in un bagno, dove mi porge uno spazzolino nuovo di zecca e un tubetto di dentifricio.

Dopo essermi lavata il viso e i denti, il mio stomaco sembra infinitamente più stabile.

"Stai bene, amore mio?" chiede Peter non appena esco dal bagno, e annuisco, distogliendo lo sguardo.

"Mi dispiace."

"Non hai nulla di cui dispiacerti" dice, prendendomi la mano. "Considera questo l'annuncio ufficiale della tua gravidanza."

E dandomi un bacio sulla fronte, intreccia le dita alle mie e mi riporta nella sala da pranzo.

Gli Esguerra sono già lì, seduti di fronte ai Kent, quando torniamo. Riconosco subito il nostro ospite: è davvero l'uomo stupendo che avevo incontrato in ospedale. I suoi capelli scuri sono più lunghi di allora, ma i lineamenti incredibilmente sensuali sono gli stessi. A differenza di allora, tuttavia, non sta irradiando dolore e rabbia; è calmo e padrone di sé, come un re seduto sul trono.

Un re crudele e tirannico, dato quello che so sull'uomo.

Per la prima volta, mi chiedo che cosa sia successo agli uomini che hanno aggredito Nora e la sua amica. Il marito di Nora li ha uccisi?

Come non detto. Certo che li ha uccisi.

L'unica domanda è quanto li abbia fatti soffrire.

"Eccoti" dice Nora, guardandomi. "Vieni, siediti qui." Accarezza la sedia accanto a lei, e io vado da quella parte.

"Julian, questa è Sara" dice, mentre mi fermo accanto a lei. "Potresti ricordarla dall'ospedale di Chicago."

"Ovviamente. È bello rivederti." Mi guarda con penetranti occhi azzurri, e per la prima volta, noto qualcosa di leggermente strano nel suo occhio sinistro, e una sottile cicatrice che va dallo zigomo fino al sopracciglio.

Qualcuno gli ha tagliato l'occhio con un coltello e, in tal caso, come ha fatto l'occhio a sopravvivere?

A meno che... non sia un occhio artificiale?

"Grazie. Anche per me—e ti ringrazio per l'ospitalità" dico, sopprimendo la curiosità. Non sarebbe buona educazione guardare a bocca aperta il nostro ospite spietato.

Mi fa un cenno col capo, mentre mi siedo accanto a Nora, e Peter si siede di fronte a me, vicino a Yulia.

"Grazie per il tovagliolo di carta" dico a Yulia, e lei annuisce, prima di guardare altrove. Come suo marito, dev'essere ancora arrabbiata con me per quello che è successo a Cipro. Col senno di poi, mi sento malissimo per averla ingannata sulla mia relazione con Peter al fine di fuggire. Non avrei dovuto coinvolgerla nel tentativo di evitare di innamorarmi del mio torturatore.

Dovrò parlarle da sola stasera, in modo da potermi scusare.

"Come ti senti?" chiede Nora dolcemente, chinandosi, e io le sorrido, con l'imbarazzo che si affievolisce notando lo sguardo preoccupato sul suo viso.

"Molto meglio ora, grazie."

"Avevo terribili nausee mattutine con Lizzie" confida con un sorriso triste. "Vomitavo dappertutto, al punto che Julian portava con sé uno di quei sacchetti per il vomito che ti danno in aereo ovunque andassimo."

"Forse ne avrò bisogno anch'io" osservo, e lei ride, mentre Peter ci guarda con un'espressione illeggibile.

Disapprova la mia amicizia in erba con la moglie di Esguerra? Se è così, perché?

Mentre rifletto su questo, Ana entra, spingendo un carrello con scodelle di zuppa.

"Ho fatto preparare un brodo speciale e leggero per te" mi informa Nora, mentre Ana mette una zuppa davanti a me, piuttosto che le versioni cremose che vedo davanti a tutti gli altri. "Ho pensato che potesse essere più facile digerire questa per il tuo stomaco. Fammi sapere se preferisci la crema di funghi. Il cibo elaborato era la causa scatenante per me, durante il primo trimestre, quindi ho pensato che potesse esserlo anche per te."

"Questa è perfetta, grazie" dico, commossa dalla sua premura. "Non ho ancora notato una correlazione con i cibi diversi, ma *desidero* qualcosa di più leggero, dopo... lo sai."

"Sì, lo immaginavo." Sorride. "E fammi sapere se qualcuno degli odori al tavolo ti dà fastidio. Ana porterà via qualunque cosa sia. L'odore era un altro grosso problema per me con Lizzie."

"Grazie. Sei troppo gentile." Affondo il cucchiaio nella zuppa e me lo porto alle labbra, assaggiandola con cautela. Con mio sollievo, è leggera come promesso da Nora, con un sottofondo di funghi e un pizzico di miso. "Tua figlia sta dormendo?" chiedo, mandando giù la zuppa.

"*Stava* dormendo, quando l'ho lasciata al piano di sopra con Rosa pochi minuti fa" risponde. Sospirando, lancia un'occhiata all'entrata della sala da pranzo. "È sbagliato che mi manchi già?"

Sorrido. "Affatto. Sembra una bambina molto dolce."

Alza gli occhi al cielo. "Lo spero. È una diavoletta, in realtà. Non lasciarti ingannare dall'aspetto esteriore. È la figlia di suo padre in *tutti* i sensi."

Esguerra sceglie quel momento per guardarci. "Sarebbe a dire, gattina?"

"Niente." Nora gli rivolge un sorriso beato. "Sto solo dicendo a Sara che nostra figlia è un angioletto perfetto."

Solleva le sopracciglia con evidente scetticismo, e lei gli rivolge un'occhiata esageratamente innocente, sbattendo rapidamente le lunghe ciglia. Le sue palpebre si abbassano, la bocca assume una curva sensuale e si scambiano un'occhiata, una così intima e calda da riscaldarmi le viscere.

Sentendomi una pervertita, distolgo lo sguardo—solo per incontrare quello tempestoso di mio marito dall'altra parte del tavolo.

"Non stai mangiando" osserva lentamente, e mi rendo conto che non è la mia potenziale amicizia con Nora a preoccuparlo.

Sono io.

Mi sta fissando come se potessi vomitare—o impazzire—da un momento all'altro.

Il mio umore si rabbuia. A quanto pare, non sono riuscita a rassicurarlo con il sesso prima.

Immergendo il cucchiaio nella zuppa, mi concentro sul finire l'intera scodella, in modo da tranquillizzarlo almeno su quello. Mi osserva per qualche secondo, poi riprende a mangiare la sua minestra, apparentemente rassicurato che non mi stia lasciando morire di fame.

Ognuno si affretta a terminare la zuppa; poi, gli uomini si lanciano in una discussione su alcune misure di sicurezza del complesso. Sto ascoltando solo a metà, perché Nora mi sta parlando dei club e dei ristoranti di Chicago.

A quanto pare, siamo state in molti degli stessi posti nel corso degli anni.

Come secondo, Ana tira fuori un'insalata verde e una paella di pesce dall'odore delizioso. Nora mi offre riso e pollo, ma declino, ringraziandola per la considerazione.

Il mio stomaco si sta comportando bene, e vorrei davvero quella paella.

Mentre il pasto procede, noto uno schema imbarazzante al tavolo. Anche se Nora e Yulia sono sedute l'una di fronte all'altra, non si guardano e non si parlano. Infatti, a parte ringraziare Ana e lodare la sua cucina ad un certo punto, Yulia ha parlato solo con suo marito o è rimasta in silenzio.

Agli Esguerra non piace per qualche ragione? Ora che ci penso, quando siamo andati a Cipro, Peter ha detto qualcosa sulla falsariga di Esguerra "ce l'ha con lei."

Dovrò chiedergli che cos'è successo.

Noto anche una certa tensione tra Peter e Lucas, ma non è così pronunciata. Forse l'aiuto di Kent nel nostro salvataggio riduce la sua colpevolezza nella mia fuga agli occhi di Peter, e ora i due uomini si considerano addirittura pari.

Siamo già a metà del dessert, un delizioso tiramisù fatto in casa, quando la conversazione si sposta sull'argomento che ci ha portati qui.

Henderson.

"Sembra che stasera sarà fattibile" dice Esguerra a Peter. "Lo saprò per certo tra circa un'ora—il tuo tizio della Carolina del Nord è stato piuttosto evasivo."

Mio marito si acciglia. "Offriamogli più soldi."

"L'ho fatto" ribatte Kent. "E gli ho anche detto che se

non collabora, sarà aggiunto alla nostra lista. Quindi, immagino che lo farà."

"Che cosa succederà stasera?" chiedo, guardando gli uomini al tavolo. "Avete già localizzato Henderson?"

Esguerra e Kent guardano Peter, che scuote la testa per un minuto—negando loro il permesso di informarmi. Mio marito, allora, si concentra su di me. "Nulla di cui ti debba preoccupare, ptichka" sussurra dolcemente, allungando la mano sul tavolo. "Non l'abbiamo ancora trovato, ma lo faremo—e stasera sarà solo un passo in quella direzione."

Stringo i denti, e tiro via la mano.

Eccolo di nuovo, il presupposto che io non riesca a gestire nulla di anche solo lontanamente sconvolgente.

Prima che possa dire qualcosa, sento il pianto di un bambino. Sembra che si stia avvicinando alla stanza. Un attimo dopo, entra un'esausta Rosa, con una Lizzie urlante in braccio.

"Mi dispiace interrompere, ma non smette di piangere" spiega. "Le ho dato da mangiare e l'ho cambiata, quindi non so quale sia il suo problema."

Con mia sorpresa, si alza Esguerra, invece di Nora. "Dalla a me" dice con calma, e avvicinandosi a Rosa, prende la bimba, occupandosene con incredibile dolcezza e sorprendente capacità.

I suoi lineamenti si addolciscono, mentre osserva il piccolo viso corrucciato, e con mio grande stupore, la piccola si tranquillizza, mentre la dondola, mormorando qualcosa di insensato con voce profonda.

Non sembra importargli che lo stiamo osservando in questo momento così tenero; è completamente preso dalla piccola creatura tra le sue braccia.

"Capito cosa intendo? È tutta suo padre" mi sussurra Nora nell'orecchio, e chiudo la bocca, rendendomi conto che sto fissando il marito come se gli fosse appena cresciuta una coda.

Non mi aspettavo di vedere il potente trafficante d'armi così pratico con la bambina.

"È l'unico in grado di calmarla, quando diventa così" continua la ragazza dolcemente, e quando la guardo, la vedo osservare il marito e la figlia con pura adorazione.

È chiaramente innamorata di lui.

Dell'uomo che l'ha rapita, quando aveva appena terminato la scuola superiore.

Immagino che non dovrei essere sorpresa, vista la mia relazione con Peter, ma è ancora un po' strano, osservandoli così. Una parte di me vorrebbe consigliarle di vedere uno strizzacervelli per la sua sindrome di Stoccolma, mentre un'altra parte più grande sta tifando per la loro storia d'amore non ortodossa.

Se *riescono* a farla funzionare nel lungo termine, forse anch'io e Peter possiamo farlo.

Forse tra qualche anno saremo tutti seduti ad un tavolo da pranzo come questo, solo che ci sarà il mio bambino tra le braccia di mio marito.

Il più piccolo, ovviamente. A quel punto, il più grande andrà in giro da solo.

Sono così presa da questo sogno ad occhi aperti che quasi mi lascio sfuggire il momento con Yulia. Si è già scusata e sta uscendo dalla sala da pranzo, quando mi rendo conto che sta andando al bagno.

"Scusate, torno subito" dico a Nora e Peter, e senza aspettare una risposta, mi alzo e seguo la ragazza.

69

Sara

RAGGIUNGO YULIA NEL CORRIDOIO VICINO AL BAGNO.

"Aspetta, per favore" le dico, mentre sta per entrare. Realizzando quello che sto dicendo, mi correggo rapidamente: "Voglio dire, non aspettare, se devi andare. Sarò qui fuori, in attesa che tu abbia finito."

Si allontana dalla porta del bagno. "No, vai pure. Posso andare altrove. Ci sono molti bagni su questo piano."

"Che cosa? Oh, no, sto bene." Rido, realizzando che pensi che abbia urgentemente bisogno del bagno. "Volevo solo parlarti un attimo, scusarmi per l'intera faccenda di Cipro."

L'espressione sul suo bel viso si indurisce. "Non ce n'è bisogno. È tutto passato."

"No, non lo è. Ho causato una spaccatura tra Peter e tuo marito. Sono davvero dispiaciuta per questo e per averti dato un'impressione sbagliata sulla mia relazione con Peter. Avevo bisogno del tuo aiuto per fuggire, ma avrei dovuto essere più sincera. Peter ha davvero ucciso il mio primo marito e mi ha ingannata, come ti ho detto—ma questo è stato prima, prima che le cose si complicassero anche tra noi. Voglio dire, ero *sua* prigioniera in casa tua—ecco perché stavo cercando di scappare—ma mi stavo anche innamorando di lui allora e—"

Yulia mi mette un'esile mano sul braccio. "Va tutto bene, Sara." I suoi occhi azzurri si addolciscono. "Non è necessario entrare nei dettagli. Capisco."

"Davvero?"

Annuisce. "Non sono un'idiota. So che le cose possono cambiare e che il più brutto degli inizi può portare a qualcosa di bello nel tempo. Per quanto riguarda il fatto di avermi usata per fuggire, sono sicura che avrei fatto lo stesso al tuo posto. Anzi—" Si ferma. "Non importa. Sono felice che tu e Peter stiate insieme ora. Voglio dire... è così, vero?" Il suo sguardo si posa sul mio stomaco; poi, mi guarda con una domanda inespressa.

"Oh. Sì, certo." Sussulto internamente, ricordando come le avevo detto che Peter intendesse costringermi ad avere un figlio. Coprendomi il ventre con la mano, dico fermamente: "Questo è molto desiderato."

Sorride. "Bene. Sono contenta di sentirlo. Ora, se mi vuoi scusare..." Lancia un'occhiata al bagno.

Sorridendo, faccio un passo indietro, realizzando che l'ho trattenuta per tutto il tempo. "Grazie" dico, mentre entra. "Per il tuo aiuto allora e per tutto."

"È stato un piacere" replica, e mentre chiude la porta, torno nella sala da pranzo, sentendomi infinitamente più sollevata.

~

QUANDO TORNO, SONO TUTTI IN PIEDI, VAGANDO intorno al tavolo con drink del dopo cena, e poco dopo ci salutiamo.

"Grazie. È stato tutto meraviglioso" dico sinceramente a Nora, e lei sorride.

"Non posso rivendicare alcun merito. Ha fatto tutto Ana" replica, e in quel momento, suo marito grida il suo nome dal piano di sopra.

"Arrivo!" urla, e facendo un passo avanti, mi avvolge in un rapido abbraccio.

"Vieni a trovarci quando vuoi, ok?" dice, e le prometto di farlo.

Si dirige di sopra, e io mi rivolgo a Yulia. Lei e Lucas alloggiano nella casa principale, quindi è nel corridoio accanto a suo marito, guardandoci andar via. Impulsivamente, vado da lei e la abbraccio.

"Grazie ancora" le dico, mentre ci separiamo, e mi sorride calorosamente.

"Buona fortuna, Sara. Spero di vederti in giro."

"Oh, sicuramente" confermo. "Ciao, Lucas." Lo

saluto, sorridendo, e lui mi rivolge uno sguardo di pietra in risposta.

Ok, quindi solo uno dei Kent mi ha perdonata finora.

"Pronta?" chiede Peter, passandomi un braccio intorno alla vita, e io annuisco, chinandomi verso di lui, mentre mi conduce via.

Torniamo alla nostra casa temporanea.

Peter

"Allora, che cos'è successo tra Yulia e gli Esguerra?" chiede Sara a colazione la mattina dopo. "A cena, sembrava che ci fosse un po' di tensione tra loro, e ricordo che l'avevi menzionato a Cipro."

"Oh, quello?" Le verso ancora un po' di fiocchi d'avena e frutti di bosco. Ho iniziato a cercare un'alimentazione ottimale per le donne incinte e ho intenzione di spostare la dieta di Sara su cibi più sani. "Sì, c'è sicuramente tensione—e per una buona ragione."

Mette giù il cucchiaio. "Davvero?"

Prendo in considerazione l'idea di sorvolare su tutta la brutta storia, ma non ha avuto episodi di flashback questa mattina o la scorsa notte, e questo non ha niente a che fare con i suoi genitori o altri eventi traumatici che ha affrontato. Così, decido di rivelarle tutto, specialmente visto che ieri sera è sembrata cordiale con la moglie bionda di Kent.

"Ricordi che ti ho detto che Esguerra una volta ha avuto un conflitto con un gruppo terroristico e ha dovuto essere salvato?" chiedo. Al cenno con la testa di Sara, continuo: "Beh, c'era un motivo per cui lo avevano catturato. Il suo aereo era stato abbattuto sull'Uzbekistan e *ciò* è accaduto a causa di alcune informazioni fornite da Yulia al governo ucraino."

"Che cosa?" Sara sgrana gli occhi. "Perché l'avrebbe fatto? Stava con Lucas in quel momento?"

"Da quello che ho sentito dire, avevano avuto una sveltina di una notte a Mosca proprio prima dello schianto. Sul perché, quello era il suo lavoro all'epoca. Lavorava come spia per il governo ucraino a Mosca."

"Oh, wow, è..." Sembra scioccata.

Sorrido. "Sì, lo so. A proposito, anche Kent era sull'aereo. Insieme a quasi cinquanta uomini di Esguerra. Praticamente sono tutti morti—ed è così che Esguerra è finito in un ospedale del Tashkent, ferito e senza protezione."

"Oh, cazzo" sospira Sara. "Come fa ad essere ancora viva, addirittura sposata con Lucas?"

Sorrido. La mia piccola civile inizia a ragionare come me. "Sinceramente, non lo so" le confesso. "Ho lasciato la tenuta subito dopo l'inizio di tutto il casino. Ma immagino che sia viva *perché* sono sposati. L'ho aiutato a recuperarla da Mosca ad un certo punto, perché voleva punirla personalmente, ma non so molto oltre a questo. So solo che in qualche modo sono finiti insieme e che sono piuttosto felici."

Sara scuote la testa. "Wow. Sono... senza parole." Scava nei suoi fiocchi d'avena e io mi occupo rapidamente del mio pasto, prima di alzarmi per togliere i piatti.

Mentre carico la lavastoviglie, la guardo di nascosto. Sembra assorta nei suoi pensieri, mentre sorseggia il tè, ma non c'è alcun segno di quel terrificante sguardo vuoto, nessun attacco di iperventilazione o di panico collegato ai flashback. Si è svegliata da un incubo la scorsa notte, ma ho fatto l'amore con lei e si è riaddormentata.

Forse ieri è stata un'anomalia, e la mia ptichka starà bene, dopotutto. In ogni caso, la terapeuta sarà qui questa mattina e la visiterà nel pomeriggio.

Un'altra buona notizia è che l'operazione della scorsa notte si è svolta senza intoppi. Con le risorse di Esguerra e i miei file dettagliati su Henderson, abbiamo rintracciato tutti quelli che speravamo di rintracciare— il che significa che siamo un passo avanti nella risoluzione della situazione.

Se c'è qualche briciolo di empatia in Henderson, cederà.

Altrimenti, lo troveremo in ogni caso, e morirà sapendo che tutte quelle morti sono sulla sua coscienza.

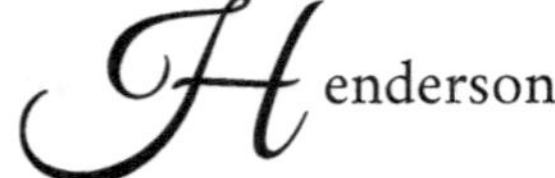enderson

FISSO LO SCHERMO DEL COMPUTER, CON LA PELLE CHE MI si accappona per l'orrore. Mi aspettavo che Sokolov e gli altri impiegassero tutte le proprie risorse per trovarmi, ma non mi aspettavo questo. I messaggi che mi riempiono la casella di posta sono surreali.

Mio zio. I miei cugini. La famiglia di Bonnie. Tutti i nostri amici.

Morti.

Rapiti nelle loro case, nelle scuole, sulla strada per andare a lavorare e nelle chiese.

Con le dita tremanti, clicco sulla CNN e apro un video web che ne parla.

"Si ritiene ora che la serie di rapimenti della scorsa notte avvenuti ad Asheville, Charleston e nell'area di

Washington D.C. possano essere collegati" annuncia il conduttore televisivo con malcelata agitazione. "Finora, non sono state fatte richieste, ma la polizia si aspetta di sentire i rapitori da un momento all'altro. In totale, diciannove cittadini sono stati dichiarati scomparsi, con uno dei rapimenti ripreso da una telecamera di sicurezza."

Il video mostra un filmato di due figure mascherate che afferrano lo Zio Ian, mentre fa rifornimento in una stazione di servizio. I movimenti dei rapitori sono fluidi e coordinati—sono chiaramente dei professionisti che sanno cosa stanno facendo.

"Secondo un'altra versione della storia, sembra che alcuni di questi cittadini abbiano subito rapimenti e aggressioni nel recente passato" continua il conduttore, e la telecamera si sofferma su una rossa in lacrime—Sandra, la moglie del mio amico Jimmy.

Grazie a Dio, l'hanno lasciata stare. È già abbastanza brutto che il mio più caro amico—dal quale abbiamo preso il nome per nostro figlio—sia nelle loro spietate grinfie.

"Perché continua a succederci questo?" singhiozza Sandra, con il mascara che le cola sul viso lentigginoso. "L'ultima volta, l'hanno picchiato e gli hanno sparato, e ha dovuto ritirarsi dalla polizia. E ora questo? Perché? Che cosa vogliono da noi?"

Me. Vogliono me.

La bile acida mi sale nella gola.

I poliziotti non vedranno alcuna richiesta dai

rapitori, perché esse sono state inviate direttamente a me.

O meglio, alla CIA, dove devono aver saputo che ho ancora dei contatti.

Avrei dovuto capirlo e prendere dei provvedimenti per prevenirlo, ma ho pensato che tutti quelli che Sokolov aveva già interrogato prima fossero al sicuro, dato che non avevano saputo dare risposte la prima volta.

Mi ero concentrato sull'operazione Air Drop, sottovalutando quanto i miei avversari fossero sociopatici.

Mi fa male il collo, con il dolore sempre presente che si trasforma in agonia, mentre metto in pausa il video e clicco sulla mia casella di posta, dove rileggo l'ultima e-mail.

Diciannove ore, diciannove vite, si legge nel messaggio ricevuto dalla CIA. *Le lancette dell'orologio iniziano a girare a mezzogiorno (fuso orario EST). Consegnati, Wally, o li vedrai morire tutti, uno dopo l'altro.*

72

Sara

Dopo la colazione, Peter esce per occuparsi di affari con Esguerra e la sua squadra russa, e decido di andare a trovare Nora nella casa principale. Per la prima volta in una settimana, non mi sento tesa o ansiosa. Il mio stomaco è completamente tranquillo e il cuore batte ad un ritmo normale.

Sto canticchiando sottovoce mentre cammino, godendomi l'aria calda e umida sulla pelle. Mi sento bene, quasi come prima che accadesse tutto questo, prima che i miei genitori—

La mia mente si spegne, un muro di torpore mi avvolge, quando un terzo sparo risuona.

Guardo mio marito, supino e sanguinante, poi l'agente

sulla soglia, con il viso contorto dall'odio, mentre mira alla testa di Peter.

Il mio sguardo si posa sulla pistola che lui ha lasciato, mentre stava lottando conto l'altro agente.

È a meno di un metro di distanza.

Mi allungo e la raccolgo. È fredda e pesante nella mia mano, aggiungendosi al gelido torpore nel cuore.

I miei genitori sono morti.

Peter sta per essere ucciso.

Miro e premo il grilletto una frazione di secondo prima che l'agente faccia fuoco.

Il proiettile lo manca, ma il colpo di pistola lo fa sobbalzare, facendogli sbagliare il bersaglio.

Si gira verso di me e sparo di nuovo.

Lo colpisco nel bel mezzo del giubbotto antiproiettile, facendolo cadere all'indietro.

Senza alcuna esitazione, mi avvicino e sollevo di nuovo la pistola.

"Non—" si strozza, ansimando, e premo il grilletto.

La sua faccia esplode in mille pezzi di sangue e ossa. È come un videogioco iper-realistico, completo di odore, gusto e—

"Figlio di puttana! Sara, che cos'è successo? Che cosa c'è che non va?"

Torno alla realtà, ansimando per respirare. Sono a terra, raggomitolata in una palla fetale, con Lucas Kent accucciato sopra di me. I suoi lineamenti duri sono preoccupati, con gli occhi chiari che mi scrutano dalla testa ai piedi. Non individuando lesioni evidenti, mi afferra per le spalle e mi tira in piedi.

Ho le ginocchia deboli e sto tremando tutta, con la maglietta intrisa di sudore che mi si attacca al corpo. Sento anche freddo e sto tremando nonostante il caldo del sole che mi brucia la pelle.

"Stai bene?" chiede Kent, tenendomi per le spalle. Quando annuisco automaticamente, mi lascia andare e chiede: "Che cos'è successo? Qualcosa ti ha spaventata o ferita?"

Scuoto la testa, respirando ancora troppo velocemente per poter parlare.

"Ok. Diego!" Fa un cenno verso la guardia che passa —la stessa che ci ha mostrato la casa, mi rendo conto vagamente.

"Resta con lei" ordina Kent, quando il giovane si precipita. "Vado a chiamare Peter."

E prima che possa obiettare, va via, correndo.

73

Peter

"Dov'è Kent?" chiede Esguerra, quando entro nel piccolo edificio moderno che funge da ufficio. Preferisce condurre gli affari lontano dalla casa e dalla famiglia—sebbene Nora sia esperta nei dettagli del suo impero illegale.

"Come faccio a saperlo?" rispondo, mentre mi siedo accanto a Yan, che sta guardando il suo telefono. Anche Ilya e Anton sono già qui, con il primo che sta sgranocchiando allegramente un biscotto preso dal piatto che Ana deve aver portato di nuovo. "Non è in casa con te?"

Esguerra si acciglia. "Stamattina stava facendo il giro con le guardie." Dà un'occhiata ad uno dei tanti monitor TV allineati alle pareti, poi ci guarda. "A quanto pare, dovremo informarlo in seguito. Ho una chiamata in arrivo." Il suo sguardo si sposta su di me. "Notizie da parte di Henderson?"

"No, e non mi aspetterei di sentirlo presto. Manca ancora"—guardo l'orologio su uno dei monitor—"circa un'ora alla scadenza dell'ultimatum. Immagino che dovremo mettere in pratica la nostra minaccia con almeno alcuni corpi, prima che si renda conto che facciamo sul serio."

Esguerra annuisce. "Va bene. Ho già dato ai nostri uomini le istruzioni su quali ostaggi devono essere uccisi per primi. Qualche notizia dai tuoi hacker?"

"In realtà, sì" risponde Yan, alzando lo sguardo dal telefono. "Hanno appena rintracciato il cecchino—colui che ha sparato all'agente durante l'arresto di Peter."

Stringo la mano sul tavolo. "Chi sarebbe?"

"A quanto pare, è una *donna*" risponde Yan, con gli occhi di nuovo sul telefono. "Si fa chiamare Mink e viene dalla Repubblica Ceca. Aspetta—l'immagine si sta caricando ora."

"E i nostri sosia?" chiede Anton. "Non si sa niente su quei bastardi?"

Yan non risponde, e quando lo guardo, scorgo una vena che gli pulsa nella tempia, mentre fissa lo schermo del suo telefono.

"Che cosa c'è?" chiede Ilya accigliandosi, e il suo gemello gli porge il telefono senza parole.

L'ampia faccia di Ilya sembra trasformarsi in pietra. "Lei?" Guarda suo fratello. "*Lei* è Mink?"

Che cazzo significa? Strappo il telefono dalla mano di Ilya ed esamino l'immagine sullo schermo.

Il volto della donna—ripreso a metà profilo dalla telecamera, è giovane e piuttosto carino, con lineamenti delicati evidenziati da quei capelli biondi e corti, che sembrano spuntoni intorno al viso pallido. Sul lato del collo noto un piccolo tatuaggio di qualcosa di indistinguibile, e l'orecchio è costellato da una dozzina di piercing.

"Chi è?" chiedo, guardando i gemelli. "Come mai la conoscete?"

Il volto di Yan è tirato. "Non importa." Afferra il telefono da me. "Sto mandando degli uomini a catturarla—potrebbe sapere dov'è Henderson."

"Importa" ribatte Esguerra, mentre i pollici di Yan colpiscono furiosamente lo schermo. "Chi cazzo è lei?"

"L'abbiamo conosciuta a Budapest" spiega Ilya, quando Yan ignora la domanda. "Lavora come cameriera in un bar."

Una cameriera di Budapest? Perché suona familiare?

"Sei andato a letto con lei un po' di tempo fa?" sbotta Anton, fissando Yan. "È lei quella per cui Ilya aveva messo il broncio, quando eravamo in Polonia?"

La massiccia mascella di Ilya si stringe. "Non ho messo il broncio. Ma sì, *lui*"—piega il pollice verso il fratello—"l'ha scopata."

Yan sbatte il telefono sul tavolo. "Chiudi quella fottuta bocca."

Osservo la scena con stupore. Il tranquillo, rilassato

Yan sta per perdere il controllo come non l'ho mai visto fare.

La faccia di Ilya diventa rossa, e si alza bruscamente, facendo cadere la sedia sul pavimento.

Salto in piedi anch'io, sapendo che si sta per scatenare una rissa—e in quel momento irrompe Kent.

"Si tratta di Sara" annuncia, respirando come se avesse percorso un miglio in quattro minuti. "Peter, devi venire subito con me."

Peter

IGNORANDO IL FASTIDIOSO DOLORE AL FIANCO, RIPORTO Sara a casa. Riesce a camminare—lo so, perché me l'ha detto con voce tremante—ma non me ne frega un cazzo. È così pallida e fragile che devo tenerla in braccio, devo sentire il suo esile corpo premuto contro il mio, in modo da assicurarmi che sia fisicamente illesa.

In modo che io possa capire che lei e il bambino stanno bene.

Mi si è gelato il sangue quando è venuto Kent, e non mi sono ancora completamente ripreso. Non aiuta che quando sono corso da lei, la mia ptichka era ancora più pallida di com'è adesso... ancora più fragile.

"Eccoci qui" dico sottovoce, mentre ci avviciniamo

alla casa. "Ci faremo subito una doccia, d'accordo?" I suoi vestiti sono coperti di sporcizia e macchie d'erba, come i palmi delle mani, le ginocchia e metà del viso.

Non obietta—né per la doccia, né per il mio aiuto nello spogliarla—il che la dice lunga su quanto stia male. Ieri, ha fatto di tutto per convincermi che stesse bene.

Dopo averla denudata, apro l'acqua e aspetto che la temperatura sia al punto giusto. Poi, la faccio entrare e mi tolgo i vestiti, prima di unirmi a lei sotto il getto. L'acqua bagna immediatamente le mie bende, ma non mi importa. Sono abbastanza sicuro che possano staccarsi ora, e non succederebbe nulla.

"Che cos'hai visto, amore mio?" chiedo delicatamente, mentre mi verso il sapone nella mano. Nonostante la preoccupazione per lei, il mio fallo si indurisce, attirato dalla sua pelle setosa e dai seni con le punte rosa. Spietatamente, sopprimo l'impulso di fare qualsiasi cosa se non lavarla. Il sesso non risolverà questo, anche se vorrei che potesse farlo.

La mia *ptichka* ha bisogno di affrontare qualunque demone stia combattendo.

Deve lasciarmi lottare insieme a lei.

Chiude gli occhi e scuote la testa. "Non posso parlarne. Mi dispiace."

Fanculo. Ho voglia di sbattere il pugno sulla parete di vetro del box, ma comincio a lavarla, sforzandomi di essere il più delicato possibile.

Non ha bisogno di ulteriore violenza.

Ne ha vista fin troppa.

LA PREOCCUPAZIONE, MESCOLATA AD UNA SALUTARE dose di colpa, continua a divorarmi dall'interno, mentre preparo il pranzo a Sara. Non avrei dovuto lasciarla sola per quei trenta minuti. Avrei dovuto essere lì, fare qualcosa per impedirlo.

Accidenti, avrei dovuto proteggerla dal trauma, innanzitutto.

Con mio grande sollievo, sembra stare molto meglio dopo la doccia—al punto che sta ancora tentando di fingere che vada tutto bene, che Kent non l'abbia trovata raggomitolata come una bambina ferita sull'erba.

"Perché non lasciamo che la terapeuta si riposi dopo il volo?" propone, quando la informo che la porterò ad un incontro con la dottoressa subito dopo aver mangiato. "Potremmo iniziare le sedute domani."

"Si riposerà, dopo aver parlato con te." Non rimanderò questo—non dopo quello che ho visto. Esguerra mi ha mandato un messaggio, dicendo di tornare nel suo ufficio dopo pranzo, ma non la lascerò di nuovo sola.

Henderson e tutta quella merda possono aspettare.

Sara sospira, guardando la sua insalata di cavoli, poi solleva lo sguardo. "Sai che non guarirò magicamente, se parlo con questa dottoressa, vero?" I suoi occhi nocciola sono turbati. "La terapia non sempre aiuta in situazioni come questa."

Almeno, sta finalmente riconoscendo che esiste una "situazione."

Alzandomi, cammino attorno al tavolo fino alla sua sedia. "Lo so, amore mio" dico sottovoce, guardando la sua faccia stravolta. Mettendole le mani sulle spalle, le massaggio, sentendo la tensione nei delicati muscoli. "Non guarirai magicamente, ma sarà un inizio."

E piegando le ginocchia accanto alla sua sedia, le stringo le braccia attorno, desiderando sentire il suo battito contro il mio.

Desiderando convincermi di poter annullare il danno che ho causato.

Sara

IL MEDICO È UNA DONNA ALTA SULLA QUARANTINA. SE Sandra Bullock avesse interpretato l'elegante capa/cattiva ne *Il Diavolo Veste Prada*, sarebbe assomigliata a questa terapeuta, inclusi gli occhiali alla moda.

"Ciao" dice, porgendo la sua mano sottile, perfettamente curata. "Sono la Dottoressa Wessex."

"Piacere." Le stringo la mano. "Sono Sara."

Siamo in un'altra casa simile a quella in cui io e Peter alloggiamo, in un piccolo ufficio con una finestra che dà sulla strada. Riesco a vedere mio marito passeggiare fuori; la dottoressa Wessex è stata irremovibile sul fatto che lui non potesse assistere alla mia seduta di terapia.

"Piacere di conoscerti, Sara." Si siede dietro un tavolo lucido, e io mi siedo sulla sedia reclinabile dall'altra parte. "Tuo marito mi ha raccontato un po' di quello che ti porta oggi qui da me, ma mi piacerebbe sentirlo con le tue stesse parole."

Mi sposto nel sedile. "Preferirei non parlarne."

Piega la testa. "Perché? È perché ti addolora?"

Prendo fiato, mentre il mio petto si comprime. "No. Voglio dire, sì, certo. Solo che... non voglio pensarci."

"Perché i tuoi genitori sono stati uccisi?"

Sussulto e distolgo lo sguardo.

"O perché è successo qualcos'altro?" insiste la dottoressa. "Forse qualcosa che hai problemi ad elaborare?"

Il mio respiro accelera e stringo le mani. Mentre le mie unghie affondano nei palmi, il dolore mi aiuta a rimanere concentrata sul presente.

Non posso andare lì.

Non lo farò.

Quando resto in silenzio e mi rifiuto di guardarla, la Dottoressa Wessex sospira e dice: "Hai mai sentito parlare di Desensibilizzazione e Rielaborazione Attraverso i Movimenti Oculari o EMDR?"

La guardo e scuoto la testa.

"È una psicoterapia abbastanza nuova, non tradizionale, con la quale ho avuto grandi successi nell'ultimo anno. L'idea è che rivivrai le tue esperienze negative concentrandoti su uno stimolo esterno. Nello specifico, ti chiederò di tracciare i miei movimenti delle mani con gli occhi, mentre narrerai uno specifico ricordo doloroso."

Sbatto le palpebre "Che cosa?"

Sorride. "Farò questo"—muove ritmicamente la mano da una parte all'altra, come se mi stesse controllando la vista—"e tu seguirai il movimento con gli occhi. Ecco, facciamo pratica."

Riprende il movimento da una parte all'altra, e seguo le sue dita con lo sguardo come un gatto che insegue un puntatore laser. Non vedo come questo possa aiutare, ma voglio provare.

"Ok, bene" dice, quando riabbasso lo sguardo. "Ora concentriamoci su un ricordo angosciante... diciamo, il tuo flashback più recente. Che cos'hai visto prima? Quale evento hai rivissuto? O, se preferisci non concentrarti su quello, scegli qualcos'altro—o possiamo cominciare dall'inizio."

Sto ancora monitorando i suoi movimenti delle mani con gli occhi, e in qualche modo questo rende più facile distaccarmi dalla pressione vulcanica che si raduna nel petto. Ne sento l'enorme peso, ma è come se stesse succedendo a qualcun altro.

I miei occhi guizzano da un lato all'altro, seguendo le sue dita, mentre comincio a parlare. Lentamente, con fermezza, rivivo gli eventi di quel giorno, dal team SWAT che si presenta fino al momento in cui ho premuto il grilletto la prima volta.

È solo lì che mi fermo, incapace di pronunciare un'altra parola, perché sto tremando troppo violentemente. Con mio sollievo, la Dottoressa Wessex non insiste. Invece, mi dice di concentrarmi su come il mio corpo sta reagendo e sui pensieri che sto avendo in questo momento. E per tutto il tempo, muove la sua mano avanti e indietro, mantenendomi concentrata.

Distraendomi dal dolore soffocante.

~

QUANDO PETER ENTRA PER RIPRENDERMI, SONO COSÌ tesa emotivamente e fisicamente che andiamo subito a casa, dove prontamente mi addormento.

Mi sveglio un'ora e mezza dopo a causa del suono attutito delle voci maschili. Indossando una vestaglia, mi avvicino alla finestra e sbircio tra le tapparelle chiuse.

Vedo Kent, Esguerra, Peter e Yan. Stanno fuori, discutono su qualcosa.

Trattenendo il respiro, cerco di capire di cosa stanno parlando.

"Ancora niente" dice Kent, sembrando disgustato. "Siamo sicuri che il messaggio gli sia arrivato?"

"Oh, sì" replica cupamente Peter. "Quello stronzo è solo troppo codardo per fare qualcosa."

Esguerra guarda Yan. "E il tuo aggancio? Quando dovrebbe arrivare?"

La mascella di Yan si stringe visibilmente, ma poi sembra riprendere il controllo. "Presto" risponde senza alcuna emozione. "Molto presto."

"Bene." Un sorriso terrificante incurva le labbra di Esguerra. "Una volta che avremo lei, potrebbe non avere importanza se Henderson farà il nobile gesto o meno. Comunque, troveremo il bastardo."

Gli uomini si disperdono e io mi allontano dalla finestra, confusa e speranzosa.

Non so ancora cosa stiano facendo esattamente, ma sembra che stiano facendo progressi con Henderson—e per quanto sia sbagliato, non vedo l'ora che l'ex generale possa avere quello che merita.

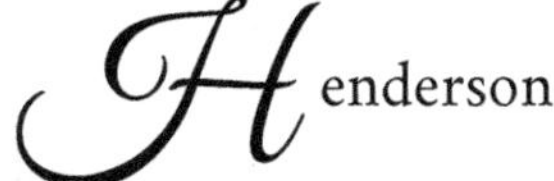

$\mathcal{H}$enderson

"SEI UN FOTTUTO PSICOPATICO! MI HAI SENTITO? UNO psicopatico!" urla Bonnie, con le lacrime e il muco che le colano lungo il viso. "Cinque persone a cui teniamo sono morte e non te ne frega un cazzo!"

Mi abbasso, mentre lancia un bicchiere, che si schianta contro il muro dietro di me, andando in frantumi nell'impatto. Ogni parola che scaglia nella mia direzione è letale come i suoi proiettili, e la rabbia della risposta si combina con la mia emicrania per macchiare la mia visione con macule di rosso.

Non avrei dovuto dimenticare di riacquistare i suoi farmaci. Avrebbe dovuto essere drogata a letto, non leggere le mie e-mail e guardare le ultime notizie.

Un piatto mi sfreccia accanto all'orecchio e perdo la testa.

"Me ne frega eccome!" ruggisco, girando intorno al tavolo per afferrarle le spalle ossute. "Mio cugino Lyle è uno di quei morti. E allora? Uccideranno tutti loro a prescindere. E anche te, Amber e Jimmy. Pensi che dovrei consegnarmi a questi assassini su un piatto d'argento? È questo che dovrei fare?"

La sto scuotendo così forte che le tremano i denti nel cranio vuoto, ma si rifiuta di cedere.

"Forse dovresti, cazzo!" grida, mentre mi spunta in faccia tutto il suo odio. "Staremmo tutti meglio, se tu fossi morto!"

Infuriato, la spingo via—e sbatte contro il frigorifero, mentre nostra figlia entra in cucina.

"Mamma? Papà?" I suoi grandi occhi azzurri guizzano da me a Bonnie. "Che cosa sta succedendo?"

Fanculo. Amber non avrebbe dovuto assistere.

Dei miei due figli, lei è sempre quella dalla mia parte.

"Niente, tesoro" riesco a dire con calma. "Tua madre ha solo bisogno delle sue medicine, tutto qui."

E lasciando singhiozzare Bonnie sul pavimento, riporto mia figlia nella sua camera.

Non posso salvare tutti quelli a cui tengo, ma *proteggerò* la mia famiglia.

Anche se gli ingrati rendono fottutamente difficile farlo.

~

FINALMENTE HO MESSO LE MANI SULLA MAPPA DELLA tenuta colombiana di Esguerra, e la sto studiando per l'Operazione Air Drop, quando mi viene in mente che la casa è silenziosa.

Troppo silenziosa.

Non ci sono esplosioni provenienti dai videogame nel soggiorno, né rumori di piatti in cucina nonostante sia ora di cena.

Con la pressione del sangue che schizza, vago di stanza in stanza.

Niente.

Non c'è nessuno.

La nostra baita in Islanda è fredda e vuota come le strade coperte di neve all'esterno.

Corro nel garage, e come pensavo, manca anche la Jeep. Bonnie deve averla presa per andare in città con i bambini.

Quella stupida stronza. Sbatto il palmo contro la parete. Le ho detto un milione di volte che non possiamo fare un passo fuori da questo posto. Come ha potuto correre un tale rischio visto cosa sta succedendo a tutti i nostri amici e parenti? Non si rende conto che i miei nemici le staccheranno una costola dopo l'altra?

A meno che... Il mio petto si stringe, con l'aria che evapora nei polmoni.

Non lo farebbe.

Non potrebbe.

Non oserebbe.

Tuttavia, le gambe mi riportano dentro la casa, in

camera sua. Avevo guardato all'interno solo per un istante, giusto il tempo necessario per vedere che non c'era.

Così, ora entro e mi guardo intorno—e la rabbia mi fa quasi ribollire.

Sul suo comodino, sotto il telecomando della TV, c'è un foglietto di carta con la sua calligrafia.

Ce ne andiamo, c'è scritto. Preferiamo correre il rischio là fuori che restare "al sicuro" qui dentro con te.

Peter

ENTRO NEL CAPANNO DEGLI INTERROGATORI, DOVE UNA giovane donna è seduta legata ad una sedia. La sua piccola faccia è piena di lividi e il labbro inferiore è spaccato, dandole un aspetto imbronciato. Il suo sguardo, tuttavia, è sveglio e sprezzante.

È un osso duro, questo grazioso cecchino. Mi chiedo se Yan le abbia provocato quelle contusioni durante l'interrogatorio o se siano dovute alla lotta durante la sua cattura di ieri.

Sentendo dei passi, mi volto e vedo Yan e Ilya entrare nella stanza.

"Abbiamo appena ricevuto i file sugli uomini di cui ci ha fornito i nomi" informa Ilya, tenendo fuori il telefono. "I nostri sosia hanno un bel curriculum. Tutti e quattro sono ex Delta Force, stessa unità. Loro e alcuni dei loro amici sono stati processati dalla corte marziale quindici anni fa per lo stupro di gruppo su una ragazza di sedici anni in Pakistan. Sei di loro sono stati arrestati, ma gli altri sono evasi e si sono tutti dati alla macchia. Da allora, hanno fatto lavoretti casuali qua e là, da piccoli omicidi a piazzare bombe per organizzazioni terroristiche."

Mentre parla, esamino le foto sullo schermo. Chiaramente erano travestiti, mentre ci impersonavano. I volti che mi guardano somigliano ben poco ai nostri; nel migliore dei casi, uno ha un aspetto vagamente simile al mio—e anche in questo caso, ha i capelli biondo cenere.

Mi viene un'idea. "Chi ha fatto il trucco e i travestimenti?" chiedo al cecchino, mettendomi davanti alla sua sedia. "A quanto pare, qualcuno molto abile."

Afferma di non sapere dove si nasconda Henderson, e che quel vigliacco di un ublyudok non si sarebbe arreso, lasciando morire amici e parenti al suo posto, quindi dovremo catturarlo in un altro modo... forse attraverso la squadra che ha usato per piazzare l'esplosivo.

Resta in silenzio per un momento; poi, dice cupamente: "Io. Sono stata io."

Sollevo le sopracciglia con fare scettico. "È così?"

Le sue narici si dilatano. "Perché dovrei mentire? Ti ho già dato tutti quei nomi. Che cos'è uno in più nel grande schema delle cose?"

Il suo inglese è puro come quello di qualsiasi

americano. Mi chiedo quando e come una ragazza ceca abbia imparato a parlarlo così bene.

"Sarà facile verificarlo" replica Yan, facendo un passo avanti per mettersi accanto a me. "Può dimostrare la sua abilità su di me stasera."

"E su di me." Le mani di Ilya si contorcono ai suoi fianchi, mentre lancia un'occhiataccia al fratello.

Fantastico. Sono ancora incazzati l'uno con l'altro per chi la scoperà.

Respingendo la mia irritazione, rivolgo alla ragazza una dozzina di altre domande, e lei risponde a tutte, anche se a malincuore. Essendo un sicario privato senza particolare lealtà verso nessuno, ha saggiamente deciso di collaborare con noi in cambio della sua vita e dell'eventuale libertà.

Sto pensando di farla fuori comunque—i genitori di Sara sono morti a causa sua—ma per ora, non mi dispiace farle credere che la lascerò andare.

In ogni caso, non è così utile come speravo. Ha detto di aver incontrato Henderson solo una volta, e non ha idea di dove possa nascondersi. Né sa dove sono i nostri imitatori, sebbene abbia lavorato spesso con loro in passato.

Un altro vicolo cieco, ma non perdo la speranza.

Ora abbiamo più nomi da rintracciare, e uno di questi è destinato a condurci al nostro obiettivo.

QUANDO TORNO A CASA, SONO SOLLEVATO VEDENDO CHE

Sara sta ancora dormendo, come ha fatto negli ultimi due pomeriggi. Anche se non vuole ammetterlo, la gravidanza e la nausea mattutina che l'accompagna stanno avendo un caro prezzo.

Per non parlare delle sedute di terapia con la Dottoressa Wessex. Qualsiasi cosa la terapeuta stia facendo attraversare a Sara sembra stancare la mia ptichka al punto tale da farla addormentare non appena torna a casa.

"Che tipo di trattamento sta facendo con te?" le ho chiesto la scorsa notte, e mi ha spiegato del movimento degli occhi e di come esso dovrebbe rieducare il suo cervello ad elaborare i ricordi traumatici in modo diverso. Non sono sicuro di aver capito pienamente, ma ha avuto solo un piccolo episodio di flashback dall'inizio della terapia—almeno per quanto ne so.

È del tutto possibile che me li stia nascondendo. Non ha ancora pianto o parlato di quello che è successo con me, quindi so che è imbottigliato dentro di lei, con tutto il dolore e la sofferenza che riempiono il vuoto lasciato dalla morte dei suoi genitori.

La cosa strana è che ne provo un po' anch'io—non solo come echi del suo dolore, ma come se fosse una mia perdita. Nei quattro mesi dopo il nostro matrimonio, avevo conosciuto Chuck e Lorna, avevo cominciato ad apprezzarli e a rispettarli. Erano brave persone, genitori amorevoli, e sebbene avessero ogni ragione per odiarmi, si stavano lentamente aprendo con me, lasciandomi entrare nella loro vita.

Una parte della loro famiglia—una famiglia che ancora una volta non sono riuscito a proteggere.

Lentamente, esco dalla camera da letto, con il petto dolorosamente stretto. Non so se mi perdonerò mai per quello che è successo, per non aver previsto che il nemico a cui avevo dato la caccia così diligentemente potesse non accontentarsi di sgattaiolare via nell'ombra e volesse riprendere in mano la propria vita.

Per non aver immaginato la forma sovversiva che la sua vendetta avrebbe potuto prendere.

Il mio umore è ancora cupo, quando entro nel salotto e apro il portatile per controllare l'e-mail crittografata che ho usato per comunicare con il contatto di Henderson nella CIA. Tutti i diciannove prigionieri sono morti ora, quindi non mi aspetto di trovare nulla—sto controllando più che altro per abitudine.

Ecco perché un messaggio da parte di un mittente sconosciuto mi sorprende completamente.

Aprendo l'e-mail, la leggo—poi la rileggo, incapace di credere ai miei occhi.

Se vuoi Wally, incontriamoci al Marison Café di Londra alle 9 di mercoledì. Vieni da solo.

-Bonnie Henderson

Sara

"—È CHIARAMENTE UNA TRAPPOLA" SENTO DIRE ILYA, mentre esco dalla camera, sbadigliando dopo il mio sonnellino. "Sta cercando di farti uscire allo scoperto, tutto qui."

"Ovviamente, ma dobbiamo seguire quella pista" ribatte Kent, mentre mi fermo appena fuori dalla vista nel corridoio e sbircio nel soggiorno.

Peter, Esguerra, Kent e tutti e tre i compagni di squadra russi di mio marito sono radunati attorno ad un laptop sul tavolino da caffè, riempiendo il piccolo spazio con così tanto testosterone che posso quasi assaporarlo. "Virilità letale" sono le parole che mi vengono in mente, quando osservo i loro corpi alti e superbi e i volti duri.

Virilità letale e sconvolgente.

Certo, Peter è molto più magnetico degli altri, decido, mentre continuano a parlare, ignari della mia presenza. Kent, con i suoi capelli biondi, mi fa pensare ad un selvaggio vichingo, e percepisco qualcosa di decisamente crudele in Esguerra—e, in qualche misura, in Yan e Anton. Ilya è l'unico che sembra avere un briciolo di gentilezza umana, e non è assolutamente il mio tipo—anche se immagino che moltissime donne troverebbero eccitanti quei muscoli troppo grandi e i tatuaggi sul cranio.

"Siamo sicuri che Peter sia quello che dovrebbe andare da solo?" chiede Esguerra, accovacciato per scrutare lo schermo del portatile. "L'e-mail non è indirizzata a nessuno in particolare."

Mi si ferma il respiro nel petto, e tutti i pensieri sul look degli uomini scompaiono dalla mia mente.

Qualcuno sta cercando di convincere mio marito ad andare da qualche parte da solo?

"I nostri hacker stanno tracciando l'e-mail ora" dice Yan, guardando il suo telefono. "Scopriremo presto l'indirizzo IP da cui è stata inviata."

Peter fa un gesto sbrigativo con la mano. "Non sarà un vero indirizzo IP. Henderson sa come coprire le proprie tracce."

"Ma se non fosse Henderson?" Esguerra si alza in piedi. "E se fosse sua moglie?"

Ilya sbuffa. "Sì, certo. E se ci crediamo, siamo degli sprovveduti che—"

"No, Julian ha ragione" interrompe Peter. "Qualcosa

in tutto questo non è da Henderson. Se avesse voluto attirarmi fuori, avrebbe fornito una pista più credibile —fingendosi, per esempio, il suo contatto della CIA o qualcosa di simile. Firmare quell'e-mail con il nome di sua moglie è come se ci stesse dicendo che si tratta di una trappola. Non è necessario aver lavorato per l'agenzia per sapere che è una tattica con scarse probabilità di successo."

"Forse è per questo che lo sta usando" replica Kent. "*Perché* è così assurdo e incredibile."

"O forse perché non è lui quello che ha scritto l'e-mail." Esguerra incrocia le braccia sul petto. "Secondo me, potrebbe essere stata sua moglie."

"Perché sua moglie dovrebbe contattare Peter?" chiede Anton, grattandosi la barba. "Abbiamo appena ucciso diciannove dei loro amici e parenti e abbiamo lasciato i corpi per i poliziotti. Pensi che abbia voglia di suicidarsi un qualche modo?"

"Forse" risponde Yan, mentre mi copro la bocca con la mano, reprimendo un gemito sconvolto.

Diciannove persone?

Hanno ucciso *diciannove innocenti* nel loro tentativo di catturare Henderson?

"Pensaci" continua Yan, ignaro del martellamento del mio battito cardiaco. "Abbiamo seguito suo marito per anni. Pensa allo stress a cui tutta la famiglia è stata sottoposta. Non è questo quello che pensavamo potesse accadere, quando abbiamo avuto a che fare con quelle persone la prima volta? Non speravamo che qualcuno nella famiglia di Henderson—la moglie, la figlia, il figlio—potesse cedere sotto la pressione e commettere questo tipo di errore?"

"Questo è più di un errore" replica Kent. "Non l'abbiamo trovata, perché ha contattato i suoi amici per paura. Ci ha contattati, all'indirizzo e-mail che solo Henderson e il suo contatto della CIA potevano avere."

"A meno che non abbia letto l'e-mail del marito e abbia visto il messaggio inoltrato dalla CIA" ribatte Esguerra. "Allora, l'avrebbe potuto avere anche lei."

Continuando a tenermi la mano sulla bocca, indietreggio, facendo attenzione a non emettere alcun suono.

Ora capisco perché Peter non volesse rivelarmi alcunché di specifico sul loro piano.

Non è a causa del mio stato mentale—è perché quello che hanno commesso è un omicidio di massa.

STIAMO CERCANDO UNA STRATEGIA SU COME AFFRONTARE al meglio la situazione, quando Sara entra nel salotto.

"Eccoti" dico sorridendo. "Com'è andato il pisolino?"

I suoi occhi incontrano brevemente i miei, poi guizzano via. "Bene. Ciao a tutti." Saluta gli uomini senza sorridere.

"Ci vediamo stasera" dice Esguerra alzandosi dal divano. "Otto in punto, nel mio ufficio."

Lancio un'occhiata a Sara, che ci è passata davanti per recarsi in cucina e si sta versando un bicchiere d'acqua. Non voglio lasciarla sola—ecco perché ho radunato tutti qui.

Comprendendo il mio dilemma, Esguerra aggiunge:

"Sara, Nora si stava chiedendo se potessi aiutarla con Lizzie stasera. Rosa ha la serata libera."

Mia moglie alza lo sguardo, con volto inespressivo. "Certo, ne sarei felice."

Esguerra annuisce, soddisfatto, e tutti si allontanano rapidamente, lasciandoci soli. Sono contento—perché non mi piace lo strano umore di Sara.

È successo qualcosa, mentre stava facendo il pisolino?

"Ptichka..." entro in cucina e mi fermo di fronte a lei. "Hai avuto un altro flashback questo pomeriggio?"

Sbatte le palpebre. "Che cosa? No."

Le rivolgo un'occhiata dubbiosa. "Sei sicura?"

La sua delicata mascella si stringe. "Sì. Sto bene." Poggiando il bicchiere sul ripiano, si allontana.

Solo che non ho intenzione di lasciarla andare via dopo una menzogna così evidente. Afferrandola per un braccio, la costringo a guardarmi. "Allora, qual è il problema?" chiedo. "Che cos'è successo?"

Mi guarda e scorgo uno strano vuoto nei suoi dolci occhi nocciola. "Niente. Non è successo niente."

"Sara... non mentirmi."

Qualcosa di doloroso sfarfalla nel suo sguardo, prima di tornare a quel vuoto. "Te l'ho detto, non è niente."

"Non è niente, se ti rifiuti di parlare con me. Ptichka..." Le libero il braccio per infilarle una ciocca di capelli ondulati dietro l'orecchio. "Per favore, amore mio, dimmi cosa c'è che non va."

La sua faccia si corruga. "Niente. Lasciami stare."

Lasciami stare. Lascio cadere la mano, sentendo le parole non dette con la stessa chiarezza con cui le avrei sentite se le avesse urlate contro di me. L'e-mail mi aveva temporaneamente distratto dal mio stato d'animo cupo, ma ora è tornato, con la consapevolezza di aver causato tutto ciò che mi dilania, soffocandomi con il suo peso nauseante.

Sono stato io a fare questo a Sara.

I suoi genitori sono morti a causa mia.

La sua vecchia vita è perduta a causa mia.

Perché non l'ho lasciata.

Perché non potrei mai lasciarla.

"Mi odi?" chiedo piano. "Non ti biasimo, se lo fai."

Mi fissa, con le pupille che si scuriscono, mentre il respiro accelera. Non lo nega, e perché dovrebbe?

Se non fosse stato a causa della mia ossessione per lei, i suoi genitori sarebbero ancora vivi.

"Dovrei." La sua voce è tesa. "Una persona normale lo farebbe."

La pressione sul mio petto cresce, il dolore diventa più acuto. Certo che dovrebbe. Sono da biasimare per tutto questo.

"Mi dispiace." Le insolite parole mi escono dalla bocca con crudezza. "Mi dispiace per questo, per tutto. Non sono riuscito a proteggerli... a proteggerti. Avrei dovuto prevedere che avrebbe fatto qualcosa del genere, ma..." Mi fermo, sapendo di non avere una vera scusa.

Con tutte le guardie del corpo e le misure di

sicurezza che avevo adottato, ero pronto per colpire i miei nemici, ma non in quel modo.

Sara sgrana gli occhi, mentre parlo, e prima che abbia finito, inizia a scuotere la testa. "Di cosa stai parlando?" esclama, quando taccio. "Non è quello che— Credi che ti stia incolpando per la morte dei miei genitori?"

Aggrotto la fronte, confuso. "Non è così?"

"Ovviamente no! Casomai, sono io che—" Ora è lei ad interrompersi, con gli occhi che brillano con una dolorosa luminosità. Prima che io possa aggiungere qualcosa, continua. "Il punto è che Henderson è la persona da incolpare per quello che è successo, non tu. È stato *lui* a piazzare l'esplosivo, uccidendo tutte quelle persone innocenti in modo che potesse incastrarti per la loro morte. È stato *lui* a mandare la squadra SWAT a casa dei miei genitori."

"Lo so. Ma lui era il *mio* nemico."

"Sì, e tu sei *mio* marito." Le lacrime ora stanno nuotando nei suoi occhi. "Sono stata *io* ad innamorarmi di te. *Io* a portarti nelle loro vite. *Io* ad insistere per la cosiddetta vita normale nei sobborghi. Se avessi accettato prima i miei sentimenti per te, avremmo potuto vivere felici in Giappone. E poi niente di tutto questo sarebbe successo, e i miei genitori sarebbero ancora—"

"Stai seriamente cercando di dire che sei da biasimare per tutto questo?" la interrompo, incredulo. Prendendole le mani nelle mie, le stringo dolcemente.

"Sara, ptichka... hai l'impressione di essere in qualche modo responsabile per quello che è successo?"

Non ricorda com'è finita in Giappone? Come mi sono imposto nella sua vita e l'ho rapita?

Le lacrime nei suoi occhi brillano di più, e cerca di distogliere lo sguardo, ma non glielo permetto. Andremo fino in fondo. Ora. Oggi. Non importa quanto sia difficile.

Perché finalmente la mia ptichka si sta aprendo, parlando di quello che è successo.

"Sara..." Lasciandole le mani, le accarezzo la mascella delicata. "Amore mio, non sei in alcun modo da biasimare. È colpa mia—tutto questo. Dal primo momento in cui ti ho vista, ti ho voluta, e non ho lasciato che nulla ostacolasse il mio cammino... nemmeno i tuoi sentimenti. Sono stato un bastardo—e lo sono ancora, perché anche dopo tutto quello che è successo, non riesco a fare la cosa giusta."

La sua gola aggraziata si muove. "La cosa giusta?"

"Allontanarmi. Lasciarti andare." Faccio una smorfia con la bocca, mentre abbasso la mano. "È quello che farebbe un brav'uomo. Un uomo che desidera pentirsi per i propri peccati. Ma non sono io. Non posso farlo. I nove mesi in cui siamo stati separati mi hanno quasi distrutto—e preferirei bruciare all'inferno per l'eternità che trascorrere una vita senza di te."

Indietreggia, e scorgo di nuovo il tormento nel suo sguardo, prima che torni vuoto. "Non devi farlo" dice frettolosamente. "Non ti sto chiedendo di lasciarmi. Non *voglio* che mi lasci. Questa è l'ultima cosa che voglio—e sicuramente non ti biasimo per quello che è successo ai miei genitori."

"Allora, che cosa intendevi, quando hai detto che dovresti odiarmi? Che una persona normale mi odierebbe?"

Il suo respiro accelera di nuovo, e lei fa un passo indietro, scuotendo la testa, mentre l'umidità si accumula nei suoi occhi. "Lascia perdere." La trema la voce. "Dimenticalo."

La fisso, mentre mi sovviene un nuovo sospetto. "Quando ti sei svegliata?" chiedo, sondando il terreno.

Un visibile brivido la attraversa, e capisco di aver indovinato.

Deve aver origliato.

Cerco di ricordare quello che abbiamo detto, esattamente—e sussulto internamente.

I diciannove cadaveri sono stati sicuramente menzionati.

Avvicinandomi, le stringo le esili spalle. "Mi dispiace che tu l'abbia sentito" dico dolcemente. "Per quello che vale, stavo contando sul fatto che Henderson si consegnasse per risparmiare almeno alcune di quelle persone."

Deglutisce. "Sì, certo."

"Avresti preferito che non facessi nulla? Vorresti che camminasse libero dopo quello che ha fatto?"

Il suo petto si gonfia. "Dovrei." La sua voce è tesa, mentre mi fissa. "Non che camminasse libero, ma che venisse arrestato. Che pagasse in modo normale per i crimini commessi."

"E vuoi questo?" chiedo dolcemente. "Se potessi agitare una bacchetta magica e farlo andare in prigione per i suoi crimini, ti soddisferebbe? Sarebbe abbastanza, considerando quello che ha fatto? A noi, a Tamila e Pasha... ai tuoi genitori?"

Il suo respiro accelera ad ogni parola che pronuncio, e posso vederla iniziare a tremare. Liberandosi della mia presa, si sposta per andarsene, ma le prendo il polso e la costringo a guardarmi.

"Dimmi, Sara." La avvicino spietatamente. Voglio tirarle fuori tutto, arrivare al nocciolo di ciò che la infastidisce. "È questo che vorresti per lui? La normale giustizia civile? O vorresti che soffrisse? Che conoscesse il vero dolore e la perdita?"

Le lacrime si riversano, coprendole le guance con l'umidità. "Smettila" si strozza, tirando via il polso. "Io non... non sono..."

"Non ti piacerebbe?" Mi rifiuto di cedere. "Ne sei sicura, amore mio? Non c'è una parte di te che si senta soddisfatta che il patrigno della tua paziente abbia avuto quello che meritava? Di *aver* premuto il grilletto sull'agente che ha ucciso tua madre? Che sebbene Henderson sia ancora là fuori, stia già pagando per i suoi crimini in carne ed ossa?"

Le lacrime scorrono più forte, e sento la sua agitazione intensificarsi, mentre sussurro: "Se lo merita, Sara. Sai che è così. È triste che altri debbano morire al suo posto, ma è così che funziona questo mondo. Non è giusto. Non lo è. Lo so—perché se ci fosse giustizia in questa vita, mio figlio sarebbe qui con noi oggi. Invece di essere morto con una macchinina giocattolo stretta nel pugno, sarebbe cresciuto e guiderebbe la versione reale. Sarebbe andato a scuola e sarebbe uscito con le ragazze. E un giorno, ad un certo punto nel futuro, avrebbe conosciuto qualcuno da amare quanto io amo te—qualcuno che gli avrebbe fatto dimenticare le brutali lezioni della vita."

Ora sta piangendo, sbattendo sul mio petto e singhiozzando, e le stringo le braccia intorno, tenendola, mentre la diga finalmente si rompe e lei cede al suo dolore.

Mentre affronta la sofferenza e la perdita.

80

S ara

PIANGO PER QUELLA CHE SEMBRA UN'ORA, COSÌ PRESA dal mio dolore che, quando Peter mi prende e mi trasporta sul divano nel soggiorno, me ne accorgo appena. Mentre mi tiene sul grembo, facendomi dondolare dolcemente avanti e indietro, mi dispero per i miei genitori e per l'uomo che ho ucciso, per le vittime di Peter e per Pasha e Tamila. E soprattutto, mi dispero per la donna che ero un tempo, una che non riusciva ad immaginare di strappare una vita... o di amare un uomo capace di uccidere.

Mi colpisce a ondate, tutto il dolore, il senso di colpa e la rabbia. Dio, provo così tanta rabbia. Non sapevo di averla dentro di me. Se Henderson fosse qui adesso, lo ucciderei a mani nude. Lo guarderei morire e godrei di ogni raccapricciante momento. Nonostante tutto, io e mio marito avevamo costruito la nostra vita da sogno insieme—solo per perdere tutto nel giro di pochi devastanti minuti.

È quello che è successo a Peter, quando Pasha e Tamila sono stati uccisi? Si sentiva così—come se il suo mondo avesse improvvisamente smesso di girare?

Mentre piango, rivivo tutto—tutti i ricordi che ho combattuto così duramente. Sento gli spari e il rombo dell'elicottero, sento il sangue e il panico nell'aria. Vedo i miei genitori morire e sento il peso freddo della pistola nella mia mano, mentre premo il grilletto... una volta, due volte, una terza volta.

Ricordo la sensazione nel vedere la faccia dell'agente esplodere e nel sapere di aver strappato una vita umana—che nel profondo, sono capace di fare le stesse cose di Peter.

Piango per questo e per la consapevolezza che mio figlio non conoscerà mai una vita davvero tranquilla, che crescerà in un mondo colorato da sfumature di oscurità. Piango per mio padre, che non è mai diventato nonno, e per mia madre, che ha passato i suoi ultimi momenti ripiegata sul corpo morto del marito.

Piango per loro e mi infurio con il destino, e per tutto il tempo, Peter è lì, che mi abbraccia.

Che mi presta la sua forza, in modo che io possa crollare senza spezzarmi.

Peter

ASPETTO CHE I SINGHIOZZI DI SARA SI PLACHINO, PRIMA di cedere al calore oscuro che sta fermentando nelle mie vene. Per una lunga ora, l'ho tenuta sulle ginocchia, sentendo il suo corpo sinuoso tremare, con il sedere formoso che si contorceva su tutto il mio inguine, mentre i suoi morbidi seni strusciavano sul mio petto.

È sbagliato bramarla in questo modo, quando ho appena assistito alla profondità della sua sofferenza, ma non posso farci niente. Il suo dolore mi ha prosciugato, spazzando via la sottile patina di civiltà che maschera i miei impulsi elementari.

Sono una bestia scatenata, e lei è la mia preda.

Selvaggiamente, la bacio, assaporando il sale delle lacrime che si asciugano sulle sue labbra, mentre le strappo i vestiti, scoprendole la pelle liscia. All'inizio è passiva, prosciugata dalla tempesta emotiva che ha subito, ma poco dopo, avvolge le esili braccia intorno a me, e ricambia il bacio, strappandomi gli indumenti con la stessa ferocia.

La mia maglietta atterra sul pavimento, unendosi alla pila dei suoi vestiti, e poi lei armeggia con la cerniera dei miei jeans, mentre si mette a cavalcioni sul mio grembo nudo.

"Lascia fare a me" ordino con voce roca, quando sembra impiegare un'eternità, ma ha già capito, e il mio fallo si libera, gonfio e dolorante, disperato dal desiderio di seppellirsi nel suo calore umido.

"Ti amo" ansima, mentre mi tuffo in profondità, e sento i suoi muscoli interni stringersi intorno a me, accogliendomi, nonostante il dolore che devo provocarle.

Proprio come se mi stesse abbracciando, nonostante tutte le sofferenze che ho portato nella sua vita.

Non merito il suo amore, il suo perdono, ma mentre le faccio scorrere le dita tra i capelli, tenendola ferma per il mio bacio divorante, so che me li sta concedendo.

Che è veramente mia, nel bene e nel male.

"SEI SICURA CHE STARAI BENE?" CHIEDE PETER PER LA decima volta, mentre ci avviciniamo alla villa di Esguerra dopo cena, e io annuisco, notando la sua espressione preoccupata.

"Tranquillo. Starò bene."

Per la prima volta dopo una settimana e mezza, non sto mentendo. Mi sento come se avessi strofinato gli occhi con la carta vetrata, e ho un terribile mal di testa per tutto quel pianto—per non parlare del dolore dovuto al sesso nel salotto—ma tutto ciò è secondario. Il dolore peggiore—la sofferenza e il senso di colpa che non sono riuscita ad affrontare in tutti questi giorni—sta diminuendo, anche se potrebbe non sparire mai completamente.

Certo, c'è ancora la questione dei diciannove ostaggi morti, ma sto cercando di non pensarci. Perché, quale sarebbe il punto?

Mio marito sarà anche un mostro, ma non posso vivere senza di lui più di quanto lui possa vivere senza di me.

"Non devo andare per forza" ripete Peter. "Possiamo semplicemente tornare a casa."

"Intendi dire la casa in cui Esguerra ci ha fatto alloggiare? Lo stesso Esguerra la cui ospitalità si basa sul tuo aiuto nel catturare Henderson in un modo rapido?"

Alza le spalle, senza distogliere lo sguardo. "Capirà, se non parteciperò alla riunione."

Gli sorrido, con il petto che si riempie di calore incandescente. Il mio cavaliere oscuro—sempre pronto ad andare in battaglia per me. "Forse—ma non ce n'è bisogno. Starò bene. E ad essere sincera, voglio davvero vedere Nora e Lizzie."

"Va bene, amore mio. Se sei sicura" dice, mentre ci fermiamo davanti alla porta della villa. "Chiamami, se hai bisogno di qualcosa, ok? Non sarò lontano." Indica un piccolo edificio nelle vicinanze—dev'essere l'ufficio a cui si riferiva Esguerra.

"D'accordo. Ci vediamo presto." Mettendo le mani sulle sue ampie spalle, mi alzo in punta di piedi e premo le labbra sulle sue. Intendevo dargli un casto bacio, ma mi avvolge un braccio intorno alla vita e mi infila una mano tra i capelli, tenendomi ferma, mentre approfondisce il bacio, saccheggiando la mia bocca come se non avessimo fatto sesso da mesi, invece di poche ore. La mia frequenza cardiaca accelera, con un calore che si accumula nell'intimo, mentre il suo membro si indurisce contro il mio ventre, e per un momento, sono tentata di accettare la sua proposta inespressa.

Di mollare i nostri impegni, così da poter tornare a casa e passare le prossime due ore a letto.

È solo quando Peter interrompe il bacio per riprendere aria che la mia mente si schiarisce a sufficienza da rendersi conto che siamo nel portico di Esguerra—e che la tenda della finestra vicina si sta spostando, come se qualcuno stesse sbirciando.

"Aspetta..." Respiro pesantemente, liberandomi della sua presa e indietreggiando. "Non possiamo—non dovremmo qui."

Mi fissa, con il petto possente che si alza e si abbassa, e capisco che se non fossimo in pubblico, sarebbe già su di me.

"Va bene" dice gutturalmente, con le sue grandi mani che si flettono ai fianchi. "Ma non restare qui troppo a lungo... Ricorda, prima di tutto, sei mia."

E con questa affermazione atavica, si volta e si allontana.

SE NORA HA NOTATO I MIEI OCCHI GONFI E CERCHIATI DI rosso, è abbastanza discreta da non dire nulla, mentre la accompagno nella camera di Lizzie. Invece, mi intrattiene con una storia su un macao scarlatto che ha visto durante la sua corsa mattutina oggi, e altri interessanti incontri con la fauna locale.

"Sembra che ti piaccia qui" dico sorridendo, mentre si china sulla culla per prendere sua figlia. La bimba emette un suono insoddisfatto, ma poi si sistema tra le braccia di sua madre, posando la testolina sulla sua esile spalla.

"Lo adoro." Nora mi sorride, mentre si siede su una sedia a dondolo, accarezzando delicatamente la schiena di Lizzie. "L'ho amato fin dall'inizio."

Mordicchiandomi il labbro inferiore, mi siedo sul piccolo divano accanto alla sedia. L'oscura curiosità mi sta divorando, ma non so se dovrei parlare di cose personali con questa giovane donna. "Ti piace *tutto* di questo?" oso infine.

Non sto parlando del tempo o della natura locale, e vedo che Nora capisce. Tuttavia, la mia domanda è abbastanza vaga che potrebbe rispondere nello stesso modo, se lo volesse—non voglio farla sentire assolutamente a disagio.

I suoi occhi sono scuri e pensierosi, mentre mi studia. "No" dice tranquillamente. "Non tutto—anche se amo *lui*."

Certo che lo ama. L'ho visto durante la cena. Ed è ricambiata... anche se qualcuno potrebbe dire che un uomo del genere non è capace di quella profondità di sentimenti.

Prima di incontrare Peter, sarei stata d'accordo, ma come ogni altra cosa nella mia vita, le mie opinioni sull'argomento sono cambiate e si sono evolute negli ultimi due anni.

Ora so che gli spietati assassini possono amare e che al cuore può mancare una bussola morale.

"Sei al corrente della loro operazione più recente?" chiedo dolcemente, quando Nora tace. "Quella con tutti gli ostaggi?"

Probabilmente non dovrei insistere, ma non riesco ancora a dimenticare i diciannove morti.

Annuisce. "Sì. Immagino che lo stesso valga per te, no?"

"Peter non aveva intenzione di dirmelo, ma oggi pomeriggio li ho sentiti." Deglutisco. "Quindi sì, ora lo so."

"Ah. Me lo stavo chiedendo—" Gesticola verso i miei occhi e sorride mestamente. "Non importa."

Piego la testa, meravigliandomi di quanto sembri calma, di quanto sembri impassibile davanti a tutto ciò. "Non ti dà fastidio?" chiedo, non riuscendo a farne a meno. "Non trovi questo genere di cose... orripilante?"

Sospira, spostando la bimba sull'altra spalla. "Sì. Certo che lo trovo orripilante. Non sono come Julian; non sono nata per questo tipo di vita."

"Come fai a chiudere gli occhi, allora? Come fai a fartelo scivolare?"

"Ad essere sincera" dice dolcemente: "Non lo so. Tutto quello che so è che lo amo... che ho bisogno di lui come la foresta pluviale ha bisogno del sole. Il mio mondo è più oscuro con lui, ma è anche più luminoso, più ricco in così tanti modi."

Mi mordo l'interno della guancia. La capisco così tanto che è spaventoso. "Ti chiedi mai se... se qualcosa dentro di te possa essere sbagliato e contorto?" chiedo, mentre la bimba inizia a fare storie. "Se forse le donne normali non avrebbero... sai?"

Sospira di nuovo e sposta Lizzie sull'altra spalla. "È possibile. Conosco Julian, e io— Beh, il modo in cui stiamo insieme non è per tutte, questo è certo." Sta per aggiungere altro, ma il malumore di Lizzie sta crescendo di volume, e Nora si alza, dondolando la bimba per calmarla.

Anch'io mi alzo in piedi. "Posso tenerla?"

Nora sogghigna, mentre i capricci della bimba si intensificano fino alle urla. "Proprio adesso? Sei sicura?"

"Ho bisogno di allenarmi" rispondo ironicamente. "E tuo marito ha detto che avevi bisogno di aiuto."

"In tal caso, ecco qua. Questo fagotto di gioia è tutto tuo." Mi porge la bimba con esagerato entusiasmo.

Con mia sorpresa, Lizzie smette immediatamente di piangere e mi fissa con grandi occhi azzurri.

"Piccola traditrice" dice Nora a sua figlia con finto risentimento. "Col cavolo che ti allatto stanotte."

Rido, cullando la bimba tra le braccia, e mentre gorgoglia, allungando il minuscolo pugno per raggiungere i miei capelli, sento parte della pressione nel petto che si attenua, con le nubi scure che si sollevano abbastanza da farmi intravedere un accenno di luce.

enderson

NON SI TROVANO DA NESSUNA PARTE.

Le parole risuonano nel mio cervello afflitto dall'emicrania, con le lettere che si contorcono sullo schermo come serpenti.

Tutti i contatti mi informano che mia moglie e i miei figli non si trovano da nessuna parte. È come se fossero spariti nel nulla.

Mi fa male il collo per il dolore, con la sofferenza che si irradia fino al braccio sinistro. Vorrei ululare come un animale e ingoiare una confezione di pillole, ma non posso.

Ho bisogno di tutta la mia lucidità per questo.

Le probabilità che Sokolov li abbia già catturati sono alte. Che cos'altro potrebbe spiegare la loro scomparsa? Non ci sono tracce sul fatto che abbiano lasciato l'Islanda, nessun biglietto aereo emesso a chiunque corrisponda alla loro descrizione.

Devono essere stati catturati e rapiti.

Presto, riceverò la richiesta di consegnarmi, insieme ad alcune parti del corpo dei miei figli. Sokolov non li risparmierà—non dopo quello che ha fatto al resto dei nostri amici e familiari.

Non dopo quello che è successo a suo figlio in quel piccolo villaggio di merda.

C'è solo una cosa da fare, un ultimo piano disperato da provare.

Prendendo il telefono, compongo il numero sulla mia scrivania.

"L'operazione Air Drop può iniziare" dico, quando l'uomo dall'altro capo risponde. "Tieni pronta la squadra. Colpiremo sabato prossimo, tra una settimana."

eter

Ripasso il piano A con la mia squadra, Kent ed Esguerra. Quindi, passiamo ai piani B, C, D ed E.

A differenza di un colpo organizzato da un gruppo di assassini, stiamo andando più o meno alla cieca. La trappola potrebbe scattare da qualunque parte, assumere qualsiasi forma che la mente addestrata dalla CIA di Henderson possa escogitare. Dai cecchini, agli MI5 e all'Interpol, potremmo subire un'imboscata in centinaia di modi diversi, e dobbiamo essere preparati a tutto.

Dobbiamo anche immaginare l'improbabile possibilità che *non* si tratti di una trappola, e che sia stata proprio Bonnie Henderson a contattarci.

Ecco perché, nonostante la mia estrema riluttanza a

separarmi da Sara per un certo periodo di tempo, andrò a Londra con la mia squadra martedì, dopodomani.

Non credo che la mia ptichka reagirà bene a questo, ma non c'è altra scelta. Verranno anche Kent ed Esguerra per fornire la copertura con le loro squadre.

Dobbiamo trovare Henderson e mettere fine a tutto questo.

Non c'è altra scelta.

"Come pensi che si sentirà Nora all'idea che andrai di persona?" chiedo ad Esguerra, mentre ci prepariamo.

Si stringe nelle spalle, anche se la sua espressione si fa cupa. "Non sarà contenta, ma sa che è importante. Non posso delegare qualcosa di così grande; essere morbidi è pericoloso nella nostra attività. Inoltre, sarete voi quattro ad essere maggiormente in pericolo. Io e Kent saremo coinvolti solo se tutto il resto fallisce... e diversamente dai vostri, i nostri volti non sono su tutti i telegiornali della sera."

eter

LUNEDÌ SERA PREPARO TUTTI I CIBI PREFERITI DI SARA E apro una bottiglia di frizzante succo d'uva per cena. Sebbene siano trascorsi un paio di giorni da quando mia moglie ha avuto dei flashback, detesto l'idea di lasciarla da sola per così tanto tempo.

Anche se rimarrà a casa degli Esguerra, con Nora e Yulia, sarò preoccupato per tutto il tempo in cui sarò via.

"Perché devi andare?" chiede di nuovo, con il viso a forma di cuore palesemente stressato. Il piatto, con la sua pasta preferita, è davanti a lei ancora intatto, come il bicchiere contenente il succo. Non ha mangiato per tutto il giorno—non da quando ha saputo che andrò a Londra.

"Sai che è quasi certamente una trappola" continua, mentre rifletto su come farle consumare un po' di calorie. "Vi sta ingannando, usando l'e-mail di sua moglie come esca."

"Lo so—e siamo preparati a questo" le ricordo pazientemente, mentre spingo la scodella con il pane appena sfornato verso di lei. "È pur sempre un'opportunità per ottenere una pista. È difficile preparare una trappola senza lasciare tracce; da qualche parte, prima o poi commetterà un errore."

"Ma se non succedesse?" Spinge via la scodella. "E se riuscisse ad intrappolarti?"

"Ptichka..." sospiro. "Sai che continuerà a cercarci. Ho provato ad allontanarmi da tutto questo una volta, e guarda che cos'è successo. Se non avessi accettato l'affare e rinunciato a dargli la caccia—"

"No." Gli occhi di Sara brillano con una dolorosa luminosità. "Non ricominciare. Te l'ho detto, non è colpa tua. So quanto sia stato difficile per te stringere quell'accordo, e a prescindere dal risultato, sarò sempre grata che tu abbia provato... che abbia fatto quel genere di sacrificio per me."

"Allora, mangia. Per favore." Spingo di nuovo la scodella con il pane verso di lei. "Se non per te, allora per me e il nostro bambino."

Sbatte le palpebre, come se si rendesse conto soltanto ora di non aver toccato niente di quello che le ho preparato. Raccogliendo un pezzo di pane, lo morde obbedientemente, poi mette un po' di pasta in bocca.

Osservo un filo di salsa rimasto sul suo labbro

superiore e, come se mi leggesse nel pensiero, ci passa la lingua sopra, facendomi sussultare.

Cazzo, vorrei mordicchiare quelle morbide labbra... sentirle premute sulle mie palle, mentre usa quella lingua su di me.

L'ondata di lussuria è così forte che mi coglie alla sprovvista. Il mio battito accelera, e passo da una lieve eccitazione ad un'erezione completa in un secondo. L'unica cosa che mi impedisce di distenderla su questo tavolo è che finalmente sta mangiando.

Con riluttanza e un'evidente mancanza di appetito, ma sta mangiando.

Trattenendo la lussuria, finisco il mio cibo, guardandola per tutto il tempo.

Consuma circa metà della pasta nel piatto, prima di arrendersi e dichiararsi sazia. La convinco a mangiare un dessert—una scodella di frutti di bosco con panna montata al latte di cocco—e alla fine mi arrendo al desiderio.

Lasciando i piatti sul tavolo, la prendo e la porto nella nostra camera.

ara

PETER È ATTENTO CON ME STASERA, INSOLITAMENTE gentile, e per una volta, la tenerezza è esattamente quello che voglio. Da stamattina, quando mi ha detto che sarebbe partito per Londra, sono rimasta paralizzata dalla paura, così terrorizzata per lui che riesco a malapena a respirare.

Non è ancora completamente guarito, sebbene si comporti come se le ferite non contassero. Negli ultimi due giorni, ha ripreso ad allenarsi con Anton ed i gemelli, compiendo prodezze di forza e resistenza che pochi atleti potrebbero eguagliare. Nonostante ciò, sono profondamente consapevole che non è sovrumano—che può sanguinare e morire a causa dei proiettili, proprio come chiunque altro.

Ho parlato con Nora dopo pranzo, mentre Peter stava finalizzando la logistica con suo marito e gli altri. Era esteriormente calma, ma ho notato la stessa preoccupazione, la stessa ansia profonda. Mi ha raccontato altri dettagli sul loro piano—su come Kent ed Esguerra avrebbero guidato le squadre di riserva, su come sarebbero state coinvolte sei dozzine delle guardie più addestrate nell'intera operazione. Su come gli uomini abbiano eseguito oltre cinquanta diverse simulazioni, preparandosi a tutto.

Questo avrebbe dovuto rassicurarmi, ma il pozzo di paura nel mio stomaco non ha fatto che peggiorare. Se non altro, quella conversazione mi aveva impressionata su quanto fosse pericolosa tutta l'operazione, in particolare per Peter e i suoi compagni di squadra.

Essendo i fuggitivi più ricercati, si stanno dirigendo direttamente nella tana del leone.

Chiudendo gli occhi, cerco di non pensarci, di concentrarmi solo sulle labbra di Peter che scivolano sensualmente sulla mia schiena. Sono a pancia in giù e mi sta baciando tutte le vertebre della colonna vertebrale, con i palmi callosi che mi accarezzano la pelle con deliziosa rudezza, massaggiandomi dappertutto. Ogni tocco delle sue labbra scolpite invia un calore intenso che si diffonde nel mio corpo, con ogni colpo delle sue grandi mani che mi rilassa e mi eccita immediatamente.

"Sei così bella" sussurra con riverenza, facendo piovere baci sulla mia vita, la curva del sedere, la delicata parte inferiore delle natiche. "Così bella dappertutto." La sua voce profonda, leggermente accentata, è come un velluto per le mie orecchie, aggiungendosi al calore che si accumula nelle mie vene e alla tensione pulsante che cresce nel mio intimo.

Le sue dita sgusciano tra le mie gambe, trovando l'apertura scivolosa, e io gemo, mentre mi penetra con due dita, distendendomi, riempiendomi fino a farmi pulsare dal bisogno. Sono già così eccitata che sono sul punto di venire, e mentre piega le dita dentro di me, premendo sul punto G, il mio corpo freme, con il rilascio che mi travolge come un'ondata di marea calda.

Mi sto ancora riprendendo, quando mi fa girare e mi copre con il corpo muscoloso. "Ti amo" mormora, guardandomi, mentre si tiene appoggiato su un gomito. Piega il palmo libero intorno alla mia mascella, con il pollice che mi accarezza dolcemente la guancia, e la tenerezza nel suo sguardo metallico mi scioglie fino alle ossa.

"Ti amo anch'io" sussurro, con il petto che mi fa male. "E ti amerò sempre, mio caro... a prescindere da quello che il destino ci metterà davanti."

Le sue pupille si dilatano, gli occhi si scuriscono e quando si china per reclamare la mia bocca, scorgo una nuova ferocia nel suo bacio, una specie di desiderio più caldo e oscuro. La sua mano lascia il mio viso e scivola tra i nostri corpi, e sento il suo fallo premere contro il mio ingresso, mentre incunea le ginocchia tra le mie gambe, allargandole.

Sollevando la testa, cattura il mio sguardo con il suo e poi si infila dentro, penetrandomi fino in fondo con un unico colpo. Respiro per la pienezza improvvisa, per il calore e la pressione così in profondità.

"Ripetilo" ordina bruscamente. "Voglio sentirtelo dire, mentre ti scopo."

"Ti amo" ansimo, mentre si ritira e si tuffa in profondità. "Ti amo così tanto." Spinge ancora più in profondità. "Ti amerò per sempre." Sono sempre più senza fiato, mentre i suoi movimenti accelerano il ritmo. "Ti amerò per sempre, finché saremo entrambi vivi."

eter

TUTTI I MIEI SENSI SONO IN ALLERTA, MENTRE MI avvicino alla caffetteria dove dovrei incontrare Bonnie Henderson. Dato che i gemelli non hanno ancora ucciso il cecchino catturato, ho deciso di sfruttare la sua abilità con i travestimenti, e non assomiglio affatto a me. Il mio stomaco è come un barile, e non solo ho le lentiggini e i capelli biondo-rossicci, ma sto anche sfoggiando un diradamento e un doppio mento.

Se avessi una madre, nemmeno lei mi riconoscerebbe.

Trentasei uomini di Esguerra sono posizionati intorno al bar, sorvegliando un raggio di dieci isolati per contrastare cecchini e forze dell'ordine. Per ora, non sembra esserci alcuna attività insolita, ma questo non significa niente—ed è per questo che Kent ed Esguerra sono accampati nelle vicinanze, ognuno con una squadra di riserva nel caso Henderson ci tendesse una trappola.

E mi aspetto che succeda proprio questo.

Ciò che complica la situazione è che una donna che corrisponde alla descrizione di Bonnie Henderson è stata avvistata, mentre entrava nel bar un quarto d'ora fa. Dubito fortemente che sia lei—non è possibile che Henderson usi sua moglie in questo modo—ma significa che dovrò avvicinarmi alla sosia di Bonnie per escludere la minima possibilità che tutto ciò sia reale.

Quando sono proprio davanti al bar, mi fermo e mi assicuro che le mie armi nascoste siano a portata di mano. Attraverso il piccolo microfono nell'orecchio, i compagni di squadra mi informano che non c'è ancora nulla di sospetto, così prendo fiato e attraverso la strada.

La vedo immediatamente nel locale. È seduta ad un tavolino sul retro, di fronte alla porta. Il mio travestimento funziona: il suo sguardo si sofferma su di me, mentre informo il cameriere della mia prenotazione usando un nasale accento britannico. È tutto a posto—Yan se ne è assicurato—e seguo il cameriere fino ad un tavolo a meno di quattro metri di distanza dal mio obiettivo.

Mi siedo di fronte a lei. Aprendo il menu della colazione, la scruto furtivamente, alla ricerca di indizi sulla sua vera identità. Sembra proprio la donna delle immagini e dei video della moglie di Henderson che ho studiato nel corso degli anni. Ogni minimo particolare corrisponde—persino il fatto che sembri più vecchia rispetto a tutte quelle foto, con il viso magro stanco e invecchiato. È ancora una donna attraente—capisco perché Henderson l'abbia sposata tanti anni fa—ma la vita da fuggitiva chiaramente ha lasciato dei segni.

O forse è quello che Henderson voleva che pensassi, quando ha ingaggiato questo agente della CIA o chiunque stia recitando la parte di sua moglie.

Il cameriere arriva al mio tavolo e ordino pancake e una frittata, mentre continuo a studiare il mio obiettivo. Mancano ancora dieci minuti, prima del nostro incontro, ma la donna sembra essere ansiosa, guardando la porta, poi intorno al bar con crescente nervosismo.

Il suo sguardo si posa su di me una volta, ma senza particolari sospetti.

Il cameriere porta prima i pancake, ed io fingo di divorarli con gusto, sebbene li assapori appena. Se questa "Bonnie," o qualsiasi altra persona Henderson abbia collocato nel bar, sta cercando dei comportamenti anormali, non ne troverà al mio tavolo.

Sono le nove e cinque, quando inizia a diventare davvero nervosa. Si alza, come per andarsene, poi si siede di nuovo.

Non molto professionale per un'agente della CIA.

La mia frittata arriva, e mentre infilo il primo boccone in bocca, lei si alza, con il corpo magro teso per l'ansia. Mordendosi il labbro, si guarda di nuovo intorno, poi si avvia verso l'uscita.

Beh, è interessante.

Agendo d'istinto, le afferro il polso, mentre passa accanto al mio tavolo.

"Bonnie Henderson?" dico, mantenendo l'accento britannico, e lei si irrigidisce, con la paura che le contorce i lineamenti.

"Lasciami andare" sibila in un tono basso, terrorizzato. "Non tornerò da lui. Lasciami andare o urlerò."

Ancora più interessante.

"Sono Peter Sokolov" mi presento con il mio solito accento, lanciandole il polso sottilissimo. "Volevi parlarmi?"

Si blocca di nuovo, a bocca aperta. "Ma tu..."

"È un travestimento" spiego con calma. "Per favore, siediti."

Armeggia con la sedia di fronte alla mia, con le mani tremanti, mentre la tira fuori. Se fossi un gentiluomo, mi alzerei per aiutarla, ma non è per questo che sono qui.

Se questa è davvero la moglie di Henderson—e sto iniziando a pensare che potrebbe esserlo—mi condurrà da suo marito in un modo o nell'altro.

Il cameriere si avvicina, incuriosito dall'improvvisa aggiunta al mio tavolo, e ordino due tazze di caffè solo per farlo andare via. Qualcosa di strano sembra accadere a Bonnie/chiunque sia. Ora che è seduta dall'altra parte del tavolo, sembra più calma e più composta—almeno se si ignora il sottile tremore delle sue mani.

"Mi hai mandato un'e-mail" dico non appena il cameriere se n'è andato. "Perché?"

Fa un respiro profondo. "Perché dovevo. Questa follia deve finire."

"Sono d'accordo." Sorrido freddamente. "Com'è gentile da parte tua consegnarti in questo modo."

"Hai frainteso." Stringe le mani in una palla tesa sul tavolo, nascondendo i tremori. "Non mi sto consegnando. Ti sto dando quello che vuoi: mio marito."

Piego la testa. "In cambio di cosa?"

Solleva il mento. "Che lasci in pace me e i miei figli."

Ah. Stavo iniziando a sospettare che potesse essere qualcosa del genere. Tuttavia, questo non ha pienamente senso. Perché tradire suo marito ed esporsi a tale pericolo?

"Perché dovrei accettare quell'affare, quando ho già te?" chiedo. "A meno che non pensi di essere al sicuro, perché siamo in pubblico?"

La sua gola si muove, mentre deglutisce. "Non sono un'idiota. So di cosa sei capace."

"Eppure sei qui. Interessante."

Il cameriere riappare in quel momento, ed entrambi smettiamo di parlare, aspettando che ci versi il caffè e se ne vada.

Non appena lo fa, Bonnie afferra la sua tazza e beve un sorso del liquido bollente. "Non si sostituirebbe a me." La sua voce trema leggermente, mentre poggia la tazza. "Quindi, puoi scodarti di usare me come strumento di contrattazione. Non funzionerà meglio di quanto abbia funzionato con gli ostaggi."

Quindi, lo sa. La cosa si sta facendo più intrigante secondo dopo secondo.

"Che cosa stai proponendo, allora? Ti prometto di non uccidere te e i tuoi figli, e tu mi conduci nella tana di tuo marito?"

"Sì. Beh, non esattamente." Sospira. "Non posso condurti da lui al momento, perché non so dove sia. Ha lasciato il nostro ultimo nascondiglio non appena ha saputo che ero scappata con i ragazzi—nel caso in cui ci avessi trovato, vedi."

"Allora, che cosa stai offrendo? E perché sei scappata?"

Esita, poi chiede lentamente. "Sai come ci siamo conosciuti io e Wally?"

Cerco di ricordare se ho trovato le informazioni nell'enorme file che ho su Henderson. "No" ammetto un momento dopo. "Non lo so."

Unisce le labbra. "Lo immaginavo. Nessuno lo sa davvero. A Wally piace dire alla gente che ci siamo conosciuti in un bar, ma non è così. Voglio dire, ci siamo messi insieme in un bar, ma ci conoscevamo già —quando ero una tirocinante presso l'agenzia, e lui era la star operativa... e il mio insegnante."

Nascondo la mia sorpresa. Inizialmente ho pensato che potesse essere un'agente ad interpretare la parte della moglie di Henderson, ma non mi aspettavo che la vera moglie di Henderson fosse un vero agente della CIA.

È troppo convincente per essere una donna di buona società.

"Non preoccuparti, non sono un'agente" dice velocemente, come se temesse di essere uccisa per quella rivelazione. "Ho abbandonato il programma di formazione, dopo che Wally mi ha messa incinta. Ho abortito, ma non sono mai tornata indietro. Vedi, io e Wally ci siamo sposati e lui ha lasciato l'agenzia poco dopo, volendo intraprendere la carriera militare così da poter avere una vita familiare più stabile—il che significava che dovevo stare a casa con i bambini."

Prendo la mia tazza di caffè. "E mi stai raccontando tutto questo perché?"

"Perché voglio che tu capisca il motivo per cui sono qui." I suoi occhi mi scrutano, mentre sorseggio il liquido caldo e amaro. "Sono entrata nell'agenzia, perché sono una patriota, Signor Sokolov. Perché volevo proteggere il nostro Paese dalle minacce sia straniere che interne... dai terroristi che farebbero saltare in aria un edificio senza pensarci due volte."

I pezzi del puzzle alla fine si ricompongono.

Ovviamente.

È questo che l'ha spinta oltre il limite.

"Quando l'hai scoperto?" chiedo, posando il caffè.

"Che ci fosse Wally dietro l'attentato all'FBI di Chicago? Pochi giorni fa, nello stesso momento in cui ho saputo che ha lasciato morire tutti i nostri amici e parenti piuttosto che cedere alle tue richieste." Sembra quasi calma, mentre dice questo, ma posso vedere quanto le costi.

In qualunque modo abbia trovato quell'informazione, dev'essere stato un doloroso shock.

"Perché venire da me, però?" chiedo, esaminandola da vicino. "Sicuramente, devi odiarmi per quello che ho fatto a te e alla tua famiglia. Perché non consegnare semplicemente tuo marito alle autorità? Immagino che le prove che hai siano piuttosto schiaccianti."

Annuisce. "Lo sono—e posso offrirtele. Se accetti il patto, farò del mio meglio per cancellare il tuo nome— almeno in quel particolare crimine. Quanto al motivo per cui sono qui, a parlare con te, è molto semplice." Sospira. "Sono sfinita, Signor Sokolov. Sono stanca di aver paura e di odiarti, e lo stesso vale per i miei figli. Consegnare Wally non avrebbe messo fine a questo incubo per noi; il processo sarebbe durato anni, e per tutto il tempo, avresti cercato di catturarlo tramite noi. Questo è il modo migliore—l'unico—per porre fine a questo. Non ti perdonerò mai per quello che hai fatto alla mia famiglia, ma stringerò questo patto con te." La sua voce si incrina. "Tutto ciò che voglio è che finisca... che i miei figli riprendano le loro vite normali."

È convincente, devo ammettere. Così convincente che sono tentato di crederle. Ma c'è un'altra cosa che devo sapere. "Quando ti ho parlato prima, pensavi che fossi qualcuno mandato da tuo marito. Suppongo che voglia dire che ti sta cercando. Com'è che non ti ha già trovata, con tutte le sue connessioni?"

Si irrigidisce di nuovo. "Ho delle connessioni anch'io, Signor Sokolov. Mio marito non l'ha mai capito. Pensa che il successo sia dovuto alla sua intelligenza, ma sono sempre stata al suo fianco, facendo amicizia con tutte le persone giuste, chiacchierando con le loro mogli—" Si ferma, come se si rendesse conto dell'inutilità dei suoi amari ricordi. "In ogni caso" continua "mi sono preparata negli ultimi due anni, nel caso mi fossi ritrovata vedova con te alle calcagna. Avevo i documenti per me e per i bambini, insieme ai soldi e a tutto il resto necessario per rimanere nascosti per conto nostro. Ma poi è successo questo."

"E hai usato la riserva di emergenza per scappare da tuo marito, invece."

La sua bocca si assottiglia. "Esatto. Allora dimmi, Signor Sokolov, siamo giunti ad un accordo? Se ti consegno mio marito, ci lascerai stare?"

Prendo di nuovo il mio caffè. "Hai detto che non sai dove si trova."

"Non lo so—ma so cosa apprezza più di ogni altra cosa al mondo."

"E sarebbe?"

Mi guarda. "Nostra figlia. Amber. È l'unica persona oltre a se stesso che ami davvero."

Devo nascondere di nuovo la mia sorpresa. Questa donna sta seriamente pensando di offrirci la figlia adolescente come ostaggio?

È fottutamente pazza?

"Va bene" dico, posando la tazza. Se *non* sta assumendo le sue medicine, non ho intenzione di guardare in bocca a caval donato. "Sembra un buon piano—e sì, se riusciremo ad attirarlo con tua figlia, lascerò stare te e i tuoi figli." E dico davvero. Anche se mi piacerebbe far soffrire Henderson con la consapevolezza della morte della sua famiglia, non ho mai realmente voluto catturare sua moglie e i suoi figli.

È la *sua* testa che voglio.

"In questo caso, ecco qui." Prende un telefono e lo spinge attraverso il tavolo verso di me. "Questo è tutto ciò di cui dovresti aver bisogno adesso, ma c'è dell'altro —purché mi lasci andare via di qui oggi."

Premo "play" nel video sullo schermo, e un minuto dopo, mi rendo conto che la moglie di Henderson non è pazza—e che sebbene abbia lasciato l'agenzia, questa non ha mai lasciato lei.

Sara

CAMMINO AVANTI E INDIETRO NELLA SALA DA PRANZO degli Esguerra, con l'ansia che mi perfora il petto come un trapano. Nora e Yulia sono entrambe qui, così come la giovane guardia, Diego. Sta ricevendo aggiornamenti in tempo reale sulle operazioni in corso attraverso le cuffie, quindi so che Peter è appena entrato nel bar, sfidando la probabile trappola.

"Sta parlando con lei ora" informa Diego, alzando lo sguardo dallo schermo del portatile dopo venti minuti di sofferenza, e mi precipito per vedere l'immagine sfocata di un uomo che non assomiglia affatto a mio marito seduto di fronte ad una donna magra.

"Questo è stato ripreso da una telecamera a lungo

raggio" spiega Diego. "Non vogliamo spaventarli avvicinandoci troppo."

"Ma tutto è ancora tranquillo?" chiede Yulia, chinandosi sulla sua spalla, e lui annuisce.

"O le spie di Henderson sono straordinariamente valide—o non c'è nessuno in giro."

Guardo Nora. A differenza mia e di Yulia, è seduta in silenzio, senza fare domande. Se non fosse per la presa d'acciaio sul passeggino di Lizzie, penserei che stia prendendo tutto questo con calma.

Rivolgendo la mia attenzione allo schermo, vedo un Peter travestito e la donna che stanno ancora parlando.

"Non preoccuparti" mi sussurra Yulia. "Se qualcuno nel bar dovesse anche solo provare a starnutire, i nostri cecchini lo colpirebbero."

"Sì, lo so." Un sorriso mi fa piegare le labbra. "È incredibile quanto possa essere rassicurante avere dei cecchini."

Sorride e condividiamo un momento. Tuttavia, quando guardo Nora, il suo sguardo è rivolto altrove.

Naturalmente. Con tutto questo, mi ero dimenticata che ce l'ha con Yulia.

Mi chiedo se sia arrabbiata con me per il fatto che io non ce l'abbia con lei.

"Sta uscendo dal bar" dice improvvisamente Diego, e il mio sguardo torna sullo schermo.

Peter è già in strada.

Diego tace, ascoltando attentamente le informazioni che la squadra di Londra gli trasmette, e mentre vedo un grande sorriso sul suo viso, le mie ginocchia si indeboliscono per il sollievo.

L'e-mail *era* della moglie di Henderson.

Peter e gli altri sono al sicuro.

PASSO IN RASSEGNA LA LOGISTICA PER LE NOSTRE operazioni di sabato, quando sul mio schermo compare una notifica. È un'e-mail da parte del mio contatto della CIA.

Scusa, c'è scritto sulla riga dell'oggetto.

Tutto dentro di me si trasforma in ghiaccio, mentre leggo il testo e apro l'allegato video.

Sentendomi sul punto di vomitare, premo "play."

Il volto sporco e rigato dalle lacrime di mia figlia riempie lo schermo. "Papà" singhiozza, mentre la telecamera zooma, mostrandola legata ad una sedia in una stanza anonima con pareti bianche. "Papà, per favore, aiutami. Hanno detto che ci uccideranno. Ti prego, Papà, aiutaci!"

Il video si interrompe, facendomi ansimare.

Sokolov l'ha catturata. Ha catturato tutti.

Adesso è un dato di fatto.

Tremando, leggo il testo inoltrato.

Sai cosa voglio, c'è scritto. *Plaza de Bolivar, Bogotá, giovedì alle 15:00. Presentati lì o guardala morire.*

Me lo aspettavo, sapevo che doveva arrivare, ma mi colpisce ancora come un pugno nello stomaco.

Amber. Mia dolce, devota figlia.

Quel mostro la ucciderà. Non la risparmierà, nemmeno se farò quello che vuole.

Non c'è più tempo per pianificare la logistica, nessuna possibilità di risolvere le problematiche.

L'operazione Air Drop non può attendere fino a sabato.

Dobbiamo agire stanotte.

Sara

"CREDI ANCORA CHE POTREBBE ESSERE UNA TRAPPOLA?" chiedo a Nora, mentre nuotiamo nella sua piscina olimpionica un'ora dopo. Con l'immediata crisi giunta al termine, Yulia è tornata nella sua camera, risparmiando a Nora la sua presenza, quindi siamo solo noi due a goderci il magnifico paradiso della villa.

Beh, e Rosa con Lizzie, ma stanno entrambe sonnecchiando all'ombra.

"Tutto è possibile, ma Julian non la pensa così" risponde Nora, lasciandosi cadere per fluttuare sulla schiena. Il suo corpo in bikini è così elegante e atletico che è difficile credere che abbia avuto una bimba solo pochi mesi fa.

Anch'io indosso un bikini—uno che ho preso in

prestito da Yulia, dato che abbiamo più o meno la stessa taglia, nonostante la differenza di altezza. I pantaloncini e le T-shirt che ho indossato, infatti, si sono rivelate di Yulia. Li ha dimenticati a casa di Kent, quando si sono trasferiti a Cipro, ed è più che felice che io li stia usando.

"Fammi sapere se hai bisogno di qualcos'altro" mi ha detto, quando abbiamo parlato degli abiti questa mattina. "Lucas tiene una valigia con le mie cose sul nostro aereo, per ogni evenienza, quindi sono completamente attrezzata."

Rivolgendo la mia attenzione a Nora, chiedo: "E che cosa accadrà domani? Julian pensa che Henderson si presenterà a Bogotá?"

"Questa è la speranza" risponde, girandosi per nuotare a stile libero. Sono una brava nuotatrice, ma devo sforzarmi per tenere il suo passo, mentre sguazza nell'acqua, raggiungendo il bordo della piscina in pochissimo tempo.

È chiaro che non vuole parlare di questo argomento, ma non posso permetterglielo. "E se non lo facesse?" chiedo, quando rallenta. "Non si è consegnato per nessuno degli ostaggi."

Si ferma e si alza in piedi, lisciandosi i capelli bagnati con entrambe le mani. "Non erano sua figlia" dice, socchiudendo gli occhi a causa del sole, mentre mi guarda. "Ma comunque sia, anche se le cose non andranno secondo i piani, Julian, Lucas e Peter improvviseranno qualcosa. È quello che fanno, e sono bravi in questo."

Sebbene la ragazza non sappia cosa succederà più di quanto lo sappia io, parte della tensione nel mio petto si allenta al ricordo delle capacità di Peter.

Mio marito *è* bravo in questo.

Incredibilmente bravo.

Nuotiamo per un'altra ora, chiacchierando di cose più piacevoli, come la prossima mostra d'arte di Nora a Berlino—a quanto pare, è una pittrice seria—e quando Lizzie si sveglia, reclamando il suo pasto, torniamo a casa.

Con un po' di fortuna, sarà tutto finito entro domani.

Henderson

"ATTERREREMO PROPRIO QUI" DICO, ALZANDO LA VOCE per essere sentito al di sopra del rombo dei motori, mentre indico una zona alberata sulla foto satellitare. "Ci faremo strada fin lì." Indico l'edificio bianco al centro.

"Capito." Danser si tira indietro i capelli biondo cenere, con il profilo che ricorda stranamente quello di Sokolov. "Hai qualche foto degli obiettivi?"

"Ecco." Consegno la foto della moglie di Esguerra. "Dobbiamo catturare questa donna o la sua bambina— o preferibilmente entrambe. Sono il nostro biglietto per uscire dalla tenuta."

Barrett scruta la foto da sopra la spalla di Danser. "Sembra esile. Dovrebbe essere abbastanza facile."

"Dovrebbe funzionare, ma non so se sarà nella casa principale." Tiro fuori un'immagine di Sara Sokolov e la porgo a Danser e ai suoi compagni di squadra. "E questa"—mostro una foto a figura intera della moglie di Kent—"sarebbe un bel bonus, a parte il fatto che potrebbe trovarsi in qualsiasi punto del complesso."

"Oh, cazzo. Guarda quei capelli biondi e quelle gambe." Kilton mi strappa la foto. "Me la farei di sicuro."

"Io me le farei tutte, tranne la bambina" replica Russ, accarezzandosi la barba con fare lascivo. "Forse tutte e tre contemporaneamente."

Devo fare appello a tutte le mie capacità di recitazione per nascondere l'istintivo sogghigno. Non posso permettermi di inimicarmi questi quattro stronzi o chiunque altro nella loro squadra. E se fossero così stupidi da pensare con il cazzo? Hanno fatto un buon lavoro nel piantare l'esplosivo nell'edificio dell'FBI, e hanno esperienza con i lanci HALO.

Ho bisogno di loro per questo.

È la mia unica possibilità per salvare Amber.

Massaggiando i dolorosi nodi del collo, guardo gli altri sei uomini sul nostro aereo da trasporto militare. "È chiara la vostra parte nell'operazione?"

"Certo" risponde Danser prima degli altri. "Il Team Alpha attaccherà le guardie al confine settentrionale alle 00:58, e il Team Beta ti aspetterà con l'elicottero al punto di prelievo sul confine meridionale."

"E se Esguerra non uscisse di casa per controllare il

disordine al confine settentrionale?" chiede Barrett. "Uccidiamo il bastardo?"

"No, feritelo soltanto" preciso. "Ci serve vivo, in modo che possa costringere Sokolov a fare lo scambio con la mia famiglia. Altrimenti, se il trafficante d'armi muore, a nessuno importerà se abbiamo la moglie e la figlia. Certo, se siamo fortunati e catturiamo la moglie di Sokolov, sarà ancora meglio."

"Quindi, ricapitolando" replica Kilton. "Vogliamo la moglie e/o la figlia di Esguerra come ostaggi per uscire vivi dal complesso e scambiarli con la tua famiglia. Ma se troviamo la moglie di Sokolov o la bionda sexy, prendiamo anche loro."

"Giusto" dico. "La moglie di Sokolov è la priorità. Se prendiamo lei, non importa se Esguerra viene ucciso. Sokolov accetterà comunque lo scambio."

"Che mi dici di Kent?" chiede Russ. "Che cosa facciamo se è lì?"

"Se non prendiamo sua moglie, allora uccidetelo" rispondo. "Ma se prendete lei come ostaggio, allora non fatelo."

Quanto più ho influenza sui miei nemici, tanto meglio. Quando ho iniziato a pianificare questa missione, l'obiettivo era usare gli ostaggi catturati per attirare Sokolov e gli altri in una trappola e ucciderli, ma la cattura della mia famiglia ha sollevato la posta in gioco.

La priorità ora è salvare Amber.

"Non pensi che Kent potrebbe essere a Bogotá con Sokolov?" chiede Danser, restituendomi le foto.

"Non so se lo stesso Sokolov sia a Bogotá" dico, infilandole nella giacca. "Solo perché mi ha detto che si sarebbe presentato in piazza domani non significa che ci sarà. Ad ogni modo, preparatevi a tutto. Considerando quanto siano impenetrabili i confini della tenuta, la logica impone che la casa stessa non sia particolarmente ben sorvegliata—ma ovviamente non ci sono garanzie."

"Beh, cazzo." Russ sorride. "Dovrebbe essere divertente. Sei sicuro di volerlo fare con noi, vecchio?"

Ignorando la battuta dell'idiota, prendo la mia bombola di ossigeno e inizio a prepararmi per il salto. Fin quando quel video non ha raggiunto la mia casella di posta, non volevo unirmi a loro in questa missione follemente pericolosa, ma ora non ho scelta.

Non solo quest'operazione ora è la mia unica possibilità di guadagnare influenza sui miei nemici, ma Amber stessa potrebbe essere nella tenuta. Non lo so con certezza; forse la stanno trattenendo a Bogotá o in qualsiasi altra parte del mondo. Ma dato che il luogo di incontro indicato è in Colombia, nel territorio di Esguerra, c'è almeno una possibilità che la nascondano nella proprietà del trafficante d'armi.

Se saremo fortunati, non andremo via solo con gli ostaggi.

Potremmo anche salvare mia figlia.

Sara

DOPO AVER DATO DA MANGIARE A LIZZIE, NORA MI FA fare un tour della casa. È grande come appare all'esterno, e conta oltre una dozzina di camere, tra cui una biblioteca dedicata, un home theater con uno schermo enorme, una palestra piena di attrezzature di ogni genere e una sala illuminata dal sole che funge da studio d'arte.

I dipinti incompleti all'interno sono un sorprendente mix di surrealismo ed espressionismo moderno, con forme ed oggetti familiari, come gli alberi, distorti in qualcosa di intrigantemente sinistro. Nella tavolozza dei colori dominano pesantemente il rosso e il nero, come se tutto fosse consumato dal fuoco.

"Sei davvero talentuosa" dico sinceramente, e Nora sogghigna, ringraziandomi. Mentre il tour procede, spiega che ha iniziato a dipingere come un modo per evitare di impazzire sull'isola privata, dove Julian la teneva, quando l'ha rapita per la prima volta.

Vorrei farle un milione di domande al riguardo, ma siamo già arrivate nella stanza in cui alloggio, mentre Peter è via—una camera splendidamente decorata ad un paio di porte dalla suite padronale e adiacente alla stanza di Yulia. Nora si scusa, dovendosi occupare di alcuni affari, e decido di fare un sonnellino, visto che sono stanca.

Essere incinta è un po' come stare all'asilo, a quanto pare.

Quando mi sveglio, è ora di cena, così mi unisco a Nora nella sala da pranzo. Yulia è stranamente assente, e quando chiedo a Nora dove si trova, mi informa che la moglie di Kent ha già mangiato.

"È ancora arrabbiata per quella questione di Cipro" spiega con un sorriso forzato, mentre Ana ci porge il cibo.

Decido di non insistere ulteriormente—dev'essere imbarazzante avere la donna che ha quasi ucciso tuo marito come ospite sotto il tuo tetto. Invece, mentre mangiamo, faccio domande sulla famiglia di Nora e su come abbiano preso il suo matrimonio con Julian.

"Oh, sperano ancora che io metta la testa a posto e divorzi" risponde, tagliando il salmone, e mentre mi intrattiene con le tese interazioni del padre con suo marito, ricordo quanto Peter fosse stato gentile con i miei genitori—come avesse fatto del proprio meglio per alleviare le loro preoccupazioni su di lui.

Fino a dove si fosse spinto per assicurarsi che facessero parte della mia vita.

Il mio petto si stringe di nuovo, con gli occhi che bruciano per le lacrime, ma questa volta non scaccio il dolore. La sofferenza per la perdita è ancora fresca, la ferita insopportabilmente aperta, ma ora riesco a pensarci, posso rattristarmi senza perdermi nell'orrore della loro morte.

Non mi rendo conto che delle lacrime mi sono uscite, fin quando Nora non mi passa un tovagliolo.

"Scusa, Sara" dice in tono cupo. "Sono stata insensibile."

"No, sto..." Cerco di abbozzare un sorriso. "Sto bene, davvero. È solo che..."

"Li hai appena persi, lo so." I suoi occhi scuri sono carichi di empatia. Anche lei ha perso qualcuno a cui voleva bene?

Prima che io possa chiedere, Rosa entra nella sala da pranzo, portando Lizzie, e mi volto, asciugandomi l'umidità sulle guance. Non voglio che l'amica/tata di Nora mi veda così.

È già abbastanza brutto che Nora abbia dovuto assistere al pianto.

La ragazza si scusa per dare di nuovo da mangiare alla bimba—Lizzie si trasformerà in un mostro urlante, se non verrà nutrita immediatamente, spiega lei in tono apologetico—così, finisco il mio cibo e vado nella mia stanza.

Mentre passo davanti alla porta di Yulia, la sento parlare al telefono in russo. La sua voce è calda e tenera, come se parlasse con un bambino o con un amante, e per un secondo mi prende alla sprovvista. Ma poi ricordo le foto di un adolescente nella sua casa —quello che ho immaginato dovesse essere suo fratello, vista l'impressionante somiglianza.

Forse sta parlando con lui?

Sono molto curiosa sulla sua storia, la spia e tutto il resto, ma non voglio disturbarla, mentre è al telefono. Entrando nella mia camera, chiudo la porta e vado alla finestra, guardando il sole che tramonta sugli alberi.

Mi manca Peter.

Dio, mi manca così tanto.

In questo momento, lui e gli altri dovrebbero essere in volo, mentre si stanno recando all'incontro di Bogotá di domani. Se tutto andrà bene, domani sera, sarà con me.

La sua ricerca di vendetta finirà definitivamente.

Camminando verso una libreria, prendo un thriller a caso e mi rannicchio su una poltrona per leggerlo. Anche se mi sono svegliata dal pisolino solo un paio d'ore fa, sono di nuovo stanca, e prima di avventurarmi troppo nella mia lettura, mi ritrovo a chiudere gli occhi.

Sbadigliando, faccio una doccia veloce e vado a letto. Poi però, prevedibilmente, non riesco ad addormentarmi.

Alzandomi, ne leggo ancora un po', poi scrivo le parole di una canzone che mi è passata per la testa tutto il giorno. È arrabbiata e oscura, diversa dalla mia solita musica, ma qualcosa sembra giusto, sincero e salutare.

Sentendomi di nuovo stanca, torno a letto, e questa volta cado in un sonno inquieto.

 enderson

UN'ARIA GELIDA MI FRUSCIA SULLE ORECCHIE, attutendo il terrificante ruggito del mio battito cardiaco, mentre scendiamo a piombo nel cielo nero come la pece da un'altezza di novemila metri. La notte è dalla nostra parte; le nubi nascondono anche il più lieve bagliore della luna.

Gli occhiali per la visione notturna sono legati sopra la mia maschera di ossigeno, e vedo le altre quattro figure accanto a me. Precipitiamo in caduta libera per quella che sembra un'eternità, prima che io senta una violenta scossa, e i paracadute sopra di noi si aprano.

"Ecco" dice Danser, mentre i contorni delle cime

degli alberi appaiono sotto di noi. "Quello è il nostro punto di atterraggio."

È una macchia boscosa nel profondo del complesso di Esguerra, lontano dalle torri di guardia al perimetro. Il pericolo principale qui sono i droni che pattugliano l'aria, ma grazie all'ultimo gadget della CIA, ho una soluzione per questo.

Quando siamo proprio sopra la linea degli alberi, il mio dispositivo rileva i droni in arrivo e si sincronizza automaticamente, consentendo al mio contatto CIA di controllare le telecamere, mentre siamo nel raggio d'azione. Gli operatori dei droni non vedranno altro che il solito scenario, mentre i nostri paracadute fluttuano.

Dato che non faccio salti d'alta quota da due decenni, sto volando in tandem con Danser, e i suoi piedi toccano il terreno per primi, subendone il peso dell'impatto. Tuttavia, le mie ginocchia quasi si piegano mentre atterriamo, evitando per un pelo di essere impalati dal ramo di un albero. Mentre mi chino per riprendere fiato, Danser sgancia l'equipaggiamento del paracadute da entrambi e lo infila nei cespugli.

Il resto della squadra fa la stessa cosa, e quando hanno finito, posso quasi stare in piedi.

"Pronto?" chiede Danser, e io annuisco, ignorando la residua debolezza nelle membra.

Finora, tutto è andato secondo i piani, e non sarò io la ragione del fallimento.

Con calma, strisciamo nell'oscurità, usando gli alberi come copertura. La parte più difficile sarà l'area aperta intorno alla casa, ma è a questo che serve la distrazione al confine.

Fermandoci ai margini della zona boscosa, aspettiamo il segnale del Team Alpha. I minuti passano con dolorosa lentezza, e sento il sudore colarmi lungo la schiena, mentre fisso l'edificio bianco davanti.

Fottuta umidità della giungla.

È peggio del caldo secco in Iraq.

Come sospettavamo, la residenza reale di Esguerra non sembra essere molto sorvegliata. E perché dovrebbe esserlo? Tra i droni e tutta la sicurezza ai confini, la dimora è praticamente una fortezza.

Ci sono solo due guardie che camminano in cerchio intorno alla casa, e quando ci passano vicino, Russ e Kilton sparano col silenziatore, colpendoli proprio sulla fronte.

Primo ostacolo eliminato.

"Ci siamo" annuncia il capo del Team Alpha attraverso le comunicazioni, e sento spari in sottofondo.

"Diamogli un quarto d'ora, vediamo se esce qualcuno" dice Danser, e aspettiamo, fissando la casa.

Non ci sono segnali di movimento all'interno, nessuna luce si accende.

O le guardie di confine di Esguerra non hanno informato il loro capo di ciò che sta accadendo o non pensa che ciò richieda la sua presenza.

Oppure, se siamo fortunati, non è affatto in casa.

Solo per essere al sicuro, attendiamo altri venti minuti, e poi Danser ci fa segno di avanzare.

Accovacciandoci, attraversiamo il vasto prato usando gli arbusti ben curati ai lati come copertura, mentre ci avviciniamo alla zona della piscina sul retro.

Anche qui è tutto tranquillo.

"Andiamo" sussurra Danser, mentre ci fermiamo davanti alla porta sul retro. "Fa' la tua fottuta magia."

Annuendo, tiro di nuovo fuori il dispositivo della CIA. Salta sul Wi-Fi della casa e si sincronizza con le telecamere e il sistema di allarme, dando al mio contatto l'accesso per disattivare tutto.

Mentre lo fa, attivo un dispositivo di disturbo del segnale cellulare, nel caso qualcuno cercasse di chiamare aiuto.

"Tutto fatto" dico sottovoce, quando ricevo conferma dal mio contatto. "Che inizi lo spettacolo."

S ara

DORMO INQUIETA, SVEGLIANDOMI OGNI MEZZ'ORA. OGNI volta che mi addormento, dei sogni ansiosi su Peter si combinano con frammenti di incubi sulla morte dei miei genitori, facendomi svegliare. È al quinto risveglio che vado al bagno, con gli occhi annebbiati, e decido di leggere un po' per distrarre il cervello iperattivo.

Indossando una vestaglia di seta che ho preso in prestito da Nora, accendo la lampada sul comodino, afferro un libro e mi rannicchio sulla poltrona, sbadigliando.

Con un po' di fortuna, non rimarrò sveglia a lungo.

Sono a metà di un altro capitolo, quando lo sento.

Un suono scricchiolante proprio fuori dalla mia porta.

Sorpresa, guardo e vedo la porta aprirsi.

Una figura alta e vestita di nero sta sulla soglia—un uomo barbuto che non ho mai visto prima. I suoi occhi si spalancano quando mi vede, e solleva il fucile d'assalto che tiene in mano, puntandomelo contro.

Reagisco in preda al puro istinto.

Con un urlo, mi lancio giù dalla sedia.

Un grande corpo atterra su di me, facendomi uscire tutta l'aria dai polmoni, prima che io possa rotolare via. "Sta zitta, puttana" mi ringhia l'uomo nelle orecchie, mentre una mano guantata mi copre la bocca. L'odore pungente di sudore maschile e sigarette stantie mi soffoca le narici, e poi mi afferra per i capelli e mi mette una mano sopra la bocca per attenuare il mio grido di dolore.

Terrorizzata, gli artiglio la mano guantata, dimenandomi con tutte le mie forze, ma proprio come quella volta con Peter nella mia cucina, non c'è nulla che possa fare, mentre mi trascina fuori dalla stanza, con la ruvida presa sui miei capelli che quasi si strappano alle radici. Lacrime di dolore scorrono sul mio viso, mentre mi trascina, trasportandomi per metà del corridoio, con le mie urla in preda al panico che si attutiscono nel suo palmo.

Si sta dirigendo verso la camera padronale, dove sono Nora e la bambina, mi rendo conto con orrore, e poi siamo lì.

Spalancando la porta con un piede, mi spinge dentro. "Ho preso la cagna di Sokolov" annuncia trionfante, e vedo altri due uomini armati all'interno.

Uno sta tenendo un coltello sulla gola di Nora, e l'altro sta raggiungendo la culla per prendere la bimba addormentata.

eter

Stiamo per iniziare la nostra discesa a Bogotá, quando Julian riceve la notizia.

"È strano." Si acciglia, fissando il telefono. "Diego mi ha appena mandato un'e-mail su una sparatoria con intrusi sconosciuti ai margini settentrionali della tenuta. Nessuno si è fatto male e gli intrusi sono scomparsi nella giungla, prima che potessero essere catturati. Ha mandato una squadra a cercarli, ma finora non ha avuto fortuna."

Mi alzo, con il battito che accelera, mentre il mio istinto va in allerta. "Chi proverebbe a violare il tuo complesso in quel modo? E cosa ci farebbe nella giungla di notte?"

"Esattamente." La sua faccia si rabbuia, quando si alza in piedi e si dirige verso la cabina di pilotaggio, con il telefono premuto sull'orecchio. "Sto chiamando Nora."

Lo seguo, mentre copre la distanza a grandi passi, ignorando gli sguardi interrogativi sui volti dei miei compagni di squadra.

"La telefonata sta andando dritta alla segreteria" comunica teso, mentre entriamo nella cabina di pilotaggio.

Kent ci guarda.

"C'è stata una sparatoria al confine settentrionale, e non riesco a parlare con Nora" lo informa Esguerra in modo indifferente. "Attiverò le telecamere in casa. Puoi chiamare Yulia?"

Kent annuisce, stringendo la mascella, mentre allunga la mano verso il suo telefono. "Lo sto facendo."

Fanculo. Ho dato a Sara un telefono usa e getta prima di partire, ma non l'avrei chiamata—è mezzanotte passata e voglio che dorma bene. Ma il mio senso del pericolo diventa più forte ogni secondo che passa.

Anche la telefonata a mia moglie va dritta alla segreteria, e quando guardo Kent, posso vedere dalla sua espressione che la stessa cosa sta succedendo con Yulia.

"Le telecamere sono spente. Sto mandando le guardie" dice Esguerra con fermezza, e scorgo la paura profonda fino alle ossa riflessa nei suoi occhi.

C'è qualcosa che non va nella tenuta.

Che non va affatto.

"Inserisco la rotta per tornare alla tenuta" ribatte cupamente Kent, e l'aereo si inclina sotto di me, mentre i motori vanno su di giri con un ruggito.

ara

"TROVATA" DICE UN QUARTO UOMO, TRASCINANDOSI verso Rosa, che indossa una camicia da notte, mentre si dimena. Le sta coprendo la bocca con una mano, soffocando le sue grida in preda al panico. "Sembra che siamo stati fortunati. Il resto della casa è vuoto. Nessun segno di Esguerra, Kent o Sokolov." Come i suoi tre compagni, è pesantemente armato, con un fucile d'assalto appeso alla spalla e due pistole infilate nella cintura.

Chiunque siano questi uomini, intendono fare sul serio, e noi siamo completamente sole, mi rendo conto con un'ondata di terrore. Le guardie non sono neanche lontanamente vicine alla casa, e con Peter e gli altri via, nessuno verrà in nostro soccorso.

L'uomo chino sulla culla di Lizzie si raddrizza, con la bimba ancora addormentata stretta davanti a lui. "Niente bionda?" chiede con evidente disappunto.

"No, mi dispiace" risponde il rapitore di Rosa e la fa girare per guardarla in faccia. La ragazza apre la bocca per urlare, ma prima che riesca ad emettere un suono, la colpisce sulla mascella con un montante, e lei si accascia sul pavimento, incosciente.

Mi blocco, fissando inorridita e incredula, mentre il sangue scorre da un angolo della sua bocca.

L'ha colpita con una tale disinvoltura, come se non fosse nemmeno una persona.

Come se non gli importasse niente della sua vita o della sua morte.

"Dovremo farci bastare queste due" continua, annuendo verso di me e verso una Nora pallidissima, che il rapitore sta trattenendo tenendole una mano sulla bocca e premendole il coltello sulla gola con l'altra. Come me, indossa una vestaglia di seta sottile, ma a differenza della mia, è aperta in alto, rivelando le curve interne del suo seno.

L'assalitore di Rosa si lecca le labbra, fissando quella V di pelle dorata, e il mio stomaco si contorce per l'orrore.

Ci violenteranno?

Ci uccideranno?

"Dov'è il vecchio?" chiede il rapitore di Nora, mentre riprendo a lottare in preda al panico, e mi rendo conto che qualcosa di lui sembra familiare, come se ci fossimo già visti.

"È andato a controllare quel piccolo edificio nelle vicinanze. Ha detto qualcosa sul voler cercare la sua famiglia" replica il mio assalitore, trattenendomi. "Ecco, portami del nastro adesivo. Mi sto divertendo" aggiunge, grugnendo, mentre gli conficco il gomito nella gabbia toracica.

"Metti a tacere quella troia" consiglia lo stronzo che ha colpito Rosa, ma porta il nastro comunque. Ho solo il tempo di emettere un breve urlo, prima che un panno mi venga spinto nella bocca e il nastro adesivo venga messo sopra di esso.

"Così va meglio" mormora il mio rapitore, afferrandomi per le braccia. "Ora legale anche i polsi."

L'altro uomo sta per obbedire, quando Lizzie si sveglia con un grido.

"Cazzo. Fai tacere la bambina" ordina il rapitore di Nora, mentre la bimba, turbata per essere trattenuta da uno sconosciuto, inizia a piangere a tutto volume.

La faccia di Nora sbianca ulteriormente, con gli occhi che bruciano come carboni, mentre l'assalitore di Rosa si china e incolla il nastro adesivo sulla boccuccia della bambina, soffocando le sue urla.

Se lo sguardo potesse uccidere, sarebbe stato eviscerato sul posto.

"Va' a cercare Henderson" dice il rapitore di Nora all'assalitore di Rosa. "Ci vediamo al piano di sotto."

L'uomo obbedisce, uscendo dalla stanza, mentre rifletto sulla rivelazione.

Henderson?

Ovviamente. *Ecco* di cosa si tratta.

Come un topo messo alle strette, il nemico di Peter è andato all'attacco.

Sto ancora digerendo le implicazioni, quando un lampo di capelli biondi sulla soglia cattura la mia attenzione.

Il mio battito accelera.

Mi ero completamente dimenticata di Yulia.

Non l'hanno trovata, ma *era* nella stanza accanto alla mia.

Ho solo un millesimo di secondo per notare il suo aspetto seminudo—e la pistola che tiene in mano—perché nell'istante successivo, si scatena l'inferno.

Senza problemi, senza esitazione, Yulia spara al rapitore di Nora, colpendolo in faccia.

Quindi, punta la pistola verso il mio.

Il tempo sembra rallentare, il momento sembra durare un'eternità. Scorgo la feroce concentrazione nei suoi occhi azzurri, avverto l'improvvisa tensione nelle mani che mi stringono le braccia da dietro, e il poco che ricordo dell'allenamento di difesa personale con Peter riaffiora.

Sollevando le gambe dal pavimento, divento un peso morto nella presa del mio rapitore, facendo cadere la testa verso il basso—e mentre la pistola di Yulia sputa il proiettile, sento uno spruzzo di sangue caldo, mentre la testa di un'altra persona esplode sopra la mia.

Il mio sedere colpisce il pavimento, con il coccige che urla all'impatto, mentre il corpo del mio rapitore cade dietro di me.

Yulia si sta già muovendo di nuovo, mirando all'uomo che tiene Lizzie, ma non ce n'è bisogno.

Si sta già accartocciato sul pavimento, con il coltello di Nora conficcato nella gola—e la bimba sana e salva tra le braccia della madre.

Nora ha afferrato sua figlia, mentre lo uccideva?

Cazzo, è veloce.

Combattendo lo shock, mi alzo in piedi, strappando il nastro adesivo che mi copre la bocca. "Il quarto uomo" ansimo. "È—"

"Morto o messo fuori combattimento" ribatte Yulia, abbassando la pistola. "Gli ho fatto saltare le cervella nel corridoio." La sua compostezza è sorprendente, finché non ricordo che era una spia.

Sto per nominare Henderson, quando noto un altro rapido movimento sulla porta.

"Yulia!" urlo, lanciandomi in avanti, ma è troppo tardi.

Un braccio ricoperto da un guanto nero serpeggia intorno alla sua gola con la velocità di un fulmine e una pistola preme contro la sua tempia.

"Non così in fretta" dice dolcemente l'uomo più anziano, usando Yulia come scudo, mentre entra nella stanza. "Muovi un muscolo e lei muore."

eter

"Perché le tue fottute guardie sono così lente?" ringhio ad Esguerra, mentre digita furiosamente sul suo laptop, presumibilmente dando ordini a quelle guardie. "Sono già passati due minuti. Sai cosa può succedere in due minuti? Sono in quella casa, sole, senza protezione—"

"Lo so!" ringhia Esguerra. Una vena gli pulsa sulla fronte, mentre sbatte il portatile e scatta in piedi. "Non pensi che lo sappia, cazzo? Stanno arrivando, guidando il più velocemente possibile. Le due guardie di pattuglia non stanno rispondendo; chiunque abbia disattivato le telecamere e il segnale cellulare deve averle già fatte fuori."

Fanculo. Vorrei sbattere il pugno contro la parete, ma è troppo pericoloso con tutti i comandi nella cabina di pilotaggio. "Sei sicuro che siano ancora in casa?"

"So che Nora c'è" risponde Esguerra. "Ha degli impianti di tracciamento nel corpo, ricordi? Fino a due secondi fa era viva e nella nostra stanza."

Cazzo. Ha ragione—avevo dimenticato quei tracker per un momento. Se Nora è viva, allora forse lo è anche Sara—il che rende ancora più imperioso che le guardie si sbrighino.

"Dev'essere Henderson" dice Kent con durezza, le nocche bianche sui comandi. "Quel fottuto bastardo ci ha attirati fuori, così da poter attaccare."

"Non lo sappiamo per certo" replica Yan, e mi rendo conto che si è unito a noi nella cabina di pilotaggio. I suoi occhi verdi si spostano su Esguerra. "Non potrebbe essere qualche altro nemico?"

Ho voglia di strozzare Yan. "Non importa chi sia. Sara è lì, hai capito? È lì dentro, con chiunque egli sia."

Non riesco nemmeno a pensare a lei con Henderson, un uomo abbastanza disperato da correre quel tipo di rischio.

Un uomo che non ha esitato ad attaccare lo stesso Paese che aveva giurato di proteggere per incastrarmi.

Che cosa farebbe a mia moglie, se l'avesse davvero nelle sue grinfie? Arriverò lì, solo per seppellire lei e il nostro bambino non ancora nato... proprio come ho seppellito Pasha e Tamila?

No. Scaccio quel pensiero paralizzante.

Non lascerò che accada.

Non di nuovo.

"Vola più veloce" dico duramente a Kent. "E Julian, se le tue guardie non arriveranno in tempo, le ucciderò tutte, una ad una."

Sara

Un milione di pensieri mi attraversano la mente. Per un attimo, penso di prendere le pistole sugli uomini morti e sul pavimento—tutte a portata di mano, ma nessuna abbastanza vicina da poter essere afferrata, prima che Henderson conficchi il proiettile nel cervello di Yulia.

Il mio sguardo terrorizzato incontra quello di Nora, e vedo lo stesso calcolo nei suoi occhi.

Anche se fossimo abbastanza brave da colpire il rapitore di Yulia senza uccidere lei, non saremmo abbastanza veloci.

Non con la pistola di Henderson premuta contro la sua tempia.

"Allontanate quelle pistole" ordina, e io esito per un

secondo, poi obbedisco stordita, mentre Nora fa lo stesso.

Non solo saremmo troppo lente, ma Henderson non è molto più alto della longilinea Yulia con le gambe lunghe. Con lui che la usa come scudo, nemmeno un cecchino addestrato avrebbe successo.

Il mio sguardo si posa sulla bimba stretta contro il petto di Nora. Lizzie ha ancora il nastro adesivo sulla bocca, e vedo il suo piccolo viso diventare rosso, mentre si sforza di emettere grida soffocate.

Sua madre la sta stringendo come se non volesse mai lasciarla andare—e non lo farà, mi rendo conto, notando la sua presa letale.

Non posso più contare sulla moglie di Esguerra per ricevere aiuto—non con la figlia neonata che deve proteggere.

Mi viene in mente un'idea, e prima che possa ripensarci, guardo Henderson e dico con calma: "So dov'è tua figlia."

Lui sobbalza, come se fosse stato colpito. Riprendendosi rapidamente, chiede: "Dov'è?"

"Posso portarti lì" rispondo, ignorando il nodo della paura nella gola. "Possiamo andare adesso—se lasci andare le altre."

Non ho un piano o qualcosa del genere. So solo che voglio che sposti la pistola puntata sulla testa di Yulia— e il più lontano possibile da Lizzie e Nora. Anche se non fossi a conoscenza dei crimini che ha commesso, qualcosa del vecchio generale mi avrebbe fatto accapponare la pelle. Non è nulla di esteriormente visibile—è in forma, molto in forma per essere un uomo sulla sessantina, e i suoi lineamenti, incorniciati da una testa di capelli color sale e pepe, sono moderatamente piacevoli.

Nonostante ciò, puzza di putrefazione, di marciume che si annida in profondità.

Alla mia proposta, socchiude gli occhi. "Pensi che io sia un'idiota? Tutte e tre mi porterete da mia figlia—o sparerò a questa." Preme la pistola sulla tempia di Yulia, facendola sussultare.

Accidenti.

"Non hai bisogno di *loro*" riprovo. "Puoi usare me come ostaggio. Il tuo nemico è mio marito—e farà di tutto per me."

"Beh, che cosa sdolcinata" replica. "Una storia d'amore che dura nei secoli. Forse ti ucciderò e lo costringerò a guardare. Che ne dici?"

Lo fisso senza battere ciglio, ignorando la nausea che si diffonde dentro di me.

Non ho intenzione di mostrare a questo mostro che ho paura.

Non otterrà quella soddisfazione.

Notando la mia mancanza di risposta, il fastidio si insinua nei suoi lineamenti. "Bene" scatta. "Come ho detto, tutte e tre verrete con me. Tu e quella con la bambina"—fa un cenno con il mento verso Nora —"camminerete davanti a me. E ricordate, una mossa sbagliata, e questa"—preme di nuovo la pistola contro la testa di Yulia—"muore. Chiaro? Ora, camminate verso di me."

Deglutendo, mi dirigo verso la porta, e Nora segue cautamente, cullando una Lizzie urlante sul petto. Henderson indietreggia nel corridoio, continuando a proteggersi con Yulia, e non appena siamo fuori dalla stanza, ci ordina di scendere le scale.

"Mi *condurrai* da mia figlia, chiaro?" dice cupamente, mentre ci dirigiamo verso le scale. "Se proverai a fare qualcosa, qualsiasi cosa, sparerò a tutte le tue puttanelle—e anche al diavolo che Esguerra scatenerà."

Chiudendo le ginocchia per evitare che tremino, mi avvicino alla scala ampia e curva. Il pavimento è ghiacciato sotto i miei piedi nudi, e il cuore sembra sul punto di saltarmi fuori dalla gola. Non so cosa fare, come tirarci fuori da questa situazione. La figlia di Henderson è sana e salva lontano da qui—tutto ciò che ha Peter è il falso video che gli ha dato Bonnie—ma Henderson non mi avrebbe creduto, se glielo avessi detto. E se mi avesse creduto, probabilmente ci avrebbe uccise tutte.

Che se ne renda conto o meno, non è venuto qui per salvare la sua famiglia.

È qui per vendicarsi.

Dentro di sé, sa di aver già perso, e di aver intrapreso questa missione suicida per far soffrire Peter e gli altri prima di morire.

Le mie mani armeggiano con il nodo della vestaglia per non tremare, mentre scendo più lentamente che posso, con Henderson e Yulia ad un passo dietro di me. Nora sta camminando alla mia destra, con il volto vuoto, mentre tiene Lizzie con fare protettivo davanti a lei.

Farebbe qualsiasi cosa per sua figlia, lo so—proprio come farei io per la piccola vita che sta crescendo dentro di me.

Una vita che non vedrà la luce del giorno, se l'uomo dietro di me otterrà ciò che vuole.

Siamo a metà della scala, quando vedo delle luci attraverso una delle finestre del salotto e sento la porta principale spalancarsi, seguita dal martellare degli stivali sul pavimento di legno.

Il mio battito cardiaco accelera con parti uguali di sollievo e terrore.

Le guardie sono qui.

In qualche modo, hanno scoperto che siamo nei guai—e ora Henderson è davvero alle strette.

Da solo, senza la sua squadra, non ha alcuna possibilità di fuga.

Lo sento imprecare sottovoce e un vago piano si forma nella mia mente.

Continuando a scendere con lo stesso ritmo lento, tolgo la vestaglia, e l'aria fresca mi colpisce sulla pelle nuda, mentre l'indumento di seta cade sulle scale dietro di me—raccogliendosi proprio sotto i piedi di Yulia e del suo rapitore.

Le guardie irrompono nell'atrio e contemporaneamente mi tuffo verso Nora, spingendola contro la ringhiera.

Con l'attenzione di Henderson concentrata sulle guardie, lui e Yulia scivolano entrambi sulla vestaglia caduta—e il suo colpo va a vuoto, quando Yulia scivola giù per le scale sbattendo il sedere.

Senza esitazione, le guardie sparano a Henderson, e Nora e io ci stringiamo, proteggendo Lizzie, mentre lo sentiamo cadere.

eter

È PASSATO UN GIORNO DA QUANDO SIAMO TORNATI, E ancora non riesco a smettere di toccare Sara, non riesco a smettere di stringerla. Istante dopo istante, combatto anche l'impulso di ispezionarla dalla testa ai piedi—anche se il Dottor Goldberg l'ha già visitata e ha confermato che lei e il bambino sono sani.

Cullandola sul grembo, le accarezzo i capelli e respiro il suo dolce profumo, con un tremore che mi attraversa il corpo ogni volta che penso a quanto sia andato vicino a perderla... a come le guardie l'abbiano trovata accucciata nuda sulle scale un'ora prima che finalmente facessimo irruzione.

Ha fatto inciampare Henderson sulla sua vestaglia di seta, salvando se stessa, Nora e Yulia.

Le tre hanno combattuto contro dei mercenari armati e hanno vinto.

"Va tutto bene. Stiamo bene" mormora, sollevando la testa, e mi rendo conto di aver pronunciato l'ultima parte ad alta voce. I suoi occhi color nocciola brillano dolcemente, mentre piega l'esile palmo sulla mia mascella. "Te lo giuro, a parte il coccige di Yulia e la mascella della povera Rosa, stiamo benissimo."

"Lo so" sussurro. "Ed è un fottuto miracolo." Coprendo la sua mano con la mia, chiudo gli occhi e inspiro profondamente, cercando di calmare il martellante battito del mio cuore.

Come me, Kent ed Esguerra erano fuori di testa, quando siamo atterrati, anche se Diego ci aveva già informato che Henderson era morto e che le nostre mogli erano al sicuro. Non era abbastanza saperlo; la terribile paura è rimasta con me fino al momento in cui ho messo gli occhi su Sara.

Fino a quando non ho potuto stringerla tra le braccia e sentire che era viva e vegeta.

"Hai salvato tutti, sai" dico con orgoglio, aprendo gli occhi, mentre lei ritira la mano. "Non solo sulle scale, ma prima. Kent mi ha detto che è stato il tuo urlo a far svegliare Yulia in tempo, perché potesse nascondersi sotto il letto e poi venire in tuo soccorso. Se non fosse stato per quello—"

"Li avremmo sconfitti in qualche altro modo" interrompe mia moglie con un sorriso calmo. "Sono certa che l'avremmo fatto."

La convinzione nella sua voce è al tempo stesso

assurda e ammirevole. Per qualche ragione, piuttosto che traumatizzarla nuovamente, la crisi di ieri sembra aver eccitato in qualche modo la mia ptichka. Ho sempre saputo che è forte e capace, ma lei stessa evidentemente non ci credeva—fino a quando non ha combattuto il mio nemico e ha vinto.

"A volte, un trauma ripetuto può essere perversamente curativo" mi ha rivelato la Dottoressa Wessex, quando le ho parlato stamattina, dopo che Sara ha dormito tutta la notte senza incubi e si è svegliata ottimista come non l'avevo mai vista. "A differenza di quello che è successo con i suoi genitori, questa volta è stata in grado di fare qualcosa—e nessuno vicino a lei è rimasto ucciso o ferito davvero."

Non so se credere alla terapeuta—è passato solo un giorno, e potrebbe ancora colpire Sara in seguito—ma sono cautamente ottimista sullo stato mentale della mia ptichka.

Sul mio, ne sono meno sicuro. La scorsa notte, ho dormito appena, combattendo incubi e sudori freddi.

"Non ti lascerò mai più fuori dalla mia vista" prometto—e non sto scherzando nemmeno un po'. "Niente più missioni notturne lontane da te, nessun lavoro che ci tenga separati per un certo periodo di tempo. E ho già ordinato il mio set di impianti localizzatori da Esguerra; non appena arrivano, te li impianterò."

Sara non batte ciglio—le ho già detto dei localizzatori di Nora. "Va bene" replica. "Ma solo se li impianterai anche tu. Anch'io voglio sapere dove sei in ogni momento."

Sostengo il suo sguardo. "Affare fatto."

Impianterò tutto ciò che desidera la mia ptichka—purché sia felice e al sicuro.

"SEI ARRABBIATO PER NON AVER AVUTO LA POSSIBILITÀ DI ucciderlo?" chiede, mentre siamo a letto poche ore dopo. Anche se abbiamo appena fatto sesso, la sto accarezzando dappertutto, incapace di resistere al piacere sensoriale di toccarla, di sentire la sua pelle calda e setosa sotto i miei palmi. "So che era importante per te" continua, mentre le strofino il collo, inalando il dolce profumo dei suoi capelli.

Non voglio pensare ad Henderson in questo momento, ma Sara sembra determinata a parlare di ogni aspetto di ciò che è accaduto. E quando ricordo quanto fosse stato difficile per lei parlare della morte dei suoi genitori, non posso negarglielo.

Se l'aiuta ad elaborare le cose, le racconterò tutto su come sogni di smembrare Henderson cellula dopo cellula—su come la semplice menzione del suo nome mi faccia rivivere ogni terribile momento sull'aereo.

Così, faccio esattamente questo—le confesso tutto, tutto su quanto sia stato terrorizzato all'idea che saremmo arrivati troppo tardi... che non sarei riuscito a proteggerla, come avevo fallito con Pasha e Tamila. Descrivo gli incubi che ho avuto la scorsa notte e i tremori che sento ancora, quando penso a quanto sia stato vicino a perderla.

Le rivelo quanto mi uccida non esser stato lì ad affrontare il mio nemico, a tenere al sicuro lei e il nostro bambino non ancora nato.

Mi ascolta, con la testa appoggiata sulla mia spalla e con le dita che giocano con i miei capelli, e quando ho finito, dice sottovoce: "Ci hai tenuti al sicuro. È stata la mossa che mi hai insegnato—sollevare le gambe per diventare un peso morto, quando qualcuno ti afferra da dietro—che ha aiutato noi tre a sconfiggere quei mercenari. E siete stati tu, Kent ed Esguerra a mandare le guardie che hanno ucciso Henderson."

Chiudo gli occhi, stringendo le braccia attorno a lei, mentre immagino la scena nella mia mente, con la vestaglia di seta e tutto il resto. Un brivido mi attraversa, e lei mi abbraccia, stringendomi, rassicurandomi con il suo calore, la sua vitalità, la sua forza.

Ci vogliono parecchi respiri profondi, prima che possa allentare la soffocante presa su di lei. Eppure, le tengo il mio braccio attorno, stringendola. Impiegherò anni per riprendermi da quel giorno—persino decenni.

Questo, supponendo che mi riprenderò mai del tutto.

"E sua moglie?" chiede Sara, distraendomi da una fantasia in cui sono in grado di tornare indietro nel tempo e strangolare Henderson con il suo stesso intestino, prima che le si avvicini. "Onorerai il tuo patto con lei?"

La mia mano libera si chiude a pugno al mio fianco. "Il giudizio sul fatto che ci abbia attirati intenzionalmente è ancora sospeso, quindi—"

"No, non l'ha fatto" interrompe Sara, sollevando la testa dalla mia spalla per guardarmi. "Almeno, non credo che l'abbia fatto. Henderson credeva davvero che avessimo sua figlia; se sua moglie fosse stata coinvolta, avrebbe saputo che era tutto uno stratagemma. E quando quegli uomini ci hanno catturate, hanno detto qualcosa sul fatto che non ci fossero segni di voi tre— come se si aspettassero di trovarvi qui, e fossero rimasti sorpresi di non vedervi."

"Ah." Con sforzo, apro le dita. "Questo cambia le cose."

Se Bonnie Henderson è davvero innocente, la lascerò in pace—soprattutto se consegnerà tutte le prove su suo marito all'FBI, cancellando i nostri nomi.

Voglio questo per Sara. Voglio restituirle una vita normale e tranquilla.

Infilandole una mano tra i capelli, studio il viso a forma di cuore, meravigliandomi della sua bellezza. I suoi occhi languidi fissano i miei, e poi mormora: "Ti amo" e si china per un tenero bacio.

Il mio petto si espande per una scarica di sentimento così intensa che annega l'oscurità persistente. "Ti amo anch'io, ptichka" sussurro, e mentre le nostre labbra si toccano, so che a prescindere da cosa ci riservi il futuro, la affronteremo insieme.

Indipendentemente da com'è nato il nostro amore, ora è abbastanza forte.

ara

"PAPÀ! PAPÀ!"

Alzo lo sguardo dal mio portatile, mentre mio figlio di cinque anni attraversa la porta, con le guance rosa per il freddo e gli stivali che spargono la neve dappertutto. Non notandomi sul divano, corre dritto verso Peter in cucina, lanciando l'esile corpo contro di lui a tutta velocità.

Sorridendo, mio marito si allontana dalla torta di compleanno e lo prende tra le sue braccia possenti, sollevandolo per farlo roteare sopra la testa.

Le risate di Charlie riempiono l'aria, mescolandosi al latrato entusiasta del nostro cane, e il mio petto si stringe, come fa ogni volta che vedo quell'espressione sul volto di Peter.

Gioia. Una tale gioia sfrenata.

Non mi stancherò mai di vederli insieme.

Il mio tormentatore diventato amante e nostro figlio.

Se la felicità potesse essere definita con un'immagine, sarebbe questa per me.

"Mamma! Charlie ha lanciato una palla di neve contro di me e Bella" urla Maya, correndo nella stanza con la neve e il ghiaccio che le cadono dalla giacca. La sua piccola faccia è indignata, le manine strette a pugno. "E Lizzie gli ha detto una parolaccia!"

Ridendo, metto da parte il mio laptop e abbraccio la mia piccola di tre anni. "Va tutto bene, amore mio" la consolo, accarezzandole i ricci castani aggrovigliati, mentre Toby, il nostro golden retriever, corre a leccare la neve dal suo cappotto. "Tuo fratello stava solo giocando. Ha una cotta per Bella, tutto qui."

"Non è vero!" Il tono risentito di Charlie coincide con quello di sua sorella. "È troppo bionda e strana e parla a malapena il russo."

"Ehi" lo rimprovera Peter, mettendolo giù. "Non è carino."

"Bella Kent parla bene il russo quanto te, stupido" dice Maya pomposamente, con il piccolo mento che si solleva, mentre si libera dall'abbraccio. Spingendo via Toby, aggiunge: "E in ogni caso, lei ha solo quattro anni. Il suo vocabolario crescerà come il tuo. Non tutti nascono intelligenti come me."

Io e Peter ci scambiamo un'occhiata. Quindi, non potendo fare niente, scoppiamo a ridere.

Oggi la nostra festeggiata è raggiante.

Charlie aveva due anni e mezzo, quando è nata Maya, ma l'anno scorso ha iniziato ad insegnargli la matematica e a leggere—questo in inglese, russo, francese e giapponese. La sua mente è come una spugna, e l'intelligenza pari solo al suo ego.

Nonostante il QI fuori dal normale, la modestia è un concetto che il suo cervello di tre anni non riesce ancora a comprendere.

"Pensavo mi avessi detto che non *eri* una bambina geniale" mi ha fatto notare Peter con stupore, quando nostra figlia ha iniziato a studiare musica all'età di due anni. "Che sei diventata medico così giovane a causa dei tuoi genitori, non perché fossi follemente intelligente."

"Ed è tutto vero. Non so da dove venga questo" gli ho risposto, altrettanto perplessa. "Forse c'è del DNA geniale in te."

Non che Charlie, il nostro primo figlio, non sia intelligente. È brillante, curioso ed energico—tutto ciò che abbiamo sempre desiderato in un figlio. Ha ottimi voti alla sua scuola privata qui in Svizzera; secondo i suoi insegnanti, è intelligente come pochi.

Maya, tuttavia, è su un livello completamente diverso.

Sarebbe intimidatoria, se non fosse così carina.

"Va' a chiamare gli altri" dico, prendendola per la giacca. "È l'ora della torta."

Il suo visetto—una copia in miniatura del mio—si illumina, e lei esce dalla stanza, con Charlie alle calcagna. Toby salta sul divano per rannicchiarsi accanto a me, e io sfrutto il minuto di tranquillità per rivedere la nuova canzone che sto componendo, prima di chiudere il portatile.

Essendo tutti qui per il compleanno di Maya, non avrò tempo per finirla oggi.

Dopo che Bonnie Henderson ha aiutato a cancellare il nome di Peter, abbiamo avuto la possibilità di tornare a Chicago e riprendere la nostra vita lì. Tuttavia, abbiamo deciso di non farlo. Non solo saremmo stati assaliti da sguardi sospettosi ovunque andassimo, a causa del fatto che le nostre facce erano su tutti i notiziari dopo l'attentato, ma senza i miei genitori, non c'era nulla che mi legasse davvero a Homer Glen. Così, invece, abbiamo deciso di creare una nuova casa sulle Alpi svizzere, vicino alla clinica privata, dove mi avevano offerto un lavoro, mentre eravamo in fuga.

Ho iniziato a lavorarci a tempo pieno, ma nel giro di un mese, io e mio marito ci siamo resi conto che con la gravidanza che mi rendeva sfinita—e non volendo essere separati per più di qualche ora—non era la soluzione migliore. Così, ho aperto il mio studio al primo piano della nostra casa, dove ho potuto stabilire i miei orari e vedere Peter per tutto il giorno. In poco tempo, la clinica ha cominciato ad inviarmi le pazienti incinte e sono diventata l'ostetrica-ginecologa per le donne con vari legami con la malavita.

Ha funzionato—soprattutto da quando Peter ha deciso di sfruttare le sue abilità e i contatti diversamente: reclutare e addestrare ex soldati a lavorare come mercenari per organizzazioni come quella di Esguerra.

Non è esattamente la civile vita pacifica che immaginavamo, ma è molto meno pericoloso degli omicidi di alto profilo—e molto più interessante per lui che insegnare ai normali cittadini la difesa personale di base. Per quanto mi riguarda, con il mio orario di lavoro flessibile, non ho solo tempo per Peter e per i nostri due figli, ma anche per la musica.

Non mi esibisco più dal vivo o ho un canale YouTube—dopo tutto quello che è successo, mio marito è diventato troppo paranoico sulla mia sicurezza—ma ho la soddisfazione di far cantare le mie canzoni ad alcune delle nuove star più popolari, che mi pagano bene per scriverle per loro. I miei testi più cupi sono particolarmente apprezzati, con due delle mie canzoni in cima alle classifiche da settimane.

"Torta! Torta! Torta!" I bambini arrivano come tornado pieni di neve, con il figlio di cinque anni di Esguerra, Mateo, in testa e Bella, Lizzie, Charlie e Maya che lo seguono. Strillando, i bambini circondano Peter, che sta preparando cerimoniosamente tre candele, e Toby salta giù dal divano e corre verso di loro, agitando la testa per l'emozione.

Poi, entrano gli adulti. Come al solito, Julian ha un braccio avvolto intorno a Nora, tenendola a sé come se temesse la sua fuga. Lucas è più cauto con Yulia, ma a giudicare dalle giacche bagnate, è evidente che si sono rotolati nella neve—e posso solo sperare che l'abbiano fatto lontano dalla vista dei bambini.

Charlie, essendo un intrepido esploratore, li ha già sorpresi a "giocare al dottore" nella loro palestra a Cipro una volta.

Ad ogni modo, sono contenta che siano tutti qui. Sebbene io e Peter andiamo a trovare gli Esguerra con regolarità, Yulia è stata così impegnata con i suoi ristoranti che l'ho vista solo due volte quest'anno. Per fortuna, la piccola Bella Kent non è così segretamente ossessionata dal nostro Charlie—che sostiene di odiarla, ma non perde mai occasione per attirare la sua attenzione—quindi, Lucas e Yulia non hanno avuto altra scelta che presentarsi alla festa di compleanno di Maya.

Altrimenti, la loro figlia, un bellissimo angioletto biondo, li avrebbe guardati con gli occhi da cucciolo moribondo per tutta la vita.

Camminando, saluto Nora e Yulia con un abbraccio. Poi, ci riuniamo tutti intorno alla torta accanto ai nostri figli, e mentre Maya spegne le sue candeline, incontro lo sguardo di Peter ed esprimo il mio desiderio.

Voglio che mi tormenti in questo modo per sempre —che mi ami con tutte le tenebre nel suo cuore.

Grazie per la lettura! Se vi è piaciuta la conclusione della storia di Peter & Sara e poteste lasciare una recensione, ve ne sarei molto grata. Per sapere quando verrà pubblicato un mio nuovo libro, vi invito ad iscrivervi alla mia newsletter sulla pagina www.annazaires.com/book-series/italiano/.

Desiderate leggere storie che vedono come protagonisti questi personaggi? Allora, non perdetevi:

• *La Trilogia Strapazzami* - La storia di Julian & Nora, in cui Peter appare come personaggio secondario e ottiene la sua lista
• *La Trilogia Catturami* - La storia di Lucas & Yulia
• *La Trilogia su Mia & Korum* - Una storia d'amore dark-fantascientifica
• *La Prigioniera dei Krinar* - Uno standalone fantascientifico

Collaborazioni con mio marito, Dima Zales:

• *La Serie Le Dimensioni della Mente* – Urban fantasy

E ora, voltate pagina per un assaggio di *Strapazzami, Catturami* e *La Prigioniera dei Krinar*.

Nota dell'Autrice: *Strapazzami* è una trilogia dark erotica su Nora & Julian Esguerra. Tutti e tre i libri sono disponibili.

Rapita. Portata su un'isola privata.

Non avrei mai immaginato che potesse succedermi questo. Non avrei mai immaginato che un incontro casuale alla vigilia del mio diciottesimo compleanno avrebbe potuto cambiarmi la vita in questo modo.

Ora appartengo a lui. A Julian. A un uomo che è così spietato quanto bello—un uomo il cui tocco mi fa bruciare. Un uomo la cui tenerezza trovo più devastante della sua crudeltà.

Il mio rapitore è un enigma. Non so chi sia, né perché mi abbia presa. C'è un'oscurità in lui—un'oscurità che mi spaventa anche se mi attira.

Mi chiamo Nora Leston e questa è la mia storia.

~

È sera ormai. Ogni minuto che passa, l'ansia sale sempre di più al pensiero di rivedere il mio rapitore.

Il romanzo che stavo leggendo non mi interessa più. Lo poso e cammino in cerchio per la stanza.

Indosso gli abiti che Beth mi ha dato prima. Non è quello che avrei scelto di indossare, ma è sempre meglio di una vestaglia. Un paio di mutandine di pizzo sexy e bianche e un reggiseno abbinato come biancheria intima. Un bel prendisole blu con i bottoni nella parte anteriore. Mi sta tutto benissimo in modo sospetto. Mi seguiva da tempo? Scoprendo tutto di me, compresa la mia taglia di vestiti?

Quel pensiero mi dà la nausea.

Cerco di non pensare a quello che avverrà, ma è impossibile. Non so perché sono così sicura che verrà da me stasera. Forse ha un intero harem di donne da qualche parte sull'isola e fa visita ad ognuna solo una volta a settimana, come facevano i sultani.

Eppure qualcosa mi dice che verrà presto. Ieri sera aveva semplicemente stuzzicato il suo appetito. So che non ha finito con me, neanche per sogno.

Finalmente, la porta si apre.

Cammina come se fosse a casa sua. Ed è proprio così, infatti.

Rimango di nuovo colpita dalla sua bellezza mascolina. Potrebbe essere un modello o una star del cinema, con un viso del genere. Se ci fosse giustizia nel mondo, sarebbe stato basso o avrebbe avuto qualche altra imperfezione sul volto per compensare.

Ma non è così. È alto e muscoloso, perfettamente proporzionato. Ricordo cos'ho provato ad averlo dentro e sento una sgradita scossa di eccitazione.

Indossa ancora jeans e T-shirt. Una grigia questa volta. Sembra preferire i vestiti semplici e fa bene a farlo. Il suo aspetto non ha bisogno di altri accessori.

Mi sorride. È quel sorriso da angelo caduto —oscuro e seducente allo stesso tempo. "Ciao, Nora."

Non so cosa rispondere, così sputo la prima cosa che mi passa per la mente. "Per quanto tempo hai intenzione di tenermi qui?"

Inclina leggermente la testa di lato. "Qui in camera? O sull'isola?"

"Entrambi."

"Beth ti farà fare un giro domani, potrai nuotare se vuoi" dice, avvicinandosi. "Non verrai chiusa a chiave, a meno che tu non faccia qualcosa di stupido."

"Tipo?" chiedo, con il cuore che mi batte forte nel petto mentre si ferma accanto a me e solleva la mano per accarezzarmi i capelli.

"Cercare di fare del male a Beth o a te stessa." La sua voce è dolce, il suo sguardo ipnotico mentre mi guarda.

Il modo in cui mi tocca i capelli è stranamente rilassante.

Sbatto le palpebre, cercando di spezzare il suo incantesimo. "E per quanto riguarda l'isola? Per quanto tempo mi terrai qui?"

Mi accarezza il viso con la mano, piegandola sulla mia guancia. Mi sorprendo ad appoggiarmi al suo tocco, come una gatta che viene coccolata, e mi irrigidisco subito.

Le sue labbra si arricciano in un sorriso presuntuoso. Il bastardo sa quale effetto ha su di me. "A lungo, mi auguro" dice.

Chissà perché, non mi stupisce. Non mi avrebbe portata fin qui, se avesse solo voluto scoparmi un paio di volte. Sono terrorizzata, ma non sono sorpresa.

Raccolgo il coraggio e passo alla prossima domanda logica. "Perché mi hai rapita?"

Il sorriso abbandona il suo volto. Non risponde, semplicemente mi guarda con uno sguardo blu imperscrutabile.

Comincio a tremare. "Hai intenzione di uccidermi?"

"No, Nora, non voglio ucciderti."

La sua negazione mi rassicura, anche se potrebbe benissimo mentire.

"Hai intenzione di vendermi?" riesco a malapena a far uscire le parole. "Come prostituta o qualcosa del genere?"

"No" dice a bassa voce. "Mai. Sei mia e solo mia."

Mi sento un po' più calma, ma c'è ancora una cosa che devo sapere. "Hai intenzione di farmi del male?"

Per un attimo, non risponde. Per un istante qualcosa di oscuro lampeggia nei suoi occhi. "Probabilmente" dice lentamente.

E poi si china in avanti e mi bacia, con le sue calde labbra morbide e delicate sulle mie.

Per un attimo, resto lì bloccata, senza rispondere. Gli credo. So che dice la verità quando afferma che mi farà del male. C'è qualcosa in lui che mi fa paura, che mi ha spaventata fin dall'inizio.

Non è come i ragazzi che ho frequentato. Lui è capace di qualunque cosa.

E sono completamente alla sua mercé.

Rifletto ancora una volta sulla possibilità di affrontarlo. Questa sarebbe la cosa normale da fare nella mia situazione. La cosa coraggiosa da fare.

Eppure non lo faccio.

Sento l'oscurità dentro di lui. C'è qualcosa di sbagliato in lui. La sua bellezza esteriore nasconde qualcosa di mostruoso dentro.

Non voglio scatenare quell'oscurità. Non so cosa accadrà se lo faccio.

Così, resto immobile mentre mi abbraccia e gli permetto di baciarmi. E quando mi tira di nuovo su e mi porta sul letto, non cerco in alcun modo di opporgli resistenza.

Anzi, chiudo gli occhi e mi abbandono alle sensazioni.

❧

Tutti e tre i libri della trilogia *Strapazzami* sono già disponibili. Visitate il mio sito web all'indirizzo www.annazaires.com/book-series/italiano/ per saperne di più e per iscrivervi alla mia mailing list delle nuove pubblicazioni.

Nota dell'Autrice: *Catturami* è una trilogia dark romance, che vede come protagonisti Lucas & Yulia. Presenta delle somiglianze con la trilogia *Strapazzami*. Tutti e tre i libri sono disponibili.

Lo teme dal primo momento in cui l'ha visto.

Yulia Tzakova non è nuova agli uomini pericolosi. È cresciuta con loro. È sopravvissuta a loro. Ma quando incontra Lucas Kent, sa che il duro ex-soldato potrebbe essere il più pericoloso di tutti.

Una notte—è tutto quello che ci vuole. L'opportunità di farsi perdonare un incarico fallito e di ottenere informazioni sul commerciante d'armi, nonché capo di

Kent. Quando il suo aereo precipita, potrebbe essere la fine.

Invece, è solo l'inizio.

La vuole dal primo momento in cui l'ha vista.

A Lucas Kent sono sempre piaciute le bionde con le gambe lunghe, e Yulia Tzakova è stupenda. L'interprete russa potrebbe aver tentato di sedurre il capo di Kent, ma finisce nel letto di Lucas— che ha tutte le intenzioni di rivederla.

Poi il suo aereo viene abbattuto, e scopre la verità.

Lei lo ha tradito.

Ora, la pagherà.

Non appena la porta si apre, entra nel mio appartamento. Nessuna esitazione, nessun saluto— semplicemente entra.

Sorpresa, faccio un passo indietro, nel breve corridoio stretto che improvvisamente sembra troppo soffocante. Mi ero dimenticata di quanto fosse grosso, di quanto fossero larghe le sue spalle. Sono alta per essere una donna—abbastanza alta da fingere di essere una modella, se un incarico lo richiedesse—ma lui mi supera di una trentina di centimetri. Con il giaccone pesante che indossa, occupa quasi l'intero corridoio.

Ancora senza dire una parola, chiude la porta alle sue spalle e mi si avvicina. Istintivamente, mi ritraggo, sentendomi come una preda in trappola.

"Ciao, Yulia" mormora, fermandosi, appena usciamo dal corridoio. Il suo sguardo ceruleo è concentrato sul mio volto. "Non mi aspettavo di vederti in questo modo."

Deglutisco, con il cuore che mi batte all'impazzata. "Ho appena fatto un bagno." Voglio sembrare calma e sicura, ma mi ha letteralmente colta alla sprovvista. "Non mi aspettavo delle visite."

"No, me ne rendo conto." Un lieve sorriso appare sulle sue labbra, addolcendo i lineamenti duri della sua bocca. "Eppure, mi hai lasciato entrare. Perché?"

"Perché non volevo continuare a parlare dietro la porta." Faccio un respiro per calmarmi. "Posso offrirti un tè?" È una cosa stupida da dire, visto il motivo per cui è venuto, ma ho bisogno di qualche istante per riprendermi.

Solleva le sopracciglia. "Tè? No grazie."

"Allora, posso prendere il tuo giaccone?" Non riesco a smettere di comportarmi da brava padrona di casa, agendo con gentilezza per nascondere la mia ansia. "Fa piuttosto caldo qui dentro."

Un accenno di divertimento prende vita nel suo sguardo freddo. "Certo." Si toglie il giaccone e me lo porge. Rimane con un maglione nero e un paio di jeans scuri infilati negli stivali neri. I jeans gli stringono le gambe, mettendo in risalto cosce muscolose e polpacci forti, e sulla sua cinta vedo una pistola nella fondina.

Irrazionalmente, il mio respiro accelera a quella vista, e ci vuole un grande sforzo per impedire alle mie mani di tremare, mentre prendo il giaccone e lo appendo al mio piccolo armadio. Non mi sorprende che sia armato—sarei scioccata se non lo fosse—ma la pistola mi ricorda chi è Lucas Kent.

Che cosa è.

Non è un grosso problema, mi dico, cercando di calmare i miei nervi scossi. Sono abituata agli uomini pericolosi. Sono cresciuta in mezzo a loro. Quest'uomo non è molto diverso. Dormirò con lui, otterrò tutte le informazioni possibili e poi scomparirà dalla mia vita.

Sì, ecco cosa farò. Prima lo farò, prima tutto questo sarà finito.

Chiudendo la porta dell'armadio, mi stampo un bel sorriso sul viso e mi volto verso di lui, finalmente pronta a riprendere il ruolo della seduttrice sicura di sé.

Ma nel frattempo è già accanto a me, dopo aver attraversato la stanza senza fare il minimo rumore.

Il cuore riprende a battermi forte, e la mia ritrovata compostezza ricomincia ad abbandonarmi. È così vicino che posso vedere le striature grigie nei suoi occhi azzurri, così vicino che potrebbe toccarmi.

E un attimo dopo, mi tocca davvero.

Sollevando la mano, fa scorrere il retro delle sue nocche sulla mia mascella.

Lo fisso, confusa dalla reazione immediata del mio

corpo. La mia pelle si scalda e i capezzoli si induriscono, con il respiro che accelera. Non ha senso che questo duro e spietato estraneo mi ecciti così tanto. Il suo capo è più bello, più attraente, eppure il mio corpo reagisce a Kent. Tutto quello che ha toccato finora è il mio viso. Non dovrebbe significare niente, eppure in qualche modo è un tocco intimo.

Intimo e inquietante.

Deglutisco di nuovo. "Signor Kent—Lucas—sei sicuro che non posso offrirti qualcosa da bere? Forse un caffè o—" Le mie parole si affievoliscono in un rantolo senza fiato, quando raggiunge la cintura del mio accappatoio e la tira, con la stessa disinvoltura con cui si scarterebbe un pacco.

"No." Guarda il mio accappatoio che si apre, mostrando il mio corpo nudo. "Niente caffè."

Tutti e tre i libri della trilogia *Catturami* sono già disponibili. Visitate il mio sito web all'indirizzo www.annazaires.com/book-series/italiano/ per saperne di più e per iscrivervi alla mia mailing list delle nuove pubblicazioni.

ESTRATTO DA LA PRIGIONIERA DEI KRINAR

Nota dell'Autrice: *La Prigioniera dei Krinar* è uno standalone che si svolge circa cinque anni prima della trilogia sulle *Cronache dei Krinar*.

Emily Ross non si sarebbe mai aspettata di sopravvivere alla caduta mortale nella giungla della Costa Rica, e sicuramente non avrebbe mai pensato di svegliarsi in un'abitazione stranamente futuristica, tenuta prigioniera dall'uomo più bello che avesse mai visto. Un uomo che sembra più che umano...

Zaron è sulla Terra per facilitare l'invasione dei Krinar —e per dimenticare la terribile tragedia che gli ha sconvolto la vita. Eppure, quando trova il corpo distrutto di una ragazza umana, tutto cambia. Per la prima volta dopo anni, prova qualcosa di più della rabbia e del dolore, ed Emily ne è la ragione. Lasciarla andare comprometterebbe la sua missione, ma tenerla con sé potrebbe distruggerlo nuovamente.

～

Non voglio morire. Non voglio morire. Ti prego, ti prego, ti prego, non voglio morire.

Continuava a ripetere ostinatamente quelle parole nella sua mente, una disperata preghiera che nessuno avrebbe mai ascoltato. Le sue dita scivolarono di un altro centimetro sul bordo di legno ruvido, spezzandosi le unghie nel tentativo di mantenere la presa.

Emily Ross era appesa—letteralmente—per le unghie a un vecchio ponte mal ridotto. Decine di metri sotto, l'acqua inondava le rocce, con il ruscello gonfio per le recenti piogge.

Quelle piogge erano in parte responsabili della sua situazione. Se il legno del ponte fosse stato asciutto, forse non sarebbe scivolata, facendo una storta. E sicuramente non sarebbe caduta sulla ringhiera, fracassandola sotto il suo peso.

Solo una disperata stretta dell'ultimo minuto aveva evitato ad Emily di precipitare verso la morte. Mentre scivolava verso il basso, la mano destra aveva afferrato una piccola sporgenza sul lato del ponte, lasciandola penzoloni in aria decine di metri sopra le rocce dure.

Non voglio morire. Non voglio morire. Ti prego, ti prego, ti prego, non voglio morire.

Non era giusto. Non doveva andare così. Quella era la sua vacanza, il suo periodo di rigenerazione. Come poteva morire proprio ora? Non aveva ancora iniziato a vivere.

Le immagini degli ultimi due anni attraversarono la mente di Emily, come le presentazioni PowerPoint che le avevano occupato tante ore di lavoro. Ogni notte, ogni fine settimana trascorso in ufficio—era stato tutto inutile. Aveva perso il lavoro a causa dei tagli del personale, e ora stava per perdere la vita.

No, no!

Emily dimenò le gambe, scavando più in profondità nel legno con le unghie. Alzò l'altro braccio, allungandosi verso il ponte. Non sarebbe accaduto. Non l'avrebbe permesso. Aveva lavorato troppo duramente per lasciare che uno stupido ponte della giungla avesse la meglio su di lei.

Il sangue le scorreva lungo il braccio, mentre il legno le lacerava la pelle delle dita, ma ignorò il dolore. La sua unica speranza di sopravvivenza consisteva nel tentativo di afferrare il lato del ponte con l'altra mano, in modo da potersi tirare su. Non c'era nessuno nelle vicinanze per salvarla, proprio nessuno; poteva contare solo su se stessa.

Emily non aveva riflettuto sulla possibilità che sarebbe potuta morire da sola nella foresta pluviale, quando era partita per quel viaggio. Era abituata a fare escursioni, ad andare in campeggio. E nonostante l'inferno degli ultimi due anni, era ancora in buona forma, forte, e pronta a correre e a praticare sport sia durante la scuola superiore che all'università. La Costa Rica era considerata una destinazione sicura, con un basso tasso di criminalità e una popolazione aperta ai turisti. Era anche poco costosa—un fattore importante vista la rapidità con cui si assottigliavano i suoi risparmi.

Aveva prenotato quel viaggio *prima*. Prima che il mercato peggiorasse di nuovo, prima di un altro ciclo di licenziamenti, che aveva causato la perdita del lavoro per migliaia di lavoratori di Wall Street. Prima che Emily andasse a lavorare lunedì, con gli occhi stanchi per aver lavorato tutto il fine settimana, solo per lasciare l'ufficio lo stesso giorno con tutti i suoi effetti personali in una piccola scatola di cartone.

Prima che la sua relazione durata quattro anni si sgretolasse.

La sua prima vacanza dopo due anni, e stava per morire.

No, non pensarci. Non succederà.

Ma Emily sapeva di mentire a se stessa. Sentiva le sue dita scivolare sempre di più, con il braccio destro e la spalla in fiamme per via dello stiramento nel sostenere il peso di tutto il corpo. La sua mano sinistra era a pochi centimetri dal lato del ponte, ma tanto valeva che quei centimetri fossero miglia. Non riusciva ad aggrapparsi con una forza tale da sollevarsi con un braccio.

Fallo, Emily! Non pensarci, fallo e basta!

Raccogliendo tutta la forza, fece oscillare le gambe in aria, sfruttando lo slancio per sollevare il corpo in una frazione di secondo. Afferrò il bordo sporgente con la mano sinistra, lo strinse... e il fragile pezzo di legno si spezzò, facendola gridare dal terrore.

L'ultimo pensiero di Emily prima di colpire le rocce fu la speranza di una morte istantanea.

~

L'odore della vegetazione della giungla, ricco e pungente, raggiunse le narici di Zaron. Inalò profondamente, lasciando che l'aria umida gli riempisse i polmoni. Era pulita lì, in quel piccolo angolo della Terra, quasi incontaminata come quella del suo pianeta.

Aveva bisogno di quella adesso. Aveva bisogno dell'aria fresca, di isolamento. Negli ultimi sei mesi aveva cercato di fuggire dai suoi pensieri, di esistere solo in quel momento, ma non c'era riuscito. Nemmeno il sangue e il sesso lo soddisfacevano ormai. Poteva distrarsi scopando, ma poi il dolore tornava sempre, più forte che mai.

Era davvero troppo. La sporcizia, le folle, il fetore dell'umanità. Quando non era avvolto da una nebbia di estasi, era disgustato, con i sensi sopraffatti dall'aver trascorso troppo tempo nelle città umane. Era meglio lì, dove poteva respirare senza inalare veleno, dove poteva sentire l'odore della vita invece di quello dei prodotti chimici. Pochi anni dopo, tutto sarebbe stato diverso, e avrebbe potuto riprovare a vivere ancora una volta in una città umana, ma non ancora.

Non prima di essersi stabiliti lì completamente.

Quello era il compito di Zaron: supervisionare gli insediamenti. Aveva fatto ricerche sulla fauna e la flora della Terra per decenni, e quando il Consiglio aveva chiesto la sua assistenza per l'imminente colonizzazione, non aveva esitato. Qualunque cosa era meglio che essere a casa, completamente permeata dai ricordi della presenza di Larita.

Non c'erano ricordi lì. Nonostante tutte le somiglianze con Krina, quel pianeta era strano ed esotico. Sette miliardi di *Homo sapiens* sulla Terra—un numero impensabile—e si stavano moltiplicando a un ritmo vertiginoso. Con la loro breve durata di vita e la conseguente mancanza di memoria a lungo termine, stavano consumando le risorse del loro pianeta con un profondo disprezzo per il futuro. In qualche modo, gli ricordavano la *Schistocerca gregaria* —una specie di locusta che aveva studiato diversi anni fa.

Naturalmente, gli esseri umani erano più intelligenti degli insetti. Alcuni individui, come Einstein, erano addirittura simili ai Krinar in alcuni aspetti del loro pensiero. Ciò non era particolarmente sorprendente per Zaron; aveva sempre pensato che fosse questo l'intento del grande esperimento degli Anziani.

Passeggiando per la foresta della Costa Rica, si ritrovò a pensare al proprio compito. Quella parte del pianeta era promettente; era facile immaginare piante commestibili provenienti da Krina che fiorivano lì.

Aveva fatto tante prove sul suolo e aveva alcune idee su come rendere ancora più rigogliosa la flora di Krina.

Intorno a lui, la foresta era lussureggiante e verde, impregnata del profumo di eliconie in fiore e del rumore dei fruscii delle foglie e degli uccellini appena nati. In lontananza, sentì il grido di una *Alouatta palliata*, una scimmia urlatrice nativa della Costa Rica, e qualcos'altro.

Accigliato, Zaron ascoltò più attentamente, ma il suono non si ripeté.

Incuriosito, si diresse in quella direzione, con gli istinti di cacciatore in allerta. Per un attimo, quel suono gli aveva ricordato l'urlo di una donna.

Muovendosi con facilità tra la folta vegetazione della giungla, Zaron scattò a gran velocità, saltando su un piccolo torrente e sui cespugli che trovava sul suo cammino. In quel luogo, lontano dagli umani, poteva muoversi come un Krinar, senza la preoccupazione di esporsi. Qualche minuto dopo, arrivò abbastanza vicino da poterne sentire il profumo. Forte e simile al rame, gli fece venire l'acquolina in bocca e risvegliare il sesso.

Sangue.

Sangue umano.

Raggiungendo la sua destinazione, Zaron si fermò, fissando la visuale davanti a lui.

Di fronte c'era un fiume, un torrente di montagna in piena per le recenti piogge. E sulle grandi rocce nere al centro, sotto un vecchio ponte di legno che attraversava la gola, c'era un corpo.

Il corpo frantumato e contorto di una ragazza umana.

La Prigioniera dei Krinar è ora disponibile. Visitate il mio sito web all'indirizzo www.annazaires.com/book-series/italiano/ per saperne di più e per iscrivervi alla mailing list delle nuove pubblicazioni.

Anna Zaires è un'autrice bestseller di sci-fi romance, romance contemporaneo erotico e dark del *New York Times, USA Today*. È appassionata di libri dall'età di cinque anni, quando sua nonna le insegnò a leggere. Da allora, vive sempre parzialmente in un mondo di fantasia, in cui gli unici limiti sono quelli della sua immaginazione. Al momento risiede in Florida. Anna è felicemente sposata con Dima Zales (un autore fantasy e di science fiction) e collabora strettamente con lui in tutti i suoi lavori.

Per saperne di più, visitate il sito www.annazaires.com/book-series/italiano/.